Catherine Ryan Hyde
Wir kommen mit

AF178166

TINTE
&
FEDER

Das Buch

Der Highschool-Lehrer August Schroeder hat nach dem Tod seines siebzehnjährigen Sohnes nur ein Ziel: Er will die gemeinsam geplante Reise nun allein unternehmen, um etwas von der Asche seines Sohnes im Yellowstone-Nationalpark zu verstreuen.

Doch schon bald sieht es ganz so aus, als wollte ihm das Schicksal einen Strich durch die Rechnung machen. Sein Wohnmobil bleibt mitten im Nirgendwo liegen, und die Reparaturkosten würden sein Budget für diese ihm so wichtige Reise sprengen.

Aber dann macht ihm der Besitzer der Autowerkstatt ein Angebot: Wenn er seine beiden Söhne Seth und Henry mit auf die Reise nimmt, wird er ihm das Wohnmobil kostenlos instand setzen. August ist hin- und hergerissen. Die Reise ist ihm wichtig, aber ist es wirklich eine gute Idee, die sieben- und zwölfjährigen Jungen mitzunehmen, wo er doch den Tod seines eigenen Sohnes noch lange nicht verarbeitet hat?

Ein Roadmovie in Buchform: eine Reise durch die Schönheit der großen Nationalparks im Westen der USA und die Geschichte dreier Menschen, die ihren Platz im Leben noch finden müssen.

Die Autorin

Die mehrfach ausgezeichnete amerikanische Autorin Catherine Ryan Hyde hat bislang 27 Bücher veröffentlicht. »Wir kommen mit« ist nach »Als ich dich fand«, »Das Wunder der Unschuld«, »Nur wer die Liebe kennt«, »Heimweh« und »Ich bleibe hier« das sechste ins Deutsche übersetzte Buch von ihr.

Ihr bekanntester Roman »Das Wunder der Unschuld« wurde in mehr als 23 Sprachen übersetzt und unter dem Titel »Das Glücksprinzip« mit Kevin Spacey und Helen Hunt verfilmt.

Neben dem Schreiben ist Catherine Ryan Hyde auch als Referentin tätig und stand bereits dreimal zusammen mit Bill Clinton als Rednerin auf dem Podium.

Catherine Ryan Hyde unternimmt gerne Wanderungen und Reisen und ist eine große Hobbyfotografin.

CATHERINE RYAN HYDE

Wir kommen mit

ROMAN

Aus dem Amerikanischen von
Ute-Christine Geiler und Birte Lilienthal

Die Originalausgabe erschien 2014 unter dem Titel
»Take me with You« bei Lake Union Publishing.

Deutsche Erstveröffentlichung bei
Tinte & Feder, Amazon Media EU S.à r.l
5 Rue Plaetis, L-2338, Luxembourg
November 2015
Copyright © der Originalausgabe 2014
By Catherine Ryan Hyde
All rights reserved.
Copyright © der deutschsprachigen Ausgabe 2015
By Ute-Christine Geiler und Birte Lilienthal

Die Übersetzung dieses Buches wurde durch AmazonCrossing ermöglicht.

Umschlaggestaltung: bürosüd⁰ München, www.buerosued.de
Umschlagmotiv: © Isabelle Lafrance Photography / Getty;
© www.buerosued.de
Lektorat: Agentur Libelli
Satz: Monika Daimer, www.buch-macher.de
Printed in Germany
By Amazon Distribution GmbH
Amazonstraße 1
04347 Leipzig, Germany

ISBN: 9-781-503-95391-8

www.tinte-feder.de

Teil 1

ANFANG JUNI

Kapitel 1

August, Stillstand

August Schroeder stand an der Hecktür seines liegen gebliebenen Wohnmobils und blickte durch das kleine rechteckige Fenster. Hätte er aus irgendeinem anderen Fenster geschaut – der Windschutzscheibe, einem auf der Seite oder dem schmalen quadratischen über der Spüle –, hätte er das Innere einer Autowerkstatt vor Augen gehabt. Dabei wollte er den Himmel sehen. Er war so weit gefahren, um den Himmel zu sehen. Nicht Werkzeugkisten, Stapel neuer Reifen oder Hebebühnen.

Er trat aus der Tür, ging die zwei Metallstufen hinab und in die Werkstatt. Er stellte sich neben die geöffnete Motorhaube, wo der Mechaniker ihn sehen konnte. Der Mann richtete sich auf, drückte den Rücken durch und hielt sich mit einer Hand das Kreuz. Er wischte sich die Hände an einem roten Lumpen ab und fuhr sich mit einem schmutzigen Ärmel über die Stirn.

Der Automechaniker war ungewöhnlich groß, vielleicht eins neunzig oder mehr. Seine Glieder wirkten gestreckt – dünn und schlaksig. Sein blondes Haar war hinten lang, die unordentlichen Locken verschwanden unter dem Kragen seines blauen Arbeitshemds.

Wes. Er hieß Wes. August hatte sich den Namen eingeprägt, weil sein Schicksal in den Händen dieses Mannes lag. Es schien ihm klug, die Distanz zwischen ihnen so weit wie möglich abzubauen.

»Wie sieht's aus?«, fragte August.

»Ich liege im Zeitplan, wenn es das ist, was Sie meinen.«

August seufzte, setzte sich auf einen Stapel aus drei nicht montierten Reifen, stützte sich auf seine Hände. »Ich weiß selbst nicht so genau, was ich meine. Wollte einfach ein bisschen reden, nehme ich an.«

Wes zog ein Päckchen Zigaretten aus seiner Brusttasche, schüttelte eine vor und nahm sie mit den Lippen. »Was haben Sie den ganzen Tag getan, um sich zu beschäftigen?«

»Nicht viel. Einfach nur mit der Tatsache klarzukommen versucht, dass aus Yellowstone nichts wird.«

Wes zündete sich die Zigarette an, musterte August aus zusammengekniffenen Augen durch den Rauch. »Sie haben mir erzählt, Sie würden den ganzen Sommer unterwegs sein. Scheint mir ganz so, als hätten Sie noch mehr als genug Zeit.«

»Zeit, ja. Die habe ich. Das ist nicht das Problem. Geld ist es. Ich habe nur eine bestimmte Summe für Benzin eingeplant für den Sommer. Yellowstone liegt aber noch vier Bundesstaaten entfernt.«

»Sie sind jeden Sommer die ganze Zeit unterwegs?«

»Ja.«

»Sind Sie Lehrer?«

»Ja.«

»Was unterrichten Sie denn?«

»Naturwissenschaft an der Highschool.«

»Naturwissenschaft«, sagte Wes. Es klang so, als beschriebe er ein glänzendes neues Auto, das sich kaum jemand leisten konnte. »Ich war früher gut in Naturwissenschaft. Also … Yellowstone vielleicht *nächsten* Sommer.«

»Ja«, erwiderte August. »Vermutlich.« Aber wenn er daran dachte, auf den Teil der Reise zu verzichten, den Phillip geliebt hätte, auf dem Phillip hätte dabei sein sollen, kehrte der Schmerz zurück, schnitt ihn innerlich entzwei. Der alte und der neue. Er war inzwischen so vertraut, dieser Schmerz. Beinahe hieß er ihn willkommen. Beinahe hatte er ihn vermisst.

»Aber das war überhaupt erst der Grund der Reise dieses Jahr. Es war wirklich … irgendwie eine große Sache. Aber wie auch immer, das müssen Sie nicht alles wissen, und außerdem ist es was Persönliches. Ich werde es mir nur einfach nicht leisten können, aber so ist es nun einmal.«

Er schaute empor in Wes' Gesicht und sah etwas, wusste aber nicht genau, was es war. Etwas, das der Mechaniker zurückhielt. Etwas, das er sagen konnte und das er auch nicht sagen konnte. Als wägte er seine Optionen ab.

»Ich verspreche Ihnen, ich werde Sie bei der Reparatur nicht übers Ohr hauen«, erklärte er, aber das war es nicht, was ihm eben durch den Kopf gegangen war.

»Das weiß ich«, sagte August.

»Danke für das Vertrauen.«

»Es ist nicht wirklich Vertrauen. Ich kenne Sie ja gar nicht. Ich kenne Sie jetzt weniger als einen Tag. Der Grund, warum ich weiß, dass Ihre Preise fair sind, ist der, dass mein Vater eine Autowerkstatt hatte. Ich habe den Sommer über immer da gearbeitet. Ich bin zwar nicht selbst Automechaniker, aber ich kenne mich ein wenig aus. Ich kann sagen, welche Sachen dazu neigen, kaputt zu gehen, und ich weiß, wie viele Stunden es dauert, sie zu reparieren. Wenn Sie mich übers Ohr hauen würden, würde ich es wissen.«

* * *

Ungefähr eine Stunde später stand August wieder an der Hecktür des Wohnmobils und schaute zwei Jungen beim Spielen zu. Einer war vielleicht elf oder zwölf, groß und schlaksig. Er erinnerte August an ein junges Pferd – langbeinig und staksig, aber gleichzeitig gelang es ihm, Unbeholfenheit mit einer seltsamen Anmut zu vereinen. Sein Haar war hellbraun und zottelig. Der Kleine war im Gegensatz dazu wirklich klein, vielleicht sieben. Alles, was er tat, wirkte zögernd. Sein ganzes Wesen hatte etwas Zögerndes, das Augusts Blicke auf sich zog.

Sie kickten einen Fußball über einen Dreckplatz voller Unkraut, dicht genug an der Werkstatt, dass August annahm, dass sie zu dem Mechaniker gehörten, bei dem er gelandet war. Vermutlich waren sie Brüder, weil Jungen so verschiedenen Alters gewöhnlich sonst nicht miteinander spielten. Außerdem sahen sie wie Brüder aus, wie zwei Versionen des gleichen Motivs.

Während er dastand und ihnen zuschaute, spürte er den vertrauten Schmerz, der ihn von der Kehle zwischen den Lungenflügeln hindurch entzweischnitt. Er war genau da, in seinem Körper, das wusste er jetzt. Er war nie in seinem Kopf gewesen, war immer echt gewesen, aber er hatte die letzten Jahre gelebt, ohne etwas davon zu ahnen. Diese Jahre kamen ihm jetzt sinnlos und vergeudet vor.

Woody drängte sich an seinem linken Schienbein vorbei und winselte. In der Hecktür war auch ein kleines Fenster, weiter unten. Woody konnte die Jungen spielen sehen und wollte raus zu ihnen. Sein kleiner kupierter Schwanz zitterte mehr, als dass er wedelte. Und die Laute, die er machte, erinnerten August an das Geräusch, das sein Gartenschlauch machte, wenn die Spritzdüse geschlossen war und das Wasser nicht ungehindert fließen konnte.

Er streckte die Hand aus und kraulte Woody zwischen den Schulterblättern. Seine Fingerspitzen verschwanden in einem drahtigen weißen Fell. Der Hund ließ ein hohes Kläffen hören, es klang beinahe, als sei es ihm versehentlich rausgerutscht. Als hätte er versucht, sich zu beherrschen, es dann aber einfach nicht geschafft.

»Okay«, sagte August. »Warum nicht?«

Er öffnete die Hecktür.

Sie waren ein gutes Stück von der Landstraße entfernt und noch weiter vom Highway. Jetzt, wo die Tür offen war, konnte August ihn in der Ferne hören, den Highway. Na ja, nicht den Highway selbst, sondern die Autos darauf. Das entfernte Rauschen des Verkehrs. Das Geräusch durchschnitt ihn ebenfalls schmerzlich. Weil er nicht mit auf dem Highway war. Er sollte dort sein, bei den anderen Autos. Er sollte längst wieder unterwegs sein. Er sollte nicht hier sein. Aber das Wort »sollte« brachte nichts in Ordnung. Und auf keinen Fall Automotoren.

Er trat aus dem klimaanlagengekühlten Innenraum in die Junihitze. Er beobachtete, wie Woody zu den beiden Jungen rannte, über die Unkräuter hüpfte, die in seinem Weg waren. Je weiter er sich von August entfernte, desto stärker verzerrt war er in den vom Boden aufsteigenden Hitzewellen zu erkennen.

Der größere der Jungen hob sofort den Kopf, und sein Gesicht hellte sich auf, als er den Hund sah. Woody war der perfekte Hund für ein Kind in dem Alter. Ein mittelgroßer Terriermischling, lebhaft und stets zu Spielen aufgelegt, der nur zu gerne Kunststückchen vorführte.

Der kleinere Junge drehte sich um, um zu sehen, was die Aufmerksamkeit seines Bruders erregt hatte. Er zuckte zusammen, verfehlte den Ball mit seinem Fuß und lief, um sich hinter dem Größeren zu verstecken.

»Der tut nichts«, rief August ihm zu. »Er will nur spielen. Er war zu lange im Wohnmobil eingesperrt.«

Der Kleine kam wieder vor. Zögernd, wie er alles anzugehen schien. Staunen und Furcht rangen in ihm um die Oberhand. August wusste, das Staunen würde am Ende gewinnen. Er wünschte, er könnte diesem verängstigten Kind das, was er wusste, übermitteln. Aber das nützte ohnehin nie etwas. Die Menschen lernten durch Erfahrung. Es war nicht wichtig, was jemand zu einem anderen sagte.

Der kleine Kerl hielt Woody nervös die Hand hin, aber der Hund sprang weg, lief einmal in einem weiten Kreis um ihn herum, ehe er wieder auffordernd zurückgerannt kam. Er wollte nicht gestreichelt werden. Das bekam er auch drinnen. Er wollte spielen.

August ging zu ihnen. Der ältere Junge stand aufrecht, während er näher kam. Er übernahm die Verantwortung, das schien sein Wesen zu sein. In seiner Haltung lag etwas ungewöhnlich Reifes. Es linderte Augusts schneidenden Schmerz und drängte ihn in den Hintergrund. Weil der Junge vor ihm nicht Phillip war. Der Junge vor ihm war einfach, wer er war. Er war nur er selbst.

Der Jüngere zog sich wieder hinter seinen Bruder zurück, als August fast bei ihnen war.

»Das ist Ihr Bus, was?«, fragte der hochgeschossene Junge und deutete mit dem Kinn auf das Drittel des Gefährts, das aus der Werkstatt ragte. »Das ist ein nettes Wohnmobil.«

»Danke.«

»Und auch ein netter Hund. Ist das ein Jack-Russell-Terrier?«

»Vielleicht teilweise. Ich bin mir nicht sicher. Ich habe ihn aus dem Tierheim.«

»Wie heißt er?«

»Woody«, antwortete August, und Woodys Ohren zuckten.

»Kann er Kunststückchen?«

»Jede Menge. Aber im Moment fehlt ihm vor allem Bewegung. Er will Dampf ablassen. Ich sag euch was: Ich mache euch ein Angebot. Wenn ihr ihn fangen könnt, gebe ich euch fünf Dollar.«

»Kommt er nicht, wenn Sie ihn rufen?«

»Oh, sicher«, erwiderte August. »Das ist es nicht. Er tut, was immer ich von ihm will. Aber das ist sein Lieblingsspiel. Wenn Kinder versuchen, ihn zu fangen.«

Die Augen des Jungen strahlten auf. »Hey, Henry«, sagte er. »Fünf Dollar. Was denkst du?«

Sogleich machten sie sich an die Verfolgung des Hundes, von null auf volle Kindergeschwindigkeit in Sekunden. Woody rannte außer sich vor Freude einen weiten Bogen, schaute dabei über seine Schulter, als lachte er.

Sie würden Woody nie fangen. Daher war es nicht wirklich fair. Wenn sie mit ihm rannten, bis er müde und glücklich war, würde ihnen August die fünf Dollar auch so geben. Alles andere wäre fies. Er schlenderte zurück in die Werkstatt, weil es wehtat, den Kindern beim Spielen zuzusehen. Trotz der Tatsache, dass er das jetzt schon eine Weile mit Absicht getan hatte.

Etwa zehn Minuten, nachdem August sich auf den Reifenstapel gesetzt hatte, zog der Automechaniker den Kopf unter der Motorhaube hervor. Er blickte August an, als hätte er ihm etwas zu sagen. Aber selbst wenn das der Fall war, sprach er es nicht aus. Stattdessen zündete er sich eine Zigarette an, nahm einen tiefen Zug und blies den Rauch dann wieder aus, verfolgte dessen Weg wie gebannt. Als hätte er nie zuvor so etwas gesehen.

»Wie dringend wollen Sie zum Yellowstone?«, erkundigte er sich.

»Sehr«, sagte August. Aber es fühlte sich riskant an. Ein bisschen gefährlich. Es hing etwas in der Luft. Vielleicht ein

Vorschlag. Alles war ein wenig rätselhaft, nur das Gewicht davon konnte er spüren. »Wenn Sie dazu Ideen haben, würde ich sie gerne hören.«

»Ach, egal«, erwiderte Wes und senkte den Blick auf den Betonboden. »Vergessen Sie, dass ich es erwähnt habe.«

»Wenn Sie etwas zu sagen haben, dann los, sagen Sie's.«

Genau in dem Moment kam der ältere Junge in die Werkstatt, Woody auf dem Arm. Dem Hund hing die Zunge aus dem Maul, länger als physisch überhaupt möglich schien, und während der Hund keuchend atmete, spritzten kleine Schweißtropfen auf den bloßen Arm des Jungen. Alles zusammengenommen sah es aus, als grinste Woody breit. Und das könnte auch wirklich so sein. August schaute dem Jungen ins Gesicht. Es war rot und vor Hitze und Anstrengung schweißnass.

»Seth«, sagte der Mechaniker. »Was tust du mit dem Hund des Mannes?«

»Es war seine Idee«, erklärte Seth.

»Das stimmt, es war meine Idee«, bestätigte August. »Er tut genau das, worum ich ihn gebeten habe.« Dann sprach er zu dem Jungen gewandt: »Ich kann nicht glauben, dass du ihn gefangen hast. Das ist vorher noch niemandem gelungen. Du musst richtig schnell sein.«

»So habe ich es nicht gemacht. Ich habe dafür nicht die Beine benutzt. Sondern meinen Verstand.«

Seth gab August den Hund, der das Tier wiederum auf dem Betonboden auf seine vier Pfoten stellte, ehe er sein Portemonnaie hervorholte. Er zog einen Fünfdollarschein heraus und reichte ihn dem Jungen.

»War mir ein Vergnügen, Geschäfte mit Ihnen zu machen«, sagte Seth mit einer Handbewegung, die fast ein knapper Salut war.

Es schien eine seltsame Ausdrucksweise für ein Kind seines Alters, bis August wieder einfiel, dass der Junge in – oder eher hinter – einem Geschäft lebte. Er musste den Ausdruck immer wieder gehört haben.

August schaute zu, wie er wieder raus in die sengende Hitze ging.

»Nette Jungs«, sagte er.

Keine Antwort. Wes zerdrückte nur die Zigarette in einem Aschenbecher auf der Werkbank und verschwand mit dem Kopf wieder unter der Motorhaube.

August nahm Woody auf den Schoß und schaute dem Mechaniker eine Weile bei der Arbeit zu, um sich die Zeit zu vertreiben. Aber es war nicht wirklich interessanter, als in den Himmel zu starren. Gerade, als er aufstehen und ins Wohnmobil zurückkehren wollte, tauchte Wes' Oberkörper wieder auf.

»Wenn ich heute Abend fertig bin«, sagte er, »hätten Sie Lust, mit mir einen zu trinken?«

»Oh. Hm. Ich trinke nicht.«

»Gar nicht?«

»Nein, keinen Tropfen.«

»Oh. Gut. Der Drink ist nicht das Entscheidende dabei. Dann eben Kaffee.«

August fühlte sich unwohl. Dieser hochgewachsene, seltsame Mann wollte etwas von ihm. Aber er hatte keine Ahnung, was das sein sollte. Er konnte sich nicht denken, was er hatte, das der Mechaniker gebrauchen konnte oder haben wollte. Kurz erwog er die Idee, dass der Mann ihn anmachte. Aber so fühlte es sich nicht an. Aber es war ähnlich persönlich, beängstigend und emotional bedeutsam.

»Ich habe Kaffee im Wohnmobil«, erklärte August. »Kommen Sie und klopfen Sie an, wenn Sie fertig sind.«

»Ich arbeite vermutlich bis spät am Abend. Mindestens acht oder neun Uhr. Alles, um Sie wieder fahrtüchtig zu bekommen.«

»Ich werde noch wach sein«, sagte August. »Klopfen Sie einfach.«

Er verbrachte den Rest des Tages damit, sich zu fragen, einen wie großen Fehler er begangen hatte.

* * *

Am Ende des Tages räumte der Mechaniker seine Werkzeuge weg, löschte das Licht und verließ die Werkstatt durch eine Seitentür. Er klopfte nicht.

August trank seinen Kaffee selbst und konnte vorhersehbarerweise nicht schlafen.

Kapitel 2

Das wird sich verrückt anhören

Am nächsten Morgen, während er sich eine frische Kanne Kaffee machte, hörte August ein schüchternes, zögerndes Klopfen an der Hecktür des Wohnmobils. Woody bellte. Und bellte. Und bellte.

»Sie sind zu spät«, sagte er vor sich hin. Leise. Zu leise, um durch die Tür gehört zu werden.

Er hatte die Rollos an den Seitenfenstern bereits hochgezogen, aber die Vorhänge an der Hecktür noch nicht geöffnet. Das war schwieriger, denn die Fliegentür war davor. Er musste die Hecktür aufmachen, um daran zu kommen. Daher machte er das immer erst als Letztes.

»Schhh«, befahl er dem Hund, aber ohne irgendeine Wirkung zu erzielen.

Er steckte den Stecker der Kaffeemaschine rein und schaltete sie ein. Dann schloss er die Tür am Heck auf und öffnete sie. Auf der Erde am Ende der beiden Metallstufen stand Seth und hielt seine Baseballkappe höflich vor sich in der Hand. Sein kleiner Bruder Henry wartete dicht hinter ihm.

»Guten Morgen, Seth«, sagte August.

»Woher wissen Sie, dass ich Seth heiße?«

»Ich habe gestern gehört, wie dein Vater dich so genannt hat.«

»Oh. Stimmt. Das hier ist …«

»Henry«, sagte August. »Ich habe dich ihn gestern bei dem Namen rufen gehört.«

»Oh. Wirklich?«

»Was kann ich für euch beide tun?«

»Tut mir leid, wenn ich störe, Sir. Ich hoffe, wir belästigen Sie nicht. Wenn doch, sagen Sie es einfach, und wir gehen gleich wieder. Wir hätten nicht geklopft, wenn wir gedacht hätten, dass Sie noch schlafen. Wir haben gesehen, dass Ihre Rollos oben sind. Daher wussten wir, dass Sie wach sind. Ich hoffe, es stört Sie nicht. Es ist nur, dass … Henry … mein Bruder … und ich, wir fragen uns … Vielleicht könnten wir mit dem Hund spielen? Kostenlos. Wir bitten nicht um fünf Dollar. Wir mögen den Hund einfach nur. Und wir denken, er mag uns auch.«

»Ich weiß mit Sicherheit, dass er euch auch mag«, erklärte August. »Sieh ihn dir an.«

Er öffnete die Tür weiter, sodass die Jungs Woody sehen konnten, der auf seinen Hinterbeinen stand und mit den Vorderpfoten in der Luft ruderte, dabei auf und ab hüpfte. Ja, wirklich. Er hüpfte auf den Hinterbeinen stehend auf und nieder. Woody war zur Hälfte Zirkushund. Woody konnte das.

Henry stieß einen hellen Schrei aus, den August erst nachträglich als aufgeregtes Lachen identifizierte.

»Das kann er gut«, sagte Seth. »Wie hält er die Balance, während er auf den Hinterbeinen steht?«

»Er ist irgendwie dafür gemacht, nehme ich an. Er kann ein ganzes Zimmer auf seinen Hinterbeinen laufend durchqueren.«

»Wir würden wirklich gerne mal seine Kunststückchen sehen.«

»Sicher. Vielleicht, wenn ihr ihn zurückbringt.«

Seth' Gesicht strahlte auf, und erst da begriff August, dass der Junge auf ein Ja oder Nein gewartet hatte, und dass die Ungewissheit ihn belastet hatte.

»Also können wir ihn mitnehmen und mit ihm auf dem Hof spielen?«

»Sicher.«

August öffnete die Tür weit für Woody und gab ihm die Erlaubnis: »Na los!« Der Hund kletterte aus dem Wohnmobil und sprang begeistert um die Jungs herum, stützte sich mit den Pfoten an ihnen ab und leckte Henry das Gesicht, das er durch Hochspringen erreichen konnte.

»Ich mag, dass sein eines Ohr braun ist und der Rest weiß«, sagte Seth.

»Ja«, pflichtete August ihm bei. »Das mag ich auch.«

»Wie lange können wir mit ihm spielen?«

»Nun ja … Ich sag euch was. Bleibt, wo ich euch sehen kann, und wenn ich ihn aus irgendeinem Grund zurückhaben will, lasse ich es euch wissen.«

»Okay, danke«, antwortete Seth, der sein Grinsen kaum unterdrücken konnte.

»Aber eine Bedingung habe ich doch«, fügte August hinzu.

Das Strahlen auf dem Gesicht des Jungen erlosch, und er wich einen Schritt zurück, als hätte er eine Ohrfeige bekommen.

»Nichts Schlimmes«, versicherte ihm August. »Ich will nur wissen, wie du ihn gestern gefangen hast.«

»Ach das«, sagte Seth und entspannte sich. Und sah fast ein wenig stolz aus. »Ich habe meinen Verstand benutzt.«

»Das sagtest du schon. Aber du hast mir nicht verraten, wie genau.«

»Nun. Also. Mir ist aufgefallen, dass er jedes Mal, wenn man ihm folgt, wegläuft. Wenn man nur einen Schritt auf ihn zumacht. Wenn man sich nur etwas bewegt. Aber wenn ich stehen geblieben bin oder in die andere Richtung geguckt habe, ist er näher gekommen. Das habe ich mir gemerkt und mich auf die Erde gesetzt, habe ihm den Rücken zugekehrt und so getan, als wollte ich nichts mit ihm zu tun haben. Und er ist einfach zu mir gekommen und auf meinen Schoß geklettert. Aber machen Sie sich keine Sorgen, weil wir nämlich gründlich mit ihm getobt haben, ehe mir das eingefallen ist. Ich möchte nicht, dass Sie am Ende denken, Sie hätten nichts für Ihre fünf Dollar bekommen.«

»Darüber habe ich mir keine Sorgen gemacht«, sagte August. »Und jetzt viel Spaß euch dreien.«

* * *

August saß etwa eine halbe Stunde auf der obersten Metallstufe, die Füße auf der untersten, die Ellbogen auf die Oberschenkel gestützt, trank Kaffee und sah ihnen beim Spielen zu. Wartete auf den Schmerz. Aber der kam nicht. Er spürte ihm nach. Stocherte. Fragte, wo er sich versteckt hatte. Vielleicht lag es daran, dass er die Jungen jetzt kannte, und sie waren so ganz anders als sein eigener Sohn. Vielleicht lag es auch daran, dass er sich den Schmerz fast zurückwünschte, der aber entschlossen war, genau das Gegenteil von dem zu tun, was er wollte.

Das Wetter war wunderschön, kühl und ohne das geringste Lüftchen. Über den Bergen in der Ferne schimmerte der Himmel immer noch leicht rot vom Sonnenaufgang. Er hörte ein Scharren und wandte den Kopf, sah Wes näherkommen, den Kopf leicht gesenkt.

»Morgen«, sagte August. »Es ist noch nicht zu spät, wenn Sie immer noch diese Tasse Kaffee möchten.«

»Oh, danke. Aber ich hatte schon eine zum Frühstück. Tut mir leid, dass ich Sie gestern Abend versetzt habe.«

»Das war Ihre Entscheidung. Sie waren es, der reden wollte.«

»Ich habe beschlossen …« Er brach ab, stand eine lange Weile stumm da, starrte in die Ferne, als befände sich die Antwort am Horizont. »Es war ohnehin eine dumme Idee«, sagte er schließlich. »Man hätte denken können, ich sei verrückt.«

August dachte einen Moment darüber nach, entschied dann, dass er keine Ahnung hatte, was er darauf antworten sollte. Er war jetzt neugierig, aber es schien ihm nicht sinnvoll, jemanden zu zwingen, eine Idee auszusprechen, die sogar demjenigen, dem sie gekommen war, verrückt vorkam.

Eine Weile sagte keiner der beiden Männer etwas.

August starrte zu Seth, der auf dem Platz spielte. »Da ist etwas … sehr …«, einen Augenblick suchte er nach dem richtigen Wort, dachte genauer nach, »Anständiges. Der Junge hat etwas sehr Anständiges an sich.«

»Wer, Seth?«

»Ja. Ich will damit nicht sagen, der Kleine sei nicht anständig. Er hat nur noch kein Wort zu mir gesagt, daher weiß ich das nicht. Aber Seth …«

»Anständig – inwiefern?«

»Ich weiß nicht. Er hat etwas sehr Anständiges.«

Wes lachte durch die Nase. »Ja, das stimmt allerdings. So ist Seth. Er treibt einen in den Wahnsinn damit, wie anständig er ist. Und wie anständig man seiner Ansicht nach sein sollte. Haben Sie Kinder?«

»Ich hatte einen Sohn.«

»Hatte?«

August antwortete nicht.

»Egal. Geht mich nichts an.«

Wes setzte sich in Bewegung und ging zur Werkstatt. August trank den letzten Rest Kaffee und folgte Wes nach drinnen. Der Mechaniker öffnete die verschiedenen Schubladen des freistehenden roten Werkzeugschrankes aus Metall, der ihm bis zur Brust reichte. Er suchte sich die Gerätschaften heraus, von denen er dachte, er würde sie wahrscheinlich brauchen, und legte sie ordentlich auf die Werkbank, ehe er sich der nächsten Schublade zuwandte. Er wusste, dass August da war, das war offenkundig. Aber er sprach nicht und wandte auch nicht den Kopf.

»Diese … Sache«, begann August. »Das, bei dem Sie so tun, als wollten Sie es sagen, es dann aber doch sein lassen. Die, die ich verrückt finden würde. Gestern haben Sie es so klingen lassen, als gäbe es eine Verbindung zwischen dem und ob ich es mir leisten könnte, bis nach Yellowstone zu kommen. Habe ich damit recht?«

»Es gab da eine Möglichkeit in der Richtung«, antwortete Wes, ohne seine Werkzeugsuche zu unterbrechen oder auch nur aufzusehen.

»Dann tun Sie mir einen Gefallen. Nach Yellowstone zu kommen ist mir dieses Jahr besonders wichtig. Mehr als Sie ahnen. Mehr, als jemand anders vermutlich je wird verstehen können. Daher, wenn Sie eine Idee haben, irgendwann zwischen jetzt und dem Zeitpunkt, wenn ich wieder losfahre, könnten Sie bitte einfach damit herausrücken? Mich selbst entscheiden lassen, ob sie verrückt ist? Ich fahre bald weiter, und Sie werden mich vermutlich nie wiedersehen, daher ist mir nicht klar, was Sie zu verlieren haben.«

»Ich rechne damit, mit der Reparatur morgen fertig zu sein, aber vermutlich spät am Tag. Sieben oder acht Uhr abends. Vielleicht auch noch später. Wenn das der Fall wäre, würden Sie gleich morgen Abend aufbrechen oder noch hier übernachten und erst Montagmorgen fahren?

»Alles nach sieben und ich bleibe vermutlich noch eine Nacht hier.«

»Okay.«

»Okay … was genau?«

»Okay, irgendwann zwischen jetzt und Montagmorgen lasse ich Sie wissen, was ich mir gedacht habe, damit Sie mir ins Gesicht lachen und mich einen Narren nennen, wegfahren und dabei den Kopf schütteln können.«

August hielt ihm die rechte Hand hin. Der Mechaniker benötigte eine Weile, bis er das merkte. Aber dann, als er es schließlich tat, besiegelten sie es mit einem Handschlag.

* * *

August verlangte Woody nicht zurück, weil es keinen Grund gab, das zu tun. Und die Jungen brachten den Hund erst Viertel vor zwölf wieder zu ihm.

August öffnete die Hecktür, und Woody sprang ins Wohnmobil, rannte zweimal um sich selbst und warf sich dann auf dem kühlen Linoleumboden vor der Küchenzeile auf die Seite, ließ seine Zunge aus dem Maul hängen und hechelte, sodass seine Rippen sich heftig hoben und senkten.

»Ihr habt meinen Hund kaputtgemacht«, beschwerte sich August. Aber als er den panischen Ausdruck in Seth' Augen sah, beeilte er sich, den Schaden wieder gutzumachen. »Das war nur ein Scherz. Es ist gut, ihn so müde zu sehen. Vielleicht könnten wir ihm eine Pause gönnen, ehe wir ihn seine Kunststückchen zeigen lassen.«

»Wir müssen zum Lunch«, sagte Seth. »Mein Vater macht jeden Tag um die Mittagszeit eine Pause. Wir müssen reinkommen und mit ihm essen. Henry und ich. Danach kommen wir zurück und sehen uns die Kunststückchen an. Wenn Sie sich sicher sind, dass es okay ist.«

»Ich bin mir ganz sicher, dass es das ist.«

* * *

Als August wieder auf die Uhr schaute, war es nach halb drei. Und die Jungs waren nicht wieder gekommen. Er blickte aus dem Fenster, um zu sehen, ob er sie entdecken konnte.

Seth war draußen mit einem uralten Tennisschläger und pfefferte damit einen Ball unablässig gegen die Seitenwand der Werkstatt. Als müsse er sich abreagieren, irgendeinen Groll loswerden, als sei der Ball der Grund dafür, und der Schläger gerechtfertigter Zorn. Henry war nirgends zu sehen.

August versuchte, weiterzulesen, aber er konnte sich nicht auf die Worte konzentrieren. Er trat durch die Hecktür ins Freie. Woody folgte ihm in ungewohnt gemäßigtem Tempo.

Seth schaute auf, als er August kommen sah. Dann wandte er den Blick wieder ab. Und schlug den Tennisball gegen die Wand. Noch einmal. Und noch einmal. Die Stimmung hier hatte sich geändert. Etwas hatte sich geändert. August konnte sich keinen Grund dafür denken, aber er hatte keine Zweifel, dass es so war.

»Wo ist Henry?«, fragte August.

»Drinnen.«

Seth verfehlte den Ball, während er antwortete. August hätte damit gerechnet, dass er ihn holen würde, aber das tat er nicht. Er ließ den alten Schläger einfach fallen, drehte sich um und setzte sich mit dem Rücken an die Wand gelehnt auf den Boden. Woody lief wedelnd zu ihm und stützte sich mit den Pfoten auf Seth' Schulter. Schnüffelte am Gesicht des Jungen, als würde er dort etwas suchen. Seth schlang die Arme um den Hund und zog ihn an sich, drückte Woody an seine Brust.

August setzte sich zu ihnen, lehnte sich ebenfalls an. Der Platz lag in der vollen Mittagssonne, und August wusste, er würde es nicht lange hier aushalten. Seth lebte hier in diesem heißen Tal. Er musste daran gewöhnt sein.

Sie saßen eine Weile schweigend da. Wie lange genau konnte August unmöglich sagen.

»Ihr seid nicht gekommen, um euch die Kunststückchen des Hundes anzusehen«, bemerkte er schließlich.

Seth antwortete nur: »Vielleicht ein andermal.«

Dann mehr Schweigen. August wollte nicht geradeheraus fragen, was nicht stimmte, weil er das Gefühl hatte, das stünde ihm nicht zu. Und weil er selten, wenn überhaupt, einen Jungen getroffen hatte, der über seine Sorgen und Enttäuschungen mit einem praktisch Fremden reden wollte.

Es überraschte ihn, als Seth plötzlich etwas sagte.

»Wohin wollen Sie fahren?«

»Zu verschiedenen Orten, vor allem Nationalparks. Zion und Bryce Canyon auf dem Hinweg. Salt Lake City. Das große Ziel war eigentlich Yellowstone, aber das werde ich nicht schaffen, angesichts der Panne und der unerwarteten Ausgaben für die Reparatur. Dann auf dem Rückweg möchte ich nach Osten abbiegen und noch den Arches- und den Canyonlands-Nationalpark mitnehmen. Vielleicht auch Escalante und Capitol Reef. Oder auch Canyon de Chelly. Das hängt davon ab, wie viel Zeit ich habe. Ich möchte mich noch nicht zu genau festlegen. Das ist das einzige Mal im Jahr, dass ich fort kann.«

»Das ist eine tolle Reise.«

»Ich hoffe es. Aber der Beginn ist ja schon vermurkst. Hoffentlich läuft es ab hier glatter.«

»Haben Sie Kinder?«

August seufzte. So leise wie möglich. »Ich hatte mal einen Sohn.«

Zum ersten Mal drehte Seth den Kopf und sah August an. »Wie geht das, *mal* einen Sohn zu haben? Hat man einen Sohn nicht für immer? Oder meinen Sie nur, dass er inzwischen ein erwachsener Mann ist?«

»Er ist bei einem Unfall ums Leben gekommen«, sagte August. Er wartete auf den Schmerz, dass er seine Reise durch ihn antrat. Aber nichts geschah.

»Oh«, machte Seth. »Das tut mir leid. War er in meinem Alter?«

»Nein, älter. Er war neunzehn.«

»Tut mir leid, dass das passiert ist.«

»Mir auch.«

Schweigen breitete sich zwischen ihnen aus. Seth war es, der es schließlich brach.

»Fehlt es Ihnen, Kinder um sich zu haben, wenn Sie reisen?«

Und damit kehrte der Schmerz zurück. Drang in jede Pore, eigentlich mehr ein Brennen als ein Schneiden – ein irritierender, summender Schmerz. *Da bist du ja wieder*, sagte August ihm stumm. *Ich hatte mich schon gewundert.*

Er lenkte ihn ein wenig von dem bohrenden Gefühl ab, dass da etwas in Seth' Frage nicht stimmte. August hatte gesagt, er habe einen Sohn gehabt. Einen Jungen. Nicht Kinder im Plural. Mehr noch als das, war jedoch der vage Eindruck, dass sich hinter dem, was Seth als Smalltalk zu verbrämen versuchte, etwas viel Wichtigeres verbarg.

»Er fehlt mir, egal, was ich tue«, erwiderte August. »Es hört nie auf.«

Dann sagte keiner von ihnen für eine ganze Weile etwas, und August hatte das Ende der Zeit erreicht, die er in der prallen Sonne sitzen konnte. Er erhob sich und ging in die offene Werkstatt, schaute über seine Schulter zurück, ehe er in die Schatten trat. Woody entschied, bei Seth zu bleiben.

August fand Wes bei der Arbeit unter seiner Motorhaube, der er mit etwa der gleichen Energie nachging, wie Seth bei dem Tennisball gezeigt hatte.

»Was auch immer nicht in Ordnung ist«, sagte August, »bitte lassen Sie es nicht an meinem Motor aus.«

Der Kopf des Mechanikers erschien. Er richtete sich zu seiner vollen Größe auf und schaute August in die Augen, aber nur kurz. »Was soll das heißen?« Er zog ein Päckchen Zigaretten aus der Brusttasche und schüttelte sich eine raus.

»Es ist nur so, dass heute Morgen alles so sonnig und hell zu sein schien, um mal bildhaft zu sprechen, und jetzt ist es, als wäre, während wir zu Mittag gegessen haben, über diesem Ort ein dunkler Sturm aufgezogen.«

Wes antwortete eine ganze Weile lang nicht. Stattdessen zog er ein grellblaues Wegwerffeuerzeug aus der Tasche und zündete sich die Zigarette an, nahm einen langen Zug. Eine Rauchwolke bildete sich um seinen Kopf. Es war heiß, und die Luft bewegte sich nicht. Kein bisschen.

»Man kann Kindern nicht immer sagen, was sie hören wollen«, erwiderte Wes schließlich. »Manchmal muss man ihnen schlechte Nachrichten überbringen.«

»Das stimmt, nehme ich an.« August setzte sich auf seinen gewohnten Platz auf dem niedrigen Reifenstapel. »Erzählen Sie mir von dieser Idee.«

Wes hob die Hand, die seine Zigarette hielt, ans Gesicht. Aber statt seinen Mund zu finden, landete sie auf seiner Stirn und blieb dort eine Weile.

»Sie werden mich für verrückt halten«, erklärte Wes.

»Das hatten Sie schon gesagt. Aber erzählen Sie mal, und ich bilde mir meine eigene Meinung. Ich finde, es ist Zeit, es auf den Tisch zu legen. Was auch immer es ist.«

Wes seufzte. Ging in die Hocke, wodurch er sich etwa in gleicher Höhe mit August befand.

»Also, hier ist, was ich denke«, begann er. »Ich kann dafür sorgen, dass Sie nach Yellowstone kommen, indem ich Ihnen diese Reparatur einhundert Prozent gratis mache. Ich würde sogar die Kosten für die Ersatzteile übernehmen. Und gebe Ihnen obendrein noch das Geld mit, das Sie mir bereits fürs Abschleppen bezahlt haben. Dann sind Sie wieder genau da, wo Sie waren, als Sie zu dieser Reise aufgebrochen sind. Alles, was Sie verloren haben, wären drei Tage. Und, wie Sie schon sagten, Zeit haben Sie im Überfluss. Dann können Sie losfahren und tun, was, wie Sie gesagt haben, so unheimlich wichtig für Sie ist.«

August wartete einen Moment, um zu sehen, ob Wes von alleine weiterreden würde. Das tat er nicht.

»Ja. Dann könnte ich die ganze Reise machen. Aber damit bleibt eine Frage offen: Warum sollten Sie das für mich tun? Warten Sie. Lassen Sie es mich direkter ausdrücken. Wenn Sie all das für mich tun, was soll ich dann im Gegenzug für Sie machen?«

Wes zog erneut tief an seiner Zigarette und blies den Rauch in einer Serie perfekter Ringe, die über den hydraulischen Wagenheber hinwegzogen, in die Luft. Er schien nicht antworten zu wollen.

»Sie werden es ohnehin früher oder später sagen, Wes. Bitte, lassen Sie es uns einfach hinter uns bringen.«

»Nehmen Sie meine Jungs mit.«

In der Stille, die folgte, dachte August: *Ja, genau. Sie hatten recht. Ich halte Sie für verrückt.* Aber er sagte nur: »Den ganzen Sommer?«

»Ja. Sie kommen hier ja wieder durch, ehe die Schule beginnt, oder? Sie können sie einfach wieder bei mir abgeben. In der Zwischenzeit bekommen sie was von der Welt zu sehen. Ein paar Nationalparks. Geysire. Sie können nach Yellowstone und Geysire sehen. Wissen Sie, was die Jungen ihr ganzes Leben lang gesehen haben? Nichts. Nur das, was sich im Umkreis von fünfzig Meilen oder so von hier befindet. Und sehen wir der Sache ins Auge. Das ist *nichts*.«

August atmete zwei- oder dreimal tief ein. »Sie wollen diese Orte doch nicht mit einem Fremden sehen, sondern mit Ihnen.«

»Ich werde aber nicht hinfahren. Sie schon.«

»Und wenn. Sie warten darauf, bis Sie dazu kommen. Sie wollen den Sommer über hier bleiben, bei ihrem Dad. Sie werden warten, bis Sie mit ihnen die Reise unternehmen können. Sie wollen bei Ihnen sein.«

»Nun, das ist ja gerade die Sache. Die nächsten neunzig Tage oder so werden sie das nicht können. Jetzt werden Sie herausfinden, dass ich tatsächlich nicht verrückt bin. Eher so was wie verzweifelt, wissen Sie. Ich habe einfach keine andere Wahl. Ich muss für drei Monate ins Gefängnis.«

»Das verstehe ich nicht.«

»Was gibt es daran nicht zu verstehen? Ich bin zu neunzig Tagen Gefängnis verurteilt worden.«

»Wie können Sie dann jetzt hier sein? Ich dachte, wenn man verurteilt ist, wird man in Handschellen abgeführt und aus dem Gericht direkt ins Gefängnis gebracht.« Ein Teil von ihm wollte fragen: »Wofür genau sind Sie eigentlich zu neunzig Tagen Gefängnis verurteilt worden?« Aber das tat er nicht. Es ging ihn eigentlich nichts an, und außerdem wollte es ein anderer Teil von ihm auch gar nicht wissen.

»Nun. Wenn sie wollen, können sie das. Der Richter kann praktisch alles tun, was er will. Die Sache ist die, ich habe die zwei Kinder. Daher habe ich dem Richter gesagt, ich würde ein paar Tage brauchen, bis ich sie untergebracht habe. Sie wissen schon, dafür sorgen, dass jemand sich um sie kümmert. Das war vermutlich irgendwie dumm von mir, weil ich nicht viel Familie habe, und die Verwandten, die ich habe, werden Nein sagen, das wusste ich. Das haben sie schon letztes Mal getan. Warum es dieses Mal anders sein sollte, weiß ich nicht. Ich dachte wohl einfach, wenn ich genug Zeit hätte, könnte ich was aus dem Hut zaubern. Daher hat er mir bis Montagmorgen Zeit gegeben. Montagmorgen muss ich mich im Gefängnis melden, oder sie kommen mich holen.«

»Wo kommen die Jungs hin, wenn Sie nichts aus dem Hut zaubern können?«

»Die Behörden kümmern sich um sie.«

»Wo waren sie letztes Mal?«

»Da haben sich die Behörden um sie gekümmert.«

»Oh. Na ja, das ist nicht so schlimm, oder? Es ist nicht das Ende der Welt.«

Wes schnaubte abfällig, und Rauch quoll aus seiner Nase. »Nicht für Sie. Aber ich habe das Gefühl, als sei es für die Jungs nicht so toll. Henry hat kein verdammtes Wort mehr gesagt, seit ich sie zurückhabe. Ich glaube, er redet mit seinem Bruder, aber dafür habe ich keine Beweise. Es ist nur ein Verdacht.«

Schweigen breitete sich zwischen ihnen aus. August nutzte das, um sich die besten Worte zurechtzulegen, um freundlich abzulehnen.

»Ich würde Ihnen extra Geld für ihr Essen mitgeben«, erklärte Wes. »Es sind gute Jungs. Das können Sie mit eigenen Augen sehen. Das haben Sie selbst gesagt. Henry wird kein Wort verlieren. Seth redet ohne Pause, aber er hört auf, wenn man es ihm sagt. Er wird alles tun, was man ihm sagt. Er passt auch auf seinen Bruder auf. Er ist alt genug. Es ist schließlich nicht so, als wären sie Babys. Man muss sich nicht jede Sekunde um sie kümmern.«

»Wes ...«

»Nein, antworten Sie nicht gleich. Bitte. Schlafen Sie drüber. Sie haben zwei Nächte, in denen Sie darüber schlafen können, und antworten Sie nicht einfach so, ohne gründlich darüber nachgedacht zu haben. Sie werden Ihnen keine Umstände machen. Sie sind gute Jungs.«

Beim letzten Satz sah August ganz deutlich die Unterlippe des anderen zittern.

»Okay, ich werde drüber schlafen.« *Und dann werde ich Nein sagen*, fügte August im Geiste hinzu.

»Ich weiß das zu schätzen.«

Eine lange angespannte Stille entstand. August mochte sie nicht. Daher bemühte er sich, etwas zu sagen.

»Wissen sie, dass Sie ins Gefängnis müssen?« Aber noch bevor der Mechaniker antworten konnte, wusste August es schon. »Nein. Vergessen Sie's. Das müssen Sie mir nicht verraten. Vor dem Lunch wussten sie es nicht, inzwischen aber schon.«

Wes rauchte schweigend weiter.

»Wissen sie, dass Sie mich fragen würden, ob ich sie mitnehme?« Aber auch das wusste er schon. Ihm fiel wieder ein, dass Seth ihn gefragt hatte, wohin er fahren wollte. Ob es ihm fehlte, Kinder um sich zu haben. »Egal. Ich denke, ich weiß die Antwort darauf auch. Was halten sie davon? Für drei Monate mit einem Fremden mitzugehen?«

»Die Sache ist die«, erwiderte Wes, »die, wo sie sonst hinkämen, sind ja auch Fremde.«

»Richtig«, sagte August. Und dann wandte er sich wieder seinen eigenen Überlegungen zu. »Sehen Sie«, fuhr er nach einem Moment fort, »ich weiß, Sie sind ihnen ein so guter Vater, wie Sie es nur sein können. Aber Sie kennen mich nicht. Sie können nicht mit Sicherheit wissen, ob man mir ein Kind anvertrauen kann.«

»Ob man dem, den die Behörden aussuchen, ein Kind anvertrauen kann, weiß ich auch nicht.«

Darauf antwortete August nichts. Weil ihm die Argumente ausgegangen waren. Die Antwort würde trotzdem Nein lauten. Aber ihm gingen die Gründe aus, warum das so war. Er würde es nicht tun, weil er es nicht wollte. Weil es sich komisch anfühlte. Weil es die vertrauten Muster durcheinanderbrachte, an die er sich klammerte. Es war zu spät, es als etwas Edleres zu verbrämen als das.

Als er aufschaute, starrte ihm Wes in die Augen. Als nähme er Maß oder so.

»Kann man Ihnen ein Kind anvertrauen?«

»Ja«, erwiderte August ruhig.

»Ja«, sagte Wes. »Das dachte ich mir.«

Dann stand er auf, drückte seine Zigarette aus und machte sich wieder an die Arbeit.

Kapitel 3

Neuer Vorschlag

Etwa um die Zeit herum, als die Sonne unterging, schlenderte August in die Werkstatt. Wes lag rücklings auf einem Rollbrett, zur Hälfte unter dem Motor. Er konnte das Wohnmobil nicht mit einer Hebebühne hochfahren, weil es zu groß und schwer und die Werkstattdecke nicht hoch genug war.

Wes kam nicht unter dem Wagen hervor.

»Ich habe die Jungs den ganzen Nachmittag nicht gesehen«, bemerkte August.

Zuerst keine Reaktion. Als hätte er gar nicht gesprochen.

Dann erklärte Wes: »Ich habe ihnen gesagt, sie sollen Sie in Ruhe lassen.«

»Warum?«

»Ich wollte nicht, dass Sie denken, ich spiele mit gezinkten Karten. Dass ich ihnen sage, sie sollten Ihnen auf Schritt und Tritt folgen und Sie mit ihren großen braunen Augen ansehen. Ich habe ihnen gesagt, sie sollen Ihnen Zeit zum Nachdenken geben.« Immer noch kam Wes nicht unter dem Fahrzeug raus. Nur seine Stimme drang darunter hervor. »Außerdem ... wenn Sie Nein sagen, will ich nicht, dass sie es Ihnen am Gesicht ablesen können.«

»Verstanden«, erwiderte August.

Als er zurück zur Tür des Wohnmobils ging, dachte er: *Ja genau. Halt sie weit von mir fern, wenn du nicht willst, dass sie das Nein kommen sehen.*

* * *

Um zwanzig Minuten vor Mitternacht riss ein Klopfen an der Tür August aus dem Schlaf. Woody drehte fast durch, machte jede Menge Lärm, mehr ein lang gezogener Schrei als ein einzelnes Bellen.

August stolperte zur Tür, rieb sich die Augen. Woody folgte ihm, dicht genug, um von hinten mit der Nase gegen Augusts Bein zu stoßen, worauf er tief in der Kehle ein Knurren hören ließ.

»Wer ist da?«, rief August.

»Wes.«

August seufzte und öffnete die Tür. Woody setzte sich dicht neben seinen Füßen hin, lehnte sich an sein Bein und wedelte leicht.

»Tut mir leid«, sagte Wes. »Tut mir ehrlich leid, dass ich Sie geweckt habe. Vielleicht ist es auch falsch von mir. Aber ich habe Ihnen gesagt, Sie sollten darüber schlafen. Aber dann habe ich alles noch einmal überdacht und habe einen völlig neuen Vorschlag. Daher schlafen Sie jetzt über das Falsche. Also, kann ich Ihnen das Neue sagen, damit Sie dann darüber schlafen können?«

August blickte dem Mann im Halbdunkel ins Gesicht. Das Haar stand ihm wirr vom Kopf ab. Wes war offensichtlich selbst schon im Bett gewesen, als ihm der neue Vorschlag eingefallen war. August blickte über Wes' Kopf, sah einen fast vollen Mond über der flachen weitestgehend unbewohnten Landschaft stehen und dachte: *Er hat recht.*

Da ist nichts. Diese Jungs haben nichts gesehen, weil es hier nichts zu sehen gibt.

»Na gut. Jetzt bin ich wach. Also können Sie es mir auch genauso gut sagen.«

»Ich schenke Ihnen die Reparatur. Ohne Bedingung. Egal, wie Ihre Entscheidung aussieht. Ich habe das eben beschlossen. Wissen Sie auch, warum ich das tue? Weil Sie sie brauchen. Ich kann erkennen, wie wichtig es Ihnen ist. Von Mann zu Mann. Wir sind beide Menschen, daher helfe ich Ihnen in Ihrer Notlage. Weil ich das kann. Wenn Sie das so glücklich macht, dass Sie im Gegenzug mir aus meiner Notlage helfen wollen, wäre ich Ihnen sehr dankbar. Aber ob Sie das tun oder nicht, es steht Ihnen frei, hier herauszufahren, wenn ich fertig bin. Ohne dass ich etwas verlange. Also, meinen Glückwunsch, Sie kommen zum Yellowstone-Nationalpark.«

August blinzelte ein paarmal, war sich zu sehr bewusst, dass er das tat. Er hörte die Grillen. Grillenzirpen hatte er nicht mehr gehört, seit er ein Junge gewesen war. Wenigstens nicht, dass er sich daran erinnern konnte. Dann fiel ihm ein, dass sie die ganze Zeit da gewesen sein mussten, dass er es nur nicht bemerkt hatte, dass er sie hörte. Es kam ihm seltsam vor, dass er sich des Geräusches so wenig bewusst sein konnte, es aber jetzt so deutlich wahrnahm.

»Ich bin nicht sicher, was ich darauf sagen soll.«

»Sagen Sie nichts. Schlafen Sie drüber.«

Und damit ging Wes weg, um die Ecke der Werkstatt zu dem Haus oder irgendeiner anderen Behausung, die sich dahinter verbarg. Im hellen Lichtschein des fast vollen Mondes konnte August die kleinen Staubwölkchen sehen, die unter den Schuhsohlen des Mechanikers aufgewirbelt wurden. Er schloss die Tür und blickte hinunter auf seinen Hund.

»Das war komisch«, bemerkte er, und Woody schaute ihn fragend an, als sollte er August helfen, das herauszufinden.

»Ich weiß nicht, was für einen Reim ich mir darauf machen soll.«

Woody legte den Kopf schief, überließ es aber August, das Rätsel zu lösen.

»Weißt du, das macht es schwerer, Nein zu sagen.«

Er setzte sich auf die Bettkante, lehnte seine Stirn in eine Hand und versuchte zu entscheiden, ob der zusätzliche Druck geplant gewesen war oder ob das Angebot reinem Altruismus entsprang und die Schuld einfach ein Nebeneffekt war. Er kam kein bisschen voran bei dieser Überlegung, daher schlief er wieder ein.

Nach einer Weile.

* * *

August schlief viel länger, als er vorgehabt hatte. Als er aufwachte, zog er sich rasch an und begann, die Rollos an den Fenstern hochzuziehen. Er fing auf der Fahrerseite an, dem Fenster über dem Esstisch. Das Gesicht des Automechanikers erschien nur wenige Zoll vor der Scheibe und erschreckte ihn. August wich zurück und stieß einen Laut aus, was ihm sofort peinlich war. Woody bellte einmal scharf.

»Tut mir leid«, sagte Wes. »Ich wollte Ihnen keinen Schreck einjagen. Aber ich habe gemerkt, dass Sie wach sind, weil sich das Wohnmobil bewegt, wenn Sie darin umhergehen. Sie haben lange geschlafen. Wissen Sie, dass es nach zehn ist?«

»Oh. Nicht wirklich, aber ich wusste, dass es spät ist. Gewöhnlich schlafe ich nicht so lange, aber ich war gestern Nacht noch eine ganze Weile wach.«

»Richtig. Tut mir leid. Meine Schuld. Wie auch immer … ich habe Neuigkeiten, die ich Ihnen dringend mitteilen will. Ich schaffe es schneller. Sieht ganz so aus, als ob ich heute am frühen Nachmittag fertig sein werde. Nun, nicht wirklich früh am Nachmittag, aber vermutlich eher drei als sechs Uhr. Dachte, das würden Sie wissen wollen.«

August lehnte sich vor und stützte sich mit den Händen vor sich auf die Tischplatte, weil es sich so merkwürdig anfühlte, dazustehen, die Hände an den Seiten, und eine Unterhaltung durchs Fenster zu führen.

»Wie ist es Ihnen gelungen, drei Stunden im Verlauf eines Morgens aufzuholen?«

»Nun ja«, sagte Wes und kratzte sich am Kopf, als wäre es auch ihm rätselhaft. »Das habe ich nicht. Es ist eher so, dass ich immer ein Zeitpolster mit einplane. Weil es eigentlich immer so ist, dass was schiefgeht. Eine Schraube bricht ab, während ich was auseinandernehme. Oder dreht rund, und ich muss sie rausbohren. Oder ich nehme was auseinander und merke dann erst, dass mehr kaputt ist, als ich dachte. Aber jetzt baue ich alles wieder zusammen. Und es ist nichts schiefgegangen. Und da ist nichts, was noch schiefgehen könnte. Daher dachte ich, ich sag's Ihnen gleich. Weil ich mir gedacht habe … wenn ich bis drei fertig bin, werden Sie gleich noch losfahren wollen.« Lange Pause. »Richtig?«

»Vermutlich«, antwortete August und konnte das Ungesagte erraten, ohne dass es ausgesprochen werden musste.

»Und Sie werden … Sie wissen schon. Sich fertig machen und so. Und … so weiter.«

»Richtig«, sagte August. »Genau.«

* * *

»Machen Sie eine Probefahrt«, schlug Wes kurz nach halb drei vor.

August setzte sich zum ersten Mal seit drei Tagen hinters Lenkrad. Woody sprang in sein Hundebett auf dem Boden zwischen Fahrer- und Beifahrersitz. Wie er es immer tat. Er schien zu denken, dass irgendwo anders als in der Fahrerkabine des Wohnmobils zu bleiben, das Gleiche bedeutete, wie zurückgelassen zu werden.

August startete den Motor mit Vorbehalten, aber es ging alles gut, und er lief gleichmäßig und ruhig. Er schaute Wes durch die Windschutzscheibe an. Der Automechaniker hielt den Daumen hoch, und die Angst und die Hoffnungslosigkeit in seinem Gesicht brachen August schier das Herz. August blickte weg und schaltete in den Rückwärtsgang. Er stellte seinen Fuß aufs Gaspedal. Gerade als die Fahrerkabine aus der Werkstatt rauskam, blickte August auf und sah die Jungs.

Sie lehnten mit dem Rücken gegen die Vorderseite der Werkstatt. Ihre Haare waren frisch gekämmt. Beinahe zu ordentlich und zu perfekt, um echt zu sein. Ihre sauberen weißen Shirts waren rundum in ihre Shorts gesteckt. Zwei erste Male, dachte August. Das erste Mal, dass ihre Shirts sauber waren, und das erste Mal, dass sie ringsum im Bund der Hosen geblieben waren. Allerdings musste man sich bewegen, damit das T-Shirt aus der Hose rutschte. Und die beiden Jungen bewegten sich keinen Zentimeter.

Neben jedem Jungen stand ein kleiner, uralter Koffer. Einer war grün, der andere von einem abgestoßenen Braun mit einem dunkleren Querstreifen. August blickte rasch weg, weil es zu traurig anzusehen war.

* * *

Als er vor der Werkstatt stehen blieb, hatten sich die Jungen nicht vom Fleck gerührt. Wes ebenfalls nicht. Es war, als hätte August sie in einer Art Scheintod erstarren lassen, indem er es versäumt hatte, eine klare Entscheidung zu treffen – oder wenigstens anzukündigen.

August kuppelte aus und zog die Handbremse an. Wes kniete sich auf den Boden und blickte eine Weile unter das Fahrzeug. Suchte vermutlich nach Leckstellen.

August wagte einen weiteren Blick zu den Jungen. Sie erinnerten ihn an Kinder während des Krieges, die allein auf einem Bahnsteig auf Fremde warteten, in der Hoffnung, dass sie sie in Sicherheit bringen würden. Sie hofften auf Rettung, obwohl sie ihre Eltern zurücklassen mussten. Nicht, dass er je so eine Szene mit eigenen Augen gesehen hätte, aber dennoch …

Henry wandte den Kopf und schaute in die Ferne, und dadurch, dass er das tat, verrutschte eine Strähne seines perfekt gekämmten Haares. Sie fiel ihm in die Stirn, eine winzig kleine Rebellion. Während August zusah, zog Seth einen schwarzen Plastikkamm aus der Tasche seiner Shorts, lehnte sich näher zu seinem Bruder und kämmte die verirrte Locke wieder zurück.

August brach das Herz. Sauber und unrettbar. Und jetzt musste er ihre brechen.

Heftiger Widerstand regte sich in seiner Brust. Es machte ihn wütend. Es fühlte sich unfair an, dass er in diese Position gebracht worden war. Dann erinnerte er sich wieder daran, was er im Gegenzug dafür erhalten hatte. Er sagte sich, dass ihnen die schlechte Nachricht beizubringen der Preis dafür war, nach Yellowstone zu kommen und für drei Tage umfangreiche Reparaturarbeiten. Die Sache war die: Es war kein kleiner Preis. Vielleicht hätte es das sein sollen, aber das war es nicht. Oder wenigstens fühlte es sich nicht klein an.

Er öffnete die Tür und stieg aus, ließ den Motor laufen. Er ging einmal um das Wohnmobil herum – nahm den längeren Weg –, um zu vermeiden, Wes zu begegnen. Wie vorherzusehen war, richteten die Jungs ihre Augen auf ihn. Genau, wie ihr Vater es ihnen ausdrücklich verboten hatte. Weil es nicht fair war. Es war einfach nicht fair.

»Ihr Jungs seht auf jeden Fall so aus, als wolltet ihr wohin«, bemerkte er, hoffte, damit die Stimmung aufzulockern.

»Unser Vater hat uns gesagt, wir sollten fertig sein«, erwiderte Seth. »Nur für alle Fälle. Er hat gesagt, so würden wir Sie, falls Sie Ja sagen sollten, nicht aufhalten. Aber er hat auch gesagt, er glaubt nicht, dass Sie Ja sagen.«

Henry senkte den Blick zur Erde, und die Haarlocke rutschte ihm wieder in die Stirn. Seth zuckte kurz, bewegte sich aber nicht, als hätte er die Hand danach ausstrecken wollen, sich dann aber doch dagegen entschieden. August konnte erkennen, wie sehr es ihn belastete. Er sah, wie Seth den Blick nicht von der Stirn seines Bruders losreißen konnte, von einer Unvollkommenheit, für die er offenkundig seiner Ansicht nach verantwortlich war.

August hörte ein leises Wimmern, drehte sich um und entdeckte Woody auf dem Beifahrersitz. Der Hund stützte sich mit den Pfoten ans Fenster, wollte zu den Jungen.

»Die Sache ist die …«, erklärte August.

Dann machte er eine Pause. Später würde er den Moment wieder und wieder im Geiste durchleben, genau betrachten, was er wusste und wann. Die Jungs schauten ihm alle beide mit diesen Augen ins Gesicht. Diesen unfairen braunen Augen. Sie sagten kein Wort. Sie warteten.

»In dem Wohnmobil gibt es Schubladen«, sagte August schließlich, »und es gibt Schränke. Die Schränke sind weit oben, aber es ist okay, dass Henry sich auf die Couch stellt, wenn er vorher seine schmutzigen Schuhe auszieht. Ich werde für euch zusammen eine Schublade leerräumen und einen Schrank für jeden von euch. Und wenn ihr eure Sachen eingeräumt habt, will ich, dass ihr die Koffer hier lasst. Sie sind nur im Weg. Es wird ohnehin eng für drei Personen und einen

Hund. Auch wenn der Hund klein ist. Egal. Wir werden uns Mühe geben müssen, einander nicht im Weg zu sein.«

Dann hörte er auf zu reden, und die folgende Stille schien anzuschwellen und sich in die Länge zu ziehen.

Seth brach sie.

»Dad!«, schrie er. Laut genug, dass Augusts Ohr, das am nächsten an Seth war, schmerzte. »Dad! Weißt du was? Er hat Ja gesagt!«

Und August dachte: *Heiliger Strohsack. Hab ich das? Hab ich Ja gesagt? Warum habe ich das eigentlich? Und wie kann ich das getan haben, ohne es wenigstens kurz mit mir selbst zu besprechen?*

Und dann begriff er, dass nichts von dem Unsinn wichtig war. Es war zu spät, es zurückzunehmen. Es war passiert.

* * *

»Ich schreibe Ihnen meine Handynummer auf«, erklärte August.

Er und Wes standen in dem engen Büro. Der Raum, in den man sich gewöhnlich nach einer Reparatur mit dem Werkstattbesitzer zurückzog, um die Rechnung zu begleichen. Und eher nicht, um Vereinbarungen zu treffen bezüglich der Rückgabe seiner Kinder am Ende des Sommers.

August blickte über seine Schulter durch die weit geöffnete Bürotür. Seth war auf dem Beifahrersitz des Wohnmobils angeschnallt, und Henry stand zwischen den Sitzen, hielt sich zu beiden Seiten daran fest. Beide starrten die Erwachsenen durch die Windschutzscheibe an. Ihre überschwängliche Freude schien sich rasch verflüchtigt zu haben und die unterliegende vage Unsicherheit war zum Vorschein gekommen.

»Danke«, sagte Wes. »Und ich habe die Nummer des Bezirksgefängnisses nachgesehen und auf einem Zettel notiert. Ich habe ihn Seth gegeben. Und ich habe ihm auch Geld gegeben, damit sie von unterwegs anrufen können. Ich darf bis zu dreimal die Woche angerufen werden. Montag, Mittwoch und Freitag. Nur zu bestimmten Zeiten, die habe ich auch dazugeschrieben.«

»Sie dürfen Anrufe entgegennehmen? Ich dachte, Häftlingen sei das untersagt.«

Wes schien bei dem Wort »Häftlingen« zusammenzuzucken. »Die Regel sagt, nur in Notfällen oder mit Sondergenehmigung. Ich habe so eine Genehmigung, da ich alleinerziehender Vater dieser beiden Kinder bin, und ich wusste, sie würden mich nicht besuchen kommen können. Wie es auch ausgegangen wäre.«

»Oh«, sagte August. »Okay. Seth kann von meinem Handy aus anrufen. Ich habe mehr Freiminuten als ich je verbrauchen werde.«

»Gut. Danke.«

August musterte den Mechaniker aufmerksam. Seine Augen, seine Stimmung, seine Reaktion. Weil er sehen wollte, wie sich ein Mann fühlte, wenn er seine Kinder mit einem praktisch Fremden für den Sommer wegschickte. Aber Wes empfand entweder praktisch nichts, oder, was wahrscheinlicher war, wollte sich seine Gefühle nicht anmerken lassen.

»Das ist kein Problem. Es kostet mich nichts. Wir werden Sie dreimal wöchentlich anrufen.«

»Ja. Das wäre gut. Das würde sehr helfen. Uns, mir und den beiden. He, ich hoffe, es macht Ihnen nichts aus, dass ich mir Ihr Kennzeichen notiert habe. Und vielleicht können Sie Ihren vollen Namen und Ihre Adresse hier auf das Blatt schreiben. Es ist nur … wenn mich jemand vom Jugendamt fragt, wo ich meine Kinder habe … wissen Sie … da klingt es irgendwie schlecht, wenn ich das nicht genau wüsste. Ich meine, was soll ich sagen? ›Na ja, sie sind mit einem Typ mitgefahren, aber er schien mir okay zu sein, und er hat gesagt, er bringt sie wieder zurück.‹ Ich meine, ich kann ja nicht einfach den Leuten sagen, ich habe meine Kinder jemandem anvertraut, den ich nicht mal kenne.«

Während er das sagte, verzog sich das Gesicht des Mechanikers, und er brach mit einem Schnauben ab, das fast wie ein Lachen klang. Sarkastisches Lachen. Dann änderte sich sein Gesichtsausdruck plötzlich. Seine Augen weiteten sich, und er ließ sich auf seinen Schreibtischstuhl sinken. Er legte sich eine Hand auf die Brust, als hätte er Schwierigkeiten mit dem Atmen.

»He«, sagte August. »Wes. Alles gut?«

Erst blickte Wes ihn nur an, und von seinen Augen war das Weiße zu sehen. Er blickte ihn an, sah aber eindeutig nichts. Dann sagte er: »Das tue ich, oder? Mein Gott. Das tue ich. Ich überlasse meine Kinder einem Typen, den ich nicht mal kenne.«

August lehnte sich über den Schreibtisch und packte Wes an den Schultern. »Sehen Sie mich an«, verlangte er. Anfangs nützte es nichts, daher versuchte er es erneut. »Wes. Sehen Sie mich an.« Dieses Mal fanden Wes' panisch aufgerissene Augen seine. »Ich werde mich gut um die Jungs kümmern. Und wir werden Sie dreimal die Woche anrufen. Sie werden eine Menge erstaunliche Sachen zu sehen bekommen. Orte, von denen sie gar nicht wussten, dass sie existieren. Und ich werde sie im September zurückbringen. Und wenn Sie wissen wollen, wie es ihnen geht, erreichen Sie mich immer über mein Handy.«

»Das wäre aber ein R-Gespräch.«

»Das macht nichts. Tun Sie es, wenn es Ihnen wichtig ist.«

»Lassen Sie mich Ihnen noch etwas Geld für Essen geben.«

Wes zog sein Portemonnaie hervor und holte jeden Schein heraus, den es enthielt. August nahm das Geld, ohne es anzusehen oder gar zu zählen und ohne irgendeinen Kommentar.

»Danke. Ehrlich. Danke, August. Das meine ich ernst. Ich wusste, Sie sind okay. Ich wusste, ich mache bei Ihnen keinen Fehler. Ich weiß nicht, warum ich das gerade aus den Augen verloren habe. Es ist nur, ich …«

»Sie lieben die Jungs?«

Wes begann zu weinen. Nicht offen, nicht mit einem Schluchzen. Es war leise, und er versuchte offenkundig, es zu unterdrücken. Aber August sah eindeutig die Tränen aufsteigen und überlaufen.

»Sie sind mein Leben«, sagte er erneut und wischte sich mit dem Handrücken die Augen. »Meine ganze Welt. Wissen Sie?«

»Ich weiß«, sagte August.

»Stört es Sie, wenn ich allein ins Wohnmobil gehe und mich von ihnen verabschiede?«

»Kein bisschen. Machen Sie nur.«

Und August schaute nicht mal durch die Windschutzscheibe zu. Er war der Ansicht, dieser Augenblick gehörte ihnen ganz allein, und er ließ ihn ihnen.

* * *

»War mein Dad okay?«, fragte Seth, als sie auf die Straße bogen, die sie zurück auf den Highway bringen würde.

»Ziemlich okay.«

»Er sah aus, als hätte er einen Herzanfall oder so.«

»Nein. Nichts in der Art. Ich denke, er hatte einfach auf einmal Angst, weil er euch mit mir wegschickt.«

»Aber Sie sind in Ordnung. Oder?«

»Doch, das bin ich. Woran ich ihn erinnert habe. Dann hat er sich besser gefühlt. Er hat euch Jungs nur wirklich sehr, sehr lieb.«

Seth lächelte, aber es war ein trauriges, verlorenes kleines Lächeln.

August blickte in den Rückspiegel zu Henry. Er saß auf der Couch. Mit seinem Beckengurt, wie angeordnet. Woody lag mit dem Vorderteil quer über Henrys Schoß und mit dem Hinterteil auf der Couch. Henry streichelte den Hund mit einer Hand. Und weinte. Er wischte sich die Nase mit dem Ärmel seines eben noch sauberen Hemdes.

»Ich weiß nicht mehr Ihren Namen«, sagte Seth. »An den vom Hund erinnere ich mich, aber nicht an Ihren.«

»August.«

»Wie der Monat?«

»Ja, wie der Monat.«

»Mr August?«

»Nein, einfach nur August. Das ist mein Vorname.«

»Oh. Ich kenne niemanden, der wie ein Monat heißt.«

»Auch kein Mädchen namens April? Oder May? Oder June?«

»Hm. Lassen Sie mich nachdenken. Nein, nicht wirklich. Aber ich glaub, ich hab davon gehört. Aber ich hab noch nie von einem Mann mit einem Vornamen wie ein Monat gehört. Wie soll ich Sie also nennen?«

»August. Und lass das ›Sie‹.«

»Sind Sie sicher, das ist nicht respektlos? Mein Vater hat mir eingeschärft, nicht respektlos zu sein.«

»Es könnte respektlos sein, einen Erwachsenen zu duzen und mit dem Vornamen anzureden, wenn du nicht darum gebeten worden bist, und wenn du dir nicht sicher bist, was der davon hält. Aber wenn ein Erwachsener zu dir sagt: ›Nenn mich bitte August. Und sag du‹, dann tust du am besten genau das.«

»Und dann ist es auch nicht respektlos.«

»Richtig.«

»Ich rede zu viel. Nicht wahr?«

»Nun, da bin ich mir nicht sicher. Zu viel für wen?«

»Mein Dad hat gesagt, ich sollte nicht so viel reden.«

»Aber wie weißt du, was zu viel ist?«

»Genau das habe ich ihn auch gefragt. Er hat gesagt, wenn ich so rede, wie ich das gewöhnlich tue, wäre es zu viel.«

August lachte, was Seth überraschte, der nicht zu verstehen schien, was daran komisch sein sollte.

»Ich verrat dir was«, erklärte August. »Wenn ich denke, es ist zu viel, werde ich was sagen. So was wie: ›Wie wäre es mal für eine Weile mit ein wenig Ruhe?‹ Solange ich das nicht sage, ist es nicht zu viel.«

»Sicher, okay«, erwiderte Seth.

Und schwieg den Rest von Kalifornien wie ein Grab.

Kapitel 4

Treffen

»Die Grenze zu Nevada«, sagte August. »In zwei Meilen.«

Seth hob ruckartig den Kopf. »Henry! Hast du das gehört?« Er verrenkte sich fast den Hals, um zu seinem kleinen Bruder zu sehen.

August blickte in den Rückspiegel. Henry kämpfte darum, wach zu werden. Woody lag immer noch halb über seinem Schoß.

»Henry! Hör mal! Ein ganz neuer Bundesstaat! Nevada. Wir sind nie zuvor in Nevada gewesen. Du musst aufwachen. Das musst du sehen.«

»Wirklich noch nie in Nevada gewesen?«, erkundigte sich August.

»Nie.«

»Aber es ist doch gar nicht so weit von eurem Zuhause.«

»Ehrlich? Es kommt einem weit vor. Aber egal, wir waren noch nie da.«

»In welchen anderen Staaten außer Kalifornien seid ihr denn schon gewesen?«

»Keinem. Können wir anhalten?«

»Anhalten? Ich bin nicht sicher, was du meinst. Wo anhalten?«

»In Nevada.«

»Na ja, Seth … wir werden durch Nevada hindurchfahren. Das dauert eine Weile. Wir werden jede Menge Halte machen.«

»Aber ich meine, wenn wir dort ankommen. Ich will wissen, ob es anders ist.«

»Es ist nicht wirklich anders. Eine Meile auf dieser Seite der Grenze ist ziemlich das Gleiche wie eine Meile auf der anderen Seite.«

»Oh«, sagte Seth. »Okay.« Seine Enttäuschung war nur zu offensichtlich. »Es liegt natürlich ganz bei dir, wo du anhältst und wo nicht. Das ist in Ordnung. Und du hast vermutlich recht. Ich wollte es nur irgendwie selbst spüren.«

* * *

»Für mich fühlt es sich anders an«, sagte Seth. »Aber ich kann nicht genau sagen, wie. Es tut es einfach.«

Er stand am Straßenrand auf einem Highway-Parkplatz. Sie waren dicht genug an dem Schild zur Staatengrenze, um es lesen zu können. August hielt Woodys Leine, die straff gespannt war, weil der Hund dringend an interessanteren Stellen schnuppern wollte. Besser riechende Orte finden wollte, um das Bein zu heben.

»Dann ist das wohl so«, antwortete August.

Er blickte zu Henry nach unten, der dicht neben seinem Bruder hockte. »Was meinst du, Henry? Ist Nevada anders?«

Henry wandte rasch das Gesicht ab.

»Hast du eine Kamera?«, fragte Seth. »Würdest du böse werden, wenn ich dich bitten würde, ein Foto von dem Schild da zu machen? Das, auf dem steht, dass wir jetzt in Nevada sind?«

»Seth, ich werde nicht böse, egal, was du mich fragst. Ich sage vielleicht Ja oder vielleicht auch Nein, aber ich werde nicht böse auf dich, nur weil du fragst. Ich mache ein Foto von dem Schild. Nur, dass wir jetzt auf der falschen Seite sind.«

»Nein, wir sind auf der perfekten Seite, August.«

»Aber du willst doch das Schild, auf dem steht: ›Willkommen in Nevada‹. Oder was auch immer darauf steht. Aus dieser Richtung bekommst du ›Willkommen in Kalifornien‹. Und ›Nevada wünscht eine gute Reise. Fahren Sie vorsichtig und kommen Sie bald wieder.‹«

»Nein, so herum ist es richtig. Denn wenn das Schild sagt, dass wir jetzt nach Nevada kommen, sind wir ja noch nicht drinnen. Aber wenn es Nevada ist, das uns auffordert, vorsichtig zu fahren, dann ist das da, wo wir gerade sind.«

»Das ist in der Tat logisch«, erwiderte August. »Hier. Halt mal Woodys Leine.«

Er ging ein paar Schritte zurück zum Wohnmobil, schloss die Fahrertür auf und öffnete sie, holte die Kamera aus dem Seitenfach. Dann richtete er sie auf das Schild, zoomte nah heran und drückte auf den Auslöser. Obwohl er schon viele Male in Nevada gewesen war.

»Danke«, sagte Seth. »Ich möchte mich daran erinnern.«

»Kein Problem. Habt ihr Hunger?«

»Ich ja«, antwortete Seth. Er lehnte sich vor und flüsterte seinem Bruder was ins Ohr. Obwohl August eine Antwort weder sehen noch hören konnte, fügte Seth rasch hinzu: »Ja, wir sind beide hungrig. Danke, dass du fragst.«

»Wie denkt ihr über Schinken-Käse-Sandwiches?«

»Wir mögen Schinken-Käse-Sandwiches. Nicht wahr, Henry?«

Henry antwortete nicht.

* * *

Sie saßen im Schatten von ein paar Bäumen an einem Picknicktisch auf dem Rastplatz, um mehr Zeit im Freien zu sein.
Woody hockte völlig hingerissen auf dem Gras zwischen
Henry und Seth und blickte zwischen den beiden hin und her,
als verfolgte er ein Tennisspiel, hoffte eindeutig auf Herunter-
gefallenes oder Zugedachtes.

»Das hier ist ein gutes Sandwich«, sagte Seth. »Danke,
August. Henry, es schmeckt wirklich klasse, oder?«

Ein kaum merkliches Nicken von Henry.

»Das ist Henrys Art, Danke zu sagen.«

»Sieh mal, Seth. Du bist ein höflicher Junge. Und das
schätze ich sehr an dir. Aber ehrlich ... Es ist selbstverständlich, dass ich euch zu essen gebe. Ich hätte euch nicht mitgenommen, wenn ich nicht vorhätte, mich gut um euch zu
kümmern.«

Seth nickte, wirkte aber leicht verlegen.

Sie saßen eine Weile schweigend.

Dann fragte Seth: »Hasst du es?«

August schaute jäh auf, aber der Junge wich seinem Blick
aus.

»Was? Was soll ich hassen?«

»Das hier. Du weißt schon. Uns mitnehmen zu müssen.
Ich weiß, dass du es eigentlich nicht wolltest.«

»Das hasse ich nicht, nein.«

»Wer würde schon freiwillig fremde Kinder den ganzen
Sommer lang um sich haben wollen? Niemand, den ich
kenne.«

»Ich hätte nicht Ja gesagt, wenn ich es nicht gewollt
hätte.«

»Wirklich?«

»Ja, wirklich.«

»Aber du magst es auch nicht wirklich, oder?«

»Wie wäre es mal für eine Weile mit ein wenig Ruhe?«, sagte August.

Und die gewährte ihm Seth.

* * *

Etwa sechzig Meilen weiter hielt August zum Tanken an. Es war draußen heiß, und obwohl sie innen die Klimaanlage anhatten und er das Benzin mit einer Kreditkarte direkt an der Zapfsäule zahlte, betrat August den Tankstellenshop und kaufte drei Limos. Als er in der Schlange an der Kasse stand, fiel sein Blick auf einen Ständer mit Einwegkameras im Angebot. Er nahm zwei, überprüfte, dass jede sechsunddreißig Aufnahmen hatte, und dann schob er sie mit den Getränken über die Theke.

Ein gelangweilt aussehender Teenager kassierte ab und tat alles in eine Papiertüte. Die trug August durch die Hitze, öffnete die Fahrertür und stellte sie auf den Sitz. Dann putzte er die Windschutzscheibe, musste auf die Stoßstange vorne steigen, um alle Stellen zu erreichen. Er zog die Zapfpistole ab und steckte sie zurück, dann nahm er seine Quittung raus und setzte sich wieder auf den Fahrersitz, nachdem er die Tüte zur Seite geschoben hatte, um für sich Platz zu machen.

Er nahm eine kalte Limo raus und reichte die Tüte dann an Seth weiter.

»Das ist für dich und deinen Bruder«, sagte er.

Seth blickte zögernd hinein. Als hätte August ihm einen Beutel Schlangen gegeben.

»Nur die Limo, oder?«

»Nein. Alles darin ist für dich und Henry.«

»Du hast uns Kameras gekauft?«

»Nur ganz billige Einwegkameras.«

»Ich hatte noch nie eine Kamera, egal was für eine.«

»Ich dachte, es wäre vielleicht nett, wenn du für dich selbst entscheiden könntest, woran du dich erinnern möchtest. Und jetzt schnallt euch wieder an, wir fahren gleich los.«

»Okay«, antwortete Seth und tat es.

August blickte über seine Schulter zu Henry, sah dann aber, dass er sich gar nicht erst abgeschnallt hatte.

»Wie viele Bilder sind es?«, wollte Seth wissen.

»Auf jeder sechsunddreißig. Aber ihr könnt auch Abzüge von meinen haben, wenn wir zurückfahren. Nur dass es sein kann, dass ich gar nicht auf die Idee komme, von etwas ein Bild zu machen, wie bei dem Nevada-Schild. Wenn es sich für dich aber aus irgendeinem Grund gut anfühlt, kannst du auch Bilder für dich selbst machen.«

Stille.

August fuhr von der Tankstelle und fädelte sich in den Verkehr zur Auffahrt auf den Highway ein. Als er darauf war, sagte Seth etwas.

»Dafür darf ich mich bedanken, oder?«

»Du kannst dich für alles bedanken, was du willst. Aber ich weiß, was du meinst. Die Kamera ist etwas mehr als nur Essen. Daher … bitte, gern geschehen.«

Aus dem Augenwinkel verfolgte August, wie Seth die kleine Schachtel öffnete und die Folie aufriss, in die die Kamera eingeschweißt war. Dann starrte er eine Minute lang auf die Gebrauchsanweisung auf der Schachtel außen.

»Also, Henry«, erklärte Seth. »Die hier ist deine. Du benutzt sie so: Du drehst an dem Rädchen hier, bis es nicht mehr weitergeht. Dann drückst du diesen Knopf, um die Aufnahme zu machen. Dann wickelst du weiter, bis es wieder einrastet, sodass du das nächste Bild machen kannst.«

Er reichte die Kamera so weit hinter seinen Sitz, wie er nur konnte, und Henry beugte sich weit vor und streckte den

Arm aus, um dranzukommen. Dazu musste er sich mit dem Oberkörper über Woodys Kopf lehnen, aber der Hund rührte sich nicht und es schien ihm auch nichts auszumachen. Er wachte nicht mal auf.

August beobachtete im Rückspiegel, wie Henry die Kamera sorgfältig aufzog und sie direkt auf den Hund, der auf seinem Schoß schlief, richtete. August hörte das Klick des Auslösers. Dann drehte Henry weiter bis zum Einrasten und steckte sich die Kamera in seine Hemdtasche, wandte den Kopf und starrte wieder aus dem Fenster.

* * *

»Seth«, sagte August und schüttelte ihn leicht an der Schulter. »Hey, Kumpel.«

Es war drei Minuten vor acht abends. Vermutlich früher, als die Jungs sonst ins Bett gingen. Aber in einem sich bewegenden Fahrzeug zu sitzen hatte eine besondere Wirkung. All diese hypnotisierenden Meilen.

August blickte noch einmal zu den Fenstern des Gebäudes, aus denen Licht fiel. Dass er einen ausreichend großen Parkplatz an der Straße direkt daneben gefunden hatte, war schieres Glück. Er war sich auch nur zu neunzig Prozent sicher, dass es das Gebäude war, nach dem er gesucht hatte. Aber die Handvoll geparkter Autos zeugte von genug Betriebsamkeit, dass er ein gutes Gefühl dabei hatte.

Seth rührte sich, reckte sich. Schaute sich um und rieb sich die Augen. »Wo sind wir, August?«

»Nichts Besonderes. Das hier ist nicht der Ort, an dem wir die Nacht verbringen oder so. Wir sind in einer kleinen Stadt in Nevada, aber ich will, dass du weißt, dass ich etwa eineinhalb Stunden fort sein werde.«

»Wohin gehst du?«, fragte Seth und klang leicht beunruhigt.

»Nur in dieses Gebäude da«, antwortete er und deutete darauf. »Henry schläft tief und fest. Du kannst auf ihn aufpassen, oder?«

»Sicher, ich passe die ganze Zeit auf Henry auf, aber …«

»Ich habe da einen Termin.«

»Einen Termin? Aber du bist doch im Urlaub.«

»Eine andere Art Termin. Kein Geschäftstermin.«

»Aber du kennst doch niemanden in dieser Stadt, oder?«

»Das ist irgendwie eine lange Geschichte, Kumpel. Und es geht gleich los. Wie wär's, wenn ich es dir später erkläre, worum es geht?«

»Okay.«

»Ich sperre ab. Dann kann niemand rein. Und Woody wird das Wohnmobil sowieso bewachen. Aber wenn es irgendwelche Probleme gibt oder ihr Angst bekommt oder sich irgendwas nicht richtig anfühlt, drück auf die Hupe.«

»Geht die auch, ohne dass die Zündung an ist?«

»Ja. Die Hupe arbeitet ohne Zündung.«

»Es gibt nämlich Hupen, bei denen der Zündschlüssel umgedreht sein muss.«

»Bei der hier nicht. Sie ist über ein Kabel mit der Batterie verbunden. Das ist im Bärengebiet durchaus nützlich. Manchmal muss man sehr laut werden, um sie mitten in der Nacht von einem Stellplatz zu vertreiben.«

»Fahren wir irgendwohin, wo es Bären gibt?«, fragte Seth. Versuchte lässig zu klingen. Was ihm nicht ganz gelang.

»Wir fahren wohin, wo es Grizzlybären gibt.«

Seth' Augen weiteten sich ein wenig, aber er erwiderte nichts.

»Aber wir sind vorsichtig. So, ich muss los, Kumpel.«

August tätschelte Woody den Kopf und ging durch den Wohnbereich zur Hecktür. Gerade als er mit der Hand den Türgriff berührte, sagte Seth noch etwas.

»August? Bin ich wirklich dein Kumpel?«

»Sicher. Warum nicht?«

»Ich weiß nicht. Ich hab's nur nicht gewusst.«

»Nun … ich denke, wir werden bald alle Kumpel sein. Daher habe ich vielleicht ein wenig vorausgegriffen.«

* * *

August betrat den warmen, sanft beleuchteten Raum in dem Moment, in dem der Leiter des Treffens fragte, ob es irgendwelche Neuen gäbe. Wenn das der Fall gewesen wäre, hätte es Zeit gekostet, aber da das nicht der Fall war, machte er gleich weiter mit den Teilnehmern.

August fand einen Platz und setzte sich, hob die Hand. »Ich heiße August und bin Alkoholiker aus San Diego. Es tut mir leid, dass ich zu spät gekommen bin.«

An dem langen Tisch saßen acht weitere Menschen. Sechs Männer und zwei Frauen. Fast gleichzeitig sagten sie: »Hallo August. Willkommen.«

Weil man es so bei einem Meeting tat. Es war egal, woher man kam oder auch wo man jetzt war. Es war egal, ob jemand dich kannte. Ganz grundlegend war es sogar auch egal, ob du getrunken hattest, obwohl August das glücklicherweise bisher nicht hatte ausprobieren müssen. Man kam einfach und war willkommen.

* * *

Als der Korb herumgegeben war und der Bericht des Leiters und die Verkündigungen abgehandelt waren, wurde vorgeschlagen, dass August anfangen und als Erster seine Geschichte erzählen sollte. Wenn er dazu bereit war. Dieses Vorgehen war seiner Erfahrung nach bei einem Besucher nicht unüblich. Dennoch hatte er gedacht, dass das Verlesen der zwölf Schritte und Traditionen ihm etwas Zeit verschaffen würde. Aber das hatte er durch seine Verspätung offenbar verpasst.

Sogleich verspürte er einen inneren Widerstand dagegen, seine Geschichte zu erzählen. Diese Leute waren hier zu Hause. Er nicht. Sie hatten Zeit gehabt, sich an die Energie im Raum zu gewöhnen und an die anderen, die sie alle kannten. Er kannte niemanden. Er schob das Gefühl beiseite und tat trotzdem, worum man ihn gebeten hatte.

»Ich heiße August, und ich bin Alkoholiker«, wiederholte er.

Dann wartete er, während die anderen ihn erneut begrüßten. So wurde das immer gemacht.

»Ich fange einfach an und sage, was ich bei jedem Treffen sage, jedes Mal, wenn ich meine Geschichte erzähle. Der einzige Unterschied ist die Zahl der Tage. Ich bin heute neunzehn Monate und drei Tage trocken. Das Datum, seit dem ich nüchtern bin, ist der dritte November letztes Jahr. Der Tag, an dem mein neunzehnjähriger Sohn gestorben ist. Seit dem Tag habe ich keinen Tropfen mehr angerührt.

Ich werde ehrlich sein und sagen, dass ich mich nie als abgestürzten Säufer gesehen habe. Ich habe viel getrunken, vermutlich zu viel. Ich bin deswegen nie in Schwierigkeiten geraten, aber vielleicht wäre ich das noch, wenn ich nicht aufgehalten worden wäre. Ich habe immer geglaubt, ich hätte aufhören können, wenn ich das wollte. Aber das kann ich nicht beweisen, denn ich wollte nie.«

Eine leise Reaktion ging durch die Gruppe. Was Lachen hätte sein können, wenn er seine Geschichte nicht mit einer so ernsten Note begonnen hätte. August wartete kurz, bis es vorbei war.

»Niemand hat mir gesagt, ich solle aufhören, wahrscheinlich weil meine Frau etwa so wie ich getrunken hat. Und mein Sohn empfand zu viel Respekt für mich, um mit mir darüber zu sprechen. Vielleicht dachte er auch, mein Trinken befände sich noch in einem vertretbaren Rahmen. Ich weiß nicht, was er dachte. Ich wünschte, er wäre hier. Ich würde ihn fragen.

Am 3. November vor einem Jahr war er im Auto mit meiner Frau, und sie fuhr an der Ampel bei Grün los … auf die Kreuzung. Aber jemand anders hielt bei Rot nicht an. Es wäre leicht gewesen, es dem Ampelsünder zuzuschieben, und ich denke, das haben wir beide auch versucht. Aber normalerweise schaut man doch, bevor man an einer Ampel losfährt, kurz zur Seite, um sich zu vergewissern, dass der Weg frei ist. Ihr wisst schon. Diese Umsicht, geboren aus dem Überlebensinstinkt. Wie auch immer, der Unfallfahrer raste ungebremst in die Beifahrerseite unseres Autos, und mein Sohn war sofort tot. Meine Frau blieb unverletzt. Meine Frau damals, inzwischen meine Exfrau. Und es ist keineswegs so ein Glück für sie, dass sie unverletzt geblieben ist, wie es sich anhören mag. Wenigstens ist das meine Sicht der Dinge.

Wir haben auf den toxikologischen Befund des Gerichtsmediziners gewartet. Es war vielleicht nur ein Tag, bis wir ihn bekommen haben, aber es fühlte sich wie ein Monat an. Ich hatte sie gebeten, es mir zu sagen, aber sie hat immer nur geantwortet, sie sei in Ordnung gewesen. Aber ich dachte, dass sie betrunken gewesen sein musste. Aber die Berichte kamen, und sie war es nicht gewesen. Sie ist auch nicht angeklagt worden. Aber sie hatte Alkohol im Blut, nur nicht über dem erlaubten Grenzwert. Dicht dran, aber nicht drüber.«

August wagte einen Blick in die Gesichter der drei Männer auf der anderen Seite des Tisches. Sie beugten sich vor, hörten ihm still und konzentriert zu. Er sah wieder weg.

»Ich schwöre beim lieben Gott, ich denke, es wäre für sie besser gewesen, wenn sie sie ins Gefängnis gesteckt hätten. Dann wäre sie irgendwann wieder frei gewesen. Aber wenn einen niemand bestraft, tut man das selbst. Und dann gibt es kein Datum, an dem man entlassen wird. Wir gehen mit uns selbst immer härter ins Gericht, als irgendein Richter es sich je leisten könnte.

Bis zum heutigen Tag kann ich nicht mit Sicherheit sagen, dass die Dinge anders gelaufen wären, wenn ihr Blutalkoholwert bei Null gelegen hätte. Aber ich glaube, es wäre anders gelaufen, und ich vermute, ich werde immer so empfinden. Ihre Reflexe wären vielleicht schneller gewesen. Zu unserer Trennung ist es nicht gekommen, weil ich etwa gemeint hätte, ich müsse sie bestrafen. So war es nicht. Ich weiß nicht, was ich brauchte. Ich weiß nicht mal, was ich jetzt brauche. Sie hat immer noch nicht mit dem Trinken aufgehört. Ich will sie deswegen nicht verurteilen. Vielleicht hätte ich auch nicht aufhören können, wenn ich an jenem Tag hinter dem Lenkrad gesessen hätte. Ich will sie nicht verurteilen, aber vielleicht tue ich das auf einer gewissen Ebene, ob ich nun will oder nicht. Ob ich es so vorhabe oder nicht. Es ist eine Sache, den richtigen Weg zu kennen, und ein völlig anderer, ihn zu gehen. Aber ich habe nicht geplant, unsere Beziehung aufzugeben. Ich wollte nie irgendetwas aufgeben. Es ist einfach auseinandergebrochen. Ich habe sie jeden Tag angesehen und versucht, mir vorzustellen, wie es wäre, wenn ich an ihrer Stelle wäre. Ich konnte es mir einfach nicht vorstellen, und ich wusste, ich wollte das auch nie herausfinden. Ich wusste, wenn ein paar Drinks zu einer solchen Situation führen konnten, in der es um Leben oder Tod ging, einfach so, ohne Vorwarnung, dann würde ich keinen Alkohol mehr anrühren. Keinen Tropfen.

Es ist komisch. Nun … vielleicht nicht wirklich lustig unter diesen Umständen, aber … die Rektorin an der Schule, an der ich unterrichte, hatte ihren Ehemann verloren. Ein paar Monate vorher. Eines Tages saß ich mit ihr beim Lunch, und sie wusste, dass mein Sohn umgekommen war, daher haben wir geredet. Schließlich habe ich sie gefragt, was ihrem Mann passiert sei. Ihr wisst schon. Wenn es ihr nichts ausmachte, es zu sagen. Es hat mich ziemlich geschockt, aber was sie gesagt hat, war: ›Er hat zu viel getrunken.‹ Sie hat nie genau ausgeführt, was ihn jetzt wirklich umgebracht hat. Ob es seine Leber war oder … ich weiß nicht. Und ich wollte auch nicht nachfragen. Aber sie ließ keinen Zweifel daran, dass die direkte Antwort auf die Frage, was für seinen Tod verantwortlich war, lautete: ›Er hat zu viel getrunken.‹ Und sie schien sich dafür auch gar nicht zu schämen. Sie klang sehr … verständnisvoll. Sehr tolerant. Sie sagte, er hätte viel Stress in seinem Job gehabt, in seinem Leben, und dass er getrunken hätte, um damit klarzukommen.

Also zu dem Zeitpunkt war ich etwas über ein Jahr im Programm, und ich sagte: ›Ich möchte nicht aufdringlich sein, und Sie müssen auch nicht antworten, wenn Sie nicht wollen, aber hat er es je mit den Anonymen Alkoholikern versucht?‹ Sie hat mich restlos verdutzt angesehen. Ich schwöre, das hört sich jetzt wie ein Witz an, aber es ist das, was sie geantwortet hat. Wort für Wort. Sie sagte: ›O mein Gott. Nein. *So* schlimm war es mit ihm nicht.‹«

August machte eine Pause, um eine Reaktion zuzulassen. Es hätte ein lautes Lachen sein können. AA war dafür bekannt, dass man spontan lachen konnte über Geständnisse, die man sonst für zu ernst halten könnte, um für Heiterkeit zu sorgen.

Aber Augusts Sohn war gestorben. Daher beschränkte sich die Reaktion auf Schnauben und Kopfschütteln.

»Wie auch immer«, fuhr er fort, »ich konnte es nicht aus meinem Kopf bekommen. Weil meine Frau auch der Meinung war, um sie stünde es nicht schlimm genug für die AA. Wenigstens dachte sie so nicht, solange wir zusammen waren. Und ich kann das nicht für sie entscheiden. Aber es ist schon komisch, wie man bei etwas, das erwiesenermaßen tödlich ist, es einfach nicht als notwendig erachten kann, etwas dagegen zu unternehmen. Daher hatte ich keinen einzigen Drink, seit ich den Anruf wegen des Unfalls bekam. Keinen Tropfen. Ich weiß nicht, ob ich das bin, was ihr als echten Alkoholiker betrachten würdet. Ich weiß nur, dass ich mit dem Wunsch hergekommen bin, mit dem Trinken aufzuhören, und das ist alles, was ich brauche, um einen Platz zu beanspruchen. Und was immer ich war, es ist schlimm genug, weil ich beschlossen habe, dass es schlimm genug ist, und das ist eine Entscheidung, die ich treffe. Und ich hoffe, ihr respektiert das und akzeptiert, dass ich für dieses Programm qualifiziert bin, aber ich denke, das werdet ihr, weil ich eine Version derselben Geschichte schon einer Menge Leute bei einer Menge AA-Gruppen erzählt habe, und nicht einer hat das nicht respektiert.

Und … ich weiß nicht … jetzt habe ich gerade den Faden verloren. Ich glaube, da war noch etwas, das ich sagen wollte, aber jetzt ist es weg. Aber ich denke, das war auch so genug von mir. Ich weiß, das ist nicht wirklich eine brauchbare Eröffnung. Ich habe das Übliche ›Wie es war, was geschehen ist und wie es jetzt ist‹ weggelassen. Ich bin nicht sicher, wie streng ihr euch hier sonst daran haltet. Ich habe das Gefühl, das reicht von mir. Danke, dass ihr mich gebeten habt, anzufangen. Danke, dass ihr für ein Treffen da wart, als ich das gebraucht habe.«

August lehnte sich gegen die harte Holzlehne des Stuhls. Holte tief Luft. Die Gruppe klatschte, was ihn erschreckte. Seine Gruppe zu Hause applaudierte nicht. Er wusste, in manchen war das üblich, und er war auch schon bei welchen gewesen, in denen das so war. Aber es überraschte ihn dennoch.

»Möchtest du jemanden aufrufen, August?«, fragte der Gruppenleiter.

Daher deutete August auf einen der Männer ihm am Tisch gegenüber, weil der Mann ihm mit einem Gesichtsausdruck zugehört hatte, der August das Gefühl vermittelt hatte, verstanden zu werden.

Der Mann sagte: »Ich bin Tom. Ich bin Alkoholiker.«

Und die Gruppe sagte: »Hallo Tom.«

»Ich bin ehrlich froh, dass du heute Abend den Weg zu uns gefunden hast, August. Teilweise, weil du eine verdammt faszinierende Geschichte hast. Teilweise auch, weil das hier eine ziemlich kleine Stadt ist und wir es herzlich leid sind, seit ewigen Zeiten immer nur unsere eigenen Geschichten zu hören.«

Das half, die Stimmung zu heben, und das Schwerste war vorüber. Und August hörte zu. Und atmete auf.

* * *

Nach dem Treffen kam eine Frau zu August, als er gerade versuchte, den Raum zu verlassen.

»Was unterrichten Sie?«, erkundigte sie sich. »Ich bin selbst Lehrerin. Das ist der einzige Grund, weshalb ich frage.«

Sie war zehn oder fünfzehn Jahre älter als August, hatte ein freundliches Gesicht und Augen, in denen noch ein Funkeln stand. Sie wirkte kein bisschen ausgebrannt oder müde.

»Wie lange?«, fragte er, dachte, es sei vielleicht ihre zweite Karriere.

»Wie lange ich schon Lehrerin bin? Beinahe dreißig Jahre.«

»Wow«, sagte er. Aber dann entschied er sich, das nicht weiter auszuführen.

»Also, was unterrichten Sie? Welche Stufe?«

»Naturwissenschaft«, antwortete er. »An der Highschool.«

»Das muss schlimm sein, nachdem Ihr Sohn gestorben ist.«

»Nein«, erwiderte er. Dann, als er den seltsamen Ausdruck auf ihrem Gesicht sah, fügte er hinzu: »Na ja, alles ist schlimm, seit Phillip gestorben ist.«

»All die Kinder in etwa seinem Alter. Das muss …«

Als sie abbrach, dauerte es eine Minute, bis August begriff, dass sie darauf wartete, dass er den Gedanken beendete. Und die Tatsache, dass er das nicht sofort gemerkt hatte, führte ihm vor Augen, dass er sich distanzierte. Wie er es während des Schuljahres getan hatte.

»Nichts«, sagte er. »Ich fühle nichts.« Stille. August dachte darüber nach, einfach zu gehen, aber er sprach es aus, brachte es auf den Punkt: »Ich unterrichte wie ein Schlafwandler. Die Kinder vor mir, ich unterrichte sie und rede mit ihnen, aber sie sehen für mich nicht mal dreidimensional aus, ja, eigentlich nicht mal farbig. Und ich spüre nichts. Ich warte immer darauf, dass jemand sagt, dass ihm der Unterschied auffällt. Oder es irgendwie zeigt, ohne es geradeheraus zu sagen. Die Kinder, die anderen Lehrer. Niemand tut das jemals.«

»Es muss eines der Dinge sein, derer man sich mehr von innen heraus bewusst ist.«

»Vermutlich«, sagte er.

»Ich nehme nicht an, dass diese Taubheit ewig anhalten wird«, erklärte sie.

»Nein«, pflichtete August ihr bei. »Ich denke, dass Sie da wohl leider recht haben.«

Kapitel 5

Das Handschuhfach

Als August die Augen öffnete, war es hell. Er befand sich auf der Ausklappcouch im Wohnmobil. Die Jungs schliefen auf den weichen Polstern der umgelegten Essecke auf der anderen Seite. Nur, dass Seth nicht schlief. Er saß aufrecht, hatte das Rollo vor dem Fenster halb hochgezogen und spähte hinaus.

Woody hatte sich für ihre Seite entschieden. Ihr Bett.

August richtete sich auf und reckte sich, und Woody sprang zu ihm aufs Bett, wedelte zur Begrüßung. Er rieb sich an August wie eine Katze.

Seth sagte: »Wo sind wir hier, August? Es sieht überhaupt nicht wie ein Campingplatz aus.«

»Das ist es auch nicht. Es ist einfach die Auffahrt von jemandem.«

»Von wem?«

»Einfach einem Typen, den ich gestern bei meinem Termin getroffen habe. Als das Meeting vorbei war, war ich zu müde, noch weit zu fahren, daher habe ich ein paar der Leute, die auch da waren, gefragt, ob es hier in der Nähe einen Campingplatz gibt. Doch da war nichts, das so nah war, wie ich gerne wollte. Aber einer der Männer hat mich eingeladen, die Nacht über in seiner Auffahrt zu stehen.«

»Oh«, erwiderte Seth. Er sagte nicht mehr, aber in dem »Oh« schwangen jede Menge Fragen mit, von denen er zu wissen schien, er sollte sie besser nicht stellen.

»Komm schon«, sagte August. »Lass uns aufstehen und uns anziehen und Woody rauslassen, dass er Gassi gehen kann. Und ich mache uns etwas zum Frühstück. Und dann erzähle ich euch, was es mit den Treffen auf sich hat.«

* * *

»Die Pfannkuchen sind klasse«, erklärte Seth.

»Freut mich, dass ihr sie mögt. Woody, runter.«

Woody, der kurz mit den Vorderpfoten auf Henrys Schoß gestanden hatte, schlich sich zurück in die Ecke bei der Hecktür.

»Habt ihr je von den AA gehört?«, fragte August Seth.

»Sind das nicht die Leute, die man anruft, wenn man eine Panne mit dem Auto hat und abgeschleppt werden muss? Mein Vater nennt die immer so.«

»Nein. Dies hier sind die anonymen Alkoholiker.«

»Ja«, sagte Seth nach einem Moment. »Davon habe ich gehört. Das ist für Leute, die nicht mit dem Trinken aufhören können, oder?«

»Ich denke, das beschreibt es so gut wie das meiste andere. Es ist für Leute, die mit dem Trinken aufhören wollen, aber nicht sehr viel Glück dabei hatten, es allein zu schaffen. Es scheint viel besser zu funktionieren, als wenn man einfach zu Hause sitzt und es mit Willenskraft versucht. Es ist keine Sache, bei der Willenskraft besonders gut wirkt. Nicht, wenn man wirklich Alkoholiker ist.«

Seth blickte August ins Gesicht. »Bist du Alkoholiker, August?«

»Ich denke schon. Aber das Entscheidende war, dass ich aufhören wollte zu trinken.«

»Darum also geht man zu den Treffen?«

»Richtig.«

»Selbst wenn man unterwegs und nicht zu Hause ist.«

»Ja. Ich versuche, regelmäßig an den Treffen teilzunehmen.«

»Wenn du sie den Sommer über auslässt, würdest du wieder mit dem Trinken anfangen?«

»Wahrscheinlich nicht. Ich werde diesen Sommer wahrscheinlich auch keinen Unfall haben. Vielleicht habe ich in meinem ganzen Leben keinen Unfall, aber ich lege trotzdem jedes Mal, wenn ich fahre, den Sicherheitsgurt an. Außerdem fühle ich mich besser, wenn ich zu den Treffen gehe.«

»Wie kann es sein, dass du nicht sicher weißt, ob du Alkoholiker bist?«

»Nun …«, fing August an. Er blickte zu Henry, der keinen von ihnen anschaute. Schwer zu sagen, was für einen Reim sich ein kleiner Junge wie er auf die Welt machte, wenn er nie etwas von sich gab. »Ich habe nicht getrunken, wie es manche der Leute bei den Treffen getan haben. Aber es war genug, dass ich damit aufhören wollte.«

»Also, wie weißt du es? Wie weiß man, ob jemand ein Alkoholiker ist?«

»In dem Programm überlassen wir es mehr oder weniger jedem selbst, das zu entscheiden. Wenn du sagst, du bist einer, akzeptieren wir das.«

»Aber sogar du weißt ja nicht, ob du einer bist.«

»Ich sage, dass ich das bin, und ich habe beschlossen, dass ich nicht mehr trinken will. Also bin ich es.«

»Oh.«

Ein langes Schweigen. Henry hörte auf, sich seine Pfannkuchen in den Mund zu schaufeln. Seth nahm ein paar Bissen mehr, schob dann den Rest aber auf seinem Teller herum, was ein interessantes Muster im Sirup hinterließ.

»Kann ich zu einem der Treffen mitkommen, August?«

August dachte einen Moment nach, ehe er antwortete. Es schien ihm eine komplizierte Frage zu sein. Er hatte keine Antwort parat, die er einfach so geben konnte.

»Ich bin nicht sicher, ob du das willst, Kumpel. Du findest es sicher hoffnungslos langweilig.«

»Nein, das würde ich nicht. Ich will wirklich gehen.«

»Warum?«

Seth blickte auf seinen Teller. Dann stopfte er sich auf einmal zwei Bissen Pfannkuchen in den Mund. Und antwortete nicht.

»Du trinkst doch nicht etwa?«

Seth begann zu lachen und spuckte dabei beinahe etwas von dem Pfannkuchen wieder aus, den er gerade kaute. »August«, sagte er mit vollem Mund. »Ich bin zwölf.«

»Du wärst nicht der erste zwölfjährige Alkoholiker.«

»Ich trinke nicht.«

»Warum willst du dann zu einem Treffen mitkommen?«

Seth kaute langsam zu Ende. Nachdenklich. Er schluckte. Woody kam wieder angekrochen und setzte sich wedelnd neben Seth' Füße. Aber er blieb unten, daher sagte August nichts.

»Soll ich es dir verraten«, erwiderte Seth, »nur weil du es wissen willst? Oder wirst du mich, wenn ich es dir sage, vielleicht wirklich mitnehmen?«

»Es hängt von dem Treffen ab. Manche sind offene Treffen, und das heißt, jedermann ist willkommen. Eine Menge sind jedoch geschlossene Treffen, das heißt, sie sind ausschließlich für Alkoholiker. Ich müsste ein offenes Treffen finden. Ich habe zwar eine Liste mit Meetings entlang unserer Strecke, aber ich habe mir nicht dazugeschrieben, ob es offene oder geschlossene sind, weil ich nicht dachte, dass ich das wissen müsste.«

»Ich weiß immer noch nicht, ob das Ja oder Nein heißt.«

»Ich kann fragen. Das nächste Mal, wenn ich zu einem Treffen gehe, kann ich fragen, ob es offen ist. Und wenn es das ist, kannst du mitkommen. Was ist mit Henry?«

»Ich vermute, er wird mit uns mitkommen müssen. Es wird ihm nichts ausmachen. Er geht dahin, wohin ich gehe. Aber ich muss dir immer noch vorher verraten, warum, bevor du mich mitnimmst, oder?«

»Es ist eine seltsame Bitte von einem Kind. Daher lass es uns so sagen: Ich würde es gerne wissen.«

»Ich will nur wissen, warum Leute trinken.«

»Das ist eine Frage, die schwer zu beantworten ist. Es ist vermutlich für jeden anders.«

»Und warum sie nicht aufhören. Weißt du. Wenn es Probleme verursacht.«

»Okay.«

»Ich darf mit?«

»Sicher. Warum nicht? Zum ersten offenen Treffen, das ich finden kann.«

* * *

»Wir haben eine weitere Staatengrenze vor uns«, sagte August.

»Ja, wirklich? Was für ein Staat ist es denn?«

»Arizona. Aber wir werden nicht so lange drin sein. Obwohl wir mehr davon auf der Rückfahrt erwischen werden. Heute kommen wir nur durch einen Zipfel davon. Du wirst sehen, was ich meine, wenn du es dir auf der Karte ansiehst. Dann passieren wir eine weitere Grenze und sind in Utah.«

»Zwei weitere Staaten, und das alles heute?«

Und während er das sagte, beugte sich Seth vor, um das Handschuhfach zu öffnen.

August trat fest auf die Bremse, beinahe ohne nachzudenken. Der Fahrer hinter ihm hupte lange und laut, dann fuhr er hinter ihm raus und überholte links.

»Was tust du da?«, fragte er Seth.

Seth erstarrte, die Augen erschreckt geweitet.

»Ich wollte nur meine Kamera holen.«

»Was, zur Hölle, hat deine Kamera im Handschuhfach verloren?«

»Ich weiß nicht. Ich meine, ich habe sie da gestern Abend hingetan. Ich wollte sie irgendwo hintun, wo sie sicher ist.«

»Darum habe ich für euch Platz gemacht. Damit ihr eine Stelle habt, an der ihr eure Sachen sicher aufbewahren könnt und verdammt noch mal nicht in meinen rumwühlt.«

»Warum schreist du mich an?«, rief Seth, der offensichtlich gegen die Tränen ankämpfen musste.

August hatte gar nicht gemerkt, dass er geschrien hatte. Aber nachdem Seth es ausgesprochen hatte, war klar, dass er recht hatte.

Eine Ausfahrt kam, und August nahm sie. Am Ende davon fand er eine freie Stelle am Rand einer asphaltierten Straße mitten im Nichts. Er fuhr darauf und stellte den Motor ab.

Er blickte in den Rückspiegel. Henry weinte, und Woody stupste ihn mit der Nase an und leckte die Tränen weg. Er sah zu Seth, der ihn nicht anschaute, sondern aus dem Fenster. Als gäbe es dort etwas zu sehen.

»Geht es um die Wasserflasche?«, fragte Seth, seine Stimme rau und voller Ablehnung.

August schloss fest die Augen. Gab sich Mühe, ruhig zu sprechen. »Du hast kein Recht, mich das zu fragen.«

Als er die Augen wieder öffnete, war er erstaunt, dass Seth ihn anstarrte, nicht mit Angst, aber etwas Wildem, Heftigen im Blick. Etwas, das beinahe aussah wie … Verachtung.

»Seth, es tut mir leid, dass ich dich eben angeschrien habe. Manche Dinge sind einfach privat.«

Seth starrte ihn weiter an, und seine Nasenflügel bebten. August beugte sich vor, öffnete das Handschuhfach und holte Seth' Kamera heraus. Sie lag direkt auf der Eistee-Flasche aus Plastik. Seth konnte sie gar nicht übersehen haben. Er schloss das Fach wieder und hielt Seth die Kamera hin, der ihn immer noch anstarrte.

»Hier ist deine Kamera.«

Seth streckte nicht die Hand aus, um sie zu nehmen.

»Du hast gesagt, ich könnte dich alles fragen. Du hast gesagt, ich könnte dir jede Frage stellen, die mir einfällt, du würdest entweder Ja oder Nein sagen, aber du würdest nicht wütend werden, weil ich frage. Aber jetzt hast du mich einfach angeschrien, als ich gefragt habe. Und du bist auch wütend geworden, als ich gefragt habe. Ich kann nicht erkennen, was so privat daran sein soll. Es ist nur eine alte Plastikflasche. Ich habe mich nur gewundert, was das ist. Das da drin.«

»Es ist nichts zu trinken. Es ist eine alte Eistee-Flasche. Und du hast recht. Ich habe dir gesagt, du kannst alles fragen. Es tut mir leid. Es war meine Schuld, nicht deine. Ich entschuldige mich. Hier, nimm deine Kamera.«

Seth griff danach und steckte sie sich wortlos in die Brusttasche seines Hemdes. Dann wandte er den Kopf und sah wieder aus dem Fenster. So saßen sie eine ganze Weile, und es war still bis auf Henrys Schluchzen.

»Du solltest vielleicht besser nach hinten gehen und deinen Bruder trösten. Sag ihm, es tut mir leid, dass ich gebrüllt habe.«

* * *

Kurz nach sechs an dem Abend fuhr August auf einen Campingplatz nördlich von St. George, Utah. Er zahlte die Gebühr für die Nacht im Büro, aber statt das Wohnmobil danach gleich zum Stellplatz zu lenken, hielt er an der Entsorgungsstation an. Er machte den Motor aus und blickte zu Seth. Seth war wach, starrte aus dem Fenster. Er hatte den ganzen Tag kein Wort zu August gesagt.

August seufzte und ging nach hinten, um sich ein Paar Einmalhandschuhe aus der Werkzeugschublade zu holen. Henry verfolgte genau, was er tat. Woody wedelte mit seinem Schwänzchen und wand sich, winselte lang gezogen.

August seufzte wieder. »Kann es nicht warten, Kumpel?«

»Ich geh mit ihm raus«, bot sich Seth an.

»Danke«, sagte August, ohne zu versuchen zu entscheiden, ob das als mit ihm reden zählte.

* * *

»Was tust du da?«, erkundigte sich Seth, der plötzlich an seiner rechten Schulter auftauchte.

August zuckte zusammen. Er hockte am Boden und wäre fast umgekippt.

»Ich leere die Abwassertanks.«

»Abwassertanks? Wie …«

»Ja. Wie wenn wir die Spüle benutzen oder die Toilette oder die Dusche. Das Wasser landet alles in einem Tank. Und alle paar Tage muss ich es ablassen.«

»Igitt.«

»Jetzt weißt du, warum ich dazu Plastikhandschuhe trage. Du sprichst also wieder mit mir.«

Seth ging neben August in die Hocke. Sie schauten zu, wie das schaumige, seifige Wasser von der Küchenspüle durch den Schlauch in den Gully floss.

»Es tut mir leid«, sagte Seth. »Dass ich den ganzen Tag nicht mit dir geredet habe.«

»Ich dachte, das sei mein Fehler, nicht deiner.«

»Du hast gesagt, es tue dir leid, geschrien zu haben. Damit hätte es gut sein müssen.«

August nickte ein paarmal nachdenklich. Er hatte das Gleiche immer wieder den Tag über gedacht, war aber erstaunt, es jetzt aus Seth' Mund zu hören.

»Ich habe Woody wieder zu Henry reingebracht«, bemerkte Seth.

»Danke.«

»Er hat beides gemacht. Gepieselt und … du weißt schon. Ich hab's eingesammelt. Ich habe eines von den Tütchen geholt. Nachher habe ich es in den Abfalleimer am Ende des Weges geworfen. Ich dachte mir, du willst es nicht drinnen im Müll haben.«

»Danke.«

»Vielleicht kannst du mir das hier beibringen.«

»Was? Die Tanks leeren?«

»Ja.«

»Warum solltest du die Tanks leeren wollen?«

»Um zu helfen.«

»Du weißt schon, dass du nicht perfekt sein musst, oder, Seth?«

»Was?«

»Du weißt, dass du nicht alles für jeden sein kannst, richtig?«

»Ich habe keine Ahnung, was du meinst.«

»Nein, ich denke nicht.«

Einen Moment lang beobachteten sie schweigend, wie das Abwasser abfloss.

»Ich war heute einfach nur den ganzen Tag irgendwie schlecht drauf«, erklärte Seth. »Darum tut es mir leid.«

»Das passiert«, sagte August.

»Eigentlich weiß ich sogar, warum. Aber ich mag es nicht sagen. Du wirst es dumm finden.«

August schloss das Ventil nach den letzten Tropfen Abwasser und löste den Schlauch des Wohnmobils, nahm ihn ab. Ehe er aufstand, um ihn mit dem an der Station bereitgestellten Wasser zu spülen, schaute er Seth fest in die Augen.

»Versteh das nicht falsch, Kumpel, aber es scheint mir so, als *wolltest* du es sagen.«

»Nein, will ich nicht.«

»Warum sprichst du es dann überhaupt erst an?«

»Du wirst es für dumm halten.«

August seufzte. So war der ganze Tag gewesen. Voller Seufzer. Er erhob sich und spülte den Abwasserschlauch aus.

»Seth«, sagte er. »Je länger du lebst, desto mehr wirst du begreifen, dass es im Innern von jedem ein bisschen so wie bei allen anderen aussieht. Wenn du etwas empfindest, ist es durchaus wahrscheinlich, dass es das ist, was alle empfinden.«

»Du meinst also, ich sollte es sagen?«

»Ja.«

»Ich habe schon Heimweh.«

»Ich glaube nicht, dass das dumm ist.«

»Ehrlich?«

»Nicht im Mindesten.«

»Werd nicht böse, wenn ich das jetzt sage. Ich will nicht undankbar sein. Aber ich dachte irgendwie, wir würden so viel Interessantes sehen, dass ich keine Zeit hätte, Heimweh zu haben. Nicht, dass wir nicht schon viel gesehen haben. Ich denke, die Stadt hier ist auch sehr nett. Du weißt schon. Mit den Bergen und so. Man meint fast, die Berge haben alle unterschiedliche Farben. Aber das hat nicht gereicht, zu verhindern, dass ich Heimweh bekomme.«

»Gib dir etwas Zeit. Wir sind gerade auf einer Zwischen-etappe der Reise. Wir sind noch nirgends angekommen.«

Er blickte hoch und sah Henry, wie er sie von innen beobachtete, die Hände auf der Fensterscheibe. Woody stand hechelnd neben ihm, und seine Nase hinterließ Abdrücke auf dem Glas.

»Wann kommen wir denn wohin?«

»Morgen. Morgen sind wir im Zion-Nationalpark. Da können wir viel mehr machen. Ich kann mir vorstellen, dass es dir dort gut gefallen wird.«

»Wie ist es denn? Erzähl mir davon.«

»Seth. Wir werden morgen früh dort sein. Kann ich es dir dann nicht einfach zeigen?«

Seth ließ die Schultern sinken. Beim Ausatmen schien alle Luft aus ihm zu entweichen. Er machte auf dem Absatz kehrt, um einzusteigen.

Da ist es, dachte August. *Da geht es wieder los.*

»Seth, warte.«

Seth blieb stehen und drehte sich um. Wartete, was August sagen wollte. Und in gewisser Weise tat das auch August.

»Die alte Plastikflasche im Handschuhfach enthält etwas von der Asche meines Sohns Phillip.«

Unbehagliches Schweigen.

»Was meinst du damit? Hatte er so was wie eine Asche-sammlung?«

»Nein. Keine Asche, die ihm *gehört* hat. *Seine* Asche.«

»Oh«, machte Seth.

»Ich weiß. Es ist sehr seltsam. Darum will ich auch nicht darüber reden.«

»Sollte es nicht eher in so was wie … einer verzierten … wie nennt man die?«

»Urne?«

»Ja. Das.«

»Der Rest von ihm ist das ja. Das hier ist nur ein kleiner Teil seiner Asche.«

»Oh. Aber trotzdem. Warum eine alte Eisteeflasche?«

»Vielleicht ist das eine Geschichte für einen anderen Tag«, erwiderte August.

* * *

August saß in einem Campingstuhl und aß einen Hotdog, den sie auf dem Rost über ihrem Lagerfeuer gegrillt hatten. Und wünschte sich vage, er hätte drei Campingstühle mitgenommen. Er besaß drei, aus den Tagen, als sie als Familie zusammen unterwegs gewesen waren. Aber er hatte zwei in der Garage zu Hause gelassen, hatte sich nicht vorstellen können, dass er sie je brauchen könnte.

Die Dämmerung war schon vor einer Weile angebrochen, und es war beinahe dunkel.

»Ich habe es mir mehr so wie das hier vorgestellt«, bemerkte Seth. »Mehr wie Camping.«

Die Jungen saßen nebeneinander auf einer zusammengefalteten Decke und starrten ins Feuer. Der Wind drehte sich und blies ihnen Rauch ins Gesicht. Sie krabbelten rasch davon. Seth begann, die Decke auf die andere Seite des Feuers zu ziehen.

Aber August sagte nur: »Ich an deiner Stelle würde mir die Mühe sparen. Der Wind wird sich einfach erneut drehen. Wo auch immer ihr sitzt, irgendwann bekommt ihr Rauch ab. Wir werden die meiste Zeit campen. Aber wenn wir längere Strecken zurücklegen müssen, lassen sich Zwischenetappen nicht vermeiden.«

»Das ist okay. Es stört uns nicht. Besonders jetzt nicht, da wir es wissen. Dieser Hotdog ist wirklich gut. Ich hatte noch nie einen so guten Hotdog. Ich glaube, es ist das Rösten über offenem Feuer. Unser Dad macht sie immer nur im Topf heiß.«

Bei der Erwähnung ihres Vaters senkte sich für eine Weile Schweigen über sie. Bis sie aufgegessen hatten.

Dann fragte Seth. »Kann ich noch einen haben? Bitte? Ich weiß, drei sind ziemlich viel …«

»Es ist in Ordnung, Seth. Du kannst so viele haben, wie du willst. Aber du wirst einen neuen auf den Grill legen müssen.«

»Das macht nichts. Aber ist es wirklich okay? Bin ich nicht selbstsüchtig?«

»Es ist alles in Ordnung. Das ist kein Problem.«

»Ich habe Angst, es könnte für dich zu teuer sein, uns mitzunehmen.«

»Dein Dad hat mir etwas Essensgeld für euch mitgegeben.«

»Oh, das wusste ich nicht. Jetzt fühle ich mich besser.«

Seth wickelte das Päckchen Hotdogs aus, zog eines heraus und packte die übrigen wieder sorgfältig zusammen, bevor er seinen dritten Hotdog aufs Feuer legte. Er setzte sich nicht wieder hin. Stand einfach da und schaute ihm zu.

»Mein Dad trinkt«, sagte er. »Nicht so viel, dass er zu AA müsste. Nun … vielleicht doch. Ich weiß es nicht. Das ist die Sache. Ich weiß nicht, wie schlimm schlimm genug ist.«

»Das kann niemand wirklich sagen«, antwortete August, »von außen.«

Er blickte Henry an, der seinen Hotdog nur mit Ketchup aß und das Essen in seiner Hand stirnrunzelnd betrachtete.

»Es ist nur so, es bringt ihn in Schwierigkeiten. Daher frage ich mich, warum er es nicht einfach sein lässt. So ist er auch dieses Mal in Schwierigkeiten geraten. Es waren Schecks. Keine faulen, nicht wirklich. Er wollte nichts stehlen oder so. Nur Schecks, die nicht schnell genug gedeckt waren. Du weißt schon, manchmal stellt man einen Scheck aus, obwohl man gar nicht genug Geld auf dem Konto hat, aber man denkt, man wird es haben. Dass man das Geld bekommt und es rechtzeitig einzahlen kann. Bevor der Scheck eingelöst wird. Aber die ersten drei Mal ... die ersten drei Mal ist er betrunken Auto gefahren. Und er fährt nach wie vor von der Bar nach Hause. Allerdings haben sie ihn dabei noch nicht wieder erwischt.«

Dann brach er plötzlich ab, wirkte leicht verwirrt und ein wenig beschämt. Als hätte er keine Ahnung, wer das alles gesagt hatte oder warum.

August antwortete: »Ich dachte, es sei erst das zweite Mal, dass er ins Gefängnis muss.«

»Nein, das vierte.«

»Er hat mir gesagt, es sei das zweite Mal.«

»Oh, na ja. Vielleicht hat er die beiden ersten Male vergessen.«

Aber August konnte sich nicht vorstellen, wie man vergessen konnte, im Gefängnis gewesen zu sein. Das sagte er nicht. Er sagte nur: »Daher wolltest du mit mir zu einem Treffen.«

»Irgendwie schon, ja.«

»Dafür gibt es ein eigenes Programm. Wenn es um das Trinken von jemand anderem geht. Es heißt Al-Anon. Es gibt sogar Alateen. Für Kinder.«

»Das wäre in Ordnung. Wenn wir eines finden. Aber ich denke, du gehst ja ohnehin hin. Wir müssen nicht drüber reden. Ich weiß gar nicht genau, warum ich ...«

Und genau in dem Moment setzte sich Woody, der dicht neben Henry und dessen Hotdog lag, auf die Hinterbeine und bettelte. Es war etwas, das man ihm beigebracht hatte, nicht zu tun, während Menschen aßen. Daher war August einerseits überrascht. Dann gab es einen anderen Teil von ihm, der sich fragte, warum der Hund die Jungs nicht schon bei den anderen Essen angebettelt hatte.

Henry lachte und gab ihm ein Stück Brötchen.

»Oje«, sagte August. »Jetzt wird er nie wieder Ruhe geben.«

»Henry«, erklärte Seth. »Füttere ihn nicht so, sonst wird er nicht länger höflich sein. He. Wir haben überhaupt noch nicht Woodys Kunststückchen gesehen.«

Daher brach August einen Hotdog in kleine Stückchen und ließ Woody sein Können vorführen. Er hielt ein Wurststück hinter seinem Rücken, formte mit der anderen Hand eine Art Pistole und deutete damit auf Woodys Herz. »Hände hoch!«, befahl er dem Hund.

Woody stellte sich auf die Hinterbeine und reckte die Vorderpfoten zum Himmel. Henry lachte laut.

Dann ließ August Woody sich wie eine Ballerina im Kreis drehen und um das Lagerfeuer auf den Hinterbeinen laufen. Er hielt Woody im Arm und trug ihm auf, sich tot zu stellen. Woody wurde ganz schlaff, ließ Kopf und Pfoten baumeln. Beide Jungen lachten. Zum Schluss befahl er Woody, sich aufzustellen und ihm einen High-Five zu geben und einen High-Ten.

»Das ist der beste Hund überhaupt«, erklärte Seth. »Hast du Marshmallows, August?«

»Wir haben sogar drei Tüten«, erwiderte August.

Er erwähnte nicht, dass Seth sich wohl besser fühlte, weil manche Sachen nicht zu genau unter die Lupe genommen werden sollten.

Kapitel 6

Da

»Man kann gar nicht selbst in dieses Tal fahren?«, wollte Seth wissen. »Man muss den Bus nehmen?«

Sie hatten sich gerade Plätze im Shuttle-Bus gesucht. Es war Vormittag, vielleicht eine Stunde nachdem sie im Park angekommen waren.

Es war die Zeit, da zu sein. Irgendwo. An irgendeinem der vielen »da« des Sommers. Sie hatten zu viel Zeit gebraucht, zu einem »da« zu gelangen. Selbst August mit der Geduld eines Erwachsenen konnte das drängende Bedürfnis danach spüren.

»In der Nebensaison kann man selbst fahren. Aber im Sommer muss man den Shuttle-Bus benutzen. Es ist nicht direkt ein Tal, sondern eher ein Canyon. Zion Canyon.«

»Ist er schön?«

»Das wirst du gleich selbst sehen.«

Der Bus fuhr an, folgte der schmalen, aber gut befestigten Straße. Henry hockte auf der Kante von Seth' Sitz, damit sie alle auf der gleichen Seite sein konnten. August hatte ihnen den Platz am Fenster überlassen, weil er schon mal hier gewesen war und Zion bereits gesehen hatte.

»Das war eine dumme Frage«, erklärte Seth. »Tut mir leid. Weil ich schon weiß, dass es schön hier ist, weil es schon

78

auf dem Campingplatz schön ist. Ich mag es, dass man die riesigen Felsen von da aus sehen kann, allerdings mit den netten grünen Bäumen davor. Und das Zeug von den Bäumen, das herumfliegt. Das macht es noch schöner. Wie, hast du gesagt, heißen die Bäume noch mal?«

»Pappeln.«

»Ist das Baumwolle, was da rumfliegt?«

»Nein, es sieht nur ganz ähnlich aus. Es gibt viele Leute, die finden, dass es so aussieht. Aber echte Baumwolle wächst nicht auf einem Baum.«

»Rede ich zu viel?«

»Ich weiß nicht. Vermutlich nicht. Es ist in Ordnung, aufgeregt zu sein. Aber vielleicht willst du lieber dem Fahrer zuhören, weil er auf lauter interessante Sachen hinweist, die wir sehen werden.«

Mehrere Minuten folgten sie der Straße schweigend, dann kündigte der Fahrer den »Court of the Patriarchs« an.

»Was?«, fragte Seth und beugte sich vor, um etwas zu erkennen.

»Der ›Court of the Patriarchs‹.«

»Die drei riesigen … Berge? Wieso heißen die so?«

»Ich bin mir nicht sicher, ob ich mich richtig daran erinnere. Ich sag dir was: Auf dem Rückweg schauen wir im Besucherzentrum vorbei und holen uns Informationsmaterial. Und wenn das unsere Fragen nicht beantwortet, gibt es da auch Leute, die das bestimmt wissen.«

»Sie sind wirklich schön«, bemerkte Seth.

Sie waren mehr als schön, dachte August. Sie waren majestätisch. Bei ihrem Anblick stockte einem der Atem, egal, wie oft man sie schon gesehen hatte. Er sagte nichts.

»Ich mag, dass sie irgendwie rot sind, aber dann oben an der Spitze weiß. Ich habe noch nie Berge gesehen, die beides sind, rot und weiß. Und am Fuß irgendwie grün. Wird mir das Zeug aus dem Besucherzentrum verraten, warum der Felsen rot, weiß und grün ist?«

»Wenn nicht, werde ich es dir sagen. Aber der Felsen ist nicht grün. Auf den Patriarchen wachsen Bäume. Unten am Fuß.«

»Wie können Bäume auf massivem Felsen wachsen?«

»Die Natur kann komische Sachen.«

»Wirklich, August. Kannst du es mir bitte erklären?«

»Ja. Aber jetzt müssen wir entscheiden, ob wir an der Lodge aussteigen wollen. Wir könnten den Wanderweg zu den Smaragdteichen nehmen, aber der ist steil. Schafft Henry steil?«

»Ich bin mir nicht sicher. Gibt es andere Wege, die nicht steil sind?«

»Sicher. Wir können weiter bis zum Ende fahren und den Flussweg nehmen. Entlang des Virgin River.«

»Aber wir können den Fluss durch die Hecktür des Wohnmobils auf unserem Stellplatz sehen.«

»Im Canyon ist er anders. Glaub mir.«

Als sie sich der Haltestelle Angels Landing näherten, wurde der Fahrer langsamer und deutete auf eine Gruppe Kletterer, die geradewegs die Steilwand des roten Felsens emporstiegen. Sie sahen wie Ameisen aus, die mehrere hundert Meter oder sogar noch mehr über dem Boden hingen, dreiviertel der Strecke bis zum oberen Ende. August konnte hören, wie Seth in Zeitlupe ausatmete. Seth machte keine Bemerkung dazu, und August auch nicht.

Aber als sie bei Angels Landing anhielten, der Haltestelle, die »The Grotto« hieß, fragte Seth: »Können wir hier aussteigen und es uns genauer ansehen?«

»Sicher, ich denke schon.«

»Aber können wir dann trotzdem am Fluss entlang wandern?«

»Wir können beides tun. Nachher nehmen wir einfach einen anderen Bus.«

Sie traten in den hellen Sonnenschein. Standen unter einem strahlend blauen Himmel. Die Hitze des Tages war schon zu spüren, auch wenn sie noch nicht ihren Höhepunkt erreicht hatte. August schätzte, es war bereits deutlich über dreißig Grad warm.

Seth zog seine Einwegkamera aus der Hemdtasche und richtete sie auf die Bergsteiger in der Felswand.

»Mit meiner Kamera bekommst du bessere Aufnahmen davon«, stellte August fest. »Du wirst nicht viel erkennen können, wenn du keinen starken Zoom hast.«

Damit holte er seine eigene Kamera heraus und schaltete sie ein. Nahm den Verschluss von der Linse und reichte Seth den Apparat, der Angst zu haben schien, ihn zu nehmen.

»Hier, leg dir das Band um den Hals. Dann kann sie dir nicht runterfallen.«

»Okay.«

»Und jetzt richte sie auf die Kletterer.«

»Okay.«

»Und jetzt beweg diesen Hebel nach rechts.«

August legte Seth' Finger auf den Zoom.

»Okay.«

»Hast du die Kletterer noch im Sucher?«

»Ja, aber sie sind unscharf.«

»Dann leg deinen Finger auf den Auslöser«, sagte August und zeigte ihn ihm. »Und drück ihn halb rein. Nicht fest, nur ganz leicht.«

»Wow!«, rief Seth. Laut genug, dass Henry zusammenzuckte. »Wow! Ich kann sie sehen. So klar und deutlich, August. Als seien sie hier direkt vor mir. Ich kann sehen, welche Farben ihre Shirts haben. Was mache ich jetzt?«

»Drück den Auslöser ganz durch.«

August hörte das Klicken.

»Jetzt lass uns sehen, was du da hast.«

Er nahm die Kamera Seth wieder ab, zog ihm das Band über den Kopf. Er holte die Aufnahme aufs Display. Es sah super aus. Eine perfekte Nahaufnahme von drei Kletterern und ihren Seilen in der Felswand.

Er zeigte es Seth. »Siehst du? Du hast ein klasse Bild gemacht.«

»Ja, es ist gut, nicht wahr? Danke, dass ich deine Kamera benutzen durfte.«

»Bitte sehr.«

»Ich will das unbedingt auch machen«, erklärte Seth und deutete auf die Kletterer.

August schnaubte belustigt. »Auf gar keinen Fall«, erwiderte er.

»Ich meine doch nicht *jetzt*. Ich bin nicht dumm, August. Ich weiß, dass es jetzt zu schwer ist. Ich meine, ich will es *lernen*, damit ich das auch eines Tages tun kann. Wenn ich älter bin. Wenn ich groß genug bin, dass ich selbst entscheide, was ich tue, und mich niemand daran hindern kann.«

»Oh, dann ist es was anderes. Aber sei vorsichtig. Es ist ein gefährlicher Sport.«

»Aber vielleicht nicht, wenn man gut darin ist und es richtig macht. Denkst du, ich sollte es *niemals* tun?«

»Es ist nicht meine Aufgabe, dir zu sagen, was du tun oder was du lieber lassen sollst. Ich denke, du solltest vorsichtig sein. Aber ganz allgemein finde ich, du solltest tun, was du tun willst – wenn es dir wirklich wichtig ist.«

»Das ist es«, antwortete Seth.

* * *

Sie stiegen das nächste Mal bei Weeping Rock aus dem Bus. Sie folgten dem kurzen Weg bergan zu der Felsformation und duckten sich unter den stetig fallenden Wassertropfen durch, stellten sich unter den Überhang und genossen die Aussicht.

Henry starrte hoch zu den Tropfen, die vom Felsen herabfielen, und lehnte sich absichtlich vor, das Gesicht nach oben, sodass es ganz nass wurde … genau wie seine Haare. Es gab eine niedrige Felsmauer, die verhinderte, dass er fiel. Daher konnte er sich herauslehnen, ohne abzustürzen.

»Ich hoffe, Woody geht es gut«, bemerkte Seth.

»Warum nicht? Du hast mit ihm einen Spaziergang unternommen, ehe wir aufgebrochen sind. Er konnte aufs Klo. Im Wohnmobil geht es ihm gut.«

»Aber macht es ihn nicht traurig?«

»Er weiß, dass es Orte gibt, an die Hunde mitkönnen, und andere, wo das nicht geht.«

»Aber macht es ihn nicht traurig?«

August seufzte. Und dachte leider wirklich darüber nach. »Vielleicht. Ich weiß nicht. Ich weiß nur, dass es so sein muss.«

Eine Weile beobachteten sie schweigend die Wassertropfen. Henrys Kopf und seine Schultern waren klatschnass, aber er kam nicht zurück unter den Felsüberhang.

»Sie sollten es ›Raining Rock‹ nennen«, stellte Seth fest.

»Nun, ich vermute, das hätte man tun können. Aber sie haben sich stattdessen für ›Weeping Rock‹ entschieden.«

»Aber das ist so traurig«, sagte Seth.

* * *

»August! Sieh mal. Es gibt einen Wanderweg zum ›Angels Landing‹!«

Sie standen draußen vor dem Besucherzentrum, eine Viertelmeile von ihrem Stellplatz auf dem Campingplatz, vor einer großen Karte vom Zion-Nationalpark.

»Ja. Ich weiß. Aber es ist ein anspruchsvoller Weg. Ich bin ihn schon gegangen. Er ist steil.«

»Lass ihn uns nehmen. Lass uns gehen.«

»Ich bin nicht sicher, dass Henry es schafft. Ich bin nicht mal sicher, ob du es schaffst, wenn du nicht an steile Aufstiege gewöhnt bist.«

»Ich kann das. Ich kann sogar Henry huckepack tragen, wenn es sein muss.«

»Ich bin mir da nicht ganz so sicher wie du, dass das klappt.«

»Aber können wir es wenigstens versuchen? Können wir es bitte versuchen, August? Ich möchte da wirklich dringend hoch.«

»Nein, nicht heute. Es ist bereits zu heiß. Und zu voll. Aber wenn du es wirklich gerne ausprobieren möchtest, stehen wir morgen früh auf, wenn es noch dunkel ist. Und wir nehmen den allerersten Bus. Ich packe Wasser ein und was zu essen. Dann sehen wir einfach, wie weit wir kommen.«

»Bis nach oben. Ich will den ganzen Weg bis ganz nach oben.«

»Wir warten ab, wie weit wir kommen«, sagte August. »Wie ist es, wollen wir deinen Vater anrufen? Morgen ist der erste Tag, an dem du deinen Vater anrufen kannst. Willst du das nicht gleich morgen früh tun?«

Eine Minute biss sich Seth auf die Lippe.

Plötzlich merkte August, dass er so viel Sonne abbekommen hatte, wie er vertrug. Gott sei Dank lag der Weg am Fluss entlang im Schatten. Aber sie waren ihn nicht weit gegangen. Gerade genug, um ein Gefühl für die hohen Canyonwände zu bekommen und darüber zu staunen, wie der Fluss sie geformt hatte.

»Könnten wir ihn nicht anrufen, wenn wir wieder zurück sind?«

»Das liegt ganz bei dir«, erwiderte August.

Und dann dachte er, ohne es auszusprechen: *Das ist aber ein wirklich heftiger Wunsch für ein Kind. Er will dringender zu »Angels Landing«, als ich dachte.*

»Haben wir oben Handyempfang?«, wollte Seth wissen, voller Hoffnung.

»Ich bin nicht sicher.«

»Nimm bitte dein Handy mit, dann finden wir es raus. Wir können ihn von oben aus anrufen. Von ganz oben auf der Welt. Dann könnte ich ihm erzählen, wie es von oben aussieht. Was ich sehen kann. Es wird sein, als wäre er dort oben mit uns auf dem Dach der Welt. Statt in … du weißt schon.«

»Wenn wir so hoch kommen. Es ist ein steiler Weg.«

»Ich komme bis nach oben«, erklärte Seth. Ohne den geringsten Zweifel.

»Wir werden sehen, wie hoch wir es schaffen«, sagte August.

* * *

»Ich glaube, ich bin viel zu aufgeregt, um zu schlafen«, verkündete Seth.

August stützte sich auf einen Ellbogen. Blickte zu den Jungen, die in ihrem Bett in der Essecke lagen, beide hellwach. Henry starrte an die Decke und streichelte mit einer Hand Woodys Hals. Sogar Woody war hellwach.

»Ich weiß, es ist früh«, erwiderte August. »Aber wir müssen morgen auch vor vier aufstehen.«

»Ich glaube nicht, dass ich je so früh aufgestanden bin. Wir sind aber fertig. Du hast den Rucksack gepackt mit Wasser und allem anderen.«

»Aber wir müssen mit Woody spazieren gehen, ehe wir aufbrechen.«

»Oh. Stimmt.«

Seth streckte eine Hand aus und streichelte dem Hund das Hinterteil. Der Teil, den Henry nicht bereits mit Streicheleinheiten versorgte.

»Was war es, das dir heute am besten gefallen hat?«, erkundigte sich August. Dann, gerade als Seth den Mund öffnete, um zu antworten, fügte er hinzu: »Außer den Kletterern.«

»Oh, außer denen. Dann denke ich, war es der wilde Truthahn, den wir in der Nähe vom Tempel … was für ein Tempel war das noch mal, August?«

»Tempel von Sinawa.«

»Genau. Ich verstehe immer noch nicht, woher die ihre Namen haben. Diese Patriarchen und so und der Tempel. In den Broschüren stand, dass jemand dachte, sie sähen so aus. Aber das erklärt es nicht wirklich.«

»Aber du hast die Unterschiede der Mineralien in den Felsen verstanden.«

»Ja, das hast du gut erklärt. Besser als die Broschüren.«

Eine Weile herrschte Schweigen. Aber immer noch schlief niemand. Und für den Anstieg morgen brauchten sie Schlaf. Selbst ausgeruht würde es anstrengend genug sein.

»Erzählst du mir was, August?«

»Was meinst du? Über was?«

»Irgendwas. Es wird mir helfen, einzuschlafen.«

»Einfach nur über irgendwas reden?«

»Ja.«

»Hm«, machte August. Er legte sich wieder hin, die Hände im Nacken verschränkt. »Lass mich nachdenken. Ich könnte dir von Bryce-Canyon erzählen, aber der ist schwer zu beschreiben. Über Yellowstone kann ich nichts sagen, weil ich es selbst noch nicht gesehen habe.«

»Aber du hast den Weg hoch zum ›Angels Landing‹ gesehen. Erzähl mir davon.«

»Und davon wirst du nicht noch aufgeregter? Macht es dir das Einschlafen nicht noch schwerer?«

»Oh, ja. Richtig. Nun. Dann erzähl mir irgendwas. Es muss nicht über Dinge sein, die wir sehen werden. Erzähl mir irgendwas. Etwas über dich. Weil Henry und ich dich noch nicht wirklich gut kennen.«

August holte tief Luft und versuchte, sich etwas einfallen zu lassen. Er dachte, er könnte ihnen von seinem Job als Highschool-Lehrer erzählen. Aber das erschien ihm zu langweilig. Dann musste er denken, dass langweilig vielleicht gut war. Er könnte sie buchstäblich in den Schlaf langweilen. Dann merkte er, dass er derjenige wäre, den es langweilen würde. Er musste in der Schule das ganze Jahr über Naturwissenschaften reden, aber im Sommer musste er weder daran denken, noch darüber sprechen.

»Ich denke noch nach«, sagte er.

Mehr Zeit verstrich. August überlegte, wie oft Wes wohl im Gefängnis gewesen war. Und warum die Zahl, die er ihm genannt hatte, gelogen war. »Gelogen« hörte sich hart an. Aber es schien ihm auch zu wenig überzeugend, zu glauben, es sei ein Versehen gewesen.

Er hatte zwei kurze Aufflackern von Angst. Die erste war, dass er nun für die Jungen verantwortlich war und er sie morgen auf den Gipfel einer schmalen Felsformation mitnehmen wollte, vierhundertfünfzig Meter über dem Grund des Canyons. Und es gab keine Sicherheitsgeländer. Es war nicht Disneyland. Es war wirklich möglich, in den Abgrund zu stürzen.

Die zweite Angst war, dass der Sommer weitere Überraschungen zu dem Leben der Jungen zu Hause bereithielt. Mehr Informationen, die zurückgehalten worden waren. Kurz musste August daran denken, dass, wenn es erst mal September war und er die Jungen wieder zurückbringen musste, er sich am Ende nicht mehr sicher wäre, dass es das Richtige wäre, sie zurückzubringen.

Er schob den Gedanken beiseite. Fest. Aber er hinterließ ein ungutes Gefühl in seinem Magen, das Gefühl, als habe er sich zu viel aufgeladen. Dass er die ersten Schritte auf einem langen Weg gemacht hatte, Verantwortung für die Jungs zu übernehmen, ohne eine genauere Vorstellung davon, wohin das führen mochte.

»Ich denke wirklich nach«, erklärte er.

»Okay«, sagte Seth.

Ein längeres Schweigen entstand.

»Der Name meines Sohnes war Phillip«, begann er nach einer Weile. »Aber ich werde euch nicht von ihm erzählen, weil ich will, dass ihr schneller einschlaft. Aber ich werde was über ihn und den Eistee erzählen. Er hat diesen Eistee geliebt. Er hat bestimmt fünf Flaschen am Tag davon getrunken. Er hat sie sich von seinem eigenen Geld gekauft, weil so viel Zucker darin ist. Ich fand, er sollte nicht so viel Zucker zu sich nehmen, daher habe ich ihn ihm schließlich nicht mehr gekauft. Darum hat er das selbst getan. So war er. Er hatte einen stark ausgeprägten Sinn für Fairness. Er spielte nach meinen Regeln, aber er war auch der Erste, der mich darauf hinwies, wenn diese Regeln zu weit gingen. Wir haben ihn immer den ›Regelwächter‹ genannt.«

»Wir?«

»Meine Frau und ich. Ich meine, meine Exfrau und ich. Wie auch immer. Es gab nur ein Mal, an das ich mich erinnern kann, dass er eine Flasche nicht ausgetrunken hat. Wir saßen am Esstisch, und er trank seinen Eistee. Wir unterhielten uns darüber, ob ich ihm erlauben würde, in den Weihnachtsferien mit Freunden campen zu gehen. Der Junge liebte Camping mehr als alles andere. Aber ehe wir das ausdiskutiert hatten und bevor er die Flasche ausgetrunken hatte, kam seine Mom rein und bat ihn, mit ihr einkaufen zu kommen. Sie hatte einen Großeinkauf vor und wollte jemanden, der ihr beim Tragen half. Er sagte nie Nein, wenn seine Mutter ihn bat, ihr zu helfen. Niemals. Ich nehme an, er dachte sich, er würde nicht lang weg sein. Daher ließ er die halb volle Flasche Eistee auf dem Tisch stehen. Weil er wusste, er würde gleich wieder zurück sein. Aber das war er nicht.«

»Wann war er wieder zurück, August?«

»Er kam nie zurück. Das war der Tag, an dem er mit seiner Mutter den Unfall hatte.«

»Oh.«

»Daher stand die Flasche die nächsten paar Wochen da auf dem Esstisch im Wohnzimmer. Ich ging immer wieder hin, schaute sie an. Aber ich konnte mich nicht dazu durchringen, sie wegzuwerfen. Auf einer bestimmten Ebene hatte ich noch nicht begriffen, dass er fort war. Ich weiß nicht genau, wie ich diesen Teil erklären soll. Es war, als wüsste ich es, während ich es gleichzeitig nicht wusste. Im Kopf wusste ich es, aber da war ein anderer Teil von mir, der es nicht verstehen konnte. Ich hatte das Gefühl, als sei die Flasche der Beweis für irgendwas. Als machte es es real, dass er gleich wiederkommen und sie leer trinken würde. Es ließ es fast möglich erscheinen. Aber dann verging die Zeit, und der Eistee begann zu schimmeln. Ich konnte es nicht ertragen, dass es schimmelte, daher spülte ich sie aus und räumte sie weg. Aber ich konnte mich nicht dazu überwinden, sie wegzuwerfen.«

»Darum also hast du die Asche in eine alte Plastikflasche getan statt in eine schöne Urne.«

»Richtig.«

»Nimmst du sie immer überallhin mit?«

»Nein. Ich habe sie dabei, um sie nach Yellowstone zu bringen, weil ich sie dort lassen will.«

»Dort lassen?«

»Genau.«

»Die Flasche einfach irgendwo liegenlassen? Was, wenn sie jemand einfach wegwirft?«

»Nein, nicht einfach da lassen. Ich meinte die Asche. Nicht die Flasche.

»Oh, du willst sie dort verstreuen. Davon habe ich schon mal gehört.«

»Die Sache ist nur die, ich denke nicht … genau genommen … Es ist vermutlich genau betrachtet nicht wirklich legal. Aber er sollte diese Reise mit mir machen. Und anders kann ich ihn nicht mitnehmen. Aber es ist vermutlich am besten, du erwähnst meinen Plan niemandem gegenüber.«

Kurzes Schweigen breitete sich aus.

Dann sagte Seth: »Das ist eine wirklich traurige Geschichte, August.«

»Ich weiß. Du hast recht. Tut mir leid. Ich weiß nicht, was ich mir dabei gedacht habe.«

»Es ist okay. Ich habe ja gesagt, es könnte alles sein. Außerdem wissen wir jetzt etwas mehr über dich.«

Das stimmte, dachte August. Nur wussten sie jetzt nur mehr über seine Trauer und sonst nichts. Andererseits, überlegte er weiter, war das vielleicht alles, was man über ihn wissen musste. Wenigstens für den Moment.

Er sann eine Weile darüber nach, was er ihnen sonst noch erzählen konnte. Etwas Erfreulicheres, über das man einschlafen konnte. Er hatte gerade beschlossen, ihnen zu schildern, wie er Woody in einem Tierheim, von dessen Vorhandensein er bis dahin gar nichts geahnt hatte, gefunden hatte. Einen Ort, den er zufällig gefunden hatte, als er sich mal verfahren hatte.

Er hob den Kopf, um zu den Jungs zu sehen, und stellte fest, dass sie bereits eingeschlafen waren. Oder immerhin so weit, dass es einem Außenstehenden so vorkam, als ob sie das taten.

Leider konnte August selbst nicht so leicht in den Schlaf finden.

Kapitel 7

Ganz oben

Sie stiegen aus dem beinahe leeren Bus an der Haltestelle namens »The Grotto« aus. Niemand sonst außer ihnen tat das. Sie standen in der morgendlichen Dämmerung, und August drehte die Schulterriemen des Rucksacks gerade, während er sie sich überstreifte. Es war fast noch dunkel, aber er konnte sehen, wie Seth energiegeladen auf den Füßen wippte, seine Begeisterung kaum bezähmen konnte.

»Heb dir deine Energie auf«, riet er ihm. »Du wirst jedes bisschen davon brauchen.«

Dann blickte er zu Henry, der still dastand, die Arme an den Seiten hängen ließ und nichts verriet. Keine Aufregung, kein Zögern. Überhaupt nichts. Er war einfach nur dabei.

»Ich bin wirklich überrascht, dass wir die Einzigen sind, die mit dem ersten Bus hoch wollen. Es ist der beliebteste Wanderweg des Parks. Sicher, die meisten Leute wollen länger schlafen als bis vier Uhr. Aber gewöhnlich ist da ein halbes oder sogar ein ganzes Dutzend Wanderer im ersten Bus, die das Gedränge vermeiden wollen.«

»Also sind es heute nur wir, die versuchen, dem Gedränge zu entgehen?«, fragte Seth.

»So sieht es aus.«

»Dann lass uns schnell machen und vor ihnen sein.«

* * *

»Ich dachte, der Weg wäre aus Erde«, bemerkte Seth.

»Nein, ist er nicht«, antwortete August. »Den größten Teil ist er sogar asphaltiert.«

»Was ist das, worauf wir gerade gehen? Für mich sieht es nach rosa Beton aus. Na ja. Nicht rosa. Mehr die Farbe der Felsen.«

»Da bin ich nicht sicher«, sagte August. »Könnte sein.«

»Du hast gesagt, es sei steil. Aber das stimmt nicht. Es geht ganz leicht.«

August blieb stehen. Henry merkte es und hielt ebenfalls an. August wartete, dass auch Seth es mitbekam, aber nachdem der zehn Schritte weiter gegangen war, gab er es auf.

»Seth«, rief er.

Seth kam zurück.

»Warum halten wir an?«

»Ich will, dass du deinen Kopf benutzt. Was du, sei mir nicht böse, im Moment nicht tust. Du hast ›Angels Landing‹ gestern gesehen und auch noch einmal vom Ufer des Flusses, als wir losgegangen sind. Du kannst sehen, wie hoch es ist. Und die Route ist nur ein fünf Meilen langer Rundweg. Weniger bis zum Scout Lookout, bis wohin wir maximal gehen werden. Was wiederum heißt, dass ab einem gewissen Punkt der Wanderweg mehr oder weniger direkt bergauf führen muss.«

»Warum gehen wir nicht den ganzen Weg?«

»Du hast das letzte Stück des Anstiegs nicht gesehen, sonst würdest du nicht fragen.«

»Ich will bis ganz nach oben.«

»Seth. Hör zu. Was ich dir sagen will, ist, dass der Weg durch diesen Canyon führt …«

»Ja! Wir sind in einem Canyon, oder? Darum ist es auch noch beinahe dunkel. Und kalt.«

»Seth, ich versuche, dir etwas Wichtiges zu sagen.«

»Ich weiß aber nicht, was.«

»Ich versuche dir zu sagen, dass du diesen Aufstieg nicht unterschätzen sollst. Hier im Canyon ist die Steigung nur gering, aber nachher wird es sehr, sehr steil. Und es gibt auch Abgründe. Mehr als dreihundert Meter tief. Und es gibt kein Geländer oder sonst eine Sicherung. Ich will, dass du gut zuhörst und diesen Weg nicht unterschätzt. Und wenn wir weiter oben sind und wir mit Steinschlägen rechnen müssen, möchte ich, dass wir Henry in die Mitte nehmen. Und vielleicht verlange ich dann auch, dass wir uns zur Sicherheit an den Händen fassen.«

»Ich kann nicht glauben, dass das nötig sein wird.«

»Das wird es aber«, erwiderte August. »Pass gut auf.«

* * *

Sie blieben direkt unter den fast absurd engen Serpentinen stehen. August wusste, sie hatten einen Namen, aber er verriet ihn den Jungen nicht, wie sie genannt wurden. Weil »Walter's Wiggle« zu harmlos und nett klang.

Ein leichter Wind fuhr durch das Laub der Espen.

»Das sieht gar nicht wie ein Wanderweg aus«, stellte Seth fest. »Mehr wie eine Steinmauer.«

Die Strecke war unter jeder Kehre mit Ziegelsteinen befestigt, und dieses Stück des Wegs war so steil, dass man von hier aus nur die Stützmauern sehen konnte. Nicht den Weg, den sie zu stützen halfen.

»Ab hier wird es etwas schwerer«, sagte August.

»Dann lass uns losgehen«, antwortete Seth, ohne innezu-halten.

August setzte sich in Bewegung. Seth setzte sich in Bewe-gung. Henry rührte sich nicht vom Fleck. Seth ging zu seinem kleinen Bruder zurück, während August wartete.

»Müde?«, hörte er Seth fragen.

Dann schaute er zu, wie Seth Henry huckepack nahm und der Jüngere ihm die Hände auf die Schultern legte.

Sie begannen, die engen Serpentinen hochzusteigen. Sie hatten immer noch keine Menschenseele gesehen. Ein zwei-ter Bus hatte inzwischen vermutlich mehr Wanderer mit dem gleichen Ziel an der Haltestelle abgeladen, aber wenn, dann hatten sie sie bislang nicht eingeholt. Sie waren gut vorange-kommen.

August spürte, dass sich das bald ändern würde.

* * *

Seth blieb stehen, ging in die Knie, bis die Zehenspitzen sei-nes Bruders den Boden berührten. Henry stellte sich auf die Füße, während Seth sich um Atem ringend hinhockte.

»Das ist anstrengend«, keuchte er. »Aber nur, weil ich ihn tragen muss. Wenn es nur ich wäre, wäre alles okay.«

»Du weißt noch, was ich gesagt habe. Dass wir sehen, wie weit wir kommen. Vielleicht haben wir den Punkt schon erreicht.«

»Nein! Ich nehme ihn wieder auf den Rücken. Ich kann ihn tragen. Von hier aus können wir nicht mal den Canyon sehen. Bitte, August. Ich schaffe das.«

August seufzte. Er nahm den Rucksack ab und holte zwei Flaschen Wasser heraus, reichte jedem der beiden Jungs eine. Sie tranken dankbar. August genoss die Stille. Die einzigen Geräusche waren der Wind und Seth' angestrengter Atem.

»Ich könnte allein weitergehen«, erklärte Seth. »Und ihr könntet hier auf mich warten.«

»Nein. Ausgeschlossen. Da oben ist es gefährlich. Das ist nichts für einen unerfahrenen Wanderer, schon gar nicht, wenn es sich um ein Kind handelt.«

»Bitte, August. Ich will so dringend zum Gipfel. Ich werde nie wieder herkommen. Wann sonst werde ich die Gelegenheit dazu haben? Ich werde Henry tragen. Das tue ich einfach. Gehst du mit mir weiter, wenn ich Henry trage?«

August seufzte noch einmal. »Hier, nimm meinen Rucksack«, sagte er. »Wenn Henry keine Angst hat, auf meinen Rücken zu steigen, trage ich ihn hoch.«

Henry zeigte keine Reaktion. Selbst der Ausdruck auf seinem Gesicht blieb unverändert.

»Bitte, Henry«, sagte Seth. »Für mich.«

Henry ging die drei Schritte zu August und streckte die Arme aus. August ging in die Hocke, drehte dem Kind den Rücken zu, und Henry kletterte drauf. August spürte die Berührung der kleinen entschlossenen Hände auf den Schultern, durch den Stoff seines Hemdes. Er hörte und spürte Henrys langsamen, ruhigen Atem an seinem rechten Ohr. Er hakte je einen Arm unter die bloßen Knie des Jungen und verschränkte die Hände vor sich, um die Beine zu sichern.

»Du musst dich gut festhalten, Henry. Das hier ist nicht die geeignete Stelle, um runterzufallen.«

Henry ließ Augusts Hemd los und schlang die Arme stattdessen um Augusts Hals, gerade tief genug, um ihm nicht die Luft abzuschnüren.

Seth schulterte den Rucksack und marschierte los. Und machte oft Pause, damit August durchatmen konnte.

* * *

»Das hier ist der ›Scout Lookout‹«, verkündete August. »Hier endet der Wanderweg.«

Er ließ Henry auf den unebenen Boden aus roten Felsen und heller Erde runter. Dann richtete er sich auf, und ihm war so bizarr leicht zumute, dass er meinte, sein Körper würde abheben. Davonschweben.

Die Sonne, die schon lange aufgegangen war, lugte gerade über die Felsklippen links von ihnen. Auf der anderen Seite des Canyons. Vor ihnen waren Ketten im Stein verankert, an denen sich die Wanderer festhalten konnten, während sie über den schmalen Felsgrat kletterten, der zu dem Gipfel von ›Angels Landing‹ führte. Direkt vor ihnen war der Weg fast waagerecht, aber ein Stück weiter schien er nahezu senkrecht zu verlaufen. Er hatte dieses letzte Stück schon einmal erklommen. Und er wollte es nicht noch einmal tun. Nicht mit zwei Jungen, von denen einer übermüdet war. Nicht mal, wenn er allein gewesen wäre.

Die ersten Sonnenstrahlen glitzerten auf dem Virgin River, der sich knapp vierhundert Meter unter ihnen durch die Schlucht schlängelte. Sie standen auf der breiten Aussichtsfläche. Das letzte Stück, das man mit »breit« beschreiben konnte, das dieser Wanderweg zu bieten hatte.

»Aber der Gipfel ist dort drüben«, sagte Seth und deutete, wie zu erwarten gewesen war, zu dem beinahe senkrechten Anstieg zum höchsten Punkt der Felsformation.

»Seth. Geh zu dem Schild da, und komm dann zurück und sag mir, was darauf steht.«

Auf dem Schild war ein Foto des Pfads über den Grat, der sich vor ihnen erhob. In der einen Ecke war eine Person – etwa so reduziert dargestellt wie die Männchen auf dem Kloschild –, die gerade abstürzte. Die Entfernung war zu groß, um zu lesen, was dazu geschrieben stand, aber August war früher schon hier gewesen. Er wusste in etwa, was da stand.

Seth ging mit geradem Rücken hin, um das Schild zu lesen, dann kehrte er mit hängenden Schultern zu ihnen zurück.

»Also, was steht da, wie viele Leute sind von dem Pfad zu Tode gestürzt?«

»Sechs.«

»Ich glaube, da steht auch, dass Eltern auf ihre Kinder aufpassen sollen. Ich gehe nicht dort hoch. Und ich lasse dich nicht ohne jemanden, der auf dich aufpasst, weiterlaufen.«

Seth ließ sich mit dem Hintern in den Dreck fallen, kämpfte unverkennbar mit den Tränen.

»Der Ausblick von hier ist wirklich gut«, sagte August. »Lasst ihn uns genießen.«

»Wann werde ich je wieder diese Chance haben? Ich wollte bis ganz nach oben. Du hast gesagt, es sei der beliebteste Wanderweg im Park. Darum müssen ihn ja schon Hunderte bis nach ganz oben gegangen sein.«

»Eher Tausende.«

»Also ist doch so gut wie niemand, der bis zum Gipfel gegangen ist, dabei umgekommen.«

»Hör zu, Seth.« August zwang seine müden Beine in die Hocke, bis er auf einer Höhe mit Seth war, allerdings leicht schräg, damit er Henry im Auge behalten konnte. Der völlig reglos wartete. »Ich möchte, dass du dich mal in meine Lage versetzt. Du bist nicht mein Kind. Du bist das Kind von jemand anderem. Und ich bin für dich verantwortlich. Das ist sogar noch schwerer, als für das eigene Kind verantwortlich zu sein. Wie kann ich dich etwas so Gefährliches tun lassen? Was soll ich deinem Vater sagen, wenn etwas schief geht?«

Eine Träne löste sich aus Seth' Auge und rollte ihm über die Wange. Er wischte sie mit einem staubigen Handrücken heftig weg.

»Mein Vater würde mich gehen lassen.«

August setzte sich auf die Erde und seufzte. Flüchtig fragte er sich, ob er immer schon so oft geseufzt hatte. Er zog das Handy aus seiner Hemdtasche und prüfte den Empfang. Zwei Balken.

»Hast du seine Nummer dabei?«, fragte er Seth.

»Ja, hab ich. Weil wir ja gesagt haben, wir rufen ihn von hier oben an.«

»Hat er dir verraten, ab wann man anrufen kann?«

»Sieben. Von sieben bis drei Uhr. Ist es nach sieben?«

»Ja.«

»Ist es dieselbe Zeit hier wie da?«

»Nein. In Utah ist es eine Stunde später. Aber selbst dann ist es dort schon nach sieben.«

»Also sollte ich ihn einfach von hier anrufen? Und ihm sagen, dass ich fast auf dem Dach der Welt bin, und dass das so hoch ist, wie August sagt, dass ich darf?«

»Nein. Du solltest ihn um Erlaubnis fragen, bis ganz nach oben zu dürfen. Wenn er Ja sagt, dann kannst du gehen. Aber ich will mit ihm reden. Sichergehen, dass er alle Informationen hat.«

* * *

Es dauerte gut fünf Minuten, bis Wes am Apparat war. August fragte sich, ob unter diesen Umständen seine Freiminuten fürs Telefonieren so lange reichen würden, wie er gedacht hatte.

Dann hörte er: »Hi, Dad.« Und schaute zu, wie Seth' Gesicht sich aufhellte. »Ja … Wie ist es?« Lange Stille. »Ja, das sagst du ja immer. Jedes Mal. Genau. Das Essen ist schlecht. … Ja, bin ich … Ja, es ist gut … Er ist … Hör mal, du wirst es nicht glauben, wo ich gerade bin. Ich muss dir sagen, wo ich bin. Ich bin ganz oben auf diesem Riesenfelsen im Zion-Nationalpark, der heißt ›Angels Landing‹ … Oh, du hast davon gehört? … Nun, ich habe ihn einen Teil des Weges getragen, und August den Rest. Aber egal, wir sind nicht ganz oben, weil August denkt, das letzte Wegstück sei zu gefährlich. … Ja, genau das habe ich auch gesagt. Tausend Leute tun das und stürzen nicht ab. Das denke ich auch …«

Eine lange Pause, dann streckte Seth den Arm mit dem Handy aus.

»Er möchte mit Henry reden, und dann mit dir.«

Henry nahm das Telefon und hielt es sich ans Ohr, sagte aber nichts. August beobachtete ihn genau, suchte nach einem äußeren Anzeichen, das verraten würde, was er empfand. Ein Zucken um die Augen oder eine leichte Veränderung in seiner Miene. Aber Henrys Gesicht blieb ausdruckslos und leer, als hörte er bloß der Stimme von der Zeitansage zu.

August schloss die Augen und öffnete sie wieder, beobachtete, wie die Sonne über die Klippen der Ostwand des Canyons stieg. Es war bereits warm. Sehr warm. Es war nur gut, dass ihre Wanderung von hier an nur noch bergab führen würde. Er verfolgte, wie der von hier aus ameisengroße Bus unten über die mit Ziegeln befestigte gewundene Straße unten fuhr. Er dachte kurz an den Hund, allein im Wohnmobil unten auf dem Campingplatz. Zum ersten Mal fragte sich August, ob es Woody traurig machte.

Dann wurde ihm das Handy hingehalten, und er nahm es. »Wes«, sagte er, drehte den Jungs den Rücken zu und entfernte sich ein paar Schritte.

»August. Wie geht es Ihnen, mein Freund?«

August wandte sich wieder zu den Jungs um, bedeckte das Telefon mit einer Hand und sagte: »Bewegt euch nicht. Keinen Muskel. Kein Erkunden. Keinen Zentimeter näher an den Abgrund.« Dann sprach er wieder zu Wes: »Es geht mir recht gut, nur merke ich, dass es eine ganz schöne Last sein kann, wenn man die Verantwortung für das Wohl und Wehe von anderer Leute Kinder hat.«

»Lassen Sie ihn ruhig. Er wird vorsichtig sein. Er ist geschickt, leicht und sportlich. Ich bin den Weg selbst einmal gegangen. Vor vielen, vielen Jahren. Da gibt es doch Ketten zum Festhalten, oder?«

»Ja. Die gibt es. Aber nicht wie ein Geländer. Wenn man mit der Hand ausrutscht, stürzt man trotzdem ab.«

»Lassen Sie ihn gehen. Es bedeutet ihm eine Menge.«

»Hören Sie zu, Wes. Ich will nicht persönlich werden, aber das wievielte Mal sind Sie jetzt im Gefängnis?«

»Das wievielte Mal?«

»Ja. Das wievielte Mal. Ich war mir ziemlich sicher, Sie hätten mir gesagt, es sei das zweite Mal.«

»Das zweite. Ja, das klingt richtig.«

»Seth sagt, es sei das vierte. Er hat nicht irgendwie gepetzt oder so. Er wusste nicht, was Sie mir gesagt hatten. Es kam einfach in einem Gespräch auf.«

Ein langes, langes Schweigen.

Dann antwortete Wes: »Ich denke mal, ich habe gehofft, Sie würden sich über rote Felsen und wie man Henry einen steilen Weg hochbekommt unterhalten.«

»Und ich vermute, ich habe gehofft, ich könnte mich darauf verlassen, dass alles, was Sie mir gesagt haben, die Wahrheit ist.«

Schweigen.

Dann kam: »Ich habe nicht klar denken können, als sie mit Ihnen losgefahren sind. Daher vermute ich, ich habe einfach einen Fehler gemacht. Jeder kann mal Fehler machen. Oder?«

August drehte sich um, schaute nach den Jungs. Sie hatten sich nicht vom Fleck gerührt. Seth lächelte ihn unsicher an. Wollte es unbedingt wissen.

»Okay. Hören Sie, er wird überglücklich sein. Ich werde ihm die gute Nachricht überbringen. Wir rufen wieder an.«

»Klaro, mein Freund. Bis dann.«

August klappte das Telefon zu.

»Du darfst gehen«, teilte er Seth mit, der vor Freude aus dem Sitzen in die Luft sprang und wieder auf den Füßen landete. »Aber unter einer Bedingung. Wir müssen warten, bis ...«

Aus dem Augenwinkel nahm August eine Bewegung wahr. Er wandte sich um und entdeckte zwei Wanderer, die gerade auf der ebenen Aussichtsfläche ankamen. Zwei junge Männer in den Zwanzigern.

»He«, rief er ihnen zu. »Kann ich Sie um einen Gefallen bitten?«

Sie kamen näher, atmeten von dem Aufstieg schwerer.

»Gibt es ein Problem?«, fragte einer von ihnen.

»Nicht wirklich. Es ist nur so, dass dieser Junge hier ganz nach oben möchte. Aber ich möchte das nicht, und sein kleiner Bruder ebenfalls nicht. Mir ist jedoch unwohl dabei, ihn einfach allein gehen zu lassen. Ich habe mich gefragt, ob er nicht mit Ihnen mitkommen könnte?«

»Aber sicher«, antwortete einer.

Und der andere deutete mit dem Kopf zu dem mit Ketten ausgestatteten Pfad und erklärte: »Dann mal los, Kumpel. Bringen wir es hinter uns.«

* * *

Nachdem er mit Henry, der seinen Blick über den gewaltigen Canyon schweifen ließ, aber nie August ansah, etwa fünfzehn oder zwanzig Minuten auf der Erde gesessen und gewartet hatte, hörten sie aus weiter Ferne einen Schrei.

Augusts Herz machte vor Schreck einen Satz, und er dachte, er würde einen Schrei hören, der eine Katastrophe verkündete. Aber als er nicht abbrach, wurde klar, dass es ein Triumphschrei war. Eine Art hohes »Jiha!« Und je länger er lauschte, desto sicherer war er sich, dass er da Seth hörte.

Henry lächelte. Kein großes breites Lächeln, wie er es für Woodys Kunststückchen aufbrachte. Ein kleines verstohlenes Halblächeln, bei dem sich sein Mund nur auf der einen Seite verzog.

»Ich glaube, er hat es geschafft. Er ist oben.«

Henry nickte einmal.

* * *

Sie hatten etwa ein Drittel des Abstiegs in der heißen Sonne zurückgelegt, als Henry jäh mitten auf dem Weg stehen blieb.

»Hm«, sagte Seth. »Ich dachte, nach unten wäre für ihn okay.«

Seth steckte mit seinem kleinen Bruder kurz die Köpfe zusammen. Falls Worte gesprochen wurden, so hörte August sie nicht.

Dann richtete Seth sich wieder auf und teilte August mit: »Ihm tun die Füße weh.«

Also ließ August ihn sich auf den Weg setzen, in der prallen Sonne, band die Schnürsenkel auf und zog Henry die Turnschuhe aus. Die Socken, die er anhatte, waren dünn und schwarz, wie Anzugsocken. An den Zehen hatten sie Löcher.

»Himmel. Ich hätte mir eure Socken ansehen müssen. Wir müssen euch dickere besorgen, mehr wie Wanderstrümpfe.«

Eine Busladung Hiker kam jetzt in der zunehmenden Hitze den Weg hinauf. Die Stelle hier war gerade breit genug, dass sie vorbeikonnten, und ihre Beine streiften August an den Schultern, als sie ihn passierten.

»Entschuldigung«, sagte er an niemanden im Besonderen gewandt.

Er streifte Henry die Socken ab. Der Junge hatte Blasen an beiden Fersen und am Ballen eines Fußes. August nahm seinen Rucksack und holte eine Erste-Hilfe-Tasche sowie einen Reißverschlussbeutel mit Moleskin heraus.

»Ich kann die Blasen mit Moleskin abkleben, als Polsterung«, erklärte er dem ernsten kleinen Jungen, »aber es wird dir trotzdem wehtun, wenn du darauf läufst. Weil sie so groß sind und mit Flüssigkeit gefüllt. Darum tun sie weh. Oder ich steche sie auf, dass die Flüssigkeit ablaufen kann, und tue dann ein kleines Pflaster darauf. Darüber kommt dann auch Moleskin. Dann sind sie flach, und es wird nicht mehr so schmerzhaft sein, damit zu laufen. Aber du musst bereit sein, dich von mir mit einer Nadel in deine Blasen stechen zu lassen. Ich weiß nicht. Was meinst du?«

»Er wird stillhalten«, bemerkte Seth. »Er ist tapfer.«

»Das möchte ich lieber von ihm selbst hören.«

»Du weißt doch, dass du von ihm nichts hören wirst.«

»Er kann nicken.«

»Henry«, sagte Seth. Laut. Als sei Henry schwerhörig. Oder, was wahrscheinlicher war, für August. »Kann August dir mit einer Nadel die Blasen aufstechen?«

Henry nickte.

Also öffnete August ein kleines Päckchen mit einer sterilen Nadel darin, mit der er Henrys Blasen aufstach, sodass die Flüssigkeit ablaufen konnte, bevor er sie verband. Henry ließ alles klaglos über sich ergehen: Er zuckte nicht zusammen. Er zog den Fuß nicht weg. Er gab keinen Laut von sich.

Dann zog sich der Junge die Schuhe wieder an, machte in die Schleife einen Doppelknoten, und sie begannen wieder mit dem Weg bergab, immer gegen die zum Gipfel strebende

Menge. Fast war es, als ließen sie sich flussabwärts treiben, während alle anderen stromaufwärts schwammen.

So waren sie mehrere hundert Meter nach unten gewandert, als Henry wieder jäh stehen blieb. Seth lief zu ihm zu einer neuerlichen Beratung.

»Tun seine Blasen noch weh?«, fragte August.

»Nur ein wenig. Vor allem ist er müde.«

August seufzte und nahm den Rucksack ab, reichte ihn Seth. Dann ging er in die Hocke, und Henry kletterte auf seinen Rücken. Wieder strich sein Atem über Augusts rechtes Ohr.

Sie machten sich wieder auf den Weg nach unten.

»Das war das Beste, was ich je in meinem ganzen Leben getan habe«, verkündete Seth.

August lächelte nur. Er spürte, wie der Schweiß ihm das Rückgrat entlanglief. Mit dem Kind auf dem Rücken konnte die Luft unter seinem Hemd nicht zirkulieren. Er antwortete nicht. Er wusste, was Seth sagte, entsprach der Wahrheit, und es fühlte sich nicht so an, als müsse man dieser Erklärung noch viel hinzufügen.

»Du bist wirklich nett, August«, bemerkte Seth und überraschte ihn damit.

»Warum sagst du das?«

»Weil du Henry getragen hast. Damit ich nach oben kommen konnte. Du hast mir gestern gesagt, dass ich es nicht schaffen kann, nach oben zu kommen und Henry zu tragen. Und du hattest recht. Die meisten Erwachsenen sagen, wenn es sich herausstellt, dass sie recht haben: ›Ich hab es dir doch gesagt‹. Das hast du nicht getan. Du hast einfach Henry getragen.«

»Es war dir wirklich wichtig«, erwiderte August.

»Das stimmt«, pflichtete Seth ihm bei. »Ich habe von ganz oben ein Foto gemacht. Mit meiner Kamera. Weil meine dafür so gut geeignet ist wie deine, weil es nichts zum Heran-zoomen gab.«

»Richtig.«

»Ich kann gar nicht glauben, dass es das erste Bild ist, das ich mit meiner eigenen Kamera gemacht habe. Aber eigentlich sind es zwei, denn ich habe sie einem der beiden Männer gegeben, und er hat ein Bild von mir gemacht, wie ich ganz oben stehe. Du weißt schon. Nur für den Fall, dass mir niemand glaubt, dass ich es wirklich getan habe. Hätte ich in der Zwischenzeit mehr Bilder machen sollen, August?«

»Es ist vermutlich eine gute Idee, wenn du es dir einteilst. Wir werden noch eine Menge Sachen sehen. Unser Sommer hat gerade erst angefangen.«

Kapitel 8

Was er mir gesagt hat

Am folgenden Abend, nicht allzu lang vor Sonnenuntergang, erkundeten sie den asphaltierten ›Pa'rus Trail‹. Sie waren zu dritt, und Woody war auch dabei. Es war der einzige Wanderweg im Nationalpark, auf dem Hunde erlaubt waren. Sie gingen langsam, litten alle unter überstrapazierten Muskeln und schmerzenden Achillessehnen.

»Weißt du«, sagte Seth, »ich dachte, diese Strecke hier wäre nichts Besonderes, schließlich beginnt der Weg direkt am Campingplatz, und man darf Fahrräder und Hunde und so mitnehmen. Aber es ist tatsächlich das Hübscheste, was wir bislang zu sehen bekommen haben. Der Himmel ist so blau, und die Felsen sind so rot und weiß, und man kann die Klippen sehen und die Formationen, dass man praktisch alles auf einmal vor sich hat.«

»Genau genommen ist es mein Lieblingsweg hier.«

»Und Woody darf auch mit.«

»Das ist auch ein Grund dafür.«

»Und ich mag, wie es immer wieder über den Fluss geht. Ich mag die Brücken.«

Als sie zu einer weiteren Brücke kamen, blieb Seth jäh stehen und holte seine Einwegkamera aus der Tasche.

»Was hast du gesehen?«, erkundigte sich August.

»Ach, nur wie der Berg da hinter der Brücke aufragt. Das sieht hübsch aus. Malerisch, weißt du?«

August schaute es sich über Seth' Schulter hinweg an. »Du hast ein gutes Auge.«

»Meinst du?«

»Allerdings. Aber ich finde, du solltest meine Kamera benutzen. Die ist digital, sodass wir fast unbegrenzt Fotos machen können.«

»Was, wenn die Karte voll ist?«

»Das ist unwahrscheinlich. Die hat sechzehn Gigabyte Speicher. Aber selbst wenn wir die voll bekommen, ich habe mein Laptop mit. Ich kann alles runterladen und von der Karte löschen.«

August nahm die Kamera, zog sich das Band über den Kopf und reichte den Apparat Seth.

»Ich kann wirklich so viele Bilder machen, wie ich will?«

»Nur zu.«

Zehn Fotos lang gingen sie schweigend weiter.

Dann wollte Seth wissen: »Wie lang ist dieser Weg?«

»Zwei Meilen.«

»Hin und zurück?«

»Nur hin.«

»Oh. Das ist weit. Ich meine, nicht wirklich, aber … nach gestern …«

»Ich dachte, wir gehen bis zum Ende des Wanderweges und dann hoch zur Straße. Von da kommt man zur Canyon Junction, was eine Haltestelle für den Shuttlebus ist. Du und Henry, ihr könnt da den Bus nehmen, Woody und ich gehen zu Fuß zurück. Wir treffen uns dann am Besucherzentrum.«

»Oh, das ist eine wirklich gute Idee, August.«

»So müde?«

»Mir tun die Füße weh. Ich denke, ich habe irgendwie auch Blasen.«

»Wie hat man denn ›irgendwie Blasen‹?«

»Äh. Nun. Das geht natürlich nicht. Ich denke mal, ich hab welche.«

»Warum hast du mir nichts gesagt?«

»Ich fand, wenn Henry Blasen hat, ist das genug Ärger.«

* * *

In dem Moment, in dem die Jungs in den Bus stiegen, fischte August sein Handy raus und prüfte den Empfang. Erstaunlicherweise sah es gut aus. Er machte sich auf den Weg zurück zum Besucherzentrum, und während er lief, drückte er die Kurzwahltaste mit Harveys Nummer. Harvey war sein AA Sponsor in San Diego.

Harvey nahm beim vierten Klingeln ab. »Na, hast du Spaß?«

Harvey hatte noch nie zu den Leuten gehört, die sich mit »Hallo« aufhielten.

»Ja und nein. Es ist nicht ganz so, wie ich mir das vorgestellt habe.«

»Eine dieser bescheuerten Sachen, an denen man wachsen kann?«

»Vielleicht nicht ganz so schlimm.«

Woody begann einen Sprint, nachdem es in einem Busch vor ihnen geraschelt hatte. Vielleicht ein Kaninchen oder ein Eichhörnchen. Jedenfalls spannte sich die Leine mit einem Ruck, als er deren Ende erreichte. August holte ihn zu sich zurück.

Dann berichtete er Harvey knapp von seiner Panne und wie es gekommen war, dass er jetzt zwei Jungen dabei hatte. Während er erzählte, beobachtete er, wie die untergehende

Sonne die nach Westen zeigenden Felsen in immer dunkleres Gold tauchte.

»Also im Grunde genommen habe ich nur eine Frage für dich«, sagte August.

Harvey erwiderte nichts. Harvey sagte nicht solche Sache wie »Und wie lautet die?«. Er wartete. Er rief die Männer, die er betreute, auch nicht an und erkundigte sich, wie es ihnen ging. Er war wohl der Ansicht, dass August seine Nummer hatte und wusste, wie er ihn erreichen konnte.

»Denkst du, es sei auch nur entfernt möglich, zu vergessen, wie oft man schon im Gefängnis war?«

»Vielleicht. Vielleicht wenn man ein paar Dutzend zusammen hat. Man könnte an den Punkt kommen, wo man sich fragt: ›Waren das neunundzwanzig oder dreißig?‹«

»Aber, wenn man viermal hinmusste, würde man nicht allen Ernstes denken, es sei erst zweimal gewesen.«

»Nein. Ich meine, außer man hat Demenz. Über wen reden wir hier?«

»Den Vater der Jungen.«

»Straftaten im Zusammenhang mit Alkohol?«

»Überwiegend.«

»Bin ich nicht gut im Raten?«

»Du bist ein echtes Wunder, Harv.«

Er überquerte eine Brücke. Unter seinen Schuhsohlen gab es bei jedem Schritt ein metallisches Klirren, das Woody erkennbar unheimlich war. Auf der anderen Seite ging August mit ihm zum Ufer runter und ließ den Hund trinken.

»Also, da ich jetzt weiß, dass er mich angelogen hat, beginne ich mich zu fragen, was ich sonst noch so herausfinden werde.«

»Ich auch. Ich hoffe, du hast dich darauf eingestellt, dass du länger damit zu tun haben wirst.«

»Es ist nur bis zum Ende des Sommers.«

»Das hoffst du.«

»Er muss nur neunzig Tage absitzen.«

»Woher weißt du das?«

»Er hat es mir gesagt.«

»Er hat dir auch gesagt, es sei sein zweites Mal.«

August blieb im schwindenden Tageslicht stehen. Staunte über die Schönheit um sich herum und den Unterschied dazu, wie es in ihm aussah.

»Warum sollte er das tun? Warum mich bitten, sie für drei Monate zu nehmen, wenn er in Wahrheit jemanden braucht, der sich länger um sie kümmert?«

»Vielleicht hat er sich gedacht, dass du sie dann schon ins Herz geschlossen hast. Was du, wie ich vermute, bereits getan hast.«

»Du denkst, ich sollte im Gefängnis anrufen und es herausfinden?«

»Ich weiß nicht, ob sie es dir sagen werden. Aber ich denke, du solltest versuchen, so viel unabhängige Bestätigung wie möglich zu bekommen. Warum hast du sie überhaupt mitgenommen?«

»Du weißt doch, wie dringend ich nach Yellowstone wollte und warum.«

»Du hättest auch nächstes Jahr fahren können. Phillip hätte es nichts ausgemacht.«

»Es sind so liebe Kinder.«

»Ah«, erwiderte Harvey. »Jetzt kommen wir der Sache schon näher. Es füllt eine Lücke in deinem Leben, wenn du wieder Kinder um dich hast, was?«

»Das ist es nicht. So ist es überhaupt nicht. Sie sind so ganz anders als Phillip. Phillip war neunzehn. Sie sind zwölf und sieben oder so.«

»Richtig. Verstanden. Jetzt begreife ich, was du meinst. Das ist völlig anders als Phillip. Weil wir alle wissen, dass Phillip nie zwölf oder sieben war. Wie auch immer, was bedeutet das jetzt noch? Du steckst drin. Du wirst sie jetzt nicht irgendwo ausladen und weiterfahren. Die Zeit wird zeigen, auf was du dich da …«

Harvey hätte vielleicht noch viel mehr gesagt, aber der Handyempfang wurde schlechter, und der Anruf brach ab. Den ganzen Rest der Woche, die sie hier am Grund des Canyons waren, bekam er nie genug für auch nur einen Balken. Er hätte Harvey natürlich vom Münztelefon aus anrufen können, aber das tat er nicht.

* * *

»Das hier ist so ganz anders«, bemerkte Seth. Sie standen auf dem festen Lehmboden, aus dem der Wanderweg am äußeren Rand von Bryce Canyon bestand. Es nieselte leicht. »So was habe ich noch nie vorher gesehen.«

»Ich bin nicht sicher, ob es irgendwas wie den Bryce Canyon woanders zu sehen gibt.«

»Ich finde die klasse, diese … wie heißen die noch mal?«

»Hoodoos.«

»Das ist ein komisches Wort.«

»Allerdings.«

»Warum nennt man sie so?«

»Das weiß ich nicht. Wir sehen in der Broschüre nach, wenn wir wieder im Wohnmobil sind.«

»Mensch, August. Ich glaube, die hab ich zehnmal gelesen, während wir drin waren und darauf gewartet haben, dass der Regen aufhört. Ich bin nur froh, dass wir einfach raus sind, auch wenn es weiter regnet. Ich meine, klar, wir werden nass, aber na und?«

August legte eine Hand auf Henrys Schulter. Henry ließ es geschehen.

»Was ist mit dir, Henry?«, fragte August.

Henry antwortete, indem er den Kopf einzog und unter Augusts Regenmantel schlüpfte. Dann öffnete er eine Schnalle und steckte sein Gesicht heraus, hielt das Plastikmaterial mit beiden Händen eng an seinen Kopf.

»Ich denke, Henry ist nicht allzu begeistert davon, nass zu werden«, bemerkte August.

»Nun, mich stört es nicht.«

»Es tut mir leid, dass ich keine Regenkleidung für euch Jungs habe.«

»Das ist doch nicht deine Schuld, August. Wir sollten doch alles mitnehmen, was wir brauchen. Es war schon genug, dass du uns Socken gekauft hast. Außerdem, wer konnte schon wissen, dass es regnen wird? Hast du nicht gesagt, so spät im Jahr würde es nicht regnen?«

»Ich kenne die Wetterstatistik nicht so genau. Aber ich halte es für reichlich ungewöhnlich.«

»Weißt du, wie sie meiner Meinung nach aussehen? Diese Hoodoos? Sie sehen aus wie die Bilder von Höhlen, die ich gesehen habe. Wo es diese langen … Wie nennt man die noch mal?«

»Stalaktiten.«

»Genau. Die. Außer, dass die hier alle von unten nach oben gehen. Das mag jetzt komisch klingen. Aber wir waren so lange in Zion … waren es acht oder neun Tage? Ich hatte mich daran gewöhnt. Als ob ich da leben würde. Als ob es auf der ganzen Welt überall wie in Zion aussähe. Und jetzt ist es so merkwürdig, dass es wie Bryce aussieht. Ich wusste gar nicht, dass all das hier draußen ist. Ich meine, ich habe Bilder in Büchern gesehen. Wie den Grand Canyon und die Rocky Mountains. Aber ich hab noch nie Fotos von den Hoodoos in Bryce-Canyon gesehen. Ich möchte sie gerne fotografieren, aber ich will die Kamera nicht nass machen.«

»Es besteht keine Eile. Wir bekommen noch mehr als genug Bilder. Wir bleiben ja eine Weile hier.«

»Wie lange, August?«

August zuckte die Achseln. »Solange wir wollen. Bis wir genug von den Hoodoos gesehen haben. Bis wir genug von ihnen haben und bereit sind, weiterzuziehen.«

»Ich denke nicht, dass ich je genug von ihnen haben könnte.«

»Wie wäre es dann mit so lange, bis du sie so in- und auswendig kennst, dass du sie im Geiste siehst, wenn du die Augen schließt.«

»Das geht.«

* * *

August ließ die Jungen im Wohnmobil und ging zu dem einzigen Münztelefon auf dem Campingplatz. Der Regen ließ gerade ein wenig nach, aber es gab so gut wie keinen Handyempfang. August nahm seine Telefonkarte statt Münzen, um im Gefängnis anzurufen, in dem Wes seine Strafe absitzen musste, weil er sicher war, dass er lange in der Warteschleife sein würde.

Aber da irrte er sich.

Die Frau, die dran ging, hörte sich seine Frage an und erkundigte sich dann, ob er Familie sei oder Wes' Anwalt. Als er angab, er sei keines von beidem, war die Sache damit mehr oder weniger erledigt.

»Aber ich kümmere mich um seine Söhne«, wandte August ein. »Darum ist es so wichtig, dass ich das genaue Entlassungsdatum weiß.«

»Es tut mir leid, Sir«, sagte sie. »Der Häftling müsste uns autorisieren, Ihnen diese Information zu geben.«

»Okay«, erwiderte er. »Danke.«

Er legte auf und ging zum Wohnmobil zurück, musste daran denken, dass das nicht unbedingt als Überraschung kam. Trotzdem war es auf eine Weise deprimierend, die er nicht genau beschreiben konnte.

Der Regen hatte nachgelassen, und als er sich dem Stellplatz näherte, kam Seth ihm entgegengelaufen, war ganz aufgeregt und redete wild auf ihn ein.

»Du hast es verpasst, August! Du hast es verpasst, und dabei war es einfach wunderbar. Na ja, nicht vollkommen verpasst. Er ist noch da, aber er verblasst. Du hättest ihn vorher sehen sollen. Er war so wunderbar. Ich habe deine Kamera genommen, um ein Foto zu machen. Himmel, ich hoffe es ist okay, aber ich konnte das nicht verpassen. Und ich habe es vor allem für dich getan, August. Ich wollte, dass du ihn siehst, solange er noch schön war, daher habe ich davon ein Bild gemacht. Das wollte ich nicht mit meiner Kamera machen, weil du es dann nicht sehen würdest, weil du ja nicht dabei bist, wenn wir nach Hause kommen und den Film erst noch entwickeln lassen müssen. Ich wollte, dass du ihn jetzt siehst, heute.«

»He, he«, sagte August, »immer schön langsam mit den jungen Pferden, Seth. Du hast ein Bild von was gemacht? Was war so wunderbar?«

»Die beiden Regenbogen!«

Er deutete den steilen Weg empor, der zum Canyon-Rand führte. Henry stand wie gebannt mit dem Rücken zu ihnen. Hinter ihm wölbte sich ein Doppelregenbogen über den Canyon. August fiel es schwer, sich vorzustellen, dass er die bereits verblasste Version vor sich hatte.

»Wo ist die Kamera jetzt?«, fragte er.

»Hier in meiner Tasche. Wo sie trocken bleibt. Aber es hatte schon aufgehört zu regnen, bevor ich mit ihr raus gegangen bin. Ich will, dass du weißt, wenn es wieder zu regnen begonnen hätte, hätte ich sie drinnen gelassen.«

»Gibst du sie mir bitte?«

»Okay.«

Seth holte den Fotoapparat aus der Tasche und reichte ihn August, der eine Aufnahme machte.

»Ich habe tolle Bilder gemacht, August. Und er war viel bunter.«

»Aber hast du auch Henry mit drauf, wie er ihn anschaut?«

»Oh, nein. Er stand neben mir. Also, nein.«

»Ich dachte nur, es sähe nett aus mit ihm im Bild.«

August machte noch ein Foto, dann schaltete er um, sodass sie sich alle ansehen konnten. Seth' waren atemberaubend, beide Bögen deutlich sichtbar und perfekt eingerahmt von dem roten Felsen des Canyons und den Hoodoos darunter.

»Das war aber wirklich mal ein ordentlicher Regenbogen«, sagte August. »Du bist ein guter Fotograf, weißt du?«

»Nein, das wusste ich nicht. Wie sollte ich das auch wissen? Ich habe nie zuvor in meinem ganzen Leben ein Foto gemacht, bis wir mit dir mitgefahren sind. Wie kann ich in etwas gut sein, das ich gerade erst angefangen habe?«

»Ich denke, du hast einfach ein Talent dafür. Bin froh, dass du das festgehalten hast.«

»Ich denke, es könnte ein gutes Zeichen sein. Weißt du, was ich meine?«

»Ich bin mir nicht sicher. Du meinst so was wie ein Omen?«

»Vielleicht. Nur … als ich ihn sah … da hatte ich irgendwie das Gefühl, als ob jetzt alles gut wird.«

August äußerte seine Meinung dazu nicht. Er wollte sich gerne Seth' Sicht anschließen. Es war verlockend. Er spürte, wie verlockend es war. Aber er hatte immer noch eine Menge Fragen und Vorbehalte im Kopf … und im Bauch.

* * *

Als August am nächsten Morgen aufwachte, war es hell, und etwas Hartes presste sich gegen seinen Rücken, zwischen den Schulterblättern. Etwas, das zu rund und schwer war, um Woody zu sein. Er hob den Kopf und rollte sich zur Seite, wobei er das »Etwas« aus dem Weg schieben musste. Aber es rutschte zum großen Teil schon von selbst weg.

August setzte sich auf. Das Etwas war Henry, in Augusts Bett auf der Couchseite. Er hatte geschlafen, oder vielleicht auch ganz still gelegen, mit der Stirn an Augusts Rücken.

August schaute sich suchend nach Seth um und dem Hund. Woody war vielleicht vorne auf dem Fahrersitz und hielt durch die Windschutzscheibe Ausschau nach Eichhörnchen. Da die Sichtschutzabtrennung vorgezogen war, konnte man das nicht genau sagen. August lauschte, ob Seth vielleicht im Badezimmer war. Aber alles war still bis auf das Grummeln des Kaffees im Perkolator. Offenbar hatte Seth den Kaffee für August aufgesetzt, damit er gleich nach dem Aufstehen welchen trinken konnte.

»Wo sind Seth und Woody?«, erkundigte er sich und schaute Henry in die Augen, der rasch wegsah. Natürlich war es nur eine rhetorische Frage.

»Spazieren. Draußen«, sagte Henry.

Er hatte eine leise helle Stimme, wie man sie von einer schüchternen Maus in einem Zeichentrickfilm zu hören erwarten würde. August spürte, wie sich seine Brauen hoben. Er schaute Henry einen Moment lang an, falls noch etwas kam. Henry wich seinem Blick aus.

»Also kannst du sprechen«, bemerkte August.

Henry nickte leicht.

»Also hast du einfach beschlossen, es nicht zu tun?«

Henry nickte wieder.

»Warum hast du deine Meinung geändert?«

Henry zuckte die Achseln.

August legte sich wieder hin, und Henry rückte näher, presste seine Stirn wieder zwischen Augusts Schulterblätter.

* * *

Als Seth und Woody zurückkamen, saß August an dem kleinen Tisch in der Essecke und trank seinen Kaffee. Henry hockte ihm gegenüber und schmierte sich Butter auf einen Toast.

»Danke für den Kaffee.«

»Bitte. Ich hoffe, du hast dir keine Sorgen gemacht, wo wir hin sind.«

»Nein, gar nicht«, antwortete August. »Henry hat es mir gesagt.«

Seth lachte, mehr ein Schnauben als ein Lachen, erwiderte aber nichts.

»Nein, ehrlich. Henry hat es mir gesagt.«

Seth' Augen wurden groß. »Mit Worten?«

»Ja, mit Worten.«

»Ich will verdammt sein. Ups. Tut mir leid.«

»Was?«

»Das Fluchen.«

»Das war kein schlimmes Fluchen.«

»Aber vielleicht willst du, dass ich gar nicht fluche. Überhaupt nie.«

»Seth. Setz dich mal.«

Seth nahm Woody die Leine ab, setzte sich neben seinen Bruder, die Leine weiter nervös in der Hand, und hielt den Blick auf den Tisch gesenkt. »Was?«

»Du machst dir zu viele Sorgen. Du denkst, du musst so viel tun. Als ob du glaubst, du würdest jeden Moment einen schrecklichen Fehler begehen. Es ist nichts falsch daran, lernen zu wollen, wie man die Abwassertanks leert. Es ist nichts falsch daran, mir Kaffee zu machen oder mit dem Hund rauszugehen. Es ist nett. Aber ich gewinne allmählich den Eindruck, du tust das, weil du ständig das Gefühl hast, du müsstest mehr tun. Mehr sein. Als ob dir, wenn du dich nicht nützlich machst, nicht einmal die Luft zustünde, die du atmest. Warum entspannst du dich nicht und bist einfach ein Kind in den Ferien?«

Seth hob den Blick, sah ihn an, dann wandte er ihn wieder ab. »Ich könnte es versuchen.«

»Um deinetwillen. Tu das.«

»Es ist nur … ich bin schon so lange so.«

August holte tief Luft. Atmete seufzend wieder aus. »Ja, ich kann mir gut vorstellen, dass du das bist. Aber ich würde mich freuen, wenn du die Vorstellung aufgibst, dass du mich ständig beeindrucken musst.«

»Ich kann es versuchen.« Aber er klang nicht so sicher bezüglich seiner Chancen, damit Erfolg zu haben.

»Toast? Henry gibt dir was ab, denke ich, und dann machen wir mehr.«

»Okay«, sagte Seth. Dann schaute er seinen Bruder an. »Henry, du hast was zu August gesagt?«

Henry nickte. Dieses Mal ein wenig entschiedener.

»Was war der Grund, dass du das getan hast?«

Henry zuckte die Achseln.

* * *

»Hast du je ein Hoodoo gesehen?«, fragte Seth. Dann schwieg er, während er der Antwort seines Vaters lauschte.

Sie standen in der brütenden Sonne an einer Telefonzelle. Henry hockte im Schatten, den August mit seinem Körper warf.

»Nun, ich hatte noch nie von ihnen gehört. Ich wünschte, du könntest sie sehen, aber wenigstens habe ich Bilder. Ich bekomme Bilder von allem. Ich mache sie meistens mit Augusts Kamera, aber er sagt, er kopiert mir alle, wenn wir im September nach Hause kommen. Gestern sind wir ganz bis auf den Grund des Canyons gegangen und dann einen Rundwanderweg entlang. Und dann waren wir mitten zwischen den Hoodoos, am Fuß von ihnen. Sie sind wie … wie Turmspitzen. Aber rauer, weißt du? Und all diese Farben, rot und orange und gold und weiß. Ich meine, Felsenfarben, aber intensiver als ich es je zuvor bei Felsen gesehen habe. Farben wie auf Bildern vom Grand Canyon, aber noch bunter. Ich wünschte, ich könnte sie besser beschreiben. Ich wollte dich schon von unten anrufen, weil ich dir ein Hoodoo beschreiben wollte, während ich es mir genau ansehen konnte. Allerdings bin ich mir gar nicht sicher, ob das geholfen hätte. Außerdem hatten wir unten keinen Empfang. Aber es war trotzdem eine tolle Wanderung. Und Henry bekommt langsam Kondition. August musste ihn erst tragen, als wir schon fast wieder oben am Canyonrand waren. Er hat jetzt auch bessere Socken. Wir beide haben die. August hat uns Socken zum Wandern gekauft, damit wir keine Blasen bekommen. Das hilft.«

Eine Pause.

»Ja, ist er … Ja, sind wir … Ja, okay.«

Seth hielt Henry den Hörer hin. »Er möchte mit dir reden.«

Henry nahm ihn und hockte sich wieder auf die Erde, aber dieses Mal in der Sonne. Er schloss die Augen.

Eine Minute später reichte er das Telefon August weiter. Als der es ans Ohr legte, hörte er, dass Wes noch redete.

»Also weiß ich, dass du ein braver Junge bist, weil du immer …«

»Wes?«

»Oh. Was ist mit Henry passiert?«

»Ich weiß nicht. Er hat mir einfach den Hörer gegeben. Ich dachte, Sie wollten mit mir sprechen.«

»Oh. Ja. Nicht wirklich. Aber ...«

»Ich muss aber mit Ihnen sprechen. Wirklich.« August blickte zu den Jungen, die ihn nicht aus den Augen ließen. »Jungs, könntet ihr mich eine Sekunde ungestört telefonieren lassen?«

Seth' Ausdruck wurde ein wenig verschlossener. Angespannter. Aber er nahm seinen Bruder am Ärmel und ging mit ihm ein Stück weg.

»Also, was ist?«, fragte Wes. »Worum geht es? Gibt es ein Problem?«

»Nein, kein Problem. Ich wollte nur das genaue Entlassungsdatum wissen. Nur, damit ich besser planen kann.«

»Hm«, sagte Wes.

»Ich kann mir nicht vorstellen, warum das schwierig sein sollte.«

»Nun, es sind neunzig Tage. Wie ich gesagt habe.«

»Dann sollten Sie aber das genaue Datum wissen.«

»Dazu müsste ich auf den Kalender gucken.«

»Ich finde es wirklich schwer zu glauben, dass Sie nicht die Tage einzeln abhaken. Was ist mit all diesen Gefängnisfilmen, wo die Typen die Strichlisten auf den Wänden führen?«

»Das sind nur Filme«, antwortete Wes.

»Nein, das denke ich nicht. Ich denke, es liegt in der menschlichen Natur, die Tage zu zählen, bis etwas, das man hasst, vorbei ist. Wie auch immer, das hier bringt uns nicht weiter. Daher möchte ich gerne, dass Sie Folgendes tun. Ich möchte, dass Sie mich bevollmächtigen, Informationen direkt vom Gefängnispersonal einzuholen.«

Schweigen. Augusts Gedanken überschlugen sich, während er sich fragte, was für einen Reim er sich darauf machen sollte.

»Ich kann das Datum auch einfach rausfinden und Ihnen sagen.«

»Trotzdem würde ich es gerne von offizieller Seite hören.«

»Denken Sie, ich lüge Sie an?«

»Ehrliche Antwort? Ich bin mir nicht sicher. Sie haben mir schließlich auch gesagt, Sie seien zwei Mal im Gefängnis gewesen, dabei waren es, wie sich herausstellt, vier Mal.«

»Hier geht es nicht darum, wie oft ich schon gesessen habe«, erwiderte Wes, und seine Stimme klang härter. »Und es geht Sie auch nichts an. Es geht Sie nur etwas an, wann ich da bin, um mich wieder um die Kinder zu kümmern.«

»Okay, das nehme ich so hin. Es geht mich nichts an. Aber Sie haben aus freien Stücken gesagt, dass es das zweite Mal sei, dass sie eine Haftstrafe absitzen müssen. Dann haben Sie behauptet, Sie hätten die beiden anderen Male vergessen. Ich weiß nicht, ob Sie es vergessen haben oder ob Sie gelogen haben. Darum geht es aber eigentlich gar nicht. Der springende Punkt ist vielmehr, dass ich mir nicht sicher sein kann, ob ich den Informationen, die ich von Ihnen bekomme, trauen kann. Daher würde ich es gerne von dem Personal im Gefängnis hören.«

Wieder Schweigen.

Dann ein »Gut.«

»Also erteilen Sie die Vollmacht, dass sie mit mir reden dürfen?«

»Ja.«

»Heute?«

»Bevor Sie das nächste Mal anrufen.«

»Aber ich kann sie an jedem Tag anrufen. Sie sind derjenige, der nur drei Mal die Woche Anrufe bekommen kann. Was spricht dagegen, es gleich jetzt zu machen?«

»Jaja.«

August schloss kurz die Augen. Öffnete sie wieder und sah, wie Seth und Henry den Golden Retriever einer fremden Frau streichelten.

»Ich habe fast mein ganzes Leben lang an der Highschool unterrichtet, Wes. Ich lebe schon lange genug, um zu wissen, dass ›jaja‹ in Wirklichkeit ›leck mich‹ heißt.«

»Was wollen Sie eigentlich von mir?«

»Ich will, dass Sie den Vollzugsbeamten im Gefängnis sagen, dass August Schroeder, der Typ, der sich um Ihre Kinder kümmert, berechtigt ist, Informationen zu erhalten, als gehöre er zur Familie.«

»Gut. Okay.«

August öffnete den Mund, um etwas zum Thema Zeitplanung hinzuzufügen, wurde aber von etwas unterbrochen, bevor er es tun konnte. Nicht von Wes. Sondern vom Freizeichen.

Kapitel 9

Offen

August sperrte das Wohnmobil ab, und zu dritt überquerten sie den Parkplatz und stellten sich an das Geländer, das den Aussichtspunkt über Bryce Canyon umgab. Einfach mal zur Abwechslung hatten sie alle losen Gegenstände in Schubladen und Fächern verstaut, am Morgen die lange Straße entlang des Canyons genommen und an jeder Stelle, die einen schönen Ausblick bot, Halt gemacht.

Hier waren sie höher als auf dem Campingplatz. Über zweitausendsiebenhundert Meter hoch. August merkte die Veränderung in seiner Atmung.

Die kleinen Zapfen der Borstenkiefern lagen überall herum, und Henry begann sie einzusammeln und in einem behelfsmäßigen Beutel aufzubewahren, den er gemacht hatte, indem er den Saum seines T-Shirts hochhielt. August fragte sich, ob er ihm sagen sollte, dass es gegen die Parkregeln verstieß, irgendetwas mitzunehmen. Er erwog die Wichtigkeit und ließ es dann sein. Wenn sie zurück zum Wohnmobil kamen, würde August ihn vielleicht auffordern, sich den, den er am schönsten fand, herauszusuchen und nur den zu behalten.

Ein Rabe, beinahe so groß wie ein Falke, setzte sich auf eine der Steinstützen, musterte sie und krächzte. Seth starrte wie gebannt in den Canyon. August holte das Handy aus seiner Tasche und sah erstaunt drei Balken auf dem Display.

»He«, sagte er zu den Jungs. »Ich habe hier Empfang. Ich gehe ein Stück beiseite und mache einen Anruf, und dann, wenn ich zurück bin, können wir vielleicht euren Dad anrufen.«

»Okay«, sagte Seth, klang aber abgelenkt, als hörte er gar nicht richtig zu.

»Nimmst du Woody für mich?«

»Sicher«, antwortete Seth und streckte die Hand nach der Leine aus, alles, ohne den Blick vom Canyon zu wenden.

* * *

»Harvey«, sagte August. »Gut. Du bist da.«

»Dachte, du seist böse auf mich.«

»Nein, das hast du nicht gedacht. Du wusstest, dass ich keinen Empfang mehr hatte.«

»Ja, vermutlich. Vielleicht ein bisschen von beidem. Gibt's was Neues?«

»Ja und nein. Ich habe mit den Leuten im Gefängnis gesprochen. Sie wollten mir keine Informationen geben. Daher habe ich das nächste Mal Wes drauf angesprochen und ihn gebeten, die Leute zu bevollmächtigen, mir Auskünfte zu geben. Gleich sofort. An dem Tag. Während er dran dachte. Er schien nicht glücklich darüber. Er hat einfach aufgelegt. Aber er hat versprochen, es zu tun. Aber dann habe ich wieder im Gefängnis angerufen, und er hatte es noch nicht getan. Oder wenigstens bis gestern nicht.«

»Überrascht dich das?«

August blickte hoch und sah, dass der Rabe ihm gefolgt war. Entweder das, oder ein anderer war ganz in der Nähe gelandet. Der Vogel starrte ihn mit einem glänzenden schwarzen Auge an. August betrachtete die seltsame Form des gewaltigen Schnabels, während der Vogel ihn öffnete und wieder schloss, dabei seinen merkwürdigen Ruf hören ließ.

»Nicht wirklich. Ich bin nur nicht sicher, ob ich es für möglich halten soll, dass er es vielleicht doch vergessen hat. Oder ob ich davon ausgehen soll, dass er es einfach nicht tun will.«

»Als ob das einen Unterschied machen würde.«

»Nun ja. Es gibt schon einen.«

»Es gibt keinen, August. Die Leute erinnern sich an das, woran sie sich erinnern wollen, und vergessen, was sie vergessen wollen. Wenn du gesagt hast, etwas sei dir wichtig, er aber vergessen hat, es zu tun, dann hat er es nicht tun wollen.«

»Ja«, sagte August. »Ich denke, ich verstehe, was du meinst.«

∗ ∗ ∗

»Ich muss mit ihm reden«, teilte August Seth mit, während der darauf wartete, zu seinem Vater durchgestellt zu werden.

»Okay.«

Etwa eine Minute verging, ehe Seth zu sprechen begann.

»Dad! Klasse. Du bist da. Hör mal, ich stehe hier am Geländer direkt über Bryce Canyon. Ich versuche es dir zu beschreiben. Aber ... weißt du was? Es ist immer noch schwer. Die Hoodoos haben Streifen. Querstreifen. Besser kann ich es nicht sagen. Als sei der Felsen ein roter Ziegelstein, aber noch röter, nur dass da noch der weiße Streifen verläuft. Und sogar der rote Teil sieht irgendwie gestreift aus. Und manche von den Hoodoos sind miteinander verbunden, wie eine Wand aus Hoodoos. Und andere stehen einfach ganz allein da. Mist. Das hilft dir nicht wirklich, oder? Ich wette, du kannst es dir immer noch nicht vorstellen. Aber hör mal, August muss mit dir reden … Nein, er hat ausdrücklich gesagt, er wolle dich sprechen.«

August griff nach dem Telefon, und Seth reichte es ihm. Ohne Verzögerung. Aber nicht schnell genug. Als August es sich schließlich ans Ohr hielt und Hallo sagte, war kein Wes mehr dran. Es gab keine Verbindung mehr. Das Gespräch war zu Ende.

»Hm«, machte Seth. »Der Empfang muss gestört gewesen sein.«

August schaute auf das Display. Vier Balken, so viele wie zu der Zeit, als er den Anruf gemacht hatte.

»Ja, vielleicht«, erwiderte er.

* * *

Henry schlief auf der Fahrt zurück zum Campingplatz ein. Seth schaute die ersten zwei Drittel des Weges aus dem Fenster.

Dann sagte er: »Wie lange sind wir schon hier, August?«

»Fünf Tage, denke ich.«

»Oh.«

»Warum? Fühlt es sich an, als sei das genug?«

»Nun. Das kann ich nicht entscheiden, August. Du entscheidest, wie lange wir an einem Ort bleiben. Es ist dein Wohnmobil und dein Benzingeld und deine Reise.«

»Aber wie ist es für dich? Ich frage dich. Hast du das Gefühl, wir sollten weiterfahren?«

»Vielleicht. Ja, vielleicht. Ich denke, solange ich lebe, werde ich die Augen schließen können und Hoodoos sehen. Selbst wenn ich nie den Dreh raushaben werde, sie vernünftig zu beschreiben. Es wäre irgendwie nett, wenn wir wohin fahren könnten, wo es Treffen gibt.«

»Treffen.«

»Ja, du weißt schon. Wenn wir welche finden, die offen sind. Die nicht nur für Alkoholiker sind. Wohin geht es als Nächstes? Was ist unser nächstes Ziel? Gibt es zwischen hier und da Treffen?«

»Treffen gibt es fast überall«, antwortete August. »Wenn wir hier aufbrechen, fahren wir ein ganzes Stück, bis wir zu mehr wirklich sehenswerten Nationalparks kommen, wo wir länger bleiben. Wir kommen vorher durch Salt Lake City und andere Orte in Utah, wo es weniger Felsen und mehr Menschen gibt. Daher ja, ich würde sagen, vor uns gibt es Treffen.«

»Nun, dann bin ich bereit, weiterzureisen, wenn du es bist«, erklärte Seth.

* * *

»Hör mal, ich möchte das hier sagen, während Henry schläft«, begann August.

Sie waren zurück auf dem Campingplatz, und August stand an der Küchenzeile und machte Thunfischsandwiches für ihren Lunch. Henry schlief noch, saß angeschnallt auf seinem Sitz, mit Woody auf dem Schoß. Die Pfoten des Hundes zuckten, als liefe er im Traum.

»Sicher, warum nicht, August? Was ist?«

»Ich brauche deine Hilfe. Du musst deinen Vater fragen, wann genau er aus dem Gefängnis entlassen wird.«

»Weißt du das nicht?«

»Ich dachte eigentlich schon. Aber jetzt bin ich mir nicht mehr sicher.«

»Kannst du es nicht einfach von dem Tag an ausrechnen, an dem er hin ist? Der Montag nach dem Tag, an dem wir aufgebrochen sind.«

»Ja, das könnte ich tun. Aber wenn ich ihn danach frage, erhalte ich keine klare Antwort. Und einmal hat er sogar einfach aufgelegt.«

»Ich denke nicht, dass er das absichtlich getan hat, August. Ich denke, dein Handy hatte einfach keinen Empfang mehr.«

»Zu der Zeit habe ich am Münztelefon mit ihm gesprochen.«

»Oh.«

»Daher dachte ich, es wäre vielleicht gut, wenn du ihn fragst. Vielleicht wird er mit dir eher darüber reden.«

»Okay.«

Schweigen.

August machte die Sandwiches fertig – alle drei – und legte sie auf Pappteller auf den Küchentisch. Seth setzte sich vor eines.

»Was ist, wenn er später raus kommt, als du dachtest? Was geschieht dann mit uns?«

»Wir wissen ja gar nicht, ob das der Fall ist«, sagte August. »Daher zerbrechen wir uns deswegen erst den Kopf, wenn es so weit ist.«

»Okay«, sagte Seth. Und nahm einen großen Bissen von dem Sandwich.

August blickte hoch und sah, dass Henry die Augen aufschlug. Aber nicht so, als sei er gerade aufgewacht. Mehr, als ob er eben gerade entschieden hatte, sie zu öffnen.

* * *

»Henry schläft tief und fest«, bemerkte August. »Was denkst du, sollten wir machen?«

»Ich denke, es ist okay, wenn wir ihn alleinlassen.«

»Ja?«

»Wir sperren alles ab. Richtig? Und Woody würde wie verrückt kläffen, wenn jemand versuchen würde, einzubrechen.

Wir können die Rollos runterlassen, sodass niemand rein-schauen und sehen kann, dass da ein Kind allein drin ist. Ich glaube, ihm wird nichts passieren, August.«

»Und wir haben eine Alarmanlage.«

»Und die würden wir auch hören, oder?« Seth deutete durch das Fenster des Wohnmobils auf die offen stehenden Türen des Gebäudes, in dem das Meeting stattfand. Licht ergoss sich auf die Straße. Einladend. Warm. »Es wird alles gut gehen, August.«

»Was, wenn er aufwacht und Angst bekommt, weil er allein ist?«

»Er ist nicht allein. Woody ist bei ihm.«

»Denkst du, das zählt?«

»Für Henry? Machst du Witze? Niemand zählt mehr für ihn als Woody.«

* * *

»Oh, sieh mal«, sagte August. »Da sind Kekse. Und Kaffee, aber den trink nicht.«

»Ich mag keinen Kaffee, August.«

»Gut.«

»Aber kann ich ein paar Kekse haben?«

»Warum nicht?«

Aber Seth rührte sich nicht.

Sie standen am Eingang zu dem kleinen Versammlungs-raum. Es waren noch gut zehn Minuten bis zum Beginn des Treffens, daher waren nicht mehr als drei Leute da. Vier Klapptische waren zu einem großen zusammengeschoben worden, und ein hünenhafter Mann mit breiten Schultern stellte Stühle darum.

»Mein Vater mag es nicht, wenn ich zu viel Zucker esse. Er sagt, ich rede ohnehin schon zu viel.«

»Ich bin sicher, der Zucker wird abgebaut sein, bis du ihn das nächste Mal siehst.«

Seth schenkte ihm ein schiefes Lächeln und ging in Richtung Keksteller.

Der Mann von der Größe eines NFL-Linebackers kam zu August.

»Ich bin Ray«, begrüßte er ihn. »Willkommen bei uns.«

»August.«

»Neu?«

»Besucher. Das ist ein offenes Treffen, oder? Am Telefon in der Zentrale hat man mir gesagt, das hier sei ein Männertreffen, aber sonst offen.«

»Das sind wir«, sagte er. »Aber ich denke, dein Sohn wäre in dem Raum nebenan besser aufgehoben. Ein paar unserer regelmäßigen Teilnehmer bringen ihre Kinder mit, weil sie sich keinen Babysitter leisten können. Da gibt es einen Fernseher und ein paar Comics und solche Sachen.«

»Danke«, antwortete August. »Aber du kennst Seth nicht. Er hat mich angebettelt, ihn zu einem Meeting mitzunehmen.«

»Wird es ihn nicht zu Tode langweilen?«

»Wie gesagt, du kennst Seth nicht.«

August schaute auf und sah, dass Seth nicht bis zum Keksteller gekommen war. Ein Tisch voller Informationsmaterial hatte ihn abgelenkt, lauter AA-Broschüren und Flyer, allesamt als kostenlos und zum Mitnehmen deklariert. Er suchte sich verschiedene aus und stopfte sie sich in die Taschen, bis sie voll waren.

* * *

Der, der an diesem Abend begann, war der, der die kürzeste Zeit trocken war. Nur fünf Tage. August schaute Seth gelegentlich ins Gesicht, während der junge Mann erzählte, wie er sieben Monate ohne Alkohol einfach in den Wind geschrieben hatte.

»Alle fragen mich, was ich mir nur gedacht habe«, sagte der Typ – der im Übrigen Greg hieß. »Und es ist einfach unmöglich zu erklären. Weil ich das nicht war. Ich habe nicht nachgedacht. Da gibt es keinen Gedankengang. Keinen. Es passierte einfach. Ich sage nicht, das ist von allein geschehen, weil ich weiß, dass ich dafür verantwortlich bin. Ich weiß nur nicht, wo ich war, als es passiert ist.

Es war nichts Schlimmes los. Ich habe nicht gefeiert oder so. Ich war hungrig und irgendwie hibbelig, und ich bin reingegangen, um Fisch und Chips zu essen. Ich dachte mir, es würde mich beruhigen, wenn ich was im Magen hab, wisst ihr? Meine Nerven waren irgendwie gereizt. Aber nicht einmal so viel mehr als sonst auch. Und dann … Ich will gar nicht mal sagen, dass ich die Idee dazu hatte. Es fühlte sich nicht wie eine Idee an. Ich habe einfach ein Bier bestellt, weil ich irgendwie dachte, es könnte mir nicht schaden, wenn ich es auf vollen Magen trinke. Und plötzlich sahen zwei Bier und ein Teller Fisch und Chips noch besser aus. Einfach völlig vernünftig. Ich durchlebe es immer wieder, aber ich weiß gar nicht, wie ich es hätte verhindern sollen, weil es mir fast so vorkommt, als ob ich nicht gesehen habe, was ich getan habe, bis es zu spät war.

Oh, ich habe viel mit meinem Sponsor gesprochen, und ich weiß in weiterem Sinne, wie ich es hätte verhindern können. Wenn ich mich enger an das Programm gehalten hätte, ihn jeden Tag angerufen hätte, wie ich das eigentlich sollte, und die Schritte durchgegangen wäre, zu mehr Meetings gekommen, wäre ich vermutlich gar nicht zu dem Fehltritt verleitet worden. Aber sobald ich erst mal in dem Lokal war, war es, als hätte ich es gar nicht miterlebt. Ich weiß, ich habe das erste Bier bestellt, und weiß, dass ich es getrunken habe. Ich hatte nur die Vorstellung, dass es okay sei. Und dann war es plötzlich später am Abend, und ich musste raus und mehr holen, und dann lag es auf der Hand, dass es nicht okay war. Und ich konnte mir einfach nicht vorstellen, wie ich da in dem Lokal bei Fisch und Chips gesessen hatte und es nicht gewusst hatte. Ich komm einfach nicht darüber hinweg, wie diese Krankheit funktioniert.«

Als er mit seiner Schilderung fertig war, verschränkte Seth die Arme vor sich auf dem Tisch und legte seinen Kopf darauf. August dachte, er sei einfach müde. Aber es war erst kurz nach acht.

Ray war als Nächstes an der Reihe und sagte: »Willkommen zurück, Greg. Das wirklich Wichtige ist, dass du wieder hier bist. Ich werde dir genau sagen, was passiert ist. Es gibt einen Namen für diese verrückte Sache, wenn man trinkt und gar nicht sagen kann, warum. Man nennt es Alkoholismus. Die einzige Krankheit, die dich davon zu überzeugen versucht, dass du gar nicht krank bist. Das ist das Hinterhältigste überhaupt auf der Welt.«

August beugte sich vor und flüsterte Seth ins Ohr: »Alles okay, Kumpel?«

Seth drehte den Kopf und schaute August an. Er wirkte ein wenig blass um die Nase.

»Es geht mir gut«, antwortete er.

»Bist du dir sicher? Du siehst aus, als sei dir übel.«

»Es geht mir gut.«

Ray war gerade dabei, einen Traum vom Trinken zu schildern, den er vor ein paar Tagen gehabt hatte: »Und dann bin ich plötzlich da – im Traum, meine ich, nicht, dass ich schon aufwache –, und ich sitze an der Bar mit einem halb leeren Glas Whiskey in der Hand. Und es war haargenau das gleiche Gefühl. Dieses ›Wie zur Hölle konnte das passieren?‹ Ich meine, ich weiß, es ist ein Traum und so. Aber ich hab dieses Programm elf- oder zwölfmal abgebrochen, bis es geklappt hat. Und glaubt mir, es war realistisch. So, wie es im echten Leben war. Es gab keinen besonderen Grund, warum ich Rückfälle hatte, außer dass ich Alkoholiker bin. Ich denke, es ist, weil ich meiner Frau zuliebe hergekommen bin. Wisst ihr, nicht für mich. Ich war noch nicht ganz unten angekommen. Ich war da, was sie für mein ›ganz unten‹ hielt. Aber ich war noch nicht so weit, und so war es nun einmal.«

Ray redete noch weiter, aber August sah wieder zu Seth. Fragte sich, ob er ihm anbieten sollte, ihn zum Wohnmobil zu bringen. August richtete sich auf seinem Stuhl auf und lehnte sich nach rechts, blickte durchs Fenster, ob alles im Wagen noch still und ruhig war. Ob es Bewegung gab, irgendein Anzeichen dafür, dass Henry wach war. Aber es schien sich nichts zu rühren.

»Was ist mit unserem Besucher?«, erkundigte sich Ray, als er zum Ende kam. »Und mit seinem jungen Freund.«

Seth' Kopf fuhr hoch, und er warf August einen panischen Blick zu. »Muss ich was erzählen, August?«, fragte er mit einem angespannten Flüstern.

»Nein. Musst du nicht. Das liegt ganz bei dir.«

Seth atmete hörbar lang aus, und seine Schultern sanken erleichtert.

»Ich heiße August und bin Alkoholiker aus San Diego.«

Und die Gruppe sagte: »Hallo August.« Wie Gruppen das so tun.

»Das mit den Trinkträumen, das kenne ich. Ich habe sie immer noch. Vielleicht ein- oder zweimal im Monat. Sie jagen mir immer eine Heidenangst ein, aber dieses Gefühl der Erleichterung, dass ich es in Wahrheit gar nicht getan habe, wenn ich aufwache, die machen es beinahe wett. Dass ich meine Zeit ohne Alkohol nicht einfach weggeworfen habe.

Sie unterscheiden sich etwas von dem, was Ray beschrieben hat, aber dieses Leugnen ist das Gleiche. Die Hinterhältigkeit der Krankheit. Wie in meinem Traum, da habe ich ein paar Drinks ein paarmal die Woche, aber das macht nichts. Es ist okay. Ich habe weder meinem Sponsor noch meiner Gruppe davon erzählt, und ich habe mein Abstinenzdatum nicht geändert. Weil es unerheblich ist. Aber dann im Traum wird mir schlagartig klar, dass es total wichtig ist und ich es unbedingt erzählen muss. Aber ich will nicht. Doch zu dem Zeitpunkt habe ich keine Wahl mehr.

In meiner Gruppe zu Hause gibt es diesen Typen, der dir weiszumachen versucht, dass etwas in deinem Programm nicht stimmt, wenn du Trinkträume hast. Und ich habe ihm bereits gesagt, er solle so etwas mir gegenüber nicht mehr behaupten. Weil ich völlig anderer Meinung bin. Ich weiß ganz genau, warum ich diese Träume habe. Es ist nicht, weil ich trinken will, sondern weil mir dieses Leugnen solche Angst macht, das Greg erwähnt hat. Ich habe solche Angst, dass es mich erwischt, wenn ich gerade mal nicht aufpasse. Und diese Angst kommt raus, wenn ich schlafe. Wenn ich trinken wollte, hätte ich es inzwischen getan. Aus welchem Grund auch immer, ich bin angekommen. Wahrscheinlich, weil ich bereit war. Ich bin für niemanden hingegangen außer für mich. Niemand hat zu mir gesagt, es sei an der Zeit. *Ich* habe entschieden, dass es Zeit ist.«

Normalerweise hätte er mehr erzählt, aber er blickte zu Seth. Seth saß wieder stocksteif und aufrecht da, wirkte noch bekümmerter als vorhin.

»Möchtest du etwas sagen, Seth? Du musst nicht.«

Seth schüttelte den Kopf mit abrupten, panischen Bewegungen.

»Alles okay mit dir? Möchtest du ins Wohnmobil zurück und dich hinlegen?«

Seth nickte mit bleichem Gesicht und stumm. Daher holte August die Schlüssel aus seiner Tasche und reichte sie Seth, der sie nahm und eilig ging.

August hörte noch den Berichten von zwei anderen zu, dann verließ er das Treffen vorzeitig, um nach Seth zu sehen und sich zu vergewissern, dass es ihm gut ging.

* * *

Er fand Seth auf der Couch neben dem schlafenden Henry, wie er die Broschüren und Flyer studierte.

»Alles okay, Seth?«

Seth seufzte. Aber er sagte nichts.

Woody lief August zur Begrüßung zwischen die Beine und um die Füße, und August bückte sich und kraulte den Hund zwischen den Schulterblättern.

»Du sahst aus, als sei dir schlecht. Hattest du Kopf- oder Magenschmerzen oder so?«

Seth schüttelte wieder den Kopf. August hockte sich auf die Sofakante und legte dem Jungen einen Arm um die Schultern.

»Willst du drüber reden?«

Seth begann zu weinen. Er wischte sich die Tränen mit dem Ärmel weg, aber sie versiegten einfach nicht. »Mist«, sagte er. »Ich hasse es zu weinen. Oh, klasse. Und jetzt habe ich auch noch geflucht. Entschuldige, August.«

»Das ist mir nicht wichtig«, erwiderte August. »Was ist los?«

»Ich bin so dumm.«

»Warum bist du dumm? Ich glaube nicht, dass du das bist. Gar nicht. Warum denkst du, du bist dumm?«

»Ich dachte, wenn ich zu einem Treffen gehe, könnte ich irgendwie … da etwas aufschnappen oder erfahren, das ich meinem Vater erzählen kann. Die Sache, die einem hilft, mit dem Trinken aufzuhören … und … du weißt schon … ihm geben. Aber so funktioniert das nicht. Oder, August?«

»Nein, das tut es nicht.«

»Man muss es selbst wollen, und selbst dann klappt es nicht immer.«

»Genau.«

»Man muss selbst wirklich bereit sein. Und man kann niemand anderem helfen, bereit zu sein. Das muss jeder allein schaffen. Was tue ich jetzt, August?«

August seufzte tief. Zog Seth an seine Seite.

»Ich habe keine Ahnung, Seth. Tut mir leid.«

»Glaubst du, mein Vater ist Alkoholiker? Ich weiß, was du immer sagst. Dass man es von außen nicht beurteilen kann und man es ist, wenn man sagt, man ist es, und das alles. Aber jetzt fühlt es sich an, als wolltest du nur der Frage ausweichen. Ich weiß, dass du das nicht mit Sicherheit sagen kannst, aber ich frage dich, was du glaubst. Und ich will es wirklich wissen, August. Ich will wissen, was du glaubst.«

»Okay«, sagte August. »Ich sag's dir. Ich glaube Folgendes. Ich glaube, die meisten Leute mit drei Verurteilungen wegen Trunkenheit im Straßenverkehr sind Alkoholiker. Weil die meisten Leute, die das nicht sind, die nur oft und gerne viel trinken … wenn sie zweimal wegen Alkohol am Steuer angeklagt werden, tun eine von zwei Sachen: Entweder hören sie auf zu trinken oder sie fahren nicht mehr Auto, wenn sie trinken. Die einzigen Leute, die ich kenne, die verrückt genug sind, die dritte Verurteilung zu riskieren, sind Alkoholiker. Ich kenne deinen Vater nicht gut genug, um mir ein Urteil über ihn zu erlauben. Aber ausgehend von dem, was ich weiß, wenn ich raten müsste, würde ich sagen: Ja, er ist es. Und es gibt noch einen weiteren Grund, warum ich das glaube. Wenn er es nicht wäre, wärst du vermutlich nicht so aufgewühlt, wie du es bist.«

Seth wandte August sein feuchtes Gesicht zu, versuchte nicht länger, seine Tränen zu verbergen.

»Und es gibt, verdammt noch mal, nichts, was ich dagegen tun kann?«

»Wenn es etwas gäbe, das du tun könntest, wäre das jedenfalls nichts, was du ihm von einem AA-Treffen mitbringen kannst. Wenn es möglich wäre, dass du etwas änderst, würde ich sagen, am ehesten schaffst du das, indem du ihm erzählst, welche Auswirkungen sein Trinken auf dich hat. Wenn du dich mit ihm hinsetzt und ihm beschreibst, wie es in dir aussieht.«

»Denkst du, das könnte helfen?«

»Ich weiß nicht, Seth. Kann sein, kann aber auch nicht sein. Alles, was ich mit Sicherheit weiß, ist, dass du ein Recht darauf hast. Und dass nichts anderes irgendetwas bewirken wird.«

»Danke, dass du mir gesagt hast, was du wirklich denkst.«

»Ich wünschte, ich könnte mehr tun.«

»Es ist ja nicht *dein* Problem.«

Aber ich wünschte, das wäre es, dachte August. *Damit ich mehr tun könnte, um es in Ordnung zu bringen.* Das sprach er jedoch nicht laut aus.

Er machte sich im Geiste eine Notiz, am Morgen Harvey anzurufen und eine zweite Meinung einzuholen, wie klug es war, sich in die Probleme eines Kerls einzumischen, den man nur kennt, weil er einen nach einer Panne in seine Werkstatt abgeschleppt hat und einem das Auto kostenlos repariert hat, damit man weiterfahren kann. Ach ja. Und weil man seine Kinder hat.

Kapitel 10

Vier Mal

Als August aufwachte, blickten Henry und Woody zusammen aus dem Fenster auf der gegenüberliegenden Seite des Wohnmobils, die Hände respektive Pfoten auf dem Glas. Seth war nirgends zu sehen.

August stand auf, beugte sich vor zur anderen Seite und stützte sich mit einer Hand auf die Rückenlehne der Couch. Er schaute nach draußen, um zu sehen, was sie da so faszinierte. Als er nichts entdecken konnte als den leeren Campingplatz, blickte er Henry an.

»Guten Morgen, Henry. Was verfolgst du da draußen so gefesselt?«

Henry sah hoch in Augusts Gesicht und runzelte die Stirn. Dann deutete er aus dem Fenster. Seth war wieder in ihr Blickfeld gekommen, redete deutlich hörbar in Augusts Handy. Sein Gesicht wirkte verkniffen, sorgenvoll. Die Lautstärke seiner Stimme verriet Verärgerung, aber August konnte keine einzelnen Worte verstehen. Seth blickte kurz auf und sah, dass die drei ihn anstarrten. Er kehrte ihnen den Rücken zu und entfernte sich, verschwand um das Wohnmobil. August schlüpfte in seine Schaflederstiefel und ging durch die

Hecktür ins Freie, warf sich rasch noch einen dünnen Mantel über den Schlafanzug.

Als er draußen ankam, hatte Seth das Telefonat beendet und das Handy entweder irgendwo abgelegt oder wieder in die Tasche gesteckt. Er hob kleine Steinchen vom Boden auf und schleuderte sie heftig gegen den Stamm der größten Fichte auf dem Platz hier. August konnte hören, wie die Steine ihr Ziel trafen. Bei einem Treffer sah er ein Stück Rinde abbrechen und ein Stück vom Fuß des Baumes entfernt aufkommen.

Seth schaute wieder über seine Schulter zu August. Warf ihm einen elenden Blick zu, als wäre alles in seinem Leben falsch und August darunter das Schlimmste. Dann hob er wieder einen Stein auf, der mit einem noch lauteren Aufprall landete.

»Seth«, sagte August.

Keine Reaktion. Er näherte sich dem Jungen von hinten. Seth' Schultern wirkten angespannt.

»Seth, wie wäre es, wenn wir dem armen Baum mal eine Pause gönnen? Vielleicht kannst du mir sagen, was schief gegangen ist. Ich wette mit dir um fast alles, dass es nicht die Schuld des Baumes ist.«

Seth warf ihm einen weiteren finsteren Blick über seine Schulter zu, dann hob er noch einen Stein auf. August trat vor und fasste die rechte Hand des Jungen. Seth ließ den Stein fallen und machte einen erstickten Laut des Protests. Dann begann er sich heftig zu wehren, versuchte sich zu befreien. In Ermangelung eines besseren Plans schlang August die Arme um den Jungen, hielt ihn fest. Es war mit dem Versuch zu vergleichen, eine mittelgroße Wildkatze zu bändigen, aber August ließ nicht locker.

»Lass mich!«, schrie Seth.

»Sag mir, was los ist.«

»Nicht, solange du mich so gefangen hältst.«

»Ich halte dich nicht gefangen. Ich versuche, meine Arme um dich zu legen und dich zu umarmen, aber du wehrst dich so heftig, dass du das gar nicht merkst.«

Seth wurde still. Alle Gegenwehr wich aus ihm. August konnte spüren, wie sie verschwand. Dann begann Seth leise zu weinen.

August ging mit ihm zu ihrem Picknicktisch und setzte sich mit ihm auf eine der Bänke, hielt ihn dabei weiter im Arm. Er blickte auf, sah, dass Woody und Henry sie durchs Fenster beobachteten. Er fragte sich, wer von beiden besorgter wirkte. Er kam schließlich zu dem Ergebnis, dass es unentschieden war.

»War das dein Dad, mit dem du telefoniert hast?«

Seth antwortete mit einem Schniefen. Dann nickte er an Augusts Schulter.

»Möchtest du mir sagen, was die schlechte Nachricht ist?«

Anfangs wollte Seth das offenbar nicht. Aber eine Minute später spürte August, wie er sich bereit machte. Ein Straffen seiner Schultern. Ein tiefer Atemzug.

»Jetzt geht es mir gut, August«, sagte er.

Das war eindeutig gelogen. Aber August ließ ihn los.

Seth blickte sich um, als würde wie von Zauberhand ein Taschentuch erscheinen. Doch dann wischte er sich die Nase an seinem Ärmel ab.

»Er hat gesagt, sie versuchen, eine weitere Strafe dranzuhängen. Er könnte weitere neunzig Tage dort bleiben müssen. So dass, wenn du uns am Ende zurückbringst, seine Haftstrafe erst zur Hälfte rum ist.«

August saß eine Minute da, atmete ganz bewusst. Es dauerte, bis die Nachricht sich setzte. Es war fast, als fiele sie in einen tiefen Brunnen, so tief, dass er praktisch bodenlos war. Aber es gab einen Boden. Und als die Nachricht dort aufschlug, erkannte August, dass ein Teil von ihm das die ganze Zeit gewusst hatte. Das hier oder etwas wie das.

»Wann finden wir es raus?«

»Ich weiß nicht«, antwortete Seth, »aber eines kann ich dir mit Sicherheit sagen: *Ihn* brauchen wir dazu nicht zu fragen. Weil er lügt. Ich versuche mir immer einzureden, dass er sich nur vertan hat, aber in Wahrheit glaube ich, dass er lügt. Wie auch immer, ich habe ihn dazu gebracht, dass er dem Wärter, während ich am Telefon war, gesagt hat, dass er mit jemandem reden will, um die Erlaubnis zu geben, dass du direkt mit den Leuten vom Gefängnis sprechen kannst.«

»Oh«, sagte August. Leicht überrascht von Seth Umsichtigkeit. »Das war gut. Denkst du, er macht es?«

»Das sollte er besser. Wie auch immer, nachdem er es dem Wärter gesagt hat, denke ich, er wird es tun müssen. Aber erzähl es nicht Henry«, fügte er hinzu, atmete dabei scharf aus. »Es wird ihn umbringen.«

August deutete mit dem Kopf zum Wohnmobil, wo Henry innen auf der Couch kniete und die Szene verfolgte.

»Ich denke, du solltest ihm besser etwas sagen«, riet August. »Ich denke, was er sich sonst ausmalt, wird am Ende schlimmer sein.«

»Was tun wir nur, August? Was sollen wir tun, wenn er bis *Dezember* im Gefängnis bleiben muss?« Das Wort »Dezember« sprach er aus, als läge das Jahrzehnte in der Zukunft, wenn er und sein Bruder Henry längst alt und grau wären.

»Äh. Ich weiß nicht. Ich muss nachdenken. Lass mich erst im Gefängnis anrufen und sehen, wie die Fakten aussehen, bevor wir irgendwas unternehmen.«

Seth saß kommentarlos für einen Moment da, dann schniefte er einmal und erhob sich.

»Und wenn du mit Henry geredet hast, fang bitte an, alles zu verstauen, damit wir heute bald losfahren können. Weil wir am Abend in Yellowstone sein werden.«

* * *

Die Frau, die August ans Telefon bekam, hatte eine hohe dünne Stimme. Eine Kleinmädchenstimme. Kurz fragte August sich, ob ihr Büro überhaupt auf dem Gelände des Gefängnisses lag. Sie klang so hilflos. Aber das war keine hilfreiche Erkenntnis, merkte er, und außerdem vermutlich völlig falsch.

Er schob die Gedanken beiseite.

»Ich weiß nicht, was Sie mit der ›zusätzlichen‹ Strafe, von der Sie da dauernd reden, meinen«, erwiderte sie. »Es gibt keine zusätzliche Strafe. Der fragliche Insasse wurde wegen nur eines Vorfalles angeklagt und verurteilt. Alkohol am Steuer.«

»Oh«, sagte August restlos verwirrt. »Also wird nicht gerade eine weitere Strafe verhängt?«

»Nein«, antwortete sie. »Das ist nicht der Fall.«

August blickte zum Fenster des Wohnmobils, um zu überprüfen, ob die Jungs ihn anstarrten. Woody saß auf dem Fahrersitz vorne, aber er schien vor allem nach Eichhörnchen Ausschau zu halten. Die Jungs tauchten immer wieder im Vorbeigehen vor dem Fenster auf, während sie sich beeilten, alles ordnungsgemäß zu verstauen.

August kam es seltsam vor, dass Wes mit der schlimmstmöglichen Nachricht herausrückte, wenn sie gar nicht stimmte. Das passte einfach nicht zusammen.

»He, warten Sie bitte«, sagte er plötzlich. »Alkohol am Steuer? Ich dachte, dieses Mal sei er wegen geplatzter Schecks angeklagt worden.«

»Nein, Sir. Alkohol am Steuer.«

»Oh, gut. Ich vermute, das ist egal. Wenigstens im Moment. Die Hauptsache ist, dass ich mir das Datum seiner Entlassung richtig notiert habe.«

»Der dritte Dezember«, sagte sie.

Als er das Datum hörte, breitete sich dröhnende Taubheit in Augusts Körper aus. Er stand ganz still und spürte das Echo widerhallen, wie es in ihm nacheinander alle Stellen berührte.

»Sie haben doch gesagt, es gäbe keine zusätzliche Anklage.«

»Korrekt.«

»Aber er sollte doch im September entlassen werden.«

»Nein.«

»Nein?«

»Nein, Sir. Für ihn war zu keinem Zeitpunkt eine Entlassung im September vorgesehen.«

»Also wurde er ursprünglich verurteilt zu …«

»Sechs Monaten.«

Wieder dieses dröhnende Schweigen. Völlig aus dem Nichts musste August daran denken, dass die Frau Probleme haben musste, zu verstehen, warum er so eine einfache Information nicht begreifen konnte. Und dass sie erpicht darauf sein musste, das Gespräch beenden zu können.

»Er ist von Anfang an zu sechs Monaten verurteilt worden?«

»Richtig.«

»Für Alkohol am Steuer?«

»Es war sein vierter Verstoß.«

»Verstehe.«

Wieder ein längeres Schweigen.

Dann sagte die Frau: »Gibt es noch etwas, das ich für Sie tun kann?«

August bemerkte, dass ihre Stimme tiefer geworden war und jetzt ein wenig erwachsener klang. Als müsse sie groß und stark sein, um August loszuwerden.

»Äh, nein, ich glaube nicht. Das ist … Ich meine, da kann man nichts machen, oder? Das Strafmaß steht unverrückbar fest? Dritter Dezember? Daran wird sich nichts ändern, oder? Keine vorzeitige Entlassung wegen guter Führung oder so?«

»Bei seinem vierten Verstoß gegen das Gesetz denke ich, kann man ziemlich sicher sein, dass er seine Haftstrafe bis auf den letzten Tag ableisten muss.«

»Okay«, sagte August. Es war mitnichten okay, aber es gab nichts, was diese Frau deswegen tun konnte. »Danke.«

Er schaltete das Handy auf Standby und ging zur Hecktür des Wohnmobils. Woody kam ihm wedelnd entgegengelaufen, und während er einstieg, gab er sich Mühe, weiter nur auf Woody zu schauen. Aus dem Augenwinkel konnte er sehen, dass alle Geschäftigkeit eingestellt war. Die Jungs standen still. Warteten.

Als er ihnen schließlich ins Gesicht blickte, musste August nicht sagen, dass er schlechte Neuigkeiten hatte. Das wussten sie bereits. Offenbar stand es klar in seinen Augen zu lesen. Unverhohlen, dass sie es nur zur Kenntnis nehmen mussten.

»Also …«, sagte August, dann hielt er inne, unsicher, was er sagen wollte. »Nur … Ich weiß auch nicht. Gebt mir etwas Zeit, darüber nachzudenken. Ich muss darüber nachdenken.«

* * *

»Mann, sieh dir diese Berge an«, rief Seth und erschreckte damit Woody. »Ich habe nie zuvor in meinem Leben so was gesehen. Die sehen ja wie die Alpen aus. Ist das hier Yellowstone?«

Das brach das fassungslose Schweigen, das sie den ganzen Tag verfolgt hatte.

»Nicht ganz«, sagte August. »Wir sind vom Südende her gekommen, damit wir durch den Grand-Teton-Nationalpark fahren. Ich wollte den gerne sehen und dachte, ihr Jungs vielleicht auch.«

»Dann sind das also die Grand-Teton-Berge?«

»Genau.«

»Von denen hatte ich noch nie gehört.«

»Habt ihr sie nie in der Schule behandelt oder wenigstens auf einem Bild gesehen?«

»Nein, ich glaube nicht. Sie sind so …«

Er war nicht in der Lage, den Gedanken zu beenden. Aber August glaubte es zu wissen. Sie waren so steil und hoch, große schmale Felstürme, die gerade nach oben zeigten und sich fast an der Spitze zu biegen schienen. Das waren echte Berggipfel. Welche, bei denen man sich kaum vorstellen konnte, sie zu erklimmen. Da gab es Adern mit ewigem Eis und Stellen, an denen auch im Sommer Schnee lag. Sie sahen so aus, wie August sich die Alpen vorstellte.

»Lass uns anhalten und Lunch essen, dann können wir sie in Ruhe betrachten«, sagte er.

* * *

August hielt in einer Parkbucht am Ufer eines Sees an und machte Thunfisch-Sandwiches. Seth stand draußen und starrte zu den Bergen. August musste ihn rufen, dass er reinkam und sich sein Sandwich holte.

»Kann ich es mit nach draußen nehmen und da essen, August?«

»Sicher«, antwortete August.

Er und Henry setzten sich an den schmalen Esstisch. August schaute durch das Fenster zu den Grand-Teton-Bergen. Henry schaute auch, aber August konnte nicht sicher sagen, ob er die Berge betrachtete oder seinen Bruder, wie der sich die Berge ansah. Oder beides.

Ein paar Minuten später mit dem Mund noch voll Thunfisch bemerkte Henry: »Er denkt ans Klettern.«

Es überraschte August, so viele Worte von dem Jungen zu hören.

»Woher weißt du das?«, fragte er.

Henry zuckte nur die Achseln.

»Nein, wirklich«, sagte August. »Ich bin neugierig. Wie kannst du das wissen?«

Henry zuckte wieder die Achseln. »Weiß ich einfach.«

August steckte sich den letzten Bissen seines Sandwiches in den Mund. Dann ging er durch die Hecktür ins Freie, ließ Woody und Henry drinnen. Damit er weiter gucken konnte, während der Junge fertig aß.

August stellte sich neben Seth, sodass sie beinahe Schulter an Schulter standen. Seth hielt sein Sandwich praktisch unangerührt in der Hand. Er verriet durch kein Anzeichen, dass er wusste, dass August sich zu ihm gestellt hatte.

»Denkst du darüber nach, auf einen der Berge zu steigen?«, fragte August.

Ein kurzes Schweigen.

Dann erwiderte Seth: »O ja.«

Ein paar Minuten schauten sie schweigend weiter.

»Vergiss dein Lunch nicht, das wäre schade«, bemerkte August.

»Ich habe versucht, Worte zu finden, um dir zu beschreiben, was ich bei all dem hier empfinde.«

»Bei den Teton-Bergen?«

»Ja, aber nicht nur die. Das alles hier. All dies … du weißt schon. Die Orte, Natur. Das macht, dass ich mich anders fühle. Aber ich kann mir einfach nicht denken, welche Worte ich benutzen soll.«

»Die meisten Leute sagen, sie fühlten sich kleiner. Die Welt ist so groß, dass sie sich unbedeutend vorkommen.«

»Nein«, erwiderte Seth. Aber er führte es nicht sofort weiter aus. »Größer«, sagte er nach einer Weile.

»Ehrlich?«

»Nur innerlich«, sagte Seth. »In meiner Brust. Als atmete ich ein, und in meinen Lungen ist mehr Platz als vorher. Aber nicht nur in meinen Lungen. Ich fühle mich, als sei mehr Platz in mir, als vorher da war.«

August versuchte, das nachzuvollziehen. Fragte sich, ob er sich nach dem Sommer sehnte, weil da das Atmen leichter war.

»Fühlst du dich auch so, August?«

»Ich bin mir nicht sicher«, sagte August. »Aber ich vermute, das taugt so gut wie alles andere, um meine Gefühle zu beschreiben.«

* * *

»Wir sind in Yellowstone«, bemerkte Seth schwach, als sie auf ihren Stellplatz fuhren. Es war das Erste, was er seit vielen Stunden sagte.

Es war etwas, das sie alle bereits wussten. Aber niemand hatte es ausgesprochen. Weil niemand irgendetwas gesagt hatte, seit sie durch den Parkeingang gekommen waren.

»Ja, das sind wir«, antwortete August.

Dann stellte er den Motor aus und schaltete das Licht ab. Der Campingplatz wurde in Dunkelheit getaucht. Die Bäume verschwanden, genau wie die Zelte und Wohnmobile, die sie umgaben. Dann, nachdem sie eine Minute oder so dagesessen hatten, tauchten sie wieder auf, aber mehr schemenhaft und unscharf, erhellt von dem Licht aus anderen Wohnmobilen und dem Schein vereinzelter Lagerfeuer.

»Du wolltest hier ganz dringend hin, oder, August?«

»Ja«, antwortete August, und es gefiel ihm nicht wirklich, in welche Richtung sich das hier entwickelte, konnte aber nicht sagen, warum.

»Also ... ist es gut. Oder? Ich meine ... du bist hier. Das ist gut.«

Sie saßen alle still. August auf dem Fahrersitz, Seth auf dem Beifahrersitz neben ihm. Henry und Woody hockten auf der Couch hinten. Aus irgendeinem Grund hatte keiner von ihnen den Sicherheitsgurt geöffnet. Als ob die Regungslosigkeit irgendwie ansteckend sei.

»Ich bin mir nicht sicher, was du fragst, Seth.«

»Ich glaube, ich meine ... fühlst du dich jetzt besser?«

August holte tief Luft. Zwang sich, wieder auszuatmen.

»Nein, und ich dachte wirklich, ich würde es.«

»Darf ich dich was fragen, August?«

August kniff die Augen zusammen. Umklammerte das Lenkrad fester. »Ich brauche wohl mehr Zeit, um darüber nachzudenken, Seth.«

»Nein, darum ging es gar nicht. Sondern um die Eistee-flasche. Ich habe mich gewundert ... ich meine ... wir sind hier. Ist das alles, was wir tun müssen? Hier? Und wirst du die Asche einfach irgendwo lassen, solange es nur in Yellowstone ist?«

»Ich bin mir nicht sicher. Ich denke, es könnte an einer Menge verschiedener Orte sein. Aber so genau habe ich mir das gar nicht überlegt. Noch nicht.«

Vermutlich so, wie ich nicht durchdacht habe, wieso hier anzukommen irgendetwas lösen sollte, dachte er. Aber er sprach es nicht aus.

* * *

»Möchtest du dir selbst Stellen überlegen, August, oder sollen wir dir helfen?«

Sie saßen alle mit überkreuzten Beinen auf einer Decke vor dem Lagerfeuer, und der Schein der Flammen beleuchtete die Gesichter der Jungen. Und sein eigenes, erkannte August, aber daran zu denken, gefiel ihm nicht. Er wollte sich unsichtbar fühlen.

August hatte entschieden den Eindruck, dass Seth dringend darüber reden wollte, was sie während der zweiten Hälfte der Haftstrafe seines Vaters tun würden. Und da er das nicht konnte, war das Einzige, was ihm blieb, um sein Leben zu reden. Ganz allgemein.

»Du kannst Vorschläge machen, wenn du willst. Ich dachte mir, wenn ich einen schönen Platz sehe, würde ich es einfach wissen. Es würde sich einfach richtig anfühlen, weißt du?«

»Und hast du noch nichts gesehen? Oh, vergiss es. Tut mir leid. Das ist eine dumme Frage. Wir sind gerade erst angekommen. Und es war dunkel. Wie solltest du da etwas sehen können. Entschuldige, August. Ich weiß, ich rede zu viel, aber ich kann einfach nicht aufhören.«

»Ist schon okay«, sagte August. »Wir sind alle ein wenig aus dem Gleichgewicht.«

»Danke, August. Kann ich reingehen und die Marshmallows holen?«

»Das kannst du gerne, wenn du willst. Aber das Feuer hier wird noch weit runterbrennen müssen, bis wir sie darüber rösten können. Wenn wir das jetzt versuchen, werden sie nur verbrennen.«

»Ich könnte schon mal Stöcke anspitzen, während wir warten.«

»Gut«, sagte August.

Seth sprang auf und verschwand. Woody lief ihm nach. Nur für den Fall, dass es Probleme gab. Oder Spaß.

August blickte sich um und nach unten – zu Henry. Henry schaute auf zu August, ganz offen. Das Gesicht des Jungen war wie eine aufgestoßene Tür, die Besucher einlud, einzutreten. Er verzog den Mund zu einem kleinen Lächeln, das August nur als qualvoll bezeichnen konnte. Der Ausdruck in seinen Augen erinnerte August an den letzten Tag der Jungen zu Hause. Wie ihr Vater sie angewiesen hatte, sich von ihm fernzuhalten. Damit sie ihn nicht unfairerweise mit Blicken wie diesem belästigten.

August lächelte trotzdem und schaute rasch wieder weg.

* * *

Seth setzte sich am Rande des Feuers neben Henry und begann, die Spitze eines langen Stockes mit Augusts Schweizer Armeetaschenmesser zu bearbeiten. Er führte das Messer so, dass er immer von sich wegschnitt, so wie August es ihm beigebracht hatte.

August konnte in den Bäumen ein leises Blätterrascheln von dem leichten Wind hören, der wehte, und irgendwelche Insektengeräusche. Und die gedämpften Stimmen anderer Camper.

»Das Feuer«, sagte August plötzlich.

Er überraschte sich selbst damit, dass er das sagte. Seth erschrak so sehr, dass er nach vorne kippte und sich mit einer Hand abstützen musste, um nicht in die Feuerstelle zu fallen.

»Sorry«, sagte August.

»Ist schon okay. Du hast mich nur überrascht.«

»Hast du dich geschnitten?«

»Nein, alles in Ordnung. Was ist mit dem Feuer?«

»Da sollte ich das erste bisschen von Phillips Asche hintun. In unser Lagerfeuer.«

Seth sagte eine Weile lang nichts, und August konnte seinen Blick im Schein der Flammen sehen und spüren.

»Ins *Feuer*?«, fragte er nach einem Moment. Klang so, als hätte er Einwände.

»Ja. Warum nicht? Wenn er bei uns wäre, würde er hier sitzen und das Lagerfeuer genießen. Es ist unsere erste Nacht hier, und er fände es toll, da zu sein. Aber es ist zu dunkel, um auf Erkundung zu gehen. Daher würde er hier bei uns sitzen und das Lagerfeuer genießen. Sich darüber freuen, dass wir hier sind. Daher ist der erste Ort, an dem wir einen Teil seiner Asche lassen sollten, das Feuer.«

»Aber … August …«

»Was?«

»Er wäre doch nicht *im* Feuer. Wenn er hier wäre. Er würde davor sitzen.«

»Ja … das mag wohl stimmen. Aber ich will seine Asche nicht auf die Erde neben dem Feuer tun. Weil wir dann in den nächsten ein oder zwei Wochen ständig drüberlaufen würden. Wir hätten sie an den Sohlen unserer Schuhe. Das ist nicht gut genug. So wird er wirklich das Feuer selbst sein. Er wäre ein Teil davon.«

»Aber … August …«

»Was, Seth?«

»Es ist *Feuer*. Niemand will *in* einem Feuer sein.«

»Seth, er ist bereits eingeäschert.«

»Oh. Ja, das stimmt. Aber trotzdem …«

August schaute zu Henry, der seinen Blick sogleich erwiderte.

»Was denkst du, Henry? Sollen wir etwas von Phillips Asche ins Feuer streuen?«

Henry nickte ein Mal. Ohne zu zögern und entschieden.

»Wir sollten es tun?«, fragte Seth. »Warum?«

Henry zuckte die Achseln. »Weiß nicht«, sagte er mit seiner hellen Zeichentrickfilm-Mäusestimme. »Ich find's einfach gut.«

* * *

August hockte sich auf die Fersen, stützte sich mit einem Knie auf einen Stein in der Umrandung der Feuerstelle und hielt die zu einer Schale geformten Hände vor sich.

»Wie viel?«, fragte Seth.

Seine Rolle bei dem allen machte ihn eindeutig nervös.

»Ganz langsam. Ich sage dir, wenn es genug ist.«

Die Asche fühlte sich auf Augusts Handfläche krümelig an. Wie die kleinsten denkbaren Schottersteinchen. Fast scharfkantig. Als er etwa die Menge einer Vierteltasse in der Hand hatte, sagte er: »Gut so. Das reicht.«

Dann blieb er so, hockte unbequem da und schaute zu, wie Seth die Plastikflasche wieder verschloss. Henry verrenkte sich derart den Hals, dass es beinahe komisch aussah, um die Asche in Augusts Hand zu sehen, als erwartete er eine plötzliche Bewegung von ihr.

»Sollten wir etwas sagen?«, fragte Seth.

»Ich weiß nicht. Darüber habe ich nicht wirklich nachgedacht.«

»Wenn, dann solltest du das machen. Du warst sein Vater. Ich kannte ihn ja nicht mal.«

»Du hättest ihn gemocht.«

»Das wette ich. Ich wünschte, er wäre hier.«

»Ja«, sagte August. »Ich auch.«

»Also … wirst du was sagen?«

»Ich weiß nicht. Vielleicht nicht. Ich weiß nicht, was ich sagen soll.«

Er hatte in sich hineingefühlt, seit die Flasche aus dem Handschuhfach geholt worden war. Bislang hatte er in seinem Inneren nichts gefunden.

»Kann ich dann etwas sagen?«

»Sicher.«

»Er hieß Phillip?«

»Ja, Phillip.«

»Phillip, wir wünschten, du wärest hier auf dieser Fahrt bei uns. Ich weiß, du kennst mich nicht, aber ich weiß, ich hätte dich gemocht, weil ich deinen Vater so gern hab. Und das alles hier wäre so viel schöner, wenn du dabei wärest, weil er dann nicht so traurig wäre. Aber ich hoffe, wenn wir etwas von dir ins Feuer streuen, dass er sich besser fühlt. Ich bin mir wegen des Feuers noch nicht so ganz sicher, aber … na ja … ist auch egal.«

August wartete kurz, um zu sehen, ob er fertig war.

»Wir werden für dich eine herrliche Reise haben«, fügte Seth hinzu. »Ich weiß, das ist nicht so gut, wie es für sich selbst zu haben. Aber das ist alles, was wir tun können, und wir werden es gut hinbekommen. Oder, Henry?«

Henry nickte einmal. Kräftig.

»Okay, August, ich bin fertig. Du kannst es jetzt tun.«

August lehnte sich vor, bis seine Handrücken über den Flammen unangenehm heiß wurden. Nur einen Moment lang wollte er die Hände nicht öffnen. Aber seine Haut drohte zu verbrennen. Und er wollte sie nicht zurückziehen, ohne die Aufgabe getan zu haben. Er wollte hierin nicht versagen. Daher öffnete er sie mit einem leichten Schütteln.

Das Feuer flackerte in dem Luftwirbel seiner Bewegungen. Und dann … nichts.

August hatte keine Ahnung, wie lange er in die Flammen starrte, sich fragte, was er erwartet hatte, was sie tun würden und warum sie es nicht taten. In Wahrheit wusste er gar nicht, was er erwartet hatte. Irgendwas außer nichts. Er hatte nicht damit gerechnet, dass alles unverändert blieb.

Er blickte auf seine Hände, die immer noch mit einer feinen Ascheschicht bedeckt waren. Plötzlich fand er es fast unmöglich zu atmen. Seine Brust schnürte sich zusammen, als umschlösse ihn etwas zu eng. Er erhob sich, und ihm war leicht schwindlig.

»Ich muss mir die Hände waschen«, sagte er. Es kam als kaum verständliches Murmeln heraus.

Er nahm die Stufen an der Hecktür in einem Schritt, stieg ins Wohnmobil und schloss sich in dem kleinen Bad ein. Er vermied es, sich im Spiegel in die Augen zu sehen, während er sich die Hände mit antiseptischer Seife wusch. Er blickte nach unten, während er sie wusch, und sah, dass sie zitterten. Er rieb kräftiger, hoffte, dass der erhöhte Druck sie ruhig halten würde. Das Gefühl in seiner Brust, diese Enge, ließ nicht nach. Wenn überhaupt, fiel ihm das Atmen schwerer. Als seine Hände gänzlich sauber waren, spritzte er sich kaltes Wasser ins Gesicht, dachte irgendwie, das würde helfen. Das tat es aber nicht.

Immer noch den Spiegel meidend, trocknete er sich Gesicht und Hände ab, kam aus dem Bad und verspürte den Drang, sich zu setzen. Er hockte sich auf den Rand der Couch, barg sein Gesicht in den Händen. Dann, weil er sich schlechter statt besser fühlte, versuchte er, den Kopf zwischen die Knie zu nehmen.

Nach ein paar Sekunden hörte er die Fliegenschutztür aufgehen. Woody erschien unter seinem Gesicht und leckte ihm die Nase. Er richtete sich so gut auf, wie es ging.

»August!«, hörte er Seth sagen. Aber das Wort klang wie aus weiter Ferne, als müsste es sich den Weg zu ihm durch einen Tunnel bahnen. »Was ist los? Bist du krank?«

»Nein, mir geht es gut«, sagte er.

»Du siehst nicht gut aus.«

»Es ist alles in Ordnung.«

»August, lügst du etwa?«

Seth setzte sich auf die Couch neben ihn, legte ihm einen schmächtigen Arm über den Rücken.

»Ja. Vermutlich schon.«

»Was ist los? Ist dir schlecht?«

»Nein, das ist es nicht.«

»Was dann?«

August bemühte sich, tief einzuatmen. »Ich … ich weiß nicht, Kumpel. Ich weiß nicht, wie ich es beschreiben soll. Ich wollte herkommen. Du weißt schon. Für ihn. Aber jetzt bin ich hier. Und ich weiß nicht, was ich dachte, was das bringen würde. Es hat nichts gebracht, nichts gelöst. Nichts hat sich geändert.«

»Henry!«, rief Seth. »Du musst herkommen! August ist traurig! Wir müssen ihm helfen!«

Er schlang beide Arme um August, stand auf, um ihn besser halten zu können. August konnte das Haar des Jungen an seinem Gesicht spüren. Er strengte sich an, die Tränen zurückzuhalten. Um die Jungs nicht zu beunruhigen. Nein, das war eine armselige Ausrede, begriff er. Er strengte sich immer an, seine Tränen zurückzuhalten. Damit würde er aufhören müssen. Irgendwann. Nicht jetzt.

Nach einem Augenblick spürte August, wie sich Henrys Arme um seine Brust legten, und das Gesicht des Kleinen presste sich fest gegen seine Schulter.

»Sei nicht traurig, August«, sagte das kleine Mäusestimmchen.

Die Tränen kamen unaufhaltsam. Und flossen lange. So lange, wie sie verdammt noch mal wollten. Bis sie völlig ausgeweint waren.

Die Jungen blieben da.

Henry hielt ihn mit einem Arm, mit der anderen Hand strich er August übers Haar. Beinahe so, wie er Woody immer streichelte. Und er hörte nicht auf.

* * *

Schließlich richtete sich August etwas auf.

»Ich denke, es geht mir jetzt wieder gut«, sagte er.

155

»Sicher?«, fragte Seth.

»Wenigstens so gut, wie es mir vorher ging.«

»Okay«, erwiderte Seth und ließ ihn los. »Das muss reichen, denke ich.«

»Ihr geht besser wieder raus ans Feuer. Ich wette, es ist jetzt genau richtig für Marshmallows.«

»Okay, wir bereiten einen für dich vor, August. Ich weiß genau, wie du ihn magst.«

Und das stimmte. Er wusste es.

August ging zurück ins Bad und wusch sich gründlich das Gesicht. Länger als nötig. Dann blickte er sich im Spiegel an. Und erschrak. Seine Augen waren verquollen und rot, und er sah so völlig … fertig aus. Rasch schaute er wieder weg. Das Bild im Spiegel ließ ihn so verletzlich erscheinen. Nun, dachte er, der Spiegel war dafür nicht verantwortlich. Er *war* verletzlich. Er fühlte sich nur noch nicht der Aufgabe gewachsen, das volle Ausmaß zu betrachten. Er trocknete sich das Gesicht und ging zu den Jungen ans Feuer.

Er konnte spüren, dass seine Hände immer noch zitterten. Der Druck um seine Brust war weg, aber an seine Stelle war eine Leere getreten, ein Gefühl, als seien seine Brust und sein Magen ausgehöhlt, wund gescheuert. Er versuchte zu entscheiden, ob es so schlimm war wie vorher. Oder schlimmer.

Er saß im Schneidersitz auf der Decke, und Seth reichte ihm einen perfekt gerösteten Marshmallow auf einem Stock. Er probierte ihn vorsichtig, aber er war noch zu heiß zum Essen.

»Also, wir werden jetzt Folgendes tun«, sagte August.

Seth sprang auf, ließ einen der Stecken fallen.

»Jetzt?«

Beinahe musste August lachen. Oder wieder weinen. Es war schwer zu sagen, was davon passte. Es war einfach so typisch Seth. Stets über die eigenen Füße stolpern, um zu tun, was immer man von ihm wollte, ehe man überhaupt nur die Zeit hatte, zu sagen, was es war.

»Nein, nicht jetzt, Seth. Am Ende des Sommers.«

Schweigen breitete sich aus. Seth setzte sich wieder.

»Ich kann nicht mit euch bei euch zu Hause bleiben. Ich muss wieder arbeiten. Also ist das Einzige, was ich tun kann, euch Jungs mit mir nach San Diego mitnehmen. Das wird schwierig sein, weil ihr in eine neue Schule gehen müsst, nur bis zu den Weihnachtsferien. Und das ist das Nächste. Ich kann euch nicht vor den Weihnachtsferien heimfahren. Ich habe einfach zu viel zu tun an den Wochenenden. Und das sind mehr als zwei Wochen, nachdem euer Vater aus dem Gefängnis entlassen wird. Wenn er kommen will, euch eher abholen möchte, ist das gut. Aber ich kann euch erst in den Ferien nach Hause bringen.«

Schweigen. Als ob die Jungen dachten, da käme mehr.

»Wäre das für euch okay?«

»Okay? August, das wäre klasse!«

»Es wird schwer werden. An eine neue Schule wechseln und dann gleich wieder zurück. Und ihr müsst mit dem Bus zur Schule fahren. Oder ich setze euch eine Stunde früher ab.«

»Das ist nicht schwer, August, das ist klasse.«

»Sicher?«

»Machst du Witze?«

August hörte ein leises Schniefen und schaute zu Henry, gerade rechtzeitig, um zu sehen, wie er sich die Nase an seinem Ärmel abwischte.

»Wenn das so klasse ist, warum weint Henry dann?«

»Das macht er manchmal, wenn er glücklich ist. Nun, nicht wirklich glücklich. Wenn er dachte, er würde in Schwierigkeiten stecken und sich dann aber rausstellt, dass alles gut ist. Wenn er … wie heißt das Wort?«

»Erleichtert?«

»Ja«, sagte Seth. »Genau das.«

August aß seinen Marshmallow, und sie saßen eine Weile lang schweigend da, starrten in die Glut des langsam erlöschenden Feuers. Mit der Zeit ließ Henrys Geschniefe nach.

»Weißt du, was schön ist?«, fragte Seth.

Das wusste August nicht. Aber er nahm an, es hatte etwas damit zu tun, der staatlichen Unterbringung von Kindern entkommen zu sein.

»Nein, was?«

»Jetzt ist es fast so, als sei ein wenig von Phillip im Rauch. Ich beobachte den Rauch, wie er zu den Sternen aufsteigt, und er ist ein Teil davon. Ich dachte gerade, das ist schön.«

»Allerdings, das ist schön«, erwiderte August.

»Also hat sich was geändert. Ein klein wenig, immerhin.«

»Ich denke, damit hast du recht«, sagte August.

Kapitel 11

In einem Fass

August weckte sie früh am nächsten Morgen. Es war noch kaum hell. Damit sie ein paar der Sehenswürdigkeiten besichtigen konnten, bevor der Massenandrang einsetzte.

Als sie über die leere Straße zwischen dem Madison Campground und Old Faithful fuhren, hatten sie gerade genug Licht, um den geothermischen Dampf in der Entfernung auf beiden Seiten der Straße aufsteigen zu sehen. Ein gespenstisch wirkender Mond stand dicht über den Bergen, halb verborgen im Nebel.

»Wow!«, rief Seth, und Henry verrenkte sich den Hals, um es auch zu sehen. »Warum tut es das, August?«

»Du wusstest doch, dass es geothermische Sachen in Yellowstone zu sehen gibt.«

»Hä?«

»Du wusstest mindestens, dass es hier Geysire gibt.«

»Sind Geysire geothermisch?«

»Ja. Das sind sie.«

Sie fuhren auf einen Parkplatz in der Nähe eines Netzwerkes aus Bohlenwegen, die sich zwischen kochenden Schlammlöchern, heißen Quellen und Fumarolen sowie einem kleinen

Geysir hindurchschlängelten. Sie waren der dritte Wagen, der hier parkte, aber die Besitzer der beiden anderen waren nirgends zu sehen.

»Kann Woody mitkommen?«, fragte Seth.

»Nein, leider nicht. Keine Hunde auf den Bohlen- oder Wanderwegen durch den Park. Das ist kein geeigneter Ort für Hunde.«

»Tut mir leid, Woody«, sagte Henry, und August sah im Rückspiegel, wie Woody die Ohren anlegte.

Sie stiegen aus in den gerade dämmernden Morgen. Der Boden unter den Bohlen dampfte von der heißen Flüssigkeit, die sich unter der Oberfläche befand. Die Bäume sahen aus, als hätten sie gerade einen Vulkanausbruch überstanden.

»Wow!«, rief Seth erneut, und Henry griff nach Augusts Hand. »Es ist irgendwie cool, aber nicht wirklich hübsch anzusehen. Es sieht aus wie einer dieser Filme über das Ende der Welt. Als seien wir die einzigen Überlebenden.«

»Ja, irgendwie schon«, räumte August ein. »Ich habe eine Menge Fotos von Yellowstone gesehen. Hier gibt es auf jeden Fall Schönheit. Aber diese Gebiete mit Geothermie sind allerdings ein wenig unheimlich.«

Sie blieben an einem farbigen Schlammsprudel stehen und schauten. In der Mitte war ein tiefes Becken in klarem Smaragdblau, mit eisenroten Flecken am ausgefransten Rand. Der aufsteigende Dampf versperrte ihnen die Sicht, daher sahen sie länger hin, hofften auf eine Brise, die die Schwaden wegwehte. Henry umfasste Augusts Hand fester.

»Ich hätte in der Schule in Naturwissenschaft besser aufpassen sollen«, hauchte Seth, und in seiner Stimme klang ehrfürchtiges Staunen mit.

Alle sollten in Naturwissenschaft besser aufpassen, dachte August. Er war es so leid, etwas zu unterrichten, das vielen egal zu sein schien.

»Du weißt doch, dass die Erde im Inneren heiß ist«, sagte August.

»Weiß ich das?«

»Ich bin davon ausgegangen. Du hast doch schon von Vulkanen gehört, oder?«

»Oh. Ja. Aber das hier ist keine Lava.«

»Nein, aber es ist alles Teil des gleichen Systems übergroßer Hitze.«

»Ich hatte keine Ahnung, dass all das hier unter der Erde vor sich geht. Ich werde den Boden nie wieder auf die gleiche Weise betrachten. Es ist, als ob der Planet lebt.«

»Der Planet lebt. Da gibt es kein ›als ob‹.«

»Ich dachte immer, Leben wächst darauf, aber … Wirst du uns erklären, warum das alles passiert?«

August spürte ein tiefes Seufzen in sich aufsteigen und dann durch seine Nasenlöcher austreten. »Ich bin sicher, das wird alles in der Broschüre erklärt.«

Seth warf ihm einen verletzten Blick zu, sagte aber nichts.

Sie gingen weiter, folgten der Biegung auf dem Bohlenweg, wo ein kleiner Geysir Wasser etwa einen Meter hoch in die Luft spie, in der Morgendämmerung kaum zu unterscheiden von den wabernden Dampfschwaden. Zwei Pärchen mit einer Kamera auf einem Stativ feuerten den Geysir an. Ohne sich abzusprechen, gingen August und die Jungs weiter, wollten dorthin, wo keine anderen Menschen waren. Das würde ihre letzte Chance heute sein. Die Massen würden bald erwachen.

»Aber du bist doch Naturwissenschaftslehrer«, beschwerte sich Seth. »Und jedes Mal, wenn ich dich nach etwas Naturwissenschaftlichem frage, sagst du mir, ich soll in die Broschüre gucken.«

August seufzte wieder. »Ich weiß«, sagte er. »Es tut mir leid. Es ist nur, dass ich das das ganze Jahr lang tue. Ich fühle mich irgendwie ausgebrannt.« *Nein*, dachte er. *Ich brenne nicht aus. Ich bin schon vor Jahren ausgebrannt und habe mich davon noch nicht wieder erholt.*

»Aber du scheinst Naturwissenschaft noch nicht einmal zu *mögen*.«

»Das habe ich mal«, antwortete er.

»Aber jetzt nicht mehr.«

»Ich denke, ich bin es irgendwie leid, das, was ich tue.«

Sie kamen wieder zurück zum Parkplatz. Dunkle Vögel hockten auf den Baumskeletten, dann flogen sie auf und davon.

»Unterrichtest du gerne Kinder?«

»Na ja, es sind nicht wirklich Kinder. Es ist ja Highschool. Die Schüler sind mehr abgestumpfte Teenager.«

»Aber magst du sie?«

August ging ein paar Schritte weiter, fragte sich, ob er lügen sollte. »Früher schon.«

»Na gut, was magst du denn jetzt?«, wollte Seth wissen und klang dabei fast ein wenig genervt.

August dachte einen langen Augenblick nach, hoffte auf eine elegantere Antwort. Dann entschied er sich einfach für die Wahrheit.

»Den Sommer«, sagte er.

* * *

Sie setzten sich auf eine Bank ohne Lehne und beobachteten den aufsteigenden Dampf von Old Faithful. Warteten darauf, dass der Geysir ausbrach. Ein paar Dutzend Leute warteten mit ihnen, aber die Bank war mehr als großzügig bemessen, sodass man nicht zu dicht beieinander saß.

»Ich wünschte, wir hätten etwas zu tun, während wir hier warten«, bemerkte Seth.

August atmete für ein Seufzen ein, entschied dann aber, dass er viel zu oft seufzte.

»Eine schnelle Naturwissenschaftsstunde?«, fragte er stattdessen.

»Ja!«, riefen beide Jungs zugleich.

Sie schauten ihn mit eifrigen Mienen an. August fragte sich, ob sein Job wohl anders wäre, wenn ihn die Kinder in der Schule auch so anschauen würden. Und ob auch diese beiden Kinder hier so begierig auf eine Naturwissenschaftsstunde wären, wenn sie in der Schule wären.

Vielleicht war die Schule das Problem, dachte August. Vielleicht will jeder eine naturwissenschaftliche Unterrichtsstunde, wenn man mitten in einem der größten geothermischen Wunder der Welt sitzt. Vielleicht haben wir alle Bedeutung von der Information getrennt, die wir unterrichten, sodass sie keine Ahnung haben, warum es sie interessieren sollte. Vielleicht ist es gar nicht die Schuld der Kinder. Vielleicht haben wir den ersten Fehler begangen.

»Ich beginne mit den Geysiren«, erklärte er. »Sie sind in vielem wie die heißen Quellen, die wir vorhin gesehen haben, haben aber wesentlich schmalere Öffnungen. Darum kann die Hitze weniger gut aufsteigen und entweichen. Sie staut sich. Und da ist Druck von den Felsen, und über all dieser Hitze befindet sich Wasser. Es bilden sich also Blasen, die festsitzen, bis sie so groß und mächtig geworden sind, dass sie tatsächlich das Wasser über ihnen anheben. In gewisser Weise aufspritzen lassen. So entweicht Druck aus dem System, sodass man dieses heftige Brodeln erhält. Und der zusätzliche Dampf, den es erzeugt, schiebt das Wasser nach oben und durch die schmale Öffnung hinaus.«

Dann holte er weiter aus, erklärte, was es mit den Terrassen und Schlammlöchern und Farbtöpfen auf sich hatte, merkte nur nebenbei, dass die Leute um sie herum still geworden waren und sich ein wenig vorbeugten, um ihm zuhören zu können. Kurz bevor er die Lektion beendete, fühlte er eine schwache Erinnerung an das, was er früher so an Naturwissenschaft gemocht hatte. Und sah in den Gesichtern der Jungs das, weshalb es ihm Spaß gemacht hatte, Kinder zu unterrichten.

Aber der Gedanke wurde unterbrochen von Old Faithful, wie es vorbestimmt war. Alle riefen und jubelten, und August war nur eine weitere Person, die sich freute, den Ausbruch zu sehen, froh, dass der Geysir tat, was er beständig tat. In dem Augenblick zählte nicht, dass er mehr über die geologischen Prozesse dahinter wusste als die meisten anderen um ihn herum. Alle mögen einen guten Geysir.

* * *

Als sowohl die Menge als auch der Geysir sich wieder beruhigt hatten, fragte Seth: »Wenn Phillip hier wäre, hätte er eine naturwissenschaftliche Erklärung hören wollen?«

»Er hätte keine gebraucht«, antwortete August. »Er wusste beinahe so viel wie ich darüber. Er war fasziniert von Naturwissenschaft, hat sich damit beschäftigt. So sehr, dass er fast ein Nerd war, allerdings meine ich das nur im besten Sinn.«

Sie standen alle drei auf und machten sich auf den langen Weg zurück über das Netz aus Bohlenwegen und großen Parkplätzen zum Wohnmobil.

»Er mochte das, weil du es magst«, sagte Seth. Es klang nicht wie eine Frage.

»Vielleicht. Oder vielleicht liegt es auch einfach in der Familie.« Henry blickte zu August hoch, fast, als hätte er eine Meinung dazu. Aber wenn das so war, dann behielt er die für sich. »Nein, ich denke, du hast recht. Ich denke, er mochte es, weil er zu mir aufsah. Und weil es etwas war, woran wir beide gemeinsam interessiert waren. Etwas, das wir teilen können.«

»Hm«, machte Seth. »Ich wette, bevor er gestorben ist, mochtest du Naturwissenschaft viel lieber.«

Darauf blieb August die Antwort schuldig.

* * *

»August! Büffel!«

Instinktiv trat August auf die Bremse, nachdem er rasch in den Rückspiegel geschaut hatte, um zu sehen, wie der Abstand zu dem Auto hinter ihnen war. Dann lenkte er das Wohnmobil in eine Anhaltebucht, und die meisten anderen Wagen auf dem Abschnitt auf der Straße durch den Park taten es ihm nach. So viele, wie in die Bucht passten. Die anderen hielten einfach verbotenerweise auf der Straße an.

»Genau genommen sind es Bisons«, sagte August und betätigte die Handbremse.

»Was ist der Unterschied?«

»Du bist nicht der Erste, der die beiden verwechselt. Aber es gibt einen Unterschied.« August schaute durch Seth' Fenster auf der Beifahrerseite. Die Tiere grasten auf einer weiten grünen Fläche, hinter ihnen zeichnete sich scharf umrissen ein Bergrücken ab. Der Himmel war vollkommen wolkenfrei, an den Rändern so dunkel, dass es fast Marineblau war. Ein schmaler Fluss schlängelte sich durch die Grasfläche. Die Tiere sahen so aus der Nähe fast ein wenig lächerlich aus, Schultern und Hals massig, das Fell zottelig und noch mit letzten ausgefransten Resten der Winterwolle durchsetzt, und die Hüften so absurd schmal, dass man fast meinen könnte, hier seien versehentlich zwei Teile völlig verschiedener Tiere zusammengesetzt worden. August fragte sich kurz, wie es sich wohl für eine Bisonkuh anfühlte, ein Kalb zu gebären.

Er blickte über seine Schulter zu Henry, der seinen Gurt geöffnet hatte und auf der schmalen Couch kniete, aus dem

Fenster schaute. Woody stand rechts neben ihm, die Pfoten auf der Rückenlehne und knurrte die Bisons leise an. Als August wieder nach vorne sah, hatte Seth Augusts Kamera genommen und machte mit voll ausgefahrenem Zoom Fotos.

»Ich kann sie richtig gut durch deine Kamera sehen, August.« Dann, etwa zwölf Klicks später: »Kann ich raus und dichter ran?«

»Nein. Auf keinen Fall, Seth. Sie können gefährlich sein. Es sind riesige Tiere. Du willst ihnen nicht zu nahe kommen.«

»Oh. Schade. Dann werde ich mich mit dem Zoom begnügen müssen.«

Er machte noch etwa zehn weitere Aufnahmen, dann legte er die Kamera in seinen Schoß und starrte eine Weile durchs Fenster.

August betrachtete das Profil des Jungen. Es wirkte ruhig. Fast hingerissen. Aber dabei seltsam still. Für Seth.

»Ich bin froh, dass ihr Jungs Bisons zu sehen bekommt«, sagte August.

»Ich hoffe, es ist okay, dass ich vielleicht dreißig Aufnahmen mit deiner Kamera gemacht habe.«

»Es ist in Ordnung, Seth. Digitale Fotos kosten nichts.«

»Ich kann es gar nicht erwarten, sie den Kindern in meiner Schule zu zeigen. Oh. Halt. Das hatte ich vergessen. Ich werde sie erst nach Weihnachten wiedersehen. Na gut. Das ist egal, vermute ich. Ich werde ihnen die Bilder einfach nächstes Jahr zeigen. Dann werden sie trotzdem wissen, dass ich all das selbst gesehen habe. Nur nicht so bald.«

Einen Moment saßen sie schweigend da. Dann schnitt August wieder dieser langsame Schmerz durch die Brust.

In fast genau dem gleichen Moment sagte Seth. »Phillip hätte die Bisons sehen sollen.«

»Das wäre schön gewesen«, erwiderte August.

»Wir sollten etwas von seiner Asche hier lassen. Genau hier, wo wir gestanden haben und sie beobachtet haben.«

August schaute sich um. Durch die Windschutzscheibe, sein Seitenfenster. In den Rückspiegel. Es gab eine Menge Autos, die angehalten hatten. Eine Menge Touristen, die die Bisons ansahen.

»Ich weiß nicht, Seth. Ich mag die Idee, aber es sind zu viele Leute um uns herum.«

»Ich könnte nur eine kleine Handvoll verstreuen, einfach aus dem Fenster, und niemand würde je davon erfahren. Du könntest ein wenig davon in meine rechte Hand tun. Ich lasse die dann einfach aus dem Fenster hängen. Und genau, wenn wir losfahren, öffne ich die Hand. Niemand wird etwas merken. Und wenn doch, dann sieht es bloß aus wie eine kleine Staubwolke oder so.«

August ließ die Vorstellung einen Moment auf sich wirken. Dann öffnete er das Handschuhfach und holte die Eisteeflasche raus. Schraubte den Verschluss auf. Er füllte Asche in die Verschlusskappe und schüttete sie in Seth' ausgestreckte Hand. Dann verschloss er die Flasche wieder und steckte sie ins Kartenfach in der Tür. Dicht bei seinem linken Knie. Er hatte das Gefühl, er würde sie häufiger auf dieser Fahrt brauchen.

»Genug gesehen?«

»Nur noch ein bisschen länger, August, bitte? Es ist so schön hier.«

Sie saßen zwei oder drei Minuten schweigend da, Seths rechte Hand auf seinem Schoß fest geschlossen, sorgsam seine wichtige Aufgabe haltend.

Dann seufzte Seth. »Okay, ich vermute, wir können jetzt gehen und mehr tolle Sachen sehen.«

»Henry, anschnallen.«

Aber als August über seine Schulter schaute, um nachzusehen, saß Henry bereits wieder auf seinem Platz, den Gurt angelegt.

Seth ließ seine rechte Hand aus dem Fenster hängen, während August auf die Straße zurückfuhr. Einen Moment später war die Hand wieder im Inneren. August sah nichts von der Asche. Er fühlte sich ein wenig betrogen. Er wünschte, er hätte sie fallen sehen können.

»Feuchte Tücher sind im Handschuhfach«, teilte er Seth mit.

»Ich dachte, ich dürfte nicht ans Handschuhfach.«

»Seth …« Aber ehe August den Gedanken beenden konnte, blickte er Seth an. Der Junge grinste breit, zufrieden mit seinem … nicht direkt Scherz, aber … August konnte das richtige Wort nicht finden.

»Du Witzbold, Seth«, sagte er. »Du bist komisch.«

Aber es kam August seltsam vor. Weil Seth kein Witzbold war. Wenigstens nicht, solange er ihn kannte.

* * *

Am folgenden Morgen fuhren sie über die Parkstraße entlang Yellowstone Lake. Auf dem Weg zum Canyon und den Wasserfällen. Der Himmel begann gerade erst, heller zu werden. Sie hatten den Campingplatz ganz früh verlassen in der Hoffnung, die ersten am Aussichtspunkt am Rand der oberen Wasserfälle zu sein. Aber August hatte das sichere Gefühl, dass sie dazu bereits zu spät dran waren.

»Das ist ein großer See«, stellte Seth fest. Er pfiff anerkennend durch die Zähne. »Mann. Das ist der größte See, den ich je gesehen habe.«

Die Straße verlief dicht am Ufer und beinahe in gleicher Höhe.

»Welche anderen Seen hast du denn schon gesehen?«

August blickte zu Seth und sah, dass er leicht rot wurde.

»Ich habe noch überhaupt keinen gesehen«, sagte er. »Gar keinen. Daher denke ich, habe ich das nicht richtig gesagt.«

»Ehrlich? Seid ihr noch nie an einem See gewesen?«

»Da, wo wir leben, ist es ja eher wie eine Wüste.«

»Eindeutig wie eine Wüste.«

»Aber ich habe in Büchern Seen gesehen. Weißt du. Und in Filmen. Und im Fernsehen …«

Ehe er mehr aufzählen konnte, überraschte Henry sie beide, indem er sich mit seiner piepsigen Stimme einschaltete. »Stopp!«

»Was denn, Henry? Was ist los?«

»Nichts. Ich möchte nur, dass du hier stehen bleibst.«

August fand eine sichere Stelle zum Anhalten.

»Musst du aufs Klo?«

»Nein.«

»Was willst du dann?«

»Die Flasche.«

August wechselte einen Blick mit Seth, der die Achseln zuckte.

»Was für eine Flasche, Kumpel?«

»Die Phillip-Flasche.«

August blinzelte ein paarmal, dann nahm er die Plastikflasche aus dem Kartenfach in der Tür. Er öffnete den Sicherheitsgurt und hielt Henry die Flasche hin, der sich bereits abgeschnallt hatte und stand.

Henry hielt ihm beide Hände hin. Mit den Handflächen nach oben.

»Nur ein bisschen«, verlangte Henry.

August öffnete die Flasche und schüttete ein Häuflein Asche in die kleinen Hände. Henry schloss beide vorsichtig darum.

»Warte, lass mich die Tür für dich aufmachen.«

August hielt die Hecktür weit auf, und Henry stieg ganz vorsichtig die Stufen hinab. August folgte ihm in die erstaunlich kühle Morgendämmerung. Henry ging zu dem schmalen

Strand am Ufer. Er streifte sich die Schuhe ab, indem er mit der Spitze des einen gegen die Ferse des anderen Fußes trat.

»Lass dir mit den Socken helfen«, sagte August.

Geduldig hob Henry beide Füße nacheinander, damit August ihm die Socken ausziehen konnte. Dann krempelte August auch noch die Hosenbeine von Henrys Jeans soweit an seinen dünnen Beinchen hoch, wie es ging.

Henry ging in den See, tief genug, um die hochgekrempelten Jeans zu durchweichen. Wenn das Wasser eiskalt war, was es garantiert war, dann ließ er sich das nicht anmerken.

August hörte ein leises Geräusch und schaute hinter sich. Seth war ausgestiegen, um zuzusehen. Er hatte Woody an der Leine. Auch Woody verfolgte Henrys Bewegungen aufmerksam.

Henry drehte sich dreimal um die eigene Achse, die Arme gerade nach vorne ausgestreckt, die Hände weiter fest um die Asche geschlossen. Als plante er, sie wie ein Kugelstoßer in den See zu schleudern. Dann aber blieb er stehen und hielt seine Hände in die Höhe, als ob jemand von oben herabgreifen und ihm die Asche aus den Händen nehmen würde. August rechnete damit, dass er die Hände öffnete, um die Asche fallen zu lassen, in welchem Fall sie auf Henry herabgeregnet wäre statt in den See. Stattdessen tauchte Henry plötzlich seine Hände unter Wasser. Als er sie wieder herauszog, waren sie offen und auseinander. Henry starrte sie einen Moment lang an, als prüfte er, was übrig war. August konnte einen trüben Aschefilm zwischen Henrys Beinen an die Oberfläche des Wassers treiben sehen. Dann kam der Junge ans Ufer gewatet.

»Okay«, sagte er, als er an ihnen vorbeiging.

August nahm die Schuhe des Jungen und die Socken und folgte ihm nach drinnen, Seth und Woody hinter ihm.

»Möchtest du deine nasse Hose ausziehen, bevor wir weiterfahren?«, fragte August ihn.

»Nein, das ist okay.«

»Möchtest du deine Hände waschen?«

»Nein.«

Henry setzte sich auf seinen gewohnten Platz auf der Couch und legte den Beckengurt an. Woody, befreit von der Leine, sprang hoch und legte sich ihm über den Schoß.

August zuckte im Geiste die Achseln und lehnte sich im Fahrersitz zurück, wo er darauf wartete, dass Seth sich wieder anschnallte. Er schaute über die Schulter zu Henry, der seine Hände vor sich hielt und seine Handflächen anstarrte. August öffnete das Handschuhfach und holte den Behälter mit den Feuchttüchern heraus, die er für Woodys schmutzige Pfoten immer dabeihatte. Er reichte sie nach hinten zu Henry.

»Hier«, sagte er. »Für deine Hände.«

Henry schüttelte den Kopf. »Nein«, sagte er in seinem hellen Mäusestimmchen. »Das ist okay. Er kann dableiben.«

August dachte einen Moment darüber nach, ehe er seine Hand zurückzog und die Tücher wieder ins Handschuhfach tat. Er startete den Motor, und sie fuhren weiter an dem riesigen Bergsee entlang, während der Himmel sich allmählich zu verfärben begann.

»Es ist Mittwoch«, sagte August, während sie weiterfuhren. »Ihr möchtet heute sicher euren Vater anrufen.«

Nichts. Absolutes Schweigen.

August warf einen Blick auf Seth, der aus dem Fenster schaute, als hätte er nichts gehört.

»Ihr wollt doch mit eurem Vater sprechen, oder?«

Erst kam keine Antwort. Dann sagte Seth nach einem Moment: »Nicht wirklich. Nein.« Ganz ruhig. Als sei ihm plötzlich diese unerschöpflich scheinende Seth-Energie ausgegangen.

August sah Henry im Rückspiegel an. Ihre Blicke begegneten sich.

»Was ist mit dir, Henry? Möchtest du heute mit deinem Dad sprechen?«

Henry schüttelte den Kopf.

* * *

»O nein«, rief Seth, als sie auf den Parkplatz für den kurzen Weg zum oberen Ende der Upper Yellowstone Wasserfälle einbogen. »Es sind schon andere Leute hier.«

Das Wohnmobil war das sechste Fahrzeug, das hier parkte.

»Das hatte ich mir schon gedacht.«

»Aber wir werden es uns trotzdem ansehen, oder?«

»Ja. Zum Teufel, ja. Wir sind hier. Lasst ihn uns anschauen gehen.«

Sie stiegen aus dem Wohnmobil in die kühle Luft des frühen Morgens.

»Wow«, sagte Seth. »Das muss aber ein Wasserfall sein. Ich kann ihn schon hören.«

August nahm für den Weg zu den Wasserfällen Henrys Hand, auch wenn er nicht genau wusste, warum. Es war unmöglich, ihn zu verlieren, bis sie die Aussichtsplattform am Rand der Wasserfälle erreichten. Und die Plattform selbst hatte ein Geländer. Das hatten sie schon gesehen. Daher wäre es verdammt schwierig, ihn da zu verlieren. Doch August streckte instinktiv die Hand nach unten und war ein wenig erstaunt, als Henry sie nahm.

Während sie so zusammen gingen, dachte August an die Asche auf Henrys Händen. Und es war ein angenehmes Gefühl. Er hatte keine Angst, wie er eigentlich gedacht hatte. Jetzt verstand er, warum Henry abgelehnt hatte, sich abzuwaschen.

* * *

Sie standen auf der Plattform so weit von den anderen Touristen entfernt, wie es nur möglich war, und das Dröhnen der hinabstürzenden Wassermassen machte eine Unterhaltung praktisch unmöglich. Henry beugte sich vor, drückte Bauch und Brust gegen die Steine, die den Rand der Plattform bildeten, und streckte den Kopf unter dem Handlauf hindurch, obwohl die Steine nass von der Gischt waren. August stand über ihm und hielt ihn am Bund seiner Jeans fest, aus keinem besonderen Grund, außer um sich selbst sicherer zu fühlen.

Während das Wasser über den Rand der Fälle rauschte, meinte August, er könne hindurchschauen. Die schiere Masse, grün und tief, ohne jeden Halt in der Luft, sehen.

Seth umklammerte das Geländer fest und starrte ein paar Minuten hinunter. Er nahm seine Einwegkamera und machte eine Aufnahme. Dann zupfte er August an der Jacke. Der lehnte sich zu ihm runter, um ihn besser verstehen zu können.

»Lass uns wieder gehen«, schrie Seth ihm ins Ohr.

August musste kräftig an Henrys Jeans ziehen, um seine Aufmerksamkeit zu erhalten, aber dann liefen sie den kurzen steilen Weg zurück zum Parkplatz.

»Das war enttäuschend«, sagte Seth.

»Ehrlich? Ich fand, es war ein gigantischer Wasserfall.«

»Das meine ich nicht. Ich wollte, dass wir etwas Asche hineintun können. Damit sie mit dem Wasser in die Tiefe stürzt. Aber es waren so viele Leute da.«

»Wir könnten morgen noch früher herkommen. Wir könnten um vier aufstehen. Herfahren, während es noch dunkel ist.«

»Aber wenn wir das tun, hat vielleicht jemand anders die gleiche Idee und macht das auch.«

»Vielleicht. Aber was bleibt uns sonst zu tun?«

»Wir sollten weiter den Fluss hoch. Gibt es da weiter oben eine Stelle, wo man ans Ufer kommt?«

»Weiter flussaufwärts«, sagte August, ohne nachzudenken. Dann wünschte er, er hätte den Jungen nicht verbessert. »Aber das gefällt mir nicht. Es gibt nichts Gefährlicheres als einen schnell fließenden Fluss oberhalb eines Wasserfalls. Eine Menge Leute sterben auf diese Weise in Nationalparks. Sie fallen in den Fluss, und die Strömung reißt sie mit zu den Wasserfällen und in die Tiefe.«

»Es muss da einen Ort geben, an den wir gehen und trotzdem vorsichtig sein können.«

»Ich weiß nicht, Seth. Ich denke, am vorsichtigsten sind wir, wenn wir überhaupt nicht gehen.«

Den Rest des Weges zum Wohnmobil legten sie schweigend zurück. Woody saß auf dem Fahrersitz, beobachtete sie durchs Fenster, während sie näherkamen, und sein ganzer Körper wackelte, so heftig wedelte er.

Als sie alle auf ihren Plätzen saßen und sich angeschnallt hatten, bereit waren, loszufahren, blickte August zu Seth. Der Junge wirkte beleidigt, seine Miene verschlossen.

»Was ist los, Seth?«

»Ich weiß, du denkst, ich bin nicht vorsichtig genug, August. Aber manchmal denke ich, du bist zu vorsichtig.«

»Sag das nicht so, als sei das was Schlechtes.«

»Das kann es aber sein.«

»Es sorgt dafür, dass Leuten nichts passiert.«

»Nein, nicht immer. Leute verpassen die besten Sachen, weil sie Angst haben, etwas Schlimmes könnte passieren. Aber wenn etwas Schlimmes passieren soll, dann tut es das einfach. Trotzdem. Egal, wie vorsichtig man ist.«

»Das stimmt so nicht«, widersprach August, machte immer noch nicht den Motor an. »Es gibt schlimme Sachen, die man verhindern kann, indem man vorsichtig ist, und welche, da geht das nicht. Eine Menge Leute bekommen jede Menge Probleme, die sie vermieden hätten, wenn sie vorsichtiger gewesen wären.«

»Aber nicht, indem sie zu vorsichtig sind«, wandte Seth ein, dem langsam die Geduld ausging. »Indem man so vorsichtig wie nötig ist. Ich denke, wir sollten weiter den Fluss hoch gehen. Und einfach vorsichtig genug sein.«

August rang einen Moment mit sich, dann seufzte er. »Da könntest du recht haben«, sagte er. »Vielleicht sollten wir flussaufwärts gehen und einfach vorsichtig sein. Vielleicht war ich übervorsichtig.«

»Allerdings«, antwortete Seth. Dann blickte er zu August. »Ich meine … danke. Das habe ich sagen wollen. Danke.«

»Ich habe mir schon gedacht, dass du das meintest«, erwiderte August.

* * *

»Oh, das hier ist doch klasse«, rief Seth, als der Fluss zwischen den Bäumen in Sicht kam.

Aber August gefiel es überhaupt nicht. Weil es kein Geländer gab. Nur einen Fluss mit schneller Strömung.

»Ich könnte da hoch klettern«, fuhr Seth fort.

Er deutete auf einen Felsen, der etwa so lang wie ein Schulbus war und dreimal so breit, am Rand der Stromschnellen. Der Fluss schäumte und sprudelte unten um ihn herum.

»Es gibt doch auch Stellen ohne Felsen. Du kannst einfach am Flussufer stehen. Wäre das nicht sicherer?«

»Ich weiß nicht, August. Ich denke, wenn ich an einer sicheren Stelle stünde, würde die Asche am Ende nur auf der Erde am Ufer landen. Und ich möchte mich bestimmt nicht vorbeugen. Schau mal oben auf den riesigen Felsen. Da ist es beinahe eben. Und am Rand ist es höher. Wenn ich beim Hochsteigen ausrutsche, würde ich vom Wasser weg runterfallen.«

»Mir gefällt das nicht«, erwiderte August.

Trotzdem gingen sie in Richtung des Felsens.

»Ich sage dir was, August. Ich werde mich auf den Bauch legen und hochrobben. Bis ich mit den Armen den Rand ergreifen kann. Dann liege ich mit dem ganzen Körper drauf. Ich kann nicht runterfallen. Das geht gar nicht.«

»Unter einer Bedingung«, sagte August. »Dass ich mit dir hochgehe und dich am Hosenbund deiner Jeans festhalte.«

»August, von dem Felsen zu fallen ist unmöglich.«

»Mir zuliebe.«

»Ich weiß gar nicht, was das heißt«, sagte Seth. »Außer dass ich denke, es heißt, dass du an meiner Jeans hängen wirst.«

* * *

August fasste Henry um die Mitte und hob ihn hoch, setzte ihn auf den Felsen, dessen Ende auf der Uferseite deutlich niedriger war.

»Versprich mir, dass du dich nicht vom Fleck rührst.«

»Versprochen, August«, sagte Henry.

»Weil es hier für dich gefährlich ist, vor allem, wenn du allein herumläufst.«

Henry legte sich mit ernster Miene eine Hand aufs Herz. »Hoch und heilig versprochen.«

»Gut. Okay, Seth. Dann mal los.«

Sie bewegten sich vorsichtig am Felsen entlang, Seth vorneweg. Es fühlte sich sicher genug an. Bis sie dichter an den Rand kamen, und August drüber und den Fluss unten fließen sehen konnte. Der Felsen war jedoch so breit, dass er nicht direkt unter sich gucken konnte. Es war wirklich sicher. Sein Verstand hatte ihm das schon gesagt. Aber sein Herz begann trotzdem heftig zu klopfen.

»Okay, reich mir die Flasche, August.«

Es überraschte ihn, Seth das sagen zu hören, denn das bedeutete, dass der Junge am Rand angekommen war. Instinktiv streckte August eine Hand aus und fasste den Hosenbund von Seth' Jeans, hakte den Daumen unter eine Gürtelschlaufe. Er schaute zu Henry zurück, der sich nicht bewegt hatte. Mit seiner freien Hand nahm er die Plastikflasche aus seiner Jackentasche und reichte sie Seth.

Dann blickte er wieder auf den rasch dahinströmenden Fluss und hatte ein ungutes Gefühl. Sein Gefühl sagte ihm, das sei ein Fehler. Dass er dabei war, etwas zu tun, bei dem er es von vornherein hätte besser wissen müssen.

In genau dem Augenblick keuchte Seth auf, gefolgt von einem »O Scheiße.«

August riss mit einem Ruck an der Jeans, und der Junge kam zurück zu ihm. Sie rollten gemeinsam etwa einen Meter weg vom Fluss, dann blieben sie liegen, mit ineinander verschlungenen Armen und Beinen. Augusts Herz klopfte, als wollte es ihm gleich aus der Brust springen, und er packte Seth am Hemd, wie um sich zu vergewissern, dass er den Jungen hatte und Seth nicht wegkonnte.

»Was ist passiert, Seth?«

Seth starrte auf seine eigenen Hände und sagte nichts. August blickte nach unten auf die Hände. Sie waren leer.

»Ich hab sie fallen gelassen, August. Phillips Flasche. Sie ist weg.«

»Ja, und? Der Plan war doch, dass du sie in den Fluss wirfst. Und das hast du getan.«

»Aber nicht die ganze Flasche. Du wolltest ihn auch noch an andere Stellen tun.«

»Na ja, jetzt ist er flussabwärts unterwegs. Also kommt er doch an jeder Menge Stellen vorbei, oder? Welche, die uns im Traum nicht eingefallen wären. Er ist gerade jetzt auf einer großen Tour durch Yellowstone.«

»Du sagst das nur, damit ich mich besser fühle.«

»Nein, tue ich nicht, wirklich nicht. Mach schon. Lass uns schauen, dass wir von hier runterkommen und zu deinem Bruder gehen.«

* * *

Seth starrte die meiste Zeit der Rückfahrt zum Campingplatz unglücklich aus dem Fenster. Schließlich sagte er etwas.

»Du hattest recht, August. Es tut mir leid.«

»Womit hatte ich recht?«

»Du hast gesagt, wir sollten es nicht tun. Dass es zu gefährlich sei. Du hast gesagt, etwas Schlimmes könnte passieren. Und du hattest recht. Und es ist alles meine Schuld.«

»Seth, es ist nichts Schlimmes passiert. Wir sind alle gesund und wohlbehalten. Es war eine Plastikflasche. Mit vielleicht einer halben Tasse Asche meines Sohnes darin, von der der Rest sicher bei mir zu Hause steht. Als ich dich gehört habe, dachte ich, du würdest abstürzen. Es war eine *Flasche*, Seth. Du bist ein lebendiges, atmendes Kind. Als ich sagte, etwas könne passieren, meinte ich *dich*. Nicht die Flasche. Du bist wohlbehalten, also ist nichts passiert.«

»Ich weiß, das sagst du bloß, damit ich mich besser fühle.«

»Seth, du musst loslassen.«

Seth wandte sein Gesicht August zu und richtete einen brennenden Blick auf ihn. »Die Leute sagen mir das die ganze Zeit. Und ich habe keine Ahnung, was sie damit meinen.«

»Ich weiß«, sagte August. »Es tut mir leid.«

* * *

Später in der Nacht lagen sie in ihren jeweiligen Betten, und August starrte zur Decke. Nach einer Weile hörte er Henrys Atem im Schlaf, fast wie der Anflug eines leichten Schnarchens. Aber soweit er es erkennen konnte, war Seth noch immer wach.

»August?«, fragte Seth nach einer Weile.

Und August war nicht überrascht.

»Was ist, Seth?«

»Wenn du uns jetzt nicht mit nach San Diego nehmen willst, verstehe ich das.«

»O Seth. Ich wünschte, du würdest solche Sachen nicht sagen.«

»Warum nicht?«

»Weil … Natürlich werde ich euch mitnehmen. Ich würde niemals meine Meinung dazu ändern, weil du aus Versehen etwas fallen gelassen hast.«

»Aber du hast mir gesagt, es sei nicht sicher.«

August seufzte. In Seth war eine Mauer, und er war wieder davor gelandet. Er schien nicht darüber hinweg, unten drunter hindurch oder drum herum kommen zu können. Und es schien auch nicht so, als würde sie Risse bekommen. Egal, wie oft er dem Jungen sagte, er solle es nicht so schwer nehmen, mit sich selbst nicht so hart ins Gericht gehen, war es, als spräche er in den Wind.

»Ich werde dir jetzt eine kleine Geschichte über Phillip erzählen«, sagte er.

»Okay.«

»Er war jemand, der nach Aufregung und Adrenalin verrückt war. Ich weiß noch, als wir einmal diese Dokumentation über Leute gesehen haben, die sich in einem Fass die Niagarafälle hinabstürzen. Anfangs war es wie ein Selbstmordkom-

179

mando. Bei den ersten Fässern. Aber in den letzten Jahren hat man sie stabiler gebaut. Wie auch immer, es sterben nach wie vor eine Menge Leute. Es gehört zu den gefährlichsten Sachen auf der Welt, die man machen kann.«

»Jetzt sag nicht, er wollte das machen.«

»Ja und nein. Ich denke, er wusste es besser, als es wirklich auszuprobieren. Aber er war unglaublich fasziniert davon. Ich weiß, er hätte es ohne lange zu überlegen getan, wenn er die Sicherheit gehabt hätte, dass er überlebt.«

»Ich bin mir nicht sicher, warum du mir das erzählst.«

»Denk darüber nach. Was könnte ein passenderer Tribut sein? Du hast etwas von seiner Asche in einem Gefäß, das einen ähnlichen Zweck wie ein Fass erfüllt, über zwei sehr hohe Wasserfälle geschickt. Das ist perfekt. Das ist mehr als perfekt, besser als alles, was ich mir je hätte ausdenken können.«

»Danke, August. Jetzt fühle ich mich in der Tat etwas besser.«

August lag noch ein paar Minuten wach, dachte über seine hanebüchene Geschichte nach. Phillip hatte sich nie viel daraus gemacht, an Grenzen zu gehen. Sie hatten nie eine Dokumentation über die Niagarafälle und Fässer gesehen. Und ebenso wenig hatten sie je darüber gesprochen. Aber es war es wert gewesen, das zu sagen. Weil Seth binnen Minuten friedlich eingeschlummert war.

Und auch August schlief gut.

Teil 2

ENDE AUGUST

Kapitel 12

Traurige gute Nachrichten

Sie traten auf dem Parkplatz im Arches-Nationalpark in die warme Sommersonne und folgten einem flachen Weg zu einer Stelle, von der aus sie in der Ferne den berühmten Delicate Arch sehen konnten.

»Wie viel ist von unserem Urlaub noch übrig, August?«, fragte Seth, während sie gingen.

Das fragte er ein- oder zweimal die Woche und schien sich nie an die Antwort vom letzten Mal erinnern zu können. Oder vielleicht wollte er die Antwort auch einfach laut ausgesprochen hören.

»Ungefähr zwei Wochen. Dreizehn Tage, bis wir zurückfahren. Etwas mehr, bis wir ankommen. Da ist er. Siehst du, dort oben?«

August deutete auf ein klippenähnliches, steilaufragendes Gebilde aus rötlich sandfarbenem Felsen. Da war er, in einiger Entfernung, ein perfekter, freistehender Steinbogen mit abgeflachter Spitze. Fast jeder, den August kannte, hatte wenigstens schon mal ein Bild vom Delicate Arch gesehen. Außer Seth und Henry.

»Oh, wie schön«, rief Seth und zoomte mit Augusts Kamera darauf. »Zu schade, dass wir nicht näher ran können.«

»Können wir. Wir wollen da hinwandern. Das habe ich dir doch gesagt. Schon vergessen?«

»Hmm«, erwiderte Seth. »Vielleicht habe ich an etwas anderes gedacht.«

»*Ich* weiß das noch«, meldete sich Henry zu Wort. Nachdem er zu Beginn des Sommers zu sprechen begonnen hatte, war seine Stimme mittlerweile fester geworden, und er klang nun wie eine recht selbstsichere Zeichentrickmaus.

»Na toll«, sagte Seth. »Endlich beginnt er wieder zu reden, aber benutzt das vor allem dazu, mich schlecht aussehen zu lassen.«

* * *

»Das ist aber steil«, bemerkte Henry.

Sie erklommen gerade eine Anhöhe aus blankem Felsen, waren dem mit Steindauben markierten Weg gefolgt. Es gab wirklich keine andere Möglichkeit, eine Strecke auf einem solchen Untergrund zu markieren. Außer höchstens mit blauer Farbe. August war dankbar, dass die Parkleitung sich dagegen entschieden hatte.

»Möchtest du huckepack getragen werden?«, fragte August.

»Nein. Alles okay. Ich möchte nur, dass ihr etwas langsamer macht.«

Sie blieben stehen, und Henry beugte sich vor, atmete eine Minute lang ein und aus. Dann richtete er sich wieder auf.

»Okay, ist wieder gut. Lasst uns weitergehen.«

Sie setzten ihren Weg bergan fort.

»Wie, hast du gesagt, heißen diese Steinhaufen noch mal, August?«, fragte Seth.

»Dauben«, antwortete Henry, bevor August dazu kam.

»Richtig«, erwiderte August.

»Da, er macht es schon wieder«, beschwerte sich Seth. »Ich frage mich, warum die so heißen.«

»Keine Ahnung«, antwortete August. »Manche Leute nennen sie auch Steinmännchen.«

»Das ist ja noch komischer. Aber vielleicht war das, weil sie ein bisschen wie Männchen aussehen.«

»Vielleicht.«

»Für mich sehen sie überhaupt nicht nach Männchen aus«, erklärte Henry.

Sie blieben alle stehen, um durchzuatmen, allerdings diesmal viel kürzer.

»Machst du ein Foto von mir und Henry vor dem Bogen, August?«

»Klar.«

»Gut. Ich möchte, dass meine Freunde in der Schule sehen können, wo wir gewesen sind. Nach Weihnachten.«

»Weißt du, Henry«, sagte August, als sie wieder weitergingen, »du bist inzwischen ein wirklich guter kleiner Wanderer.«

»Ich weiß«, antwortete Henry. »Das finde ich auch.«

* * *

Um die Mittagszeit fuhren sie bei Moab auf einen Campingplatz.

Seth leerte die Abwassertanks, während August Woody was zu fressen gab und Wasser und Strom anschloss. Dann schaute er auf sein Handy, prüfte, ob er neue Nachrichten hatte.

»Ein weiterer Anruf von eurem Vater«, teilte er Henry mit, der bei der Neuigkeit die Brauen zusammenzog.

»Seth«, rief Henry durchs Fenster. »Dad hat wieder angerufen!«

»Na und?«, erwiderte Seth von draußen. »Die ersten zehn Mal hat es mich auch nicht interessiert.«

»Hat er wirklich schon elf Mal angerufen?«, wollte Henry mit gesenkter Stimme von August wissen.

»Nein, fünf- oder sechsmal vielleicht. Maximal sieben.«

* * *

Nach dem Essen unternahmen sie einen Ausflug zu Fuß, auf einer höherliegenden Böschung, fast so was wie ein Damm, der an einem Kanal entlangführte, der am anderen Ende des Campingplatzes in den Colorado River mündete.

Seth hielt Woodys Leine, und August beschloss, es wäre vermutlich besser, sich die Nachricht auf der Mailbox anzuhören. Für den Fall, dass Wes langsam die Geduld verlor. Für den Fall, dass er kurz davor stand, seine Kinder als vermisst zu melden. Und August wegen Kindesentführung anzuzeigen.

Er ließ sich ein paar Schritte hinter die Jungs zurückfallen und rief seine Mailbox an.

»August«, begann die Nachricht. »Seth, Henry. Okay, ich hab's kapiert. Ihr wollt nicht mit mir sprechen. Aber ich habe Neuigkeiten, die euch gefallen werden. Es ist eine gute Nachricht, aber ihr ruft nicht an. Habt ihr eigentlich eine Vorstellung davon, wie schwer es ist, alle hier zu belabern, dass sie mich einen Anruf machen lassen, der kein R-Gespräch ist? Was glaubt ihr, wie oft ich das schaffe? Und es sind gute Neuigkeiten. Hatte ich das schon gesagt? Und ich habe verdammt schwer dafür gearbeitet, aber allmählich ist es frustrierend. Daher, egal wie sehr ihr mich gerade hasst, *könnte mich*

186

jemand bitte endlich anrufen und sich die gute Nachricht anhö-ren?« Wes' Stimme war am Ende so laut, dass er fast brüllte.

Dann ein Klicken. Keine Verabschiedung.

Die Nachricht war von heute Morgen. Was bedeutete, dass, obwohl sich August nicht sicher war, was für ein Wochentag heute war, es eindeutig einer der Tage war, an denen er Wes anrufen konnte.

»Euer Vater sagt, er hätte gute Nachrichten«, rief er den Jungs zu.

Henry ging weiter. Seth blieb stehen und wirbelte fast trotzig herum. Es hatte ihn auf jeden Fall unvorbereitet getroffen. Dann sprach er, als sei es ihm egal.

»Na und? Wen interessiert das? Wie gut kann es sein? Ich wette, er sagt das nur, damit wir ihn anrufen. Ich wette, er lügt. Vielleicht lügt er die ganze Zeit.«

August holte die Jungs ein, und Henry schob seine Hand in Augusts.

»Ich denke, wir sollten uns wenigstens anhören, was es ist.«

»Kannst *du* ihn anrufen, August?«

»Ja, okay.«

Sie kamen an die Ecke, an der der Kanal in den Colorado River mündete. Links von ihnen spannte sich eine Auto-bahnbrücke über den Fluss, dahinter befand sich eine beein-druckende Wand aus rotem Felsen. Sie setzten sich an der Böschung auf die Erde.

»Sieh mal«, sagte Seth und zeigte auf die Felsen. »Das wird ein Bogen werden, oder, August?«

August schaute hoch und entdeckte etwas, das wie ein Torbogen aussah und von der Felswand vorsprang. *Ja, so fängt es an.*

»Eines Tages«, sagte er. »Aber diese Dinge brauchen eine Menge Zeit.«

Er drückte die Kurzwahlnummer Fünf für das Gefängnis. Er nannte demjenigen, der dran ging, Namen und Nummer des Häftlings, den er sprechen wollte. Es dauerte nicht lange, bis sich Wes am anderen Ende meldete. Das überraschte August, der unwillkürlich vor seinem geistigen Auge sah, wie Wes einen Gefängnisflur entlangrannte, um ans Telefon zu kommen.

»Seth?«

»Nein, Wes. Ich bin es, August.«

»Oh.« Falls Wes versuchte, seine Enttäuschung zu verbergen, gelang es ihm nicht gut. »Hören Sie. Ich weiß, Seth hat ein ausgeprägtes Gefühl für richtig und falsch. Aber … irgendwann muss er mal mit mir reden.«

August hielt das Mikrofon des Telefons mit dem Handballen zu. »Er sagt, irgendwann müsstest du mit ihm sprechen«, teilte er Seth mit.

Der schnaubte nur abfällig.

»Dazu gibt es im Moment keinen Kommentar«, teilte August Wes mit. »Auf lange Sicht stimme ich Ihnen zu. Ich bin sicher, Sie können verstehen, warum wir hier nicht unbedingt Ihre größten Fans sind. Ich meine … was haben Sie sich dabei gedacht, Wes?«

Langes Schweigen. Nach allem was er über Wes wusste, rechnete August halb damit, dass er einfach auflegen und gehen würde.

»Ich dachte, Sie würden sie nicht mitnehmen, wenn Sie wüssten, dass Sie nur die Hälfte des Problems lösen.«

»Da liegen Sie verdammt richtig.«

»Also gut. Wollen Sie jetzt die gute Neuigkeit hören oder nicht?«

»Doch, das will ich.«

»Ich werde da sein, wenn Sie auf dem Rückweg hier durchkommen. Ich werde am dritten September entlassen.«

August erstarrte, beobachtete das Wasser im Fluss, während er das verarbeitete. Er war auf etwas Gutes gefasst gewesen. Aber es fühlte sich nicht gut an. Es traf ihn wie ein Hieb mitten in den Magen. Es fühlte sich an wie ein Verlust. Er hatte sich schon völlig mit der Idee arrangiert, dass die Jungs bis etwa Weihnachten bei ihm sein würden.

Zu seiner Linken konnte er spüren, wie die beiden sich anstrengten, den anderen Teil des Telefonats zu verstehen, auch wenn das von da, wo sie saßen, praktisch unmöglich war.

»Sie sagen ja gar nichts«, erwiderte Wes.

»Wie haben Sie das bewerkstelligt?«

»Das war nicht einfach. Aber ich hab sie dazu gebracht, mich die zweite Hälfte meiner Strafe zu Hause absitzen zu lassen. Sie wissen schon. Mit einem dieser elektronischen Fußfesseldinger. Die ersten beiden Male, als ich das beantragt habe, wurde es abgelehnt. Aber ich habe nicht locker gelassen, wissen Sie. Hab ihnen gesagt, es geht um die Jungs. Nicht um mich. Dass ich niemanden hab, der nach der ersten Septemberberwoche auf sie aufpasst.«

»Ich nehme an, Sie haben ihnen nicht gesagt, für wie lange Sie Kinderbetreuung organisiert hatten beziehungsweise eben auch nicht, als Sie ins Gefängnis gegangen sind.«

»Nun, nein. Das konnte ich ihnen ja wohl schlecht sagen. Ich hab gesagt, Ihnen sei etwas dazwischen gekommen, sodass Sie die Kinder vorzeitig zurückbringen müssen.«

»Also haben Sie sie auch angelogen.«

»Hören Sie mal, August. Wollen Sie mir wirklich hier die Hölle heißmachen? Nachdem ich das endlich hinbekommen habe?«

»Nein, vermutlich nicht. Ich werde es ihnen sagen.«

»Das ist es? Ich darf nicht mal mit meinen Kindern reden?«

August hielt das Mikrofon wieder zu. »Möchtet ihr Jungs mit ihm reden?«

Sie schüttelten beide heftig den Kopf.

»Wenn sie dazu bereit sind«, ließ August Wes wissen. »Jetzt im Moment sagen sie, sie seien es nicht.«

»Scheiße«, erwiderte Wes. Und dann legte er auf. Es war ein Ende ihrer Gespräche, wie August es bereits gewohnt war.

Er blickte zu den Jungs.

»Waren es gute Nachrichten?«, fragte Seth.

»Äh, ja. Schon.« Aber August merkte selbst, dass er nicht wirklich überzeugend klang. »Er wird zu Hause sein, wie er es erst behauptet hat. Zum Ende des Sommers. Er bekommt Hausarrest. Ihr wisst schon. Mit elektronischer Fußfessel. Er wird das Haus nicht verlassen können. Aber er wird nach dem Dritten des nächsten Monats dort sein.«

Sie starrten alle drei schweigend auf die Strömung des Flusses.

Dann sagte Seth: »In dreizehn Tagen?«

»Ungefähr.«

»In dreizehn Tagen sehen wir dich nie wieder?«

»Oh, sicher werdet ihr das. Wir werden uns wiedersehen.«

»Aber wir fahren nicht mit dir nach San Diego zurück?«

»Ich denke nicht.« Er schaute Henry an, der seinem Blick auswich. Zum ersten Mal seit Langem. »Was ist mit dir, Henry? Wie denkst du über all das?«

Henry zuckte nur die Achseln. Es traf August wie ein Schlag in die Magengrube. Weil Henry inzwischen viel mit ihm geredet hatte. Lang genug, dass August daran gewöhnt war und nicht damit gerechnet hatte, es könnte wieder anders sein.

»He, Henry. Bist du da? Rede mit mir.«

Henry schaute weiter weg.

»Wir haben dich doch nicht wieder verloren, oder, Kumpel?«

Henry zuckte erneut die Achseln. August atmete ein paarmal tief ein, versuchte um die Enge in seiner Brust herum zu atmen. Als hätte er etwas im Ganzen runtergeschluckt, das unverdaulich blieb.

»Ihr Jungs nehmt Woody mit zum Wohnmobil, okay? Ich muss noch einen Anruf machen.«

Die Jungs standen auf, klopften sich den Hosenboden ihrer Shorts ab und verzogen sich kommentarlos.

August rief seinen Sponsor an.

»Du musst eine Superzeit da draußen haben«, begrüßte ihn Harvey und sparte sich das »Hallo« wie üblich, »denn wenn du Probleme hast, rufst du an.«

»Da hast du den Nagel auf den Kopf getroffen, Harv. Weil wir nämlich eine Superzeit hatten – bis gerade eben.«

»Die Geschichte meines Lebens«, bemerkte Harvey.

August brachte ihn auf den neusten Stand. »Ich weiß nicht, was ich tun soll«, sagte er abschließend.

»Was meinst du damit, du weißt nicht, was du tun sollst?«

»Ich dachte, das erklärt sich von selbst.«

»Es gibt nur eine Sache, die du tun kannst. Bring die Kinder zu ihm und komm nach Hause. Leb dein Leben weiter.«

»Aber ich bin mir nicht sicher, dass sie da sein wollen«, sagte August mit etwas, das einem wehleidigen Unterton in der Stimme unangenehm nahe kam. »Ja nicht mal, ob sie da sicher sind.«

»Das zählt nicht, August. Er ist ihr Vater.«

»Er ist auch ein Trinker.«

»Ach, wirklich? Stell dir mal vor, das würde reichen, Eltern ihre Kinder wegzunehmen. Wo wären wir dann gelandet, als wir noch getrunken haben? Jede Menge Eltern trinken. Manche sogar viel zu viel. Aber in der überwiegenden Mehrheit können sie ihre Kinder behalten.«

»Jedes Wort aus seinem Mund ist gelogen, Harvey.«

»Was ihm ebenfalls nicht das Sorgerecht entzieht.«

»Scheiße, Harv.«

»Ja. Du hast recht. Ich bin mit dir einer Meinung, August. Es ist beschissen. Es ist eine dieser Sachen im Leben, bei denen du dir wünschst, es wäre anders. Aber das ist es nicht, oder? Du bist ein kluger Kopf, daher denke ich, du ahnst schon, was ich als Nächstes sagen werde. Was wird das sein?«

August kniff die Augen zusammen. »Ich denke, du sagst, dass es eine höhere Macht gibt, die auf diese Jungs aufpasst. Und dass ich das nicht bin.«

»Ich bin froh, dass du gelegentlich zuhörst«, bemerkte Harvey.

»Wie denkst du über eine Intervention? Du weißt schon, die Jungs und ich. Bevor ich sie dort sich selbst überlasse.«

»Sicher«, sagte Harvey. »Gute Idee. Hol dir eine blutige Nase. Das und zwei fünfzig kaufen Wes seine nächste Flasche Bier.«

* * *

Zum Sonnenuntergang standen sie am Geländer von Dead Horse Point in einem Staatspark des gleichen Namens, der an Canyonlands angrenzte, ein Stück über den Highway vom Arches-Nationalpark und nur eine kurze Fahrt vom Campingplatz entfernt.

Mehrere Hundert Meter unter ihnen schlängelte sich der Colorado River, floss genau auf die Stelle zu, an der sie standen, ehe er eine scharfe Biegung in Form eines Hufeisens machte. Der Fluss hatte sich einen Canyon in den roten Felsen gegraben, sodass eine tränenförmige Hochebene aus gestreiftem buntem Stein oberhalb der Schlucht übrig geblieben war. Die späte Nachmittagssonne fiel schräg auf das Wasser, sodass es wie aus Gold aussah.

Henry hatte den ganzen Tag kein Wort gesagt. Seth vielleicht insgesamt zehn.

»Das hier ist eine der schönsten Sachen, die wir auf der gesamten Reise gesehen haben«, bemerkte Seth und machte ein Foto. »Und das will was heißen. Weil wir eine Menge erstaunliches Zeug gesehen haben. Aber ich mag den Namen nicht. Warum nennt man es ›Dead Horse Point‹?«

»Es ist besser, wenn du das nicht weißt. Es ist keine besonders nette Geschichte.«

»Aber du weißt es?«

»Es steht auf dem Schild dort drüben. Aber ich empfehle dir, es nicht zu lesen. Es hat wirklich mit toten Pferden zu tun. Das ist irgendwie deprimierend.«

Schweigend starrten sie einen Moment oder zwei auf das in der Sonne glitzernde Wasser. In einer Minute würde sie hinter der roten Felswand verschwinden.

»Ich hasse Sachen, die traurig sind, August.«

»Das weiß ich, Kumpel.«

»Es ist traurig, dass du so weit von uns entfernt wohnst.«

»Ich dachte mir schon, dass es das ist, was du meintest. Aber ihr könnt mich anrufen. Ich lasse euch meine Nummer da. Ihr könnt mich so anrufen, dass ich die Kosten übernehme. Jederzeit. Wenn ihr Hilfe braucht. Oder wenn ihr einfach nur reden wollt.«

»Und wenn unser Vater wieder ins Gefängnis muss, können wir dann zu dir kommen?«

»Natürlich.«

Als sie zurück zum Wohnmobil gingen, sagte Seth: »Erinnerst du dich, dass du mir gesagt hast, wenn irgendwas meinen Vater dazu bringen kann, mit dem Trinken aufzuhören, dann wäre das vermutlich, dass ich ihm ganz ehrlich sage, wie es uns verletzt, wenn er es tut?«

»Ja, daran erinnere ich mich. Und ich bin schon einen Schritt weiter als du, Kumpel. Ich habe bereits mit meinem Sponsor über eine Intervention gesprochen.«

»Oh. Ja. Das kenne ich. Das habe ich im Fernsehen gesehen. Was ist ein Sponsor?«

»Jemand, der im Programm ist und schon länger trocken. Der dich eins zu eins betreut.«

»Vielleicht könntest du Sponsor für meinen Dad sein.«

»Das ist keine gute Idee, Seth. Erst einmal sollte dein Sponsor restlos auf deiner Seite sein. Und ich bin nicht wirklich aufseiten eures Vaters, sondern auf deiner und Henrys. Und das weiß er.«

Sie gingen eine Minute schweigend weiter.

»Was ist die andere Sache?«, fragte Seth.

»Andere Sache?«

»Die Sache, die nach ›erst einmal‹ kommt.«

»Man muss trocken sein, um einen Sponsor zu bekommen. Eine Sponsorenschaft ist eine Beziehung zwischen zwei trockenen Menschen. Man kann niemandem Sponsor sein, solange der noch trinkt. Bei der Sponsorenschaft geht es darum, einem anderen zu helfen, trocken zu bleiben. Aber dein Dad ist nicht trocken. Und obwohl ich absolut bereit und willens bin, das mit euch zu machen und euch zu unterstützen, musst du verstehen, dass es gewöhnlich nicht funktioniert.«

»Ich weiß«, sagte Seth.

»Nur, dass du darauf vorbereitet bist.«

»Das bin ich«, antwortete Seth.

Henry sagte überhaupt nichts.

Kapitel 13

Bleib da

Das Treffen fand in einem großen silbernen Wohnwagen statt, vielleicht zehn Meter lang, der auf einem leeren Platz abgestellt war. Es parkten nur vier Autos in der Nähe. Na ja. Zwei Autos und zwei Pick-ups.

August und Seth überquerten den Platz in der einbrechenden Dämmerung gemeinsam, ihre Schuhe rot von dem Staub hier. Ein dünner Hund mit bräunlich-gelbem Fell kam ihnen entgegengelaufen und begrüßte sie wedelnd, aber seine Freundlichkeit hatte etwas Zögerndes, beinahe Schmerzliches. Sein Schwanz bewegte sich rhythmisch zwischen seinen Hinterläufen hin und her. Seth bückte sich, um das Tier zu streicheln, und der Hund schaute den Jungen an, als hätte er noch nie jemanden so geliebt.

August blickte über seine Schulter und sah Woody ebenfalls wedeln und an der Hecktür des Wohnmobils stehen. Eindeutig eifersüchtig. August verlor kein Wort darüber, denn er wollte nicht, dass Seth sich schuldig fühlte. Aber einen Moment später begann Woody zu jaulen und an der Tür zu kratzen.

»Wir sollten besser reingehen«, sagte August und legte Seth eine Hand auf die Schulter. »Bevor Henry aufwacht.«

»Warum sollte Henry aufwachen?«

»Egal. Lass uns reingehen.«

Sie machten zwei Schritte, dann sträubte sich Seth und blieb stehen.

»Ich weiß nicht recht, August«, erklärte er.

»Was denn?«

»Du hast gesagt, das hier sei das Volk der Navajo.«

»Ja ...«

»Ich meine nur ...« Aber er sagte nicht, was nur.

»Sieh mal, Seth. Es ist ganz normal, vor etwas Angst zu haben, das man nicht kennt, aber ...«

»Nein, das ist es nicht, August. Ich hab kein Problem mit ihnen, das weiß ich. Es ist mehr anders herum. Es ist nur, dass ... dies ihr Land ist, irgendwie. Dieses Reservat. Das Land gehört ihnen. Was, wenn sie uns nicht hier wollen?«

»Es ist ein Treffen der AA, Seth. Das überwindet alle möglichen Grenzen. Ich sag dir was. Lass uns erst mal hin und sehen, ob wir willkommen sind. Ich würde Geld darauf wetten, dass wir es sind.«

»Okay«, erwiderte Seth.

Sie gingen weiter. Seth blieb etwas zurück, während August die Trailer-Tür aufhielt. Innen waren zwei Männer indianischer Abstammung, einer in den Fünfzigern, der andere deutlich älter, sowie ein Weißer und eine ältere Indianerin.

»n'Abend«, sagte August, als sich alle zu ihnen umdrehten.

»Ich will verdammt sein«, rief der jüngere Indianer. »Besucher.«

»Ist das okay?«, fragte August, der ein wenig von Seth' Sorge angesteckt worden war, dass sie nicht willkommen sein könnten.

»Okay? Das ist großartig. Das passiert nur ein- oder zweimal im Jahr. Den Rest der Zeit sind es nur wir. Komm rein. Wer ist dein Freund?«

»Ich bin August«, antwortete er und trat ein. Er griff hinter sich und fasste Seth sanft an der Schulter, zog ihn mit rein. »Das hier ist mein Freund Seth.«

»Ich heiße Emory«, sagte der Indianer in den Fünfzigern. »Das sind Jack und Dora. Und das hier ist mein Vater Kenneth. Seid ihr beide hier für ein AA-Treffen?«

»Seth ist kein Alkoholiker«, sagte August. »Aber er ist an den Treffen interessiert, weil sein Vater trinkt. Ich konnte online nicht herausfinden, ob das hier ein offenes Treffen ist, und bei der Info-Hotline der AA konnte man es mir auch nicht sagen.«

Kenneth, der alte Mann, rieb sich das faltige Kinn. »Na ja, wollen wir mal sehen. Das hatten wir noch nie zu entscheiden, weil wir alle Alkoholiker sind, daher kam die Frage noch nie auf. Was meint ihr, wenn wir kurz abstimmen? Sind alle einverstanden, dass Seth an unserem Treffen teilnimmt?«

Alle vier hoben ohne Zögern eine Hand.

»Angenommen.«

August schaute zu Seth, der erleichtert wirkte.

»Siehst du? Ich hab's dir doch gesagt, dass du willkommen bist.«

»Dachte er, wir würden ihn ausschließen, weil er kein Alkoholiker ist?«, fragte Dora.

August wollte gerade antworten, als Seth ihm zuvorkam. »Nein, Ma'am«, erwiderte er. »Ich dachte nur … Ich meine, das hier ist ja Ihr Land. August hat mir erzählt, das Reservat ist ein souveränes Gebiet. Daher dachte ich, wir hätten kein Recht, herzukommen. Na ja, ich denke, wir können auf der Straße fahren. Aber ich war nicht sicher, ob Sie wollen, dass wir anhalten.«

»Die USA sind auch ein souveräner Staat«, sagte Jack, der weiße Mann. »Richtig?«

»Ja«, antwortete Seth, »vermutlich schon.«

»Und stört es dich, wenn Leute aus anderen Ländern zu Besuch kommen?«

»Oh«, sagte Seth. »Ja, verstehe. Okay, gut. Weil August gesagt hat, er brauche dringend ein Treffen. Und ich habe auch was, was ich mir von der Seele reden muss.«

* * *

»Die meiste Zeit ist er ein ziemlich guter Vater«, erzählte Seth. August merkte, dass die Hände des Jungen zitterten. »Auch wenn er trinkt. Er wird nicht bösartig. Er schlägt uns nicht. Einmal hat er Henry einen Klaps auf den … na ja, ihr wisst schon … auf den Hintern gegeben. Aber das ist das Schlimmste, was er je in der Richtung getan hat. Und tagsüber spricht er mit uns, und er sorgt dafür, dass wir genug essen. Aber wenn er mit der Arbeit fertig ist, so um sieben oder acht, verschwindet er einfach. Manchmal kommt er erst richtig spät wieder und ist dann betrunken. Er macht nichts, geht einfach ins Bett. Ganz oft kommt er auch gar nicht nach Hause. Jetzt ist es nicht mehr so schlimm. Weil ich zwölf bin. Ihr wisst schon. Groß genug, um Babysitter zu sein. Aber als ich sieben war und Henry erst zwei, da war das unheimlich. Ihr wisst schon. Wenn er gar nicht heimkam.«

Seth verstummte kurz. Er blickte reihum in die Gesichter. Befeuchtete sich die Lippen. Die Gruppe wartete gebannt. Vertraute darauf, dass er weiterredete.

»Vorher war es okay, weil unsere Mutter da war. Aber dann ist sie gegangen. Als ich sieben war und Henry zwei. Ich weiß immer noch nicht, warum. Mein Dad hat es uns nie erzählt. Ich weiß nicht, ob sie einen anderen hatte oder ob es etwas gab, was sie dringend in ihrem Leben noch machen wollte. Ich weiß nur, da war was, und es war wichtiger als wir. Daher ...«

Wieder brach er ab, diesmal für eine ganze Weile. August konnte sehen, dass sich etwas in Seth' Gesicht und seinen Augen änderte, verschob.

»Das ist es, was ich ihm sagen sollte! Gerade bin ich drauf gekommen, was ich ihm sagen sollte, wenn wir die Intervention machen. Wenn deine Mutter dich verlässt, weil du nicht wichtig genug bist, damit sie bleibt, brauchst du es, dass dein Vater da ist. Und ich weiß, er wird sagen, dass er das auch war. Dass er jeden Tag bei uns ist und sich um uns kümmert. Aber jede Nacht lässt er uns allein, weil ihm das Trinken wichtiger ist. Ja. Also bilde ich es mir nicht nur ein. Die eigenen Kinder sollten einem das Wichtigste im Leben sein. Aber wir mussten in dieses Kinderheim des Jugendamtes, weil für ihn das Trinken zuerst kam, was ... Ich denke, ich verstehe, dass er nicht wusste, dass das passieren würde. Aber dann ... selbst dann hat er nicht aufgehört. Er hat nicht aufgehört zu trinken und auch nicht, danach noch Auto zu fahren. Daher ist es irgendwie wie das, was meine Mutter getan hat. Er sollte uns an die erste Stelle setzen, aber das tut er nicht. Und das sorgt dafür, dass wir uns schlecht fühlen. Und ich glaube, das ist es, was ich ihm sagen sollte, wenn ich ihn darauf anspreche.«

Seth blickte wieder in die Gesichter in der Runde. Alle nickten. August spürte, wie er das auch tat. Auch wenn man einfach nur zuhören sollte, wenn jemand seine Geschichte erzählte. Aber es war unmöglich, nicht zu nicken.

»Ich habe Angst«, sagte Seth. »Nicht, dass er nicht mit dem Trinken aufhört. Ich meine, das ist dann nicht schlimmer, als es jetzt ist. Es ist ... Wartet. Ich weiß nicht, was es ist. Oder doch? Ich merke, dass ich gleich sagen werde, was es ist, obwohl ich es nicht wirklich weiß, und dann ist es, als höre ich es zum ersten Mal, wenn ich es ausspreche. Oder vielleicht weiß ich es doch. Ja. Ich habe Angst, wenn er nicht mit dem Trinken aufhört, dass es irgendwie meine Schuld ist. Denn das Einzige, was helfen könnte, ist, wenn ich ihm sage, wie ich mich dabei fühle, wenn er trinkt, und ich bin wirklich gut, und die Worte fühlen sich richtig an. Aber vielleicht bin ich auch nicht gut, und dann werde ich schuld sein, dass es nicht funktioniert.«

Wieder hielt Seth inne. August konnte die Atmung des Jungen aus einem guten Meter Entfernung deutlich hören. Als sei das hier körperlich anstrengend. Und nicht nur emotional.

»Ich wünschte, wir könnten bei August bleiben«, sagte Seth. Es schien auf einmal aus ihm herauszuplatzen. Dann schaute er sich um, als versuchte er zu ergründen, wo die Worte hergekommen waren. »Habe ich das gerade laut ausgesprochen? Warum habe ich das gesagt? Das hätte ich nie tun sollen. Es tut mir leid. Er ist mein Vater. Ich hab ihn lieb. Es ist nicht so, dass ich ihn nicht lieb hätte. Das hab ich wirklich. Und ich weiß, dass ich bei ihm bleiben muss und versuchen, ihm zu helfen. Und ich würde ihn auch vermissen. Ich weiß, das würde ich. Ich würde ihn vermissen und unser Zuhause. Ich weiß gar nicht, warum ich das gesagt habe … Nun, na ja, irgendwie schon. Mit August ist es anders. Nicht dass er perfekt wäre. Aber man weiß irgendwie, was als Nächstes passiert, und es ergibt auch Sinn. Und selbst wenn es so nicht geht, kann ich ihm das einfach sagen … und dann reden wir drüber, und alles ergibt wieder Sinn. Ich rede die ganze Zeit mit meinem Dad, aber es ändert sich nie was. Es ist, als ob alles, was ich sage, einfach von ihm abprallt. Aber wenn August und ich reden, finden wir auch eine Lösung. Und das ist so eine Erleichterung.«

Seth machte wieder eine Pause. August blickte auf seine Armbanduhr. Es war 21.32 Uhr. Seth redete über das Ende des Treffens hinaus. Niemand machte Anstalten, ihn zu unterbrechen.

»Aber ich weiß, ich muss zurück«, sagte Seth. »Es tut mir leid, dass ich das alles gesagt habe. Vielleicht hätte ich überhaupt nichts erzählen sollen. Ich bin jetzt fertig.«

»Ich heiße Emory, und ich bin Alkoholiker«, begann Emory.

Die Gruppe sagte: »Hallo Emory.« Seth eingeschlossen.

»Ich werde eine Regel missachten und dir direkt was sagen, Sohn. Wir sollten uns eigentlich nicht unterhalten, Rede und Antwort und so. Und zwar nicht nur, um niemanden zu unterbrechen. Es wäre, direkt in ihre Probleme reinzureden. Wir sollen bei den Treffen bei unseren eigenen Geschichten bleiben, aber die Regel werde ich jetzt missachten. Also, lass nicht zu, dass es dir je leidtut, wenn du die Wahrheit aussprichst, vor allem nicht in einem Raum wie diesem, der genau dafür da ist. Was du empfindest, ist nun mal das, was du empfindest. Und egal, was du denkst, wie du empfinden solltest, daran kannst du nichts ändern. Es gibt nun mal Dinge im Leben, die kann man ändern, und andere, da geht das nicht. Ich bin sicher, August sagt dir das Gleiche. Also wenn es an der Zeit ist, mit deinem Dad zu reden, tust du Folgendes. So mache ich es wenigstens. Ich sage zu meinem Schöpfer: ›Ich werde jetzt den Mund aufmachen. Und in der Vergangenheit ist das meist eine heikle Sache gewesen, wie wir beide wissen. Es ist also etwas Hilfe nötig. Daher lass mich wissen, was ich nach deinem Willen diesem Menschen in dieser Situation sagen soll. Sag es durch mich.‹ Das also ist mein Rat, was deinen Dad angeht. Woran auch immer du glaubst, zu wem du auf dieser weiten Welt beten kannst, sag zu ihm: ›Was willst du, dass ich meinem Vater sage?‹ Wenn du das tust, werden die Worte richtig herauskommen. Und wenn die Worte richtig sind, ist das alles, was du tun kannst.

Wenn er sich danach nicht bessert, ist das nicht deine Sache. Das entzieht sich unserer Kontrolle. Es ist nicht deine Verantwortung.«

Er machte eine Pause, um tief Luft zu holen, und während er das tat, ergriff Dora das Wort. »Emory, wir sind schon über die Zeit.«

»Ich weiß«, erwiderte Emory. »Das weiß ich. Aber es hat sich wichtig angefühlt.«

Stuhlbeine scharrten über das alte mürbe Linoleum, als alle ihre Stühle zurückschoben und aufstanden. Sie bildeten um den Tisch einen Kreis und fassten einander an den Händen. August hielt die Hände von Seth und Dora, und Seth hielt die von August und Emory.

Gemeinsam sagten sie das Gelassenheitsgebet. Überrascht stellte August fest, dass Seth es auswendig kannte. Schließlich war es erst sein zweites Treffen. Dann brachen sie den Kreis für die Nacht.

»Ich bin froh, dass du gekommen bist«, sagte Emory und klopfte August auf die Schulter. »Schau bei uns vorbei, wenn du je wieder durch die Gegend hier kommst.«

»Das ist nicht völlig ausgeschlossen«, erwiderte August.

»Ich mag den Jungen«, erklärte Emory und deutete mit dem Kinn zu Seth, der vor der offenen Tür des Trailers stand und den netten Hund mit dem gelbbraunen Fell streichelte.

»Ich mag ihn auch«, sagte August. »Er verdient Besseres.«

»Es ist sein Weg.«

»Du klingst wie mein Sponsor.«

»Wie lange ist dein Sponsor schon trocken?«

»Zweiundzwanzig Jahre.«

»Bei mir sind es sechsunddreißig. Sechsunddreißig. Ich will nicht sagen, ich wüsste alles. Auf gewisse Weise haben wir alle nur die Zeit, seit wir heute Morgen aufgestanden sind. Aber ich habe viele Leute eine Menge Wege gehen gesehen.

Manche sind nicht sonderlich leicht. Es macht sie zu dem, was sie sind. Wenn man herumläuft und die Stürze anderer Menschen mit Kissen abfedern will … na ja, ich bin nicht sicher, ob das wirklich so ein Gefallen ist, wie wir immer denken.«

Sie standen einen Moment schweigend da und schauten durch die offene Tür zu Seth und dem Hund. Dann fiel Augusts Blick auf das Wohnmobil, das ein Stück weit weg geparkt stand. Das Innenlicht in der Fahrerkabine war an. Augusts müdes Gehirn benötigte einen Moment, um zu begreifen, was das hieß. Eigentlich nur eines. Es hieß, eine der Türen des Wohnmobils war offen.

»Entschuldige bitte«, sagte er, »aber ich muss nach Henry sehen.«

Er überquerte den Parkplatz im Laufschritt. Seth rief ihm eine Frage hinterher, aber er konnte sie nicht verstehen und hielt auch nicht inne, um nachzufragen.

Auf der Fahrerseite sah alles normal aus, was alles war, was er aus diesem Winkel sehen konnte. Er lief auf die andere Seite. Die Beifahrertür war geöffnet, stand sperrangelweit offen. Sein Kopf fühlte sich eiskalt an und leer an, während er sich ins Innere beugte.

»Henry? Woody?«

Kein Henry, kein Woody. Henry und Woody waren fort.

* * *

Drei weiße SUVs, alle mit dem Abzeichen der Navajo Nation Police versehen, parkten mit Blaulicht rund um das Wohnmobil. August wünschte sich, sie würden das Lichtsignal abschalten. Die Unruhe und Sorge, die es in ihm weckte, machte es ihm nur noch schwerer, die Nerven zu bewahren.

Ein Polizist in brauner Uniform untersuchte die Beifahrertür des Wohnmobils im Schein seiner Taschenlampe. Sehr lange. Zu lange. Eine lächerlich lange Zeitspanne. Oder vielleicht war es nur ein paar Sekunden lang, und August war nur nicht mehr imstande, die Zeit einzuschätzen, die verstrich.

»Ich kann keine Spuren eines gewaltsamen Eindringens erkennen«, erklärte der Polizist schließlich.

»Also denken Sie, er hat die Tür geöffnet?«

»Haben Sie ein Alarmsystem im Wohnmobil?«

»Ja, sicher.«

»War es eingeschaltet?«

»Ja, immer wenn ich mit dem Schlüssel abschließe, ist es an.«

»Dann ja, ich denke, er hat die Tür selbst geöffnet. War er irgendwie aufgebracht? Gab es irgendeinen Grund, weswegen er weglaufen wollen sollte?«

August wechselte einen panischen Blick mit Seth, dessen Anwesenheit er fast vergessen hatte, obwohl er direkt neben ihm stand. Seth erwiderte den Blick, sagte aber nichts.

»Möglicherweise. Ja. Aber ich kann mir einfach nicht vorstellen, dass er so mir nichts dir nichts ganz allein in die Dunkelheit wandert. Keine Lichter, keine Häuser, nichts, was als Unterschlupf infrage käme. Ich kann mir nicht vorstellen, dass er sich entscheidet, sich das anzutun. Er ist sonst eher ein schreckhafter kleiner Kerl.«

Seth zupfte ihn am Ärmel. Ganz leicht. Als versuchte er, Augusts Aufmerksamkeit zu erregen, ohne überhaupt zu existieren. Beides zur selben Zeit.

»Gleich, Seth. Also gäbe es noch ein weiteres Szenario, das wir nicht in Betracht gezogen haben. Vielleicht ist er von jemandem entführt worden, der ihn dazu gebracht hat, die Tür zu öffnen.«

Der Polizist kratzte sich am Kopf. »Zum jetzigen Zeitpunkt möchte ich eigentlich nichts ausschließen. Aber Sie waren ja direkt in dem Trailer dort, wo die Treffen stattfinden, richtig?«

»Ja …«

»Hätte der Hund nicht gebellt, wenn sich ein Fremder dem Wohnmobil genähert hätte?«

»Oh. Ja, natürlich. Eindeutig. Das ist dann ja gut. Es ist gut, wenn er nicht entführt wurde. Denke ich. Vermutlich. Außer dass das heißt, dass er ganz allein dort draußen ist …«

Einen Moment lang schwieg August, und in der kurzen Stille erklang Kojotengeheul, zerriss die Stille. Und auch August. Genau entlang der Linie in seiner Brust, wo der Schmerz ihn immer traf. Es kam ihm unfair vor. Die Welt verschwor sich immer, diese Schwachstelle in ihm auszunutzen.

»Gibt es hier draußen Kojoten?«

»O ja«, antwortete der Polizist. Als sollte das klar sein, ohne dass es eigens erwähnt wurde. Was es vielleicht auch war.

»Wie gefährlich sind sie für den Jungen?«

Der Polizist seufzte tief. »Ich würde mir eher wegen des Hundes Sorgen machen«, erwiderte er.

August war leicht schwindelig, und er drückte die Knie durch, weil er das Gefühl hatte, als wollten sie nachgeben.

»Ich habe eine Taschenlampe im Wohnmobil«, sagte August. »Sagen Sie mir einfach, welche Richtung. Sagen Sie mir, welche Richtung die Polizei noch nicht abdeckt.«

»Sir, ich glaube wirklich, es ist am besten, wenn Sie und Ihr anderer Junge sich einfach ins Wohnmobil setzen und warten.«

Panik drohte August bei dem Gedanken zu erfassen, dass er jeglicher Ablenkung beraubt sein sollte, die ihm dabei helfen könnte, nicht vollkommen durchzudrehen.

»Warum sollen wir nicht mitsuchen? Wäre es nicht besser, wenn mehr Leute sich daran beteiligen?«

»Sir. Bitte nehmen Sie es nicht persönlich, aber … Sie kennen die Gegend nicht … und Sie können nicht … Wir haben genug damit zu tun, nach Ihrem Jungen zu suchen. Wir möchten es nicht riskieren, auch noch Ihnen beiden einen Suchtrupp hinterherschicken zu müssen. Sie bleiben einfach hier und lassen uns sehen, was wir wegen des Kleinen erreichen.«

* * *

»August«, zischte Seth, sobald sie allein im Wohnmobil waren.

»Was ist, Seth?«

»Henry ist auch aus der Jugendpflege weggelaufen. Mehrmals.«

»Oh, Mist, Seth. Warum hast du mir das nicht früher gesagt?«

»Ich hab's versucht, wirklich. Aber du hast gesagt, ich sollte warten. Und ich wollte es dir nur zuflüstern. Ich war nicht sicher, was ich dir vor dem Polizisten sagen kann. Ich wusste nicht, was ich tun soll, August. Bitte sei nicht sauer auf mich. Wenn ich Angst habe und Leute sauer auf mich sind, habe ich immer das Gefühl, als würde ich platzen oder so. Oder zusammenbrechen.«

August beruhigte seine eigene Panik mit einem tiefen Seufzen. Dann zog er Seth an sich und umarmte ihn. Der Junge blieb in seinen Armen ganz verspannt.

»Ich wollte nicht so wirken, als sei ich sauer auf dich, Seth. Es tut mir leid. Nichts, das heute passiert ist, war deine Schuld. Es ist allein meine.«

»Ist es nicht Henrys Schuld?«, fragte Seth an Augusts Brust. »Er ist doch derjenige, der weggelaufen ist.«

August betrachtete diese Idee von allen Seiten, verwarf sie aber.

»Nein. Es ist meine Schuld. Henry ist sieben. Ich trage die Verantwortung für ihn. Ich muss die Schuld hieran mir zuschreiben. Lass uns dem Polizisten sagen, was du mir da erzählt hast.«

Seth löste sich aus seinen Armen. Es wirkte steif und unbehaglich. Als ob er gar nicht genau wüsste, wie.

August hielt an der Hecktür inne, damit Woody nicht entwischte, wenn er sie öffnete. Dann fiel ihm wieder alles ein, und sein Herz sank. Er wünschte sich die Taubheit zurück. Aber damit hatte er nur teilweise Erfolg. Er stieg aus, ließ die Tür weit auf, weil es keinen Grund gab, sie zu schließen.

»Sir?«, rief er und ging über die rote Erde.

Der Polizist stand an der offenen Fahrertür seines weißen SUV und sprach in sein Funkgerät.

»Ja?«

»Es hat sich herausgestellt, dass ich Ihnen nicht alles gesagt habe. Der Junge ist früher schon ein paarmal weggelaufen, was ich nicht wusste.«

»Okay.«

»Ich dachte nur, ich sollte es Ihnen sagen.«

»Okay.«

»Sie wissen schon. Damit alle darüber im Bilde sind, womit wir es zu tun haben.«

»Oh, ja. In Ordnung. Um ehrlich zu sein, wir haben den Fall schon die ganze Zeit als Ausreißen eingestuft. Daher ändert sich dadurch nicht wirklich was. Warten Sie bitte weiter drinnen. Wir halten Sie auf dem Laufenden, was wir herausfinden.«

Kapitel 14

Ein richtig guter Hund

»Geht es dir gut, August?«, fragte Seth plötzlich und erschreckte ihn damit.

Er setzte sich auf seinem ungemachten Bett auf, blinzelte ins Licht. »Ja, ich denke schon.«

»Es hat mir irgendwie Angst gemacht, dass du da so still gelegen hast, die Hände auf dem Gesicht, eine ganze Stunde lang oder so. Könntest du … ich weiß nicht … mit mir reden oder irgend so was?«

August schaute sich im Wohnmobil um, ohne sagen zu können, wonach.

»War es wirklich eine Stunde?«

»Ja, ungefähr. Ich denke, er taucht wieder auf, August. Das hat er früher auch immer getan.«

»Aber das hier ist nicht die gleiche Gegend, in der er vorher unterwegs war.«

»Oh.«

Ein langes Schweigen. August strengte sich an, das Durcheinander in seinem Kopf und seinem Magen in Schach zu halten. Er verspürte eine allgegenwärtige übelkeiterregende Schwere, ein ungutes Gefühl drohenden Unheils, aber es war überraschenderweise nicht sehr intensiv. Er wusste, wenn er daran rührte, stünde ihm eine unangenehme Überraschung bevor.

»Oder ich könnte reden«, schlug Seth vor. »Aber ich brauche jetzt auf jeden Fall irgendjemanden, der was sagt. Woran hast du die ganze Zeit gedacht, August?«

August seufzte. »Ich musste daran denken, dass ich zu meiner Exfrau vielleicht zu hart war.«

August wartete darauf, dass Seth fragte, was er meinte.

Stattdessen fragte Seth nur: »Du meinst wegen des Unfalls?«

»Ja, genau.«

»Aber jemand ist gestorben. Das ist keine Kleinigkeit.«

»Aber was, wenn jemand heute Nacht stirbt, weil ich Henry allein gelassen habe und mit dir zum Treffen gegangen bin? Weißt du noch, wie wir darüber gesprochen haben? Als wir das zum ersten Mal getan haben? Wir haben gesagt, ›Wir sind ja gleich hier drin. Wir können ihn von hier sehen und hören. Und Woody ist da, der wird bellen. Und es gibt den Alarm.‹ Und die ganze Zeit haben wir im Grunde genommen gesagt, dass wir genau wissen, dass was passieren kann, aber glauben, dass die Wahrscheinlichkeit dafür ziemlich gering ist. Und wie oft tun wir das an jedem Tag unseres verdammten Lebens? Wir gehen all diese kleinen kalkulierten Risiken ein. Die ganze Zeit. Neunhundertneunundneunzig Mal von tausend geht es auch gut. Und das eine Mal, wo was passiert, geben wir den Menschen die Schuld, die das Risiko eingegangen sind, meinen, sie hätten es besser wissen müssen, als so etwas zu tun. Wobei ich nicht sagen will, dass das falsch ist. Aber wir wissen, wir gehen solche Risiken dauernd ein. Vielleicht geben wir ihnen sogar mehr die Schuld, weil wir so tun wollen, als hätte uns das nie passieren können. Aber natürlich könnte es das. Wir treffen jeden Tag Entscheidungen, bei denen es um Leben und

Tod geht. Die Chancen stehen bei den meisten nur wirklich gut. Wenn dann doch was schief geht, sind wir dennoch verantwortlich. Und wir bekommen nicht die Gelegenheit, alles noch einmal und dann anders zu machen.«

»Aber sie hat getrunken und ist trotzdem gefahren, August. Das ist nicht nichts.«

»Unter dem erlaubten Grenzwert. Ich will nicht sagen, dass es okay ist, Seth. Ich weiß nicht, was ich sagen will. Doch, ja. Denke ich. Ich bin auch gefahren, als ich noch getrunken habe. Allerdings war ich nie in einen Unfall verwickelt. Und wer, zum Teufel, bin ich eigentlich, so zu tun, als sei ich besser, weil sie an einer roten Ampel stand, jemand anders aber einfach durchgerast ist? Während mir das nicht passiert ist. Das ist Glück. Das ist nicht mein Verdienst. Wir sind verantwortlich für alles. Für alles, was wir tun. Nicht nur, wenn es nach hinten losgeht.«

Schweigen.

Dann sagte Seth: »Davon bekomme ich Kopfschmerzen, August.«

»Tut mir leid.«

»Ist schon okay. Ich bin derjenige, der gesagt hat, du solltest über irgendwas reden. Es ist auch meine Schuld, dass er weg ist.«

»Nein.«

»Aber du hast doch gesagt, wir sind verantwortlich für alles, was wir tun. Und ich war derjenige, der gesagt hat, es wäre okay, ihn hier alleinzulassen.«

»Ich bin immer noch der Erwachsene hier.«

»Aber ich soll ja auf meinen Bruder aufpassen. Wie kann es dann deine Schuld sein, aber nicht meine? Wo ist da der Unterschied?«

»Der Unterschied ... Seth ... ist, dass du sowieso schon denkst, alles sei deine Schuld. Du versuchst, die ganze Welt auf deinen Schultern zu tragen. Ich muss da einen Gang zulegen, während du eher zurückschalten musst.«

Ein Klopfen an der Tür erschreckte sie beide.

»Ich bin's nur, Emory«, rief eine vertraute Stimme.

August stürzte zur Hecktür und schwang sie auf, so heftig, dass Emory zur Seite springen musste.

»Tut mir leid«, sagte August.

»Kein Problem. Hört mal. Ich habe der Polizei bis eben ein bisschen geholfen, aber jetzt muss ich nach Hause. Ich hoffe, das ist okay. Morgen früh muss ich wieder zur Arbeit.«

»Oh, ja, natürlich. Ich wusste gar nicht, dass du mitsuchst.«

»Na ja, ich wollte tun, was ich konnte. Aber ich denke wirklich, die Polizei hat alles gut im Griff.« Er wandte den Kopf und blickte im Mondlicht zum Horizont. »Sie sind gut in dem, was sie tun. Sie haben das Gelände in Raster eingeteilt …« Dann brach er ab. Gerade, als sich August zu fragen begann, wo er hinschaute, sagte Emory: »Ist dein Hund etwa so groß?«

Er hielt die eine Hand in einem Abstand über die andere, der etwa zu einem Hund in Woodys Größe passte.

»Ja, warum?«

»Ist er das da dort drüben?«

August trat in den Mondschein und blickte zu der Stelle, zu der Emory zeigte. Etwa dreißig Meter entfernt sah er Woody auf sie zu rennen. Dabei streckte er seinen Körper so, dass er dichter über dem Boden zu sein schien als je zuvor. Seine lange Zunge hing ihm auf einer Seite weit aus dem Maul.

»Woody! Seth, komm und sieh dir das an! Woody ist zurück!«

Als Seth von der letzten Stufe auf den Parkplatz trat, kam Woody gerade bei August an. Er machte aus einem Meter

Entfernung einen Satz und sprang August gegen die Brust, landete in seinen Armen. August konnte den kleinen Kerl keuchen hören. Sein Hundeherz klopfte wie wild. Einen Moment machte er sich fast Sorgen, dass es explodieren könnte.

»August, warum hat er Henry alleingelassen?«

»Ich habe keine Ahnung«, erwiderte August, »aber …«

Doch bevor er zu Ende sprechen konnte, war Woody wieder auf der Erde. Offenbar hatte ihn der Klang des Namens Henry wieder in Bewegung gesetzt. Er rannte ein paar Meter weg, in die offene Landschaft. In die Richtung, aus der er eben gekommen war. Dann blieb er stehen. Blickte über seine Schulter zu ihnen, wobei ihm die Zunge immer noch lächerlich weit aus dem Maul hing. Er kam zu August zurückgelaufen und jaulte verzweifelt.

»Ich denke, ihr müsst nachsehen, wohin er euch bringen will«, sagte Emory.

August schaute sich um. Es standen immer noch Polizeiautos da. Aber kein Polizist war zu sehen. Sie waren unterwegs, schritten das Raster ab.

»Das dachte ich gerade auch. Aber der Polizist hat mir gesagt, wir sollten hier bleiben. Damit er nicht noch eine zweite Suche organisieren müsste. Weil ich die Gegend hier nicht kenne.«

»Aber ich kenne sie«, erklärte Emory.

»Du musst morgen früh zur Arbeit.«

»Dann werde ich wohl müde sein.«

August widerstand der Versuchung, den Mann zu umarmen. Er war sich nicht sicher, wie das ankommen würde.

»Seth, du wartest hier.«

»Ich will mitkommen, August.«

»Ich weiß, Sohn«, antwortete Emory. »Das verstehe ich. Aber ich denke, du solltest besser hier bleiben, nur für den Fall, dass er von alleine zurückkommt.«

Seth' Schultern sanken. »Ich vermute, das stimmt«, sagte er. »Ja.«

* * *

Emorys Taschenlampe spendete gerade genug Licht, um zu erkennen, wo der nächste Schritt landen würde. Um dafür zu sorgen, dass sie nicht über größere Steine oder niedrige Pflanzen stolperten. Immer wieder musste Emory den Lichtkegel heben, um Woody zu sehen, der stets fünf bis zehn Meter vor ihnen war, mit hängender Zunge und ungeduldig wartete.

August musste daran denken, wie unvorstellbar leicht man sich hier im Dunkeln verirren konnte, ohne die Chance, hochzuschauen und sich nach irgendwelchen besonderen Orientierungspunkten zu richten. Er fragte sich, ob Emory eigentlich gut genug wusste, wo sie sich befanden und wohin sie gingen, dass sie nachher wieder auf den Parkplatz zurückgelangten. Und dann fragte er sich, wie ein Siebenjähriger hier den Weg finden sollte, aber er schluckte den Kloß in seiner Kehle herunter – und alles andere, was sich dahinter nach oben drängte – und versuchte, diese Gedanken abzuschütteln.

»Das ist eine ganz schön lange Strecke für einen Siebenjährigen«, sagte Emory nach ein paar Meilen. »Bist du sicher, dass er ganz allein so weit kommen konnte?«

»Ganz bestimmt. Henry hat bei Wanderungen viel Ausdauer. Wir haben den ganzen Sommer lang trainiert.«

»Ah«, erwiderte Emory. »Tja, Pech für uns.«

Etwa eine halbe Stunde gingen sie schweigend weiter. Dann sagte Emory: »Aha.«

August schaute sich um, sah aber in der Dunkelheit nichts. »Aha, was?«

»Der Hund bringt uns zu einem Haus. Walt und Velmy Begays, um genau zu sein.«

»Ich kann kein Haus erkennen.«

»Da.«

Er leuchtete mit der Taschenlampe, aber der Strahl reichte nicht ganz bis zum Gebäude. Er diente jedoch immerhin als Richtungsweiser, und August konnte den dunklen Umriss eines bescheidenen Hauses aus Natursteinen ausmachen. Aber es brannte kein Licht. Es gab kein Anzeichen dafür, dass jemand zu Hause war.

»Was ist das für ein Kratzen?«, fragte August.

»Ich glaube, der Hund ist an der Tür.«

Sie gingen im schwächer werdenden Schein der Lampe weiter. Woody war in der Tat an der Holztür und kratzte daran. Mit beiden Vorderpfoten, als wolle er in der Erde graben.

»Woody, aus!«, sagte August, fürchtete, der Hund würde anderenfalls die Holztür verschandeln. Woodys Antwort bestand aus einem Satz in Augusts Arme.

Emory klopfte an. Im Haus blieb es vollkommen ruhig. Keine Antwort.

»Lass mich mal im Carport nachsehen«, bemerkte Emory und entfernte sich mit dem schwachen Lichtkegel.

August sank auf die Eingangsstufe und hielt Woody in den Armen. Ein Chor aus Kojotengeheul und -gebell zerriss die Nacht, ging in unheimliches Jaulen über, und August fasste den Hund fester, der erzitterte.

Ein paar Minuten später kam Emory zurück und setzte sich neben ihn auf die Stufe, schaltete die Taschenlampe aus. Um die Batterie zu schonen, nahm August an.

»Sie sind nicht zu Hause«, erklärte Emory.

»Ich kann mir nicht vorstellen, dass Woody uns ohne Grund hergeführt hat.«

»Vor allem mit dem ganzen Gekratze an der Tür. Ich habe durch die Fenster geschaut, so gut es ging wenigstens, aber alles ist versperrt und zu, und nichts deutet darauf hin, dass jemand drinnen ist. Vielleicht war der Junge hier, aber jetzt ist er es nicht mehr.«

»Wo sollte er sein, wenn das der Fall ist?«

»Nun, wenn wir Glück haben, haben sie ihn zur Polizei gebracht. Um zu sehen, zu wem er gehört.«

»Dann hoffe ich, wir haben Glück.«

»Das tun wir beide, mein Freund.«

In diesem dunklen Moment kam es August merkwürdig richtig vor, von Emory als Freund bezeichnet zu werden. So fühlte es sich für ihn an. Unter den gegebenen Umständen.

Emory holte eine Zigarette raus und zündete sie sich mit einem Streichholz aus einem Mäppchen an. August stieg ein wenig von dem Rauch in die Nase. Das weckte Dinge in ihm, die er lieber hätte ruhen lassen wollen.

»Ich habe seit sechzehn Jahren nicht mehr geraucht«, sagte August. »Du hast keine Ahnung, wie verlockend das riecht.«

»Willst du eine?«

»Ja. Aber nein, gib mir keine. Ich würde es nicht ertragen, mit dem Aufhören von vorne anzufangen. Ich habe häufiger damit aufgehört, als man sich vorstellen kann. Vielleicht zwanzig Mal. Fünfundzwanzig. Ich denke, der Grund, warum es irgendwann funktioniert hat, ist, weil ich es nicht ertragen habe, noch einmal von vorne anzufangen. Aber gerade, als du die angezündet hast, musste ich daran denken, wie es sich anfühlen würde, eine Zigarette zu rauchen und vielleicht drei Gläser Bourbon zu trinken. Das würde mir helfen, das hier alles besser zu verkraften.«

Emory rauchte ein paar Augenblicke schweigend. Dann sagte er: »Der Junge braucht es, dass du ruhig bleibst.«

»Ich weiß. Ich würde es auch nicht wirklich tun. Es ist nur eine dieser Sachen, die einem durch den Kopf gehen.

Nein, nicht mal durch den Kopf. Es umgeht deinen Verstand und sucht sich seinen Weg direkt in den Bauch. Ich wollte es nicht tun, aber … Ich weiß nicht. Ich habe es gefühlt. Denkst du, das ist ein schlechtes Zeichen?«

»Ja«, sagte Emory.

»Ehrlich?«

»Ganz schlechtes Zeichen. Ich denke, das heißt, dass du Alkoholiker bist.«

Beide Männer lachten kurz, und dann kam das Schweigen zurück, blieb. Während es auf ihnen lastete, dachte August: *Vielleicht stand es wirklich so schlimm um mich. Vielleicht bin ich ein echter Alkoholiker. Vielleicht ist all das Zeug, das ich mir immer sage, dass ich nicht so viel getrunken habe wie andere Leute bei den Meetings, einfach was, was man sich einredet, wenn man es nicht so genau wissen will.*

Emory sprach wieder, erschreckte ihn damit.

»Denkst du, er ist weggelaufen, weil er nicht nach Hause zu seinem Dad will?«

»Das ist möglich. Ja.«

»Mir tun die beiden Kinder leid.«

»Mir auch. Ich habe das Gefühl, ich sollte mehr für sie tun.«

»Wie was?«

»Wie sie nicht dazu zu zwingen, wieder zurückzugehen.«

»Ich bin mir nicht sicher, dass du das kannst.«

»Das sagt auch mein Sponsor.«

»Nun, das ist das zweite Mal, dass dein Sponsor und ich recht haben, daher glaube ich, er ist ein kluger Mann, und du solltest auf ihn hören. Beantworte die Frage nicht aus dem Stegreif, August, und nicht rein gefühlsmäßig. Denke einen Moment lang wie ein Anwalt. Hat ihr Vater genug Schlimmes getan, dass jemand ihn vor Gericht bringen könnte und versuchen, ihm das Sorgerecht zu entziehen?«

August dachte einen Moment lang über die Frage nach. Dann sagte er: »Vermutlich nicht.«

»Hast du irgendeinen legitimen Anspruch, sodass du ihn wegen des Sorgerechts vor Gericht bringen kannst? Bist du mit den Jungs irgendwie verwandt?«

»Nein.«

»Dann denke ich, es macht nicht viel Sinn, dir wegen etwas den Kopf zu zerbrechen, das du ohnehin nicht erreichen kannst.«

Sie saßen schweigend einen Augenblick länger im fahlen Mondschein. August war überrascht, wie sehr sich seine Augen bereits an die Lichtverhältnisse gewöhnt hatten. Er fragte sich, wann sie sich wohl auf den Rückweg machen würden. Wie der nächste Schritt aussehen würde.

»Es ist weniger, was bislang passiert ist«, erklärte August, »als eher, was noch passieren könnte.«

»Hab noch nie davon gehört, dass jemand das Sorgerecht für seine Kinder verloren hat, wegen etwas, was er vielleicht tun könnte. Oder auch nicht tun. Sieh mal, August. Ich bin auch mit einem Vater, der Alkoholiker war, aufgewachsen.«

»Ach, tatsächlich?«

Emory antwortete nicht, wartete nur. Als würde August irgendwann von allein darauf kommen.

»Oh, dein Vater. Richtig. Stimmt. Er war beim Treffen.«

»Es gab schwierige Zeiten. Aber weißt du was? Ich bin erwachsen geworden. Kinder sind ziemlich widerstandsfähig. Selbst wenn es schwierig ist, verkraften sie es meistens schon. Daher kann es sein, dass was passiert, wenn sie bei ihrem Vater bleiben. Aber vielleicht auch nicht. Ich meine, ich bin so weit gekommen. Und nicht, dass du dich jetzt schlecht fühlst, aber … du bist nüchtern, und trotzdem ist heute was passiert. Manchmal passieren Sachen einfach, weißt du? Es gibt nicht immer irgendwas, worauf man den Finger legen kann. Wo man sagen kann, wenn du das machst, kann nichts schief gehen. Manchmal kann alles schief gehen. Aber wir wollen so nicht denken, daher suchen wir nach vermeintlichen Erklärungen.«

Sie saßen einen Moment länger schweigend da.

Dann sagte Emory: »Mein Rat ist, gib sie zurück. Dir bleibt ohnehin nichts anderes übrig. Und versuch darauf zu vertrauen, dass sie weiter gut aufwachsen. Wie sie es getan haben, bevor sie dich getroffen haben.« Er trat seine Zigarette unter dem Absatz seines klobigen Stiefels aus. »Wir gehen besser zurück. Es bringt nichts, hier zu sitzen.«

»Bitte sag mir, dass du den Weg kennst.«

»Sicher. Wir sind ja jetzt auf der Straße. Der Weg hat uns zur Straße zurückgeführt. Jetzt müssen wir sie nur ein paar Meilen weit zurückgehen.«

Sie machten sich ohne die Hilfe der Taschenlampe auf den Weg. Da seine Augen sich inzwischen an die Dunkelheit gewöhnt hatten, konnte August den weißen Streifen erkennen, der die Mitte der asphaltierten Straße markierte. Sie gingen darauf, mitten auf der Landstraße. Ihnen begegnete kein einziges Auto.

August ließ Woody anfangs neben sich laufen, aber dann blieb der Hund stehen, um am Straßenrand zu schnüffeln, und August musste wieder an die Kojoten denken, sodass er ihn lieber hochnahm und trug.

»Wenn sich herausstellt, dass der Junge je bei Walt und Velma war«, sagte Emory, »dann hast du da einen richtig guten Hund.«

* * *

Als August das Wohnmobil aus der Ferne entdeckte, waren alle Lichter innen an. Das war keine Überraschung, denn

Seth war wach und wartete. Es waren keine Polizeiautos zu sehen.

»Wo, glaubst du, sind all die Polizeiautos hin verschwunden?«, fragte er Emory.

»Hm, da bin ich nicht sicher. Könnte gut sein. Vielleicht haben sie einen Tipp bekommen oder so.«

Ein harter Knoten bildete sich in Augusts Brust. Der Schmerz und die Furcht, nichts zu wissen, waren ihm so übermächtig erschienen. Das hier war das erste Mal, dass ihm klar wurde, dass der Schmerz und die Angst, wenn er es herausfand, schlimmer sein könnten.

Als sie nicht mehr als dreißig Schritte vom Wohnmobil entfernt waren, sprang Woody runter und rannte zur Hecktür. Über einer Anhöhe ein Stück entfernt tauchte ein Polizeiauto auf, fuhr mit blinkenden Lichtern auf dem Dach in ihre Richtung.

August blieb auf der Straße stehen, und Emory tat es ihm nach, um zu sehen, warum August es getan hatte. August umklammerte den Arm des anderen Mannes, weil er irgendwie das vage Gefühl hatte, er könnte gleich fallen.

»O Gott, sie wissen was.«

Es überraschte August, seine eigenen Worte zu hören, weil es sich für ihn so anfühlte, als sei er komplett bewegungsunfähig. Als sei er aus Stein. Emory legte ihm eine Hand auf die Schulter, verstand eindeutig, wie viel Unterstützung nötig war.

»Vielleicht ist es was Gutes.«

»Es ist meine Schuld, Emory. Wenn dem Jungen was passiert ist, muss ich damit für immer und ewig leben.«

»Du hast deine Pflichten nicht fahrlässig vernachlässigt oder so, August. Kinder laufen weg. Das war schon immer so.«

»Aber dieses hier hat das in der Zeit getan, in der ich für es verantwortlich war. Wie soll ich das seinem Vater beibringen?«

»Verlier nicht die Nerven. Zieh keine voreiligen Schlüsse. Lass uns erst sehen, was eigentlich los ist.«

Sie begannen gerade wieder, einen Fuß vor den anderen zu setzen, als ein braun uniformierter Polizist aus dem SUV stieg und die Tür auf der Beifahrerseite hinten öffnete. Das drang durch den kalten Stein und Beton, die August einhüllten, und schien ihm ein möglicherweise gutes Zeichen.

Der Polizist drehte sich im fahlen Mondlicht zu ihnen um, hielt etwas, das den Umrissen nach ein Kind sein konnte, seitlich auf der Hüfte.

»Na sowas«, sagte Emory. »Sieht ganz so aus, als hätten wir heute Nacht wirklich Glück.«

August rannte auf die beiden zu.

»Ist dies der junge Mann, den Sie suchen?«, fragte der Polizist.

Henry streckte August die Arme entgegen, und August nahm ihn. Hielt ihn so fest an sich gedrückt, dass es dem Jungen schwerfallen musste zu atmen. Aber er lockerte seinen Griff nicht, und Henry beschwerte sich nicht.

»Ich habe keine Ahnung, wie ich Ihnen danken soll«, erklärte August an den Polizisten gewandt, als er schließlich wieder atmen und sprechen konnte.

»Solche Sachen passieren.«

»Wo haben Sie ihn gefunden?«

»Das haben wir nicht, wenn man es genau nimmt. Ein Ehepaar aus der Nähe hat den Jungen in der Wildnis aufgelesen und mit sich nach Hause genommen. Dann haben sie ihn zur Polizeiwache gefahren, um zu sehen, ob er schon vermisst gemeldet wurde. Sie lassen ausrichten, das mit dem Hund täte ihnen leid. Sie hätten versucht, ihn auch mitzunehmen, aber er war unruhig, weil sie den Jungen hatten, und wollte nicht zu ihnen kommen. Und sie konnten ihn nicht einfangen.«

»Walt und Velma Begay?«

»Woher, um alles in der Welt, wissen Sie das?«

»Er weiß das«, antwortete Emory, der plötzlich neben August auftauchte, »weil er einen richtig guten Hund hat.«

»Vielen, vielen Dank«, sagte August zum Polizisten. »Es tut mir so leid, dass ich Ihnen Umstände gemacht habe.«

»Solche Sachen geschehen«, erwiderte der Mann.

Kapitel 15

Letzte Station

»Ich frage mich, ob ich euch Jungs nicht besser ohne Umwege nach Hause bringe«, erklärte August.

Es war das Erste heute Morgen. Die ersten Worte, die August gesprochen hatte. Sie waren noch im Bett. Standen immer noch mit dem Wohnmobil auf dem Stück Navajo-Land, weil August gestern zu erschöpft gewesen war, um weiterzufahren.

Seth fuhr hoch. »Was? Warum?«

»Mir gefällt die Vorstellung nicht, dass er noch einmal weglaufen könnte. Dafür will ich nicht verantwortlich sein.«

»Aber wir wollen den Canyon sehen, mit dem Allradantriebdings fahren und die Klippenhäuser und die Höhlenmalereien und all das andere. Und Spider Rock. Warum können wir uns Spider Rock nicht ansehen? Du hast gesagt, vielleicht sogar als letzte Station den Grand Canyon. Ich werde nie wieder herkommen, August.«

»Ich weiß nicht. Ich denke, wir lassen Canyon de Chelly und den Grand Canyon aus. Ich fürchte, ich habe die Lust darauf verloren.«

August schlug die Bettdecke zurück, schreckte dabei Woody auf. Er stand auf und ging zu der kleinen Nasszelle, schloss hinter sich die Tür. Er hörte die Stimme von Seth und ging mit dem Ohr näher an die Tür, um verstehen zu können, was er zu seinem Bruder sagte. Es war nicht schwer, das zu tun, während er auf dem Klo war. Es war ein sehr enges Bad.

»Das ist alles deine Schuld, Henry. Ich kann nicht glauben, dass du das getan hast. Was für eine blöde Idee. Du hättest den Hund dabei umbringen können, weißt du? Er hätte von Kojoten gefressen werden können, und das wäre ganz allein deine Schuld gewesen. Warum musst du immer alles kaputtmachen? Ich wollte den Navajo-Canyon sehen. Diesen ... ach, egal, wie der heißt.«

August öffnete die Tür einen kleinen Spaltbreit und spähte hinaus, ehe er sich die Hände wusch. Gerade rechtzeitig, um zu sehen, wie Seth seinen Bruder in den Arm boxte. Es sah nach einem heftigen Schlag aus, aber Henry gab keinen Laut von sich.

»Hier wird nicht geschlagen«, erklärte August, und Seth zuckte zusammen.

»Tut mir leid, August«, sagte er rasch.

»Egal, was jemand tut. Egal, was irgendjemand denkt, dass jemand anderes getan hat. Kein Schlagen.«

»Tut mir leid«, sagte Seth noch einmal.

August wusch sich die Hände und trocknete sie ab, dann trat er aus dem Bad und setzte Kaffee auf.

»August?«

»Ja, Seth?«

»Wenn wir jetzt zurückfahren, werden wir ein paar Tage zu früh zu Hause sein. Und unser Vater wird noch nicht wieder da sein. Was tun wir dann?«

»Ich werde euch nicht einfach da lassen, wenn du dir deswegen Sorgen machst. Wir parken das Wohnmobil vor der Werkstatt, bis er wieder zurück ist.«

Eine Weile herrschte Schweigen. Lang genug, dass August die Kaffeemaschine zischen hören konnte.

Dann sagte Seth: »August? Könnte er nicht da genauso gut ausreißen?«

»Oh«, antwortete August. Und seufzte. »Das habe ich wohl nicht bedacht.«

* * *

Sie fuhren auf einem seltsamen Vehikel durch das flache, gewundene, ausgewaschene Flussbett. Bei dem Gefährt handelte es sich um so was wie einen alten Lastwagen, aber die Ladefläche war umgebaut und mit sechs Sitzreihen und einem Geländer versehen worden. Ihr Navajo-Führer Benson hatte ihnen bereits verkündet, diese Tour werde auch als »Schütteln und Schmoren« bezeichnet. Benson hatte ein Dach aus Zeltstoff über seinem Platz, aber August, die Jungs und die anderen Besucher mussten in der heißen Sonne sitzen.

Der Truck schwankte, wenn der Fahrer runterschaltete, neigte sich erst zur einen, dann zur anderen Seite, als er den Wagen die Böschung hinauf aus dem Flussbett lenkte. Sechs Pferde trabten am Grund des Canyons de Chelly durch das Wasser, das ihnen bis zum Sprunggelenk reichte.

August schaute zu den Jungs, die den ganzen Tag über nicht viel gesagt hatten. Nun, Seth hatte nicht viel gesagt, und Henry hatte ohnehin seit Moab kein Wort gesprochen.

Seth schaute auf und sah, dass August sie musterte.

»Mir gefallen die indianischen Felsmalereien am besten. Oder eher Schnitzereien. Oder wie man das nennt. Am besten bis jetzt jedenfalls.« Er wartete etwas verlegen, dann fügte er hinzu: »Die, auf denen Leute zu Pferde einen Hirsch jagten, fand ich am schönsten.«

»Du hast White House noch nicht gesehen.«

»Ist das eine der alten Siedlungen?« Ehe August antworten konnte, rief Seth plötzlich: »Emory.«

August konnte sich nicht vorstellen, warum er das tat, und war zu überrascht, um zu antworten.

»Sieh mal August! Da ist Emory. Hi, Emory!«

August schaute hoch, gerade noch rechtzeitig, um Emory auf einem Laster wie ihrem mit Besuchern in die entgegengesetzte Richtung an ihnen vorbeifahren zu sehen. Ein Navajo auf einem Paint Horse ritt hinter ihnen durch das Wasser.

Emory tippte sich an den Hut, als er vorbeikam, und grinste breit. August hob grüßend eine Hand, spürte ein Ziehen in der Brust, als der andere, mit dem er sich so tief verbunden fühlte, aus seinem Sichtfeld verschwand.

Eine Frau, die vor Seth saß, drehte sich um und fragte: »Du kennst den Tourguide? Woher kennst du ihn?«

August stieß Seth einen Ellbogen in die Rippen. Er hatte keine Ahnung, ob Seth wusste, weshalb er das tat. Er hatte keine Ahnung, ob er dem Jungen eindringlich genug gesagt hatte, wie es mit der Anonymität der Leute war, die er bei einem Meeting traf.

»Er hat uns geholfen, als sich mein Bruder verirrt hatte«, antwortete Seth der Frau.

Sie lächelte knapp, nickte und schaute wieder nach vorne, als sei es ihr gar nicht so wichtig gewesen. August wunderte sich, warum sie überhaupt gefragt hatte.

»Ich hab's nicht vergessen«, flüsterte Seth ihm ins Ohr.

* * *

Sie standen im Sand vor den Ruinen des White House, einem halbeingestürzten alten Gebäude, das teilweise vor die fast senkrechte Canyonwand gebaut, teilweise direkt in den

Fels geschlagen war. Sie gönnten sich eine Pause von dem Geschüttel, aber nicht von dem Schmoren.

Ein großer massiger Navajo mit einem großen runden Bauch spielte wehmütige Melodien auf handgeschnitzten Flöten. Vor ihm auf einem Tisch lagen mehrere Flöten zum Verkauf, daneben auch CDs mit seiner Musik.

Henry starrte den Mann an, lauschte ihm gebannt, und auf seinem Gesicht spiegelte sich so was wie Seligkeit.

»Jetzt, da ich es sehe«, stellte Seth fest, »verstehe ich nicht ganz, warum man es das ›White House‹ nennt. Es ist ja gar nicht weiß.«

»Einmal mehr müssen wir uns auf die Broschüre verlassen. Oder du kannst Benson fragen, wenn die Pause vorbei ist. Ist Henry böse auf mich?«

»Nein«, antwortete Seth. Schlicht und einfach.

»Es kommt mir aber so vor, als sei er es.«

August beobachtete Henry die ganze Zeit, während er sprach. August beobachtete Henry auch sonst die ganze Zeit. Er fing an, das ermüdend zu finden.

»Nein. Er denkt, du seist böse auf *ihn*. Er blendet Leute immer aus, wenn er denkt, sie seien böse auf ihn.«

»Ich bin ihm aber nicht böse.«

»Ehrlich? Mir kommt es aber so vor. Ich bin es jedenfalls. Oh! Sieh mal, August! Eine Schlange!«

August wandte zum ersten Mal seit Langem den Blick von Henry. Die Schlange wand sich unweit von ihnen über die gelbbraune Erde. Sie war fast einen Meter lang und hatte ein kompliziertes schwarzbraunes Rautenmuster. Dann schaute August wieder nach vorne, war erleichtert, dass Henry noch genau da stand, wo er ihn gelassen hatte.

»Die ist hübsch«, sagte Seth. »Kann ich sie hochnehmen?«

»Nein! Lass das, Seth.«

»Ich glaube nicht, dass sie giftig ist.«

»Schlangen können auch beißen, ohne giftig zu sein. Fass sie nicht an.«

»Okay, dann mache ich aber ein Foto.«

Er machte ein paar Aufnahmen mit Augusts Kamera. Seth hatte sie jetzt immer. Er achtete besser auf die Landschaft, als August das tat, hatte ein besseres Auge für Motive, und seine Bilder waren am Ende auch besser.

Dann bemerkte Seth: »Sag Henry nichts. Er hat Angst vor Schlangen. Bist du sicher, dass du Henry nicht böse bist? Weil es nämlich ganz so aussieht, als wärest du es.«

»Wirklich?«

August nahm die Frage in sich auf. Widerstand der Versuchung, sie von sich zu weisen. Prüfte sie eine Weile.

»Ich möchte es nicht sein«, erwiderte er schließlich, weil das das Ehrlichste war, was er als Antwort hatte. »Ich denke, er ist böse auf mich, weil er denkt, ich sollte euch nicht nach Hause bringen. Aber ich habe keine andere Wahl. Ich bin nicht euer Vater. Das Gesetz lässt mir keinen Raum, etwas anderes zu tun.«

Seth schaute zum ersten Mal, seit er die Schlange entdeckt hatte, von ihr weg.

»August«, sagte er, »Ich kann nicht glauben, dass du das gedacht hast. Niemand ist dir deswegen böse.«

»Er scheint es aber zu sein.«

»Er ärgert sich, dass der Sommer fast vorbei ist. Und dass unser Dad lügt. Aber das wirft er dir nicht vor. Wie auch? Himmel, August, du hast uns den ganzen Sommer lang mitgenommen. Niemand sonst hätte das getan. Wir wussten, dass du uns, wenn es vorbei ist, wieder nach Hause bringst. Wer könnte dir deswegen böse sein?«

Vermutlich niemand, dachte August. *Außer ich selbst.*

* * *

»Bist du vorher schon mal hier gewesen?«, wollte Seth wissen.

Er saß angeschnallt auf dem Beifahrersitz und schaute durchs Fenster, während sie auf der Interstate 40 immer höher fuhren.

»Im Grand Canyon?«

»Ja.«

»Mehrmals. Phillip und ich sind hier sogar eine längere Strecke gewandert. Nicht bis ganz runter zum Fluss, nur einen Tag lang. Aber es war trotzdem ein schönes Abenteuer.« Schweigen. Dann fragte er sich, ob hinter der Frage mehr stand, ob es mehr war als nur Small Talk. »Warum fragst du?«

Der Junge zuckte die Achseln, und August dachte, er würde sich nicht weiter dazu äußern. Aber gute fünf Meilen später sagte Seth: »Es scheint mir nur furchtbar nett von dir, uns dorthin zu bringen, damit wir es sehen können. Du weißt schon. Dass du es wirklich für uns tust.«

»Der Sommer ist praktisch vorbei«, sagte August. »Und ich denke, wir sollten ihn am Grand Canyon enden lassen.«

* * *

August parkte das Wohnmobil in einer Haltebucht auf dem Desert View Drive, der Ostseite des Grand Canyon. Stellte den Motor ab. Das hier wäre ihr erster Blick. Oder wenigstens der für die Jungs.

»Wow!«, sagte Seth leise, zog das Wort in die Länge.

Sie stiegen durch die Hecktür aus, ließen Woody drinnen. August streckte die Finger nach Henrys Hand aus, und Henry ergriff sie instinktiv. Das war die neue Regel.

Sie standen zusammen an der niedrigen Steinmauer, waren vollkommen leise. Die sonst so intensiven Formen, Biegungen und Farben des Canyons wirkten in der Mittagssonne leicht staubig. August nahm sich vor, die Jungs zum

Aussichtsturm bei Desert View zu bringen, damit sie von dort aus in die Tiefe schauen und den Colorado River sich unten dahinschlängeln sehen konnten.

»Ich habe schon jede Menge Bilder davon gesehen«, sagte Seth. »Aber das hier ist besser.«

»Bilder werden dem hier nicht gerecht.«

»Kann ich trotzdem welche machen?«

»Sicher.«

Seth blickte durch die Linse von Augusts Kamera und bemerkte: »Die Farben sind nicht wirklich besser als die in Zion oder Bryce Canyon. Aber das Erstaunliche daran ist, dass es so riesig ist.«

»*Grand* Canyon«, bemerkte August.

»Oh«, antwortete Seth. »Richtig.«

»Es tut mir leid, dass dies ein so kurzer Besuch hier sein muss. Es ist zu spät, um hier ohne Reservierung noch einen Campingplatz zu bekommen. Und wir können nicht außerhalb des Parks warten und uns gleich morgen früh einen schnappen, wie wir es sonst tun, weil wir euch beide heimbringen müssen.«

Seth ließ die Kamera sinken. Seine Schultern wirkten nicht länger so gerade wie bislang immer.

»Ich finde es sehr nett von dir, uns das hier zu zeigen, obwohl du es schon kennst. Ich kann nicht glauben, dass unser Sommer fast vorbei ist.«

»Ich weiß«, erwiderte August.

»Du bleibst noch und hilfst uns, mit unserem Vater zu sprechen, richtig?«

»Das tue ich.«

»Vielleicht sollten wir uns überlegen, was wir sagen wollen.«

»Ich glaube nicht«, antwortete August.

»Ehrlich? Sonst ist Üben doch gut.«

»Weißt du noch, was Emory dir geraten hat?«

»Nein. Oh, doch! Richtig. Er sagte, ich sollte der höheren Macht, an die ich glaube, sagen, dass ich mit meinem Dad reden will. Und dann fragen, was ich sagen soll.«

»Richtig. Direkt aus deinem Herzen, ohne vorher zu proben, das funktioniert meistens am besten. Sonst hört es sich so einstudiert an. Statt direkt aus deinem Herzen.«

»Schade. Ich bin besser, wenn ich etwas üben kann. Aber solange du da bist, August … Ich habe so was noch nie zuvor getan, und ich fürchte, wenn ich mit ihm und Henry allein bin wie früher immer, hätte ich vielleicht Angst und würde es sein lassen. Wie lange bleibst du?«

»Solange wie nötig, denke ich. Es sollte nicht mehr als eine Stunde oder zwei dauern, mit ihm zu reden, oder?«

»Oh, ich hatte gehofft, du würdest länger bleiben.«

»Warum? Braucht ihr mich länger dort?«

»Nein, nicht wirklich«, antwortete Seth. »Ich hasse nur den Gedanken, dass du dann weg bist.«

Henry sagte gar nichts.

* * *

Nachdem er ein paar Minuten lang in den tiefen, stillen Abgrund geschaut hatte, sagte Seth: »Ich frage mich, ob all die Sachen, die wir gesehen haben, diese riesige schöne Welt, mir noch wirklich erscheinen wird. Und ob ich mich nach einer Weile noch daran erinnere, aber wie aus weiter Ferne, wie in einem Traum. Wo ich zwar weiß, es ist geschehen, aber es sich nicht so anfühlt, als sei es wirklich gewesen. Weißt du, was ich meine?«

»Du hast ja die Bilder.«

»Das hilft nur ein bisschen«, erwiderte Seth. »Ich meine, anfangs hilft es sehr. Aber dann schaut man sie jedes Mal an, wenn man möchte, dass es sich echt anfühlt. Und nachdem man das häufiger getan hat, stellt sich raus, du hast sie zu oft angesehen. Dann sind sie nach einer Weile nur Bilder einer Sache, nicht die Sache selbst. Nach einer Weile schaut man ein Bild an und erinnert sich nur an das Bild selbst. Und dann prägt es sich ins Gedächtnis ein, und man sieht es kaum noch. Ich habe jede Menge Bilder von meiner Mom. Aber das hat nur eine Weile geholfen. Weißt du, was ich meine, August?«

»Leider ja«, erwiderte August, »das tue ich.«

Kapitel 16

Irgendwie schon

»Sein Auto ist da«, sagte Seth.

»Ist er selbst zum Gefängnis gefahren?«

»Ich weiß nicht. Ich war ja bei dir.«

August war überrascht, wie sehr ihm das Herz schwer wurde und der Magen absackte, als er auf den vertrauten Parkplatz vor der Autowerkstatt fuhr. Es hatte die widerliche Vertrautheit von etwas, mit dem man gegen seinen Willen für viele endlose Tage geschlagen war. Wie mit einer einzigen CD einmal das Land zu durchqueren. Vor allem, wenn man die CD von vornherein schon nicht besonders leiden konnte.

Sie traten durch die Hecktür in die drückende Mittagshitze. Viel schlimmer als das Wetter, als sie im Juni gegangen waren.

Woody lief herum und schnüffelte überall, hob sein Bein an jedem einigermaßen interessanten Busch.

»Die Werkstatt ist geschlossen«, sagte August.

»Das heißt nicht, dass er nicht zu Hause ist. Das heißt nur, dass er keine Autos zu reparieren hat.«

August folgte den Jungs auf die Rückseite des Gebäudes, wo er selbst noch nie zuvor gewesen war. Mit Absicht. Es war ihn nichts angegangen, wo der Mechaniker lebte, als das Wohnmobil zur Reparatur hier gewesen war.

Es war nicht wirklich ein Haus. Eher ein Anbau an das Metallgebäude mit den hohen Fenstern, in dem sich auch die Werkstatt befand. Aber die Tür stand weit offen, und August konnte sehen, dass das Innere schlicht und praktisch eingerichtet war. Wenigstens das, was er vom Wohnzimmer erkennen konnte.

Wes stand auf der Schwelle, rauchte eine Zigarette, lehnte mit einer Schulter am Türrahmen. August dachte, er würde zuallererst die Jungs begrüßen, aber stattdessen schaute er August ins Gesicht und betrachtete ihn aus schmalen Augen, was August mit einem unguten Gefühl erfüllte.

Henry drängte sich an seinem Vater vorbei und ging hinein. Seth blieb stehen und wartete. Auf irgendwas.

»Bekomme ich nicht einmal ein ›Hallo‹?«, rief Wes über seine Schulter, während Henry um die Ecke verschwand.

»Lass ihn, Dad«, sagte Seth.

Wes und Seth musterten einander eine Weile, dann senkte Seth den Blick auf Höhe der Fußknöchel seines Vaters. Wes hatte weit geschnittene Cargo-Hosen an. Viel weiter als alles, was August ihn je hatte tragen sehen. Und unten um seinen linken Knöchel war eine deutliche Ausbuchtung zu erkennen, die unnatürlich schien.

»Ist es das?«, fragte Seth.

»Was sollte es sonst sein?«

»Kann ich es sehen?«

»Nein. Kannst du nicht. Warum solltest du es sehen müssen? Was hättest du davon? Du weißt, was es ist. Wie es aussieht, ist völlig egal. Das, wozu es da ist, ist das, weswegen wir uns Sorgen machen müssen. Du wirst für uns einkaufen gehen müssen, weißt du. Ich weiß, das ist ein weiter Weg, aber vielleicht leihen sie dir einen Einkaufswagen, wenn wir versprechen, ihn zurückzubringen. Du bist dafür verantwortlich, alles zu holen, was wir brauchen.«

Kurze Stille. Seth schaute immer noch auf die Schuhe seines Vaters. Oder vielleicht auch auf die Erde davor.

»Meinetwegen«, antwortete er. »Aber ich kaufe dir keinen Alkohol.«

Wes richtete sich auf und wich ein wenig zurück, sagte aber weiter nichts.

Seth löste sich aus seiner Erstarrung, schob sich an seinem Vater vorbei ins Haus. »August kommt mit rein«, sagte er im Vorbeigehen.

Wes hob erneut den Blick und sah August in die Augen. Woody kam zu Wes und wedelte, aber der ignorierte den Hund oder nahm ihn gar nicht wahr.

»Es gibt eine Menge, was ich Ihnen hoch anrechne«, erklärte Wes. »Eine Menge, wofür ich Ihnen danken muss. Meinem Kind solche Flausen in den Kopf zu setzen, gehört nicht dazu.«

»Darüber haben wir nicht gesprochen. Das war Seth' eigene Idee.«

»Ja, was für ein interessanter Zufall. Geht mit einem Kerl auf große Fahrt, der keinen Tropfen Alkohol anrührt und kommt mit solchen Sachen zurück.«

»Wenn es irgendwie hilfreich ist«, erwiderte August, »ich habe früher mehr als genug getrunken, ich tue es nur einfach jetzt nicht mehr.«

»Oh, ein ehemaliger Säufer. Das Einzige, was noch schlimmer sein könnte.«

»Glauben Sie ehrlich, dass Seth, ehe er mich getroffen hat, zufrieden damit war, wie die Dinge gelaufen sind? Glauben Sie allen Ernstes, seine Unzufriedenheit käme von mir? Wenn ich ihm nicht gesagt hätte, es sollte ihm was ausmachen, würde es das auch nicht?«

»Warum kommen Sie noch mal rein?«

»Weil ich es Seth versprochen habe.«

Wes zog ein weiteres Mal an seiner Zigarette, dann drückte er sie in der Erde direkt vor der Türschwelle aus. Und ließ den Stummel da liegen, mit Dutzenden anderen.

»Ich habe das ungute Gefühl, als würde mir das hier nicht so gut gefallen. Aber Sie haben Seth Ihr Wort gegeben. Und ich schulde Ihnen was. Daher denke ich, Sie kommen besser rein.«

* * *

August saß im Wohnzimmer – oder im Wohnbereich des Gebäudes – unbehaglich und still auf der Kante eines von zwei Sofas, über die je eine Decke gebreitet war. Und bei beiden gelang es, zwar die meisten, aber nicht alle ihre Mängel und ihr Alter zu verbergen. Wes saß ihm gegenüber, ebenfalls schweigend.

August hatte Woody ins Wohnmobil zurückgebracht und die Klimaanlage angeschaltet, denn er war sich nicht sicher, ob der Hund im Haus des Mechanikers willkommen war. Seth war in einem anderen Teil des Hauses und versuchte Henry dazu zu überreden, zu ihnen zu kommen. Die Zeit dehnte sich quälend, sodass August nur annehmen konnte, dass es nicht so einfach war, Henry zu holen.

Eine bedrückende Zeitspanne später – obwohl es vermutlich weniger als fünf Minuten waren – kam Seth wieder, zog Henry an einer Hand hinter sich her. So ging er mit ihm zum Sofa und drückte ihn auf den Platz neben August.

»Ich weiß, du willst nicht reden«, teilte Seth seinem Bruder mit. »Meinetwegen. Tu's nicht. Aber wir stecken alle zusammen hier drin, daher setz dich da hin. Während wir das hier tun. Ob du es magst oder nicht. Ich mag es auch nicht, Henry, aber darum geht es hier nicht, und das weißt du.«

Dann trat Seth auf die andere Seite von August und hockte sich neben ihn. Was, wie August wusste, für Wes nur so aussehen konnte, als seien es drei gegen einen. Aber es war ein Fehler, von dem er nicht wusste, wie er ihn korrigieren sollte.

Dann ging er im Geiste einen Schritt weiter und dachte: *Nur weil es Wes nicht gefällt, macht es das nicht zu einem Fehler.* Der »Drei gegen einen«-Eindruck war zutreffend. *Das ist das, was eine Intervention bedeutet,* überlegte er. *Der Augenblick, wenn alle auf einer Seite sind und du auf der anderen. Das ist der Moment, in dem du weißt, dass es Zeit ist, was zu ändern. Weil du niemanden mehr hast, der zu dir hält.*

»Scheiße«, zischte Wes, nicht wirklich nur halblaut. »Ich wusste, es würde mir nicht gefallen.«

»Dad«, sagte Seth, »es wäre gut, wenn du einfach zuhören könntest.«

In der ohrenbetäubenden Stille, die darauf folgte, spürte August ganz deutlich, dass dies eine Form der Direktheit war, wie Seth sie bei seinem Vater zuvor nicht benutzt hatte. Er konnte etwas in Wes aufsteigen sehen, diese instinktive Alpha-Hund-Reaktion. Dann schaute Wes zu August, der verfolgen konnte, wie er den Impuls wieder zurückdrängte.

Wes legte seine Füße auf den Kaffeetisch, die Knöchel überkreuzt. Dann musste er das wegen der elektronischen Fußfessel ändern und sie anders herum übereinanderlegen.

»Gut«, sagte er. »Ich habe das Gefühl, als wüsste ich, wohin das hier führt, aber … fang trotzdem an.«

»Als Mom gegangen ist …«, begann Seth.

»Warte. Mom?«, unterbrach ihn Wes. »Was hat denn deine Mutter damit zu tun?«

»Dad. Du hörst nicht zu.«

»Tut mir leid«, sagte Wes, und seine Verlegenheit wirkte seltsam echt.

»Als Mom gegangen ist, haben wir nie darüber geredet. Kein einziges Mal. Gar nicht. Das war vor fünf Jahren, und ich weiß immer noch nicht, wohin sie gegangen ist. Oder warum. Ich weiß nicht, ob sie gegangen ist, weil sie einen anderen ... du weißt schon ... Typ ... hatte, oder ob sie mit ihrem Leben etwas anderes anfangen wollte, als sie hier zu Hause tun konnte.«

Seth macht eine Pause.

Nach mehreren Sekunden des Schweigens fragte Wes: »Soll ich jetzt was sagen?«

Seth nickte.

»Beides.«

»Oh, okay. Na ja, wie auch immer. Was ich zu sagen versuche ... Oh, warte. Ich habe vergessen etwas zu tun.«

Seth schwieg und schloss die Augen. August blickte zu Wes, der das Gesicht seines Sohnes mit einiger Verwirrung betrachtete. August war nicht verwirrt. Er wusste genau, was Seth da tat. Er bat um die richtigen Worte.

»Okay«, sagte Seth ein paar Sekunden später. »Was ich zu sagen versuche, ist, alles, was ich wusste, war, dass wir für sie nicht das Wichtigste waren. Ich bin nur ein Kind, und vielleicht weiß ich nicht so viel wie du, aber ich glaube wirklich, dass einem die eigenen Kinder das Wichtigste im Leben sein sollten. Aber wenn du was hast, das du tun willst, und du gehst einfach weg, tust es und siehst sie nie wieder, dann sind sie genau das nicht. Ich meine, dann sind wir es nicht. Wir waren ihr nicht wichtig genug.«

»Mir ist nicht klar, was ...« begann Wes.

»Dad.«

»Richtig. Ich weiß. Tut mir leid. Zuhören.«

»Und dann bist du bei uns geblieben. Das weiß ich. Ich weiß, du wirst sagen, du bist geblieben und nicht irgendwas anderem nachgejagt. Und ich weiß auch, dass das natürlich stimmt. Aber das tut es nicht ganz. Weil du, sobald du in der Werkstatt fertig bist, in die Kneipe gehst und uns allein zu Hause lässt. Manchmal stundenlang, und manchmal auch die ganze Nacht. Ich war sieben. Ich war nicht alt genug, mich um ein Kind zu kümmern, das zwei Jahre alt ist, und ich wusste es. Und du hättest es auch wissen müssen. Ich hätte nicht gewusst, was zu tun ist, wenn das Haus brennt oder wenn jemand versucht einzubrechen oder wenn Henry irgendwas verschluckt oder so.«

»Was alles nicht passiert ist«, warf Wes ein.

»Aber das war schieres Glück. Du hast nicht dafür gesorgt, dass nichts davon passiert. Du hattest einfach nur Glück, und es ist nichts passiert. August sagt, wir sind verantwortlich für alles, was wir tun, selbst wenn wir ein Risiko eingehen und nichts Schlimmes passiert, weil es hätte passieren können. Wir dürfen uns nicht gut fühlen, dass es nicht passiert ist. Es ist ja nur Glück, sonst nichts.«

Wes' Augen suchten Augusts, er lehnte sich zurück und verschränkte abwehrend die Arme vor der Brust.

»Das habe ich in einer völlig anderen Situation gesagt«, stellte August richtig. »Ich habe von mir selbst gesprochen.«

Es entstand eine Pause, in der alle warteten, ob Wes irgendetwas dazu zu sagen hatte. Als er schwieg, übernahm Seth wieder.

»Und dann bist du deswegen ins Gefängnis gekommen, und wir mussten zu Tante Patty, was schon okay war, weil es uns da gut ging. Aber es war auch blöd, weil du weg warst. Erst hat Mom uns für irgendwas verlassen. Und dann hast du uns verlassen, weil dir Alkohol wichtiger war als wir. Und dann hast du es wieder getan. Und dann hat Tante Patty gesagt, es sei das letzte Mal, was ich immer noch doof finde, weil sie auf dich sauer war und nicht auf uns, denn wir waren immer brav, wenn wir bei ihr waren. Es war doof, dass sie das an uns ausgelassen hat, dass du nicht aufhören wolltest, aber sie hatte dich gewarnt. Daher haben Henry und ich irgendwie gedacht, du würdest es nicht wieder tun, weil wir dann nirgendwohin könnten, wenn du es noch mal machst. Aber du hast es trotzdem getan. Und wir mussten dahin, wo Kinder hinkommen, wenn sie Waisen sind, weil dir das Trinken wichtiger war. Wir waren für dich nicht das Wichtigste überhaupt.«

Seth hörte auf zu sprechen, dann seufzte er. Ein langes Schweigen breitete sich aus.

Als es zu unbehaglich wurde, sagte Wes: »Ist das alles?«

»Ich weiß nicht«, antwortete Seth. »Vielleicht.«

Wes schaute zu Henry, der seinen Blick nicht erwiderte.

»Was ist mit dir, Henry? Willst du mich auch anschreien?«

Vorhersehbarerweise blieb Henry stumm.

Wes blickte zu August, und in seinen Augen funkelte Wut. »Was ist mit Ihnen? Wollen Sie noch was hinzufügen?«

Es wäre vielleicht besser, wenn er das nicht tat, das wusste August. Aber er schaute zu Seth, der ihn mit einem flehenden Ausdruck ansah. Er hatte versprochen, Seth zu unterstützen. Wozu vermutlich auch gehörte, den Mund aufzumachen. Außerdem gehörte zu einer erfolgreichen Intervention – wobei August nicht wirklich geglaubt hatte, dass dies hier eine echte sein würde –, die Abwehr des betroffenen Familienmitglieds zu durchbrechen. Und das war eindeutig noch nicht erreicht.

»Sicher«, sagte August. »Okay. Erinnern Sie sich noch, wie Sie mir gesagt haben, dass Henry kein Wort gesprochen hat, seit er aus dem Kinderheim zurück ist? Sie haben gesagt, Sie glaubten, er spräche mit seinem Bruder, aber Sie hätten keine Beweise. Ich möchte nur erwähnen, dass Henry fast den ganzen Sommer über mit mir geredet hat. Ich will nicht sagen, dass er mir das Ohr abgeschwatzt hat. Aber er hat geredet. Was für ihn eine Menge ist. Was bedeutet, der

Einzige, mit dem er nicht spricht, sind Sie. Und wenn ich an Ihrer Stelle wäre, würde ich das als sein Vater ernst nehmen. Ich würde darauf kommen, dass da wirklich ein Problem zu bestehen scheint. Und da es schon so war, bevor der Typ, der nichts trinkt, aufgetaucht ist, würde ich daraus schließen, dass das Problem auch schon vor ihm da war. Und ich würde nicht versuchen, mir einzureden, dass man das alles dem Außenseiter zuschieben könnte.«

Wes nahm seine Füße vom Kaffeetisch, lehnte sich vor. Stützte seinen Kopf in die Hände. Eine ganze Weile lang. So lange, dass Seth fragend zu August hochschaute. August hatte keine Antwort für ihn, daher zuckte er nur die Achseln.

Schließlich ließ Wes die Hände sinken.

»Na, das ist eine ganz schöne Scheiße«, sagte er.

August spürte, wie Seth sich neben ihm verspannte, und er legte dem Jungen eine Hand beruhigend auf die Schultern.

»Nein«, erwiderte August. »Ist es nicht. Es ist die verdammte Wahrheit. Ihr Sohn versucht, Ihnen die verdammte Wahrheit zu sagen.«

»Nein, es ist irgendein Scheiß«, widersprach Wes. »Und ich werde Ihnen sagen, warum. Ich hänge im Haus fest mit dieser blöden Fußfessel, und mein ach so verantwortungsbewusster Sohn knallt mir diese Sache vor den Latz, sagt mir, er würde einkaufen, aber nicht das, was ich will. Das war schon irgendwie ein Schock, wissen Sie? Also erst richtet er es so ein, dass ich praktisch die nächsten drei Monate nichts trinken kann, und dann setzt er sich mit mir hin und erzählt mir, ich sollte es nicht. Wo ich es gar nicht könnte, selbst wenn ich es versuchte. Was irgendwie alles nur noch schlimmer macht, oder?«

»Wie soll Ihnen Seth Ihrer Meinung nach Alkohol besorgen? Er ist zwölf.«

»Ich hätte das arrangieren können. Guy im Schnapsladen ist ein Freund von mir. Ich hätte Seth mit meinem Ausweis hinschicken können.«

»Was verboten ist.«

»Das ist über dem Tempolimit zu fahren auch, aber alle Welt tut es.«

»Also würden Sie Ihrem Sohn befehlen, schneller zu fahren als erlaubt, wegen etwas, das Sie von ihm wollen?«

»Mir reicht's«, sagte Wes und stand auf.

»Dad, warte!« Seth schrie das beinahe.

»Was, Seth? Was? Warum ist nichts, was ich tue, jemals gut genug? Was willst du jetzt von mir?«

»Ich möchte wissen, was am Ende der drei Monate passiert.«

Wes stand ein paar Sekunden lang stumm da, kaute auf seiner Unterlippe.

Dann sagte er: »Ich verrat dir was. Du hast recht mit dem Trinken und Autofahren. Der Himmel weiß, ich habe damit genug Ärger für euch Jungs und mich selbst verursacht. Daher werde ich, wenn dieses verdammte Ding runterkommt …« Er trat mit der Spitze des anderen Schuhs gegen die Fessel. »Ich werde mir einen Vorrat für zu Hause zulegen und nachts nicht mehr weggehen. Okay? Zwei oder drei Drinks die Nacht werden niemandem wehtun, wenn ich nicht auf der Straße unterwegs bin. Richtig? Das ist alles, was ich brauche, nur ein paar Drinks, um Dampf abzulassen, weißt du? Um runterzukommen. Und jetzt … Bist du bereit, mich deswegen jetzt in Ruhe zu lassen, Seth? Ist das verdammt noch mal gut genug für dich?«

»Wie langsam trinkst du?«, fragte Seth.

August konnte nicht sagen, ob das eine ernsthafte Frage war oder ein sarkastischer Einwurf.

»Wovon redest du?«, entgegnete Wes.

»Du warst immer vier, fünf oder sechs Stunden weg. Oder die ganze Nacht. Und du hast nur zwei Drinks gehabt?«

Wes seufzte. »Na gut, vielleicht hatte ich manchmal mehr. Aber das heißt nicht, dass ich das immer brauche. Ich sag dir, ich werde mich auf nur zwei oder drei beschränken. Jetzt frage ich dich noch einmal … Ist das gut genug für dich?«

»Ich weiß nicht«, antwortete Seth.

»Nun, es wird es sein müssen.« Wes drehte sich um und ging zur Tür. »Ich geh eine rauchen.«

Und das tat er.

Seth saß blinzelnd eine Minute oder so da. Dann stand Henry auf und verschwand wieder in den hinteren Regionen des Hauses. Seth schaute August an.

»Das hat nicht wirklich eine Stunde oder zwei gedauert, oder?«

»Nein. Das könnte ein neuer Rekord gewesen sein.«

»Ich weiß nicht, ob es gut gelaufen ist.«

»Ich auch nicht«, sagte August. »Komm. Hilf mir, euer Zeug aus dem Wohnmobil zu holen.«

»Und dann fährst du?«

August schaute Seth ins Gesicht und sah dort widergespiegelt, was er fühlte. Es kam ihm so kaltherzig und endgültig vor, wegzufahren. Wie eine Rettungsleine, die zu hastig gekappt wird, und ohne Blick zurück.

»Willst du mit mir und Woody noch im Wohnmobil Mittag essen, bevor ich aufbreche?«

Seth seufzte ein Seufzen, bei dem alle Luft aus ihm zu entweichen schien, das aber gleichzeitig erleichtert wirkte.

»Danke, August«, sagte er. »Ich hole Henry.«

* * *

Als Seth ein paar Minuten später an der Hecktür des Wohnmobils auftauchte, hatte er seinen Bruder nicht dabei.

»Wo ist Henry?«, frage August, als Seth reinkam.

»Drinnen. Ich kann ihn heute nicht dazu bringen, irgendwas zu tun. Ich hab ihm gesagt, es sei seine letzte Chance, sich zu verabschieden. Aber er ist wie ein Roboter, bei dem der Schalter auf ›Aus‹ steht. Er will einfach nichts tun.«

»Wow. Das ist aber echt schade. Aber er kommt nachher raus und sagt Auf Wiedersehen, oder? Ich hasse die Vorstellung, abzufahren, ohne mich verabschiedet zu haben.«

»Das weiß ich nicht«, sagte Seth und setzte sich an den kleinen Esstisch. »Bei Henry kann man sich nie sicher sein. Ist es okay, was mein Vater versprochen hat? Wenn er nicht fährt und nur zwei Drinks am Tag hat, ist das okay. Richtig?«

»Ich hoffe es«, sagte August und holte eine Dose Thunfisch für ihre Sandwiches heraus.

»Also denkst du nicht, dass es klappt.«

»Ich denke, es könnte gut gehen, und ich hoffe, dass es das tut.«

»Du musst mir die Wahrheit sagen, August. Du musst mir sagen, was du in Wahrheit denkst.«

August hielt beim Öffnen der Dose inne. Drehte sich um und sah Seth an. Lehnte sich mit dem Rücken gegen den Küchenschrank. Falls es länger dauerte.

»In Ordnung. Hier ist, was ich in Wahrheit denke. Wenn dein Vater Alkoholiker ist, wird er dir hoch und heilig versprechen, weniger zu trinken. Aber er wird sich nicht daran halten. Weil … Nun, das ist mehr oder weniger die klassische Definition eines Alkoholkranken. Jemand, der weiß, es ist höchste Zeit, den Konsum einzuschränken, es aber nicht schafft. Daher denke ich, es wird ein paar Monate dauern, bis wir wissen, wie es klappt.«

»Hm«, sagte Seth. »Ich hasse so was.«

»Das geht jedem so.«

Dann machte er ihnen beiden Sandwiches. Und es fühlte sich so komisch an, nur zwei zu machen. Statt drei. Ihm fiel ein, dass das nächste Mal, wenn er Essen machte, er nur für eine Person kochen musste. Aber es fühlte sich unangenehm an und falsch, daher verdrängte er das so gut wie möglich.

Kapitel 17

Abschied

»Ich fühle mich schlecht, euch hier zu lassen«, erklärte August.

Er konnte sich nicht erinnern, ob er das schon zwanzig oder dreißig Mal gesagt hatte, oder ob die vorherigen Male alle nur in seinem Kopf gewesen waren.

»Ist schon okay, August.«

Sie saßen auf der Couch im Wohnmobil, eine große schwarze Mülltüte zwischen sich, in der alle Kleidungsstücke und ihre anderen Habseligkeiten steckten. Es waren mehr als zu Beginn der Reise. August würde die Tüte reintragen müssen. Für Seth wäre sie viel zu schwer. Also würde August Wes noch einmal sehen müssen.

»Es ist nicht der ideale Ort für ein Kind.«

»Stimmt«, sagte Seth. »Das ist es nicht. Aber es ist unser Zuhause. Hier leben wir. Wir haben nicht von dir erwartet, dass du das in Ordnung bringst, August.

»Richtig. Ich denke, ich muss damit aufhören. Du weißt ja nicht mal meinen Nachnamen, oder?«

»Ich glaube, ich habe ihn dich mal sagen gehört, aber ich hab ihn wieder vergessen.«

»Schroeder.«

»Ich wüsste nicht mal, wie man das schreibt.«

»Ich werde ihn dir notieren.«

August nahm sein leeres Tagebuch aus einem der Fächer. Das, in dem er vorgehabt hatte, jeden Moment des Sommers festzuhalten. Das, in das er kein Wort geschrieben hatte. Er riss die erste leere Seite heraus.

»Ich schreibe dir meinen Namen und meine Adresse auf. Und meine Telefonnummer. Festnetz und Handy. Und … habt ihr Internet?«

»Ja. Mein Vater hat mir gerade einen schönen neuen Computer für die Schule gekauft. Na ja, neu für mich.«

»Dann gebe ich dir auch meine E-Mail-Adresse.«

»Hast du Skype? Ich skype mit einem Freund aus der Schule. Das wäre cool, wenn wir mit Video miteinander sprechen können. Das kostet auch nichts, anders als Telefon. Schreib deinen Skype-Namen auf.«

»Ich habe keinen«, erwiderte August. »Aber ich besorg mir einen, sobald ich zurück bin. Ich hole mir einen Account und schreibe dir eine E-Mail.«

»Cool.«

August reichte Seth das Blatt Papier, der es sorgfältig studierte, als müsse er es auswendig lernen.

August nahm sein Portemonnaie heraus und ging die Scheine durch. Die fünfzig Dollar, die Wes ihm gegeben hatte, hatte er noch, weil es unbequem war, mit einem Fünfzig-Dollar-Schein zu bezahlen. Er versuchte, ihn Seth zu geben, der ihn aber nur anstarrte.

»Wofür ist der?«

»Es ist, was Frauen früher Notgeld nannten. Wenn eine Frau zu einer Verabredung gegangen ist, hat der Mann sie gefahren und für sie bezahlt. Daher hat die Frau Geld mitgenommen für den Fall, dass es schief geht. Damit sie, wenn sie genug hat und weg will, sich ein Taxi rufen kann oder so. Es ist zur Sicherheit. Du könntest Henry nehmen und zur nächsten Telefonzelle gehen und mich anrufen. Du könntest auch in einen Bus steigen, zur nächsten Stadt fahren und mich von da anrufen. Wo dein Vater nicht auf die Idee käme, nach euch zu suchen.«

»Ich bin mir nicht sicher, warum wir das tun sollten.«

»Nur für alle Fälle«, sagte August.

Seth starrte weiter auf den Geldschein. »Es fühlt sich wirklich nicht richtig an, dein Geld zu nehmen, August.«

»Es ist nicht meins. Es ist ein Teil des Geldes, das dein Vater mir für euer Essen gegeben hat. Wir haben nicht alles ausgegeben. Daher gehört es eigentlich dir. Versprich mir nur, dass du es nicht für was anderes ausgibst.«

»Versprochen.«

Er nahm den Schein von August und steckte ihn in die Tasche seiner Shorts. »Du hast was vergessen, August.«

»Was denn?«

»Weißt du das wirklich nicht?«

»Oh! Die Bilder.«

»Richtig. Ich will sie meinen Freunden in der Schule zeigen.«

»Ich werde sie für dich auf eine DVD brennen.«

Seth beobachtete schweigend, wie August seinen Laptop hochfuhr, die letzten Bilder von der Speicherkarte hochlud und eine leere DVD in das Laufwerk legte. Er öffnete den Ordner mit allen Bildern von der Reise, und Miniaturansichten der Fotos erschienen auf dem Bildschirm. Seth stand auf und schaute ihm über die Schulter, während August sie durchscrollte.

»Du hast da wirklich ein paar schöne Aufnahmen gemacht«, bemerkte August.

»Sie sehen ziemlich gut aus, oder?«

Ein langes Schweigen entstand, während die DVD gebrannt wurde.

Dann sagte Seth: »Es scheint nicht wirklich echt, dass wir da überall waren.«

»Du bleibst hier, während die DVD gebrannt wird«, erklärte August. »Ich gehe und bringe all eure Sachen ins Haus.«

* * *

Wes stand rauchend vor der Tür, so wie vorhin. August blieb stehen und sah ihn an, den Müllbeutel über der Schulter.

»Ich weiß, Sie denken, dass Sie besser sind als ich«, sagte Wes. Ohne Augusts Blick zu begegnen.

»Nein, tue ich nicht. Sie sind etwa da, wo ich vor ungefähr zwei Jahren war.«

»Da haben wir's«, erwiderte Wes und schaute August endlich an. »Genau da. Sie haben es gerade gesagt. Ich bin, wo Sie vor zwei Jahren waren, und jetzt sind Sie viel besser.«

August wandte den Blick ab, um zu zeigen, dass er keinen Streit wollte.

»Wes, ich weiß, Sie denken, das sei alles mein Werk ...«

»Nicht wirklich«, unterbrach ihn Wes. »Schauen wir es uns mal genauer an. Seth war schon immer der, der seinem Vater am ehesten eine Intervention verpassen würde. So ist er einfach. Er will, dass die Welt so ist, wie er es sich vorstellt. Alles in Ordnung. Versucht immer, an alles zu denken und gut organisiert zu sein. Und natürlich klappt das nie. Leider denkt er, er müsse mich auch organisieren. Ich weiß nicht, was schlimmer ist: dass er denkt, er könnte unser Leben besser ordnen, als ich es je geschafft habe, oder dass ich manchmal denke, er könnte recht haben.«

August entspannte sich ein wenig. Spürte, wie sich eine Seite seines Mundes zu einem halben Lächeln hob.

»Vielleicht können Sie sich mit ihm zusammentun und es gemeinsam angehen.«

»Sicher«, antwortete Wes. »Vielleicht. Danke für alles.«

»Kein Problem. Wir hatten einen tollen Sommer. Mit ein paar kleineren Ausnahmen. Ich hatte gehofft, mich von Henry verabschieden zu können.«

Wes ließ seine Zigarette auf die Erde fallen und trat sie mit der Spitze seines Stiefels aus. Er atmete den Rauch aus, drehte sich um und legte sich die Hände trichterförmig um den Mund.

»Henry! Komm und sag dem Mann auf Wiedersehen.«

Dann warteten sie. Und warteten. Und warteten.

Henry kam nicht.

* * *

»Sei nicht traurig, August«, sagte Seth.

Sie standen draußen neben der Fahrertür des Wohnmobils. Es wurde immer augenfälliger, dass es für August höchste Zeit war, einzusteigen und loszufahren.

»Bist du nicht traurig?«

»Ja. Schon. Aber du solltest es nicht sein.«

»Warum?«

»Weil ich nicht will, dass du traurig bist.«

August hörte ein Winseln und schaute über seine Schulter zu Woody auf dem Fahrersitz, der die Pfoten gegen die Glasscheibe gestellt hatte.

»Wo wir gerade von traurig sprechen … Er wird euch beide wahnsinnig vermissen.«

»Daran will ich nicht denken, August.«

»Okay, tut mir leid.«

August drückte Seth kurz an sich, dann kletterte er auf den Fahrersitz, schob Woody aus dem Weg. »Pass auf deinen Bruder auf.«

»Das werde ich. Das tue ich immer.«

Dann drehte sich Seth um und ging zum Haus zurück, trat bei jedem Schritt mit den Schuhspitzen in voller Absicht Dreck hoch. Woody sprang auf Augusts Schoß und schaute ihm stumm nach. Dann hüpfte er runter und legte sich auf sein Hundebett zwischen den Sitzen, bereit zum Aufbruch.

August schaltete den Motor ein, fuhr langsam über den unebenen Boden in Richtung Straße. Ehe er am Ende des Parkplatzes angekommen war, hörte er jemanden seinen Namen rufen, ganz leise in der Ferne.

»August!«

Es war nicht Seth' Stimme. Und auch nicht die von Wes.

Woody rannte zur Hecktür und winselte. August bremste und schaute in den Seitenspiegel. Henry rannte hinter dem Wohnmobil her. August betätigte die Handbremse, öffnete weit die Tür, sprang raus auf die Erde und in die Hitze. Der Motor lief noch.

Als Henry ihn einholte, stürzte er sich in Augusts Arme, so stürmisch wie Woody. Nur dass August mehr aufpassen musste, dass er nicht umgeworfen wurde.

»Es tut mir leid, dass Woody fast von Kojoten gefressen worden wäre, August«, flüsterte Henry ihm hastig ins Ohr.

»Das ist längst vergessen. Warum bist du nicht rausgekommen, um dich zu verabschieden?«

»Ich dachte, wenn ich Auf Wiedersehen sage, gehst du weg.«

»Du weißt doch, dass ich wieder gehen muss. Ich muss arbeiten.«

»Es war dumm. Tut mir leid.«

Er löste sich von August, landete auf dem Boden und trat dabei Staub hoch. Er ging zur offenen Tür des Wohnmobils und stellte sich auf die Zehenspitzen, umarmte Woody und gab ihm einen Kuss aufs Ohr.

August sagte: »Vielleicht komme ich nächsten Sommer vorbei und sehe nach euch. Wenn euer Vater einverstanden ist.«

»Das wird er nicht«, antwortete Henry. »Tschüss, August.« Und er winkte.

Einen Moment lang stand August wie erstarrt, suchte nach etwas, was er tun konnte. Aber es gab nur eines: zurückwinken und losfahren.

Daher tat er genau das.

* * *

August hätte in sechs oder sieben Stunden zu Hause sein können. Aber das war er nicht. Weil er es nicht einmal versuchte. Er wurde müde, und er konnte nicht sagen, ob es körperlich oder emotional war. Oder vielleicht hatte er auch nicht mehr genug Energie, sich dafür zu interessieren.

Er fuhr auf einen Walmart-Parkplatz in einer dieser kalifornischen Wüstenstädte, die wie alle anderen kalifornischen Wüstenstädte aussah. Es war erst halb fünf, und auf dem Parkplatz war es laut und voll. Daher stellte er das Wohnmobil in der hintersten Ecke ab. Wo es immer noch laut und voll war. Er zog die Vorhänge vor und schlief fast sofort auf der Couch ein, vollständig angekleidet.

Als er aufwachte, war es dunkel. Und ziemlich leise. Er schaute auf das Ziffernblatt seiner Armbanduhr, das schwach leuchtete. Es war kurz nach neun. Und jetzt war er vollkommen wach.

Er ging mit Woody raus, damit der sein Geschäft machen konnte, dann prüfte er sein Handy auf Nachrichten. Keine. Er drückte die Zwei von den Kurzwahltasten, was immer noch seine Exfrau Maggie war. Nach all dieser Zeit. Sie ging beim zweiten Läuten dran.

»Maggie«, sagte er und musste daran denken, dass er sich besser hätte überlegen sollen, was er sagen wollte, ehe er ihre Nummer wählte.

»August? Meine Güte. Warum rufst du mich an?«

»Sollte ich nicht?«

»Das weiß ich nicht. Sollen, nicht sollen. Ich weiß nur, dass du es vorher nie getan hast. Du weißt schon. Nicht einmal, aber ...«

»Richtig. Ich wollte was wegen Phillip wissen.«

Langes Schweigen. August fragte sich kurz, ob sie wohl was getrunken hatte. Zu dieser Tageszeit vermutlich ja. Sie klang gut. Aber das tat sie immer. Das hatte sie immer.

»Warum denkst du, ich wüsste etwas über ihn, das du nicht selbst weißt?«

»Kann ich nicht sagen. Ich glaube, ich möchte einfach eine andere Perspektive haben. Oder vielleicht überhaupt eine Perspektive.«

»Okay«, sagte sie mit angespannter Stimme. »Um was geht es?«

»Ich weiß, er hat nicht so gewirkt, als wenn er Aufregung und Nervenkitzel geliebt hätte. Aber hatte er vielleicht eine gewisse Abenteuerlust, die er nur einfach nicht ausgelebt hat?«

»Ich habe keine Ahnung, was ich mit dieser Frage anfangen soll.«

»Hätte er in einem Fass die Niagarafälle hinunterstürzen wollen? Ich meine in einer hypothetischen Welt, in der sein Leben dadurch nicht in Gefahr gewesen wäre.«

»August ... um einen Ausdruck unseres verstorbenen Sohnes zu verwenden ... das ist eine verdammt komische Frage.«

»Ist es? Ich glaube, ich habe die Fähigkeit verloren, das zu beurteilen.«

»Hast du getrunken?«

»Nein! Nein, ich hatte keinen Drink mehr, seit ... Nun, an die zwei Jahre jetzt.«

Ein unbehagliches Schweigen entstand.

Dann sagte sie: »Das ist gut, August. Wirklich gut. Das freut mich für dich.«

»Danke. Ich nehme an, es ist okay, wenn du mir das nicht beantworten kannst. Vielleicht gibt es gar keine Antwort.«

August hob ein Rollo an, um zu sehen, woher der Lärm kam, der plötzlich herrschte, wie ein Flugzeug, das vom Walmart-Parkplatz startete. Das war es nicht. Stattdessen entdeckte er einen Angestellten des Supermarktes, der Abfall mit einem Laubbläser vor sich her schob. August steckte sich einen Finger in das freie Ohr.

»Ich gebe dir eine Antwort, wenn du das willst, August. Aber es ist nur meine persönliche Einschätzung. Die kann zutreffend sein oder nicht. Ich denke, jeder würde gerne in einem Fass die Niagarafälle hinabstürzen, wenn man wie von Zauberhand sicher sein könnte, dass es einen nicht das Leben kosten würde. Der Grund, warum Menschen so was gewöhnlich nicht tun, ist ja, dass sie nicht sterben wollen. Nicht, weil es nicht nach Spaß klingen würde. Ich denke, Phillip hatte durchaus Abenteuerlust, aber er hat uns gegen ein paar Wände laufen sehen, daher war er vorsichtig. Wenn diese Vorsicht nicht gewesen wäre, wäre er, ohne eine Sekunde zu zögern, in dieses Fass geklettert. Er hatte solche Momente. Erinnerst du dich noch an den Vorfall mit dem Schlitten?«

»Nein.«

»Doch, das musst du. Bevor wir in den Westen gezogen sind. Sein Freund Frankie. Und dieser Abhang, der direkt auf dem Highway endete?«

»O Gott! Das meinst du. Ja. Aber da waren keine Schlitten dabei.«

»Na, dann haben sie eben Pappkartons zum Rodeln genommen. Was ist da der Unterschied? Es war waghalsig. Obwohl … ich war nie wirklich überzeugt, dass er vorher von der Autobahn wusste.«

»Wenn er es nicht wusste, hätte er das dann nicht gesagt? Zu seiner Verteidigung.«

»Du weißt doch, dass er immer kein Wort herausgebracht hat, wenn jemand wütend auf ihn war. Jetzt komm schon, August. Ehrlich, was soll das alles?«

»Ich habe nur darüber nachgedacht, weil wir etwas von seiner Asche in den Yellowstone River getan haben. Kurz vor dem Wasserfall.«

»Wir? Du triffst dich mit jemandem? Das ist schön für dich.«

»Nein. So ist es nicht. Ich hatte diesen Sommer die Kinder von jemandem dabei. Es … ist irgendwie eine lange Geschichte.«

Eine Weile herrschte Schweigen am anderen Ende. August brauchte einen Moment, um zu erkennen, dass sie darauf wartete, dass er etwas sagte.

»Ist das wirklich alles, weswegen du angerufen hast?«

»Nein«, antwortete er. Und es überraschte ihn selbst. Es kam einfach aus seinem Mund.

»Das dachte ich mir schon.«

»Ich schulde dir Wiedergutmachung.«

»Für …«

»Ich bin oft genug selbst mit ihm Auto gefahren. Mit … du weißt schon … nicht wirklich einer großen Menge Alkohol im Blut, aber etwas. Genug.«

»Aber als du gefahren bist, ist nichts passiert.«

»Das hätte es aber können.«

»Ist es aber nicht.«

»Es ist aber nicht mein Verdienst, dass es das nicht ist. Das versuche ich zu sagen. Es gibt keinen echten Unterschied zwischen deiner und meiner Situation. Pech, das ist alles.«

»Du hast nie etwas gesagt, das mir das Gefühl gegeben hat, es sei anders.«

»Nein.«

»Willst du sagen, du hast es aber so empfunden?«

»Ich sage, ich habe mich bemüht, das nicht zu tun. Es war nicht leicht. Ich weiß nicht, wie ich das besser ausdrücken soll.«

»Hör mir zu, August«, sagte sie, und ihre Stimme nahm einen härteren Klang an, »das ist wirklich sehr großmütig von dir, mich anzurufen und … Nein, weißt du was? Es tut mir leid. Ich verteidige mich aus reiner Gewohnheit. Es war wirklich nett von dir, mich anzurufen und mir zu sagen, es hättest genauso gut du sein können. Das freut mich. Aber du warst es nicht.«

»Ich weiß.«

»Und du hast keine Ahnung, wie ich mich fühle.«

»Das habe ich auch nie behauptet.«

»Aber trotzdem danke.«

»Bitte«, sagte er. »Das ist das Mindeste, was ich tun konnte.«

Dann verabschiedeten sie sich.

August konnte nicht wieder einschlafen, so sehr er sich auch bemühte. Daher fuhr er weiter.

Kapitel 18

Das wird er nicht

Es war beinahe zehn Uhr abends, und August saß nach einem Treffen zusammen mit Harvey in einem Coffeeshop. Hier gab es rund um die Uhr Frühstück, wenn man das wollte. August hatte sich ein Omelette bestellt. Harvey trank eine Tasse Kaffee nach der anderen. Wie er das so spät am Abend noch konnte, war August einfach unbegreiflich. Schlief er? Und wenn, wie?

August hatte morgen früh Schule. Der erste Schultag im neuen Schuljahr. Diese Tatsache lag ihm schwer im Magen. Vermutlich hätte er auf das Gespräch verzichten und stattdessen schlafen gehen sollen. Und doch war er hier und redete.

»Das Letzte, was er zu mir gesagt hat …«

»Welcher von beiden?«

»Henry. Der Kleine. Ich hatte gerade gesagt: ›Vielleicht komme ich nächsten Sommer vorbei und sehe nach euch. Wenn euer Vater einverstanden ist.‹ Und er hat fast beiläufig geantwortet: ›Das wird er nicht.‹«

»Ich bin mir sicher, dass er recht hat«, bemerkte Harvey.

Harvey hatte rabenschwarzes Haar, zurückgekämmt mit irgendeinem Haarprodukt, das es nass aussehen ließ. Er war gute fünfzehn oder zwanzig Jahre älter als August und hatte sich kürzlich an mehreren Stellen auf der Stirn und am Kinn Hautkrebs entfernen lassen müssen. Das verunstaltete sein Gesicht nur gering, das ansonsten die Attraktivität eines alternden Filmstars aufwies, aber auf entschieden altmodische Weise. Wie das Gesicht eines Stummfilmstars. Außer, dass er nur selten stumm war.

»Warum sagst du das?«

»Weil es stimmt. Und selbst ein Siebenjähriger kann das erkennen.«

»Ich dachte, er könnte die Beziehung respektieren, die zwischen uns entstanden ist.«

»Genau. Weil er ein so überzeugt respektvoller Mensch ist. Sperr mal deine Augen auf. Betrachte es so, wie es ist: Er ist in keiner Weise verpflichtet, die Beziehung zwischen seinen Kindern und dir zu achten. Und er will es nicht. Daher wird er es nicht tun. Du hast ihn in einem sehr schlechten Licht gesehen. Seine Kinder haben gemerkt, es geht auch besser. Er fühlt sich dir unterlegen. Daher ist meine Vermutung, dass er versuchen wird, alle Beweise dafür, dass es je jemanden namens August im Leben der Jungs gegeben hat, auszulöschen.«

»Seth wird mit mir Kontakt halten.«

»Hoffentlich.«

»Du erzählst mir nie, was ich hören will, Harvey.«

»Richtig. Das tue ich nicht. Es ist nicht meine Aufgabe, dir zu erzählen, was du hören willst. Es ist mein Job, dir aufzuzeigen, wie es ist. Vielleicht irre ich mich. Ich hoffe, dass ich mich irre. Aber du solltest unter Umständen der Vorstellung gegenüber offen sein, dass die Nähe, die du mit diesen Jungs erlebt hast, mehr auf der Situation beruht hat als auf irgendetwas anderem. Jetzt erscheint es dir von großer Bedeutung, aber die Leute machen mit ihrem Leben weiter. Ihnen bleibt keine große Wahl.

Dir ist das total wichtig, oder? Warum ist es das? Hast du vergessen, dass es die Kinder von jemand anderem sind?«

»Nicht unbedingt.«

»Bringt es dich dazu, den Verlust von Phillip noch einmal zu durchleben?«

»Oder überhaupt zum ersten Mal.« Dann brach August erschreckt ab, lauschte dem Echo seiner Worte. Einmal mehr hatte er sich selbst überrascht, indem er etwas aussprach, von dem er gar nicht wusste, dass er es wusste. »Das klingt merkwürdig, was?«

»Nicht wirklich.«

»Wirklich?

»Wirklich nicht wirklich. Du hast eben erst gesagt, dass ich dir nicht erzähle, was du hören willst. Es ist knapp zwei Jahre her. Die Leute denken, zwei Jahre sind lang genug, aber nicht für einen so großen Verlust wie deinen. Das verläuft in Phasen. Das ist nicht nur bei dir so, sondern bei allen. Das ist menschlich. Die Wahrheit ist nicht, dass du es zum ersten Mal empfindest, auch wenn ich nachvollziehen kann, wie es kommt, dass du es so siehst. Die Wahrheit ist, dass diese Kinder zurückzugeben dafür sorgt, dass du den Verlust auf einem neuen Level spürst. Auf eine neue Weise. Hier ist mein Rat: Klammer dich nicht an die Jungs. Du handelst dir nur Schmerzen ein. Komm zu der Erkenntnis, dass es was Einmaliges war. Dass sie zwar versprochen haben, in Verbindung zu bleiben, es aber nicht tun werden. Schließe deinen Frieden damit. Dann wird es, wenn du wieder mit ihnen sprichst oder sie siehst, eine schöne Überraschung sein.«

* * *

August arbeitete am Esszimmertisch an seinen Unterrichtsnotizen, als der Laptop das erste Mal läutete. Er klang genau wie ein Telefon, aber nicht wie seines. Er erkannte, dass es vom Computer kam, aber der hatte nie zuvor geklingelt, daher wusste er nicht, was er deswegen tun sollte.

Erst beim vierten Läuten fiel ihm das kleine Skype-Icon auf, das hoch und runter hüpfte. Er klickte drauf und hatte sofort in einem Pop-up-Fenster Seth' Gesicht vor sich, schwach beleuchtet und ein wenig verzerrt, weil Seth sich so weit zur Kamera vorbeugte.

Er hatte Skype jetzt seit über einer Woche, und er hatte die Jungs anrufen wollen, aber Seth hatte gesagt, es sei besser, zu warten und ihn anrufen zu lassen. Er hatte nicht gesagt, warum, aber August konnte es sich gut vorstellen.

»Ich kann dich sehen!«, sagte August, selbst leicht überrascht, wie erfreut er klang.

Seth runzelte die Stirn. »Aber ich dich nicht. Mach die Kamera an, August. Du hast doch eine, oder?«

»Ich hab sie nie zuvor benutzt, aber ich weiß, dass sie da ist. Wie schalte ich sie ein?«

»Siehst du das kleine Icon, das wie ein Auge aussieht? Hat es einen Kreis drum herum und einen Strich quer hindurch?«

»Ja.«

»Dann klick drauf.«

August klickte, und das Icon änderte sich.

»Jetzt sehe ich dich«, sagte Seth. »Hey, Henry. Ich hab August dran. Komm und sag Hallo.«

Henrys zaghaftes Gesicht erschien über der Schulter seines Bruders, und er winkte stumm.

August spürte Woodys Vorderpfoten an seinem Oberschenkel, und er schaute nach unten. Der Hund war neugierig wegen der vertrauten Stimmen. Oder einfach Stimmen in dem sonst leisen Zimmer. August war sich nicht sicher, ob ein Hund eine Stimme wiedererkennen konnte, die elektronisch verzerrt war. Er fasste nach unten und hob Woody auf seinen Schoß.

»Woody!«, riefen die Jungs einstimmig.

Woody hielt den Kopf schief, und die Jungs lachten.

Dann sagte Seth über seine Schulter: »Nichts. Ich mache Hausaufgaben.«

Das Pop-up-Fenster erstarrte und verschwand schließlich. Der Anruf war zu Ende.

August versuchte, sich wieder auf seine Unterrichtsvorbereitung zu konzentrieren, aber er war zu abgelenkt und mit anderem beschäftigt. Er stand auf und machte sich ein Sandwich, nahm es mit zurück zum Esstisch und prüfte seine E-Mails. Es war alles Werbung außer einer von Maggie, die er sich einfach nicht überwinden konnte zu öffnen.

Der Computer klingelte wieder, und er beeilte sich, den Anruf anzunehmen. Wieder erschien Seth' Gesicht auf dem Bildschirm.

»Sorry, August. Mein Dad ist ins Zimmer gekommen.«

»Also darf er wirklich nicht wissen, dass wir Kontakt halten?«, fragte August, fand selbst, dass er fast wie ein eingeschnapptes Kind klang.

Henrys Gesicht erschien wieder über Seth' Schulter. Wieder ein stummes Winken.

»Vielleicht noch eine Weile«, erwiderte Seth. »Er ist übelster Laune. Stimmt's nicht, Henry?«

Henry antwortete, indem er sich mit Daumen und Zeigefinger die Nase zuhielt.

»In einer Stinkelaune«, sagte Seth.

»Aber sonst ist es in Ordnung ... oder?«

»Na ja, er ist nicht gewalttätig, wenn es das ist, was du meinst. Er schreit nur dauernd rum und ist ständig gereizt. Er sagt, wir würden ihn den ganzen Tag lang ärgern. Gestern war es so schlimm, ich schwöre, ich stand kurz davor, mir seinen Ausweis zu nehmen und ihm Alkohol zu besorgen. Natürlich hab ich das nicht. Aber es war verlockend. Gerade heute erst hat Henry zu mir gesagt, wie viel schöner es gewesen wäre, wenn wir mit dir bis Dezember nach San Diego gekommen wären.«

Henry nickte stumm. Ernst.

»Wie sich herausstellt, ist er viel netter, wenn er trinkt als wenn nicht. Aber ich sollte nicht über ihn reden, denn ich will nicht, dass er mich hört. Die Bilder sind so toll, August. Ich hab sie mit in die Schule genommen, und meine Lehrerin hat mir erlaubt, sie der ganzen Klasse wie in einer Diaschau zu zeigen. Ich stand vorne und hab erzählt, was wir überall gemacht haben. Jetzt bin ich fast so was wie ein Rockstar. Alle sind so neidisch. Sogar die Kinder, die wegfahren. Wie Randy Simmons. Er war letzten Sommer im Grand Canyon. Viele Kinder fahren in den Ferien weg. Aber niemand, den ich kenne, hat je alle diese Orte im selben Sommer besucht. Es ist wie Urlaub überall. Alle sind so neidisch. Aber nicht auf fiese Weise. Na ja, die meisten nicht.«

Eine kurze Stille entstand. Und ehe sie vorbei war, hörte August ein Klopfen an der Haustür. Was ihm komisch vorkam. Weil er keinen Besuch erwartete. Und niemand schaute unangemeldet bei ihm vorbei, weil alle wussten, dass er das nicht mochte.

»Jemand ist an der Tür«, sagte er.

»Oh, das ist okay, August, wir sprechen später.«

»Ich hasse es, das hier abzubrechen. Ich habe mit euch Jungs reden wollen.«

»Es macht nichts. Wir rufen bald wieder an.«

»Versprochen?«

»Absolut. Ich verspreche es dir. Geh zur Tür.«

Das Bild von Seth erstarrte und verschwand. Und August hatte das Gefühl, als ob ein kleines bisschen von ihm selbst, ein Stück Lebendigkeit in seinem Inneren, mit verschwunden war. Wie eine kleine Flamme, die verloschen war.

Er durchquerte das Haus, war ärgerlich auf denjenigen, wer es auch sein mochte, der auf der anderen Seite stand. Er riss die Tür auf und sah seine Exfrau auf der Schwelle stehen. Sie hatte eine andere Frisur. Ihr Haar war immer schulterlang gewesen, aber jetzt hatte sie einen Kurzhaarschnitt. Sie hatte auch aufgehört, es sich zu färben, sodass es jetzt viele graue Strähnen aufwies. Was August gefiel und bewirkte, dass er sich fragte, warum es nicht schon immer so gewesen war. Ihr plötzliches Auftauchen machte es ihm schwer zu schlucken.

»Ich hatte gerade einen wichtigen Anruf«, teilte er ihr mit, wusste, dass es zu barsch klang, aber das war ihm egal.

»Ich könnte wann anders wiederkommen.«

August seufzte. Lehnte die Stirn gegen den Türrahmen. »Na ja, ich habe ja aufgelegt, darum kannst du genauso gut reinkommen.«

* * *

»Hast du hier irgendwas zu trinken?«, fragte sie, wanderte durch das Esszimmer, als wollte sie es sich selbst suchen.

Es war fast zwanzig Jahre lang auch ihr Haus gewesen. Sie hatte von sich aus angeboten, zu gehen und nur ihren persönlichen Besitz mitzunehmen. Bei der Scheidung hatte sie praktisch nichts verlangt. Vielleicht aus Schuldgefühlen heraus.

August verfolgte, wie sie sich umsah, und fragte sich, wie es sich für sie wohl anfühlte, hier zu sein. Angenehm vertraut? Schmerzlich vertraut? Er fragte sich, ob sie wusste, dass sie viel zu viel verraten hatte.

»Ich habe zwei Sorten Limo … Kaffee und Tee …«

»Das war nicht das, was ich meinte.«

»Das hätte es aber sein sollen. Du weißt doch, dass ich nicht mehr trinke.«

»Was? Du hast nicht mal eine kleine Menge im Haus, falls du Besuch bekommst?«

»Selbstverständlich nicht. Warum sollte ich?«

»Leute trinken gerne was, wenn sie jemanden besuchen.«

»Ich lade niemanden ein, mich hier zu besuchen. Und wenn sie unangekündigt vorbeischauen, ist es nicht mein Problem, was sie mögen. Jeder, der in mein Haus kommt und Alkohol trinken will, ist an der falschen Adresse. Du kannst was trinken, bevor du hier auftauchst und nachdem du gegangen bist.«

August fragte sich, ob sie das getan hatte. Ob sie das tun würde.

Sie schaute ihm lange Zeit direkt ins Gesicht. Dann ging sie zurück ins Wohnzimmer und setzte sich auf die Couch.

»Ich denke, ich habe mich geirrt«, erklärte sie.

August ließ sich auf seinen großen bequemen Relax-Sessel neben der Couch sinken. Sie gab sich große Mühe, seinem Blick auszuweichen.

»Wobei?«

»Ich dachte, du hättest mich neulich Abend angerufen, um wieder Kontakt aufzunehmen.«

»Oh«, sagte er.

Er wusste, er sollte mehr darauf erwidern, aber nicht, was dieses »mehr« sein sollte. Die ehrliche Antwort lautete Nein. Er hatte nicht versucht, mit ihr in irgendeiner Art und Weise dauerhaft in Kontakt zu treten. Aber das wusste sie jetzt, und es schien unnötig grausam, es laut auszusprechen.

»All dieser seltsame Kram zu Phillip schien keinen Sinn zu ergeben, daher dachte ich, es sei nur ein Vorwand.«

»Es tut mir leid, wenn ich dir einen falschen Eindruck vermittelt habe«, bemerkte er. »Es ging um genau das, was ich gesagt habe.« Dann erkannte er, dass er aussprach, was sie bereits wusste, was er eigentlich nicht hatte tun wollen.

Aber er tat es und schien auch nicht damit aufhören zu können. »Ich wollte wirklich die Antwort auf die Frage zu Phillip wissen, und während des Gesprächs verspürte ich dann den Wunsch, Wiedergutmachung zu leisten. Einem der Jungs, mit denen ich unterwegs war, hatte ich schon gesagt, dass ich dir das schuldete, aber irgendwie ist mir, bis ich dich am Telefon hatte, nie der Gedanke gekommen, dich anzurufen und es dir auch zu sagen.«

Er brach ab. Ihm waren die Worte ausgegangen. Er fühlte nach dem Teil von sich selbst, der sie so lange geliebt hatte, obwohl er wusste, dass es wehtun würde. Er konnte nichts finden. Aber dachte nicht automatisch, dass das hieß, da wäre nichts.

Auf dem Couchtisch lag ein kleines 3-D-Puzzle aus Holz, das Phillip im Werkunterricht an der Highschool gemacht hatte, und August beobachtete, wie sie es fast geistesabwesend berührte. Ihr Gesicht verriet nichts. Sie hatte immer ein perfekt ausdrucksloses Gesicht. Ganz das Gegenteil von August, dessen Mienenspiel immer gleich alles verriet.

»Was ist das mit diesen Kindern? Wessen Kinder waren es?«

»Oh. Ich habe sie auf meinem Weg nach Yellowstone getroffen, und ihr Vater musste den Sommer über ins Gefängnis, daher habe ich sie mitgenommen.«

»Warum?«

»Ich weiß nicht. Es waren nette Jungs. Sie brauchten es.«

»Ich meinte, warum musste er ins Gefängnis?«

»Alkohol am Steuer.«

August war aufgewühlt und konnte kaum sprechen. Unfähig, die Gedanken zu fassen, die er brauchen würde, um die Unterhaltung am Laufen zu halten. Sein Verstand war wirr, als sei er erkältet oder hätte sich den Kopf gestoßen. Als hätte er bis eben noch geschlafen. Maggie hingegen wirkte ruhig und hellwach. Aber vielleicht war das normal, wenn er, wie es in ihm aussah, mit dem verglich, wie sie von außen wirkte.

»Sag mir nicht, dass du das Missionieren anfängst.«

»Ich weiß nicht, was das heißen soll.«

»Gehört es nicht zu dem Programm, andere Alkoholiker zu finden und zu retten?«

»Nein. Diese Leute habe ich nicht gefunden, sondern sie mich. Das Wohnmobil hatte eine Panne, daher habe ich den Automobil-Club angerufen, und der Typ tauchte auf und hat mich zu seiner Werkstatt abgeschleppt.«

»Zufall«, sagte sie.

August hatte keine Ahnung, wie sie das meinte. Genau genommen spürte er, wie ihm alles immer weiter entglitt. Wie er immer weniger begriff, was geschah.

»Ist das ein Witz?«

»Nein, warum sollte es?«

»Wenn ich jemand anderen fände, dessen Sohn vor zwei Jahren bei einem Autounfall gestorben ist, dann wäre das ein Zufall, der nichts bedeutet. Man kann kaum einen Stein in eine Menschenmenge werfen, ohne einen Alkoholiker zu treffen.«

Sie schaute ihm ins Gesicht, und er wurde rot und wandte den Blick ab. Wieder fand er ihre Miene unmöglich zu lesen.

»Ich vermute, das hängt davon ab, wie man Alkoholiker definiert«, erwiderte sie.

Ein seltsam drängendes Schweigen folgte, während dem August die Schwierigkeiten erwog, die sie bereits jetzt wieder hatten. Das Gesprächsthema, das sie gerade gestreift hatte, fühlte sich irgendwie kratzig an. Es erinnerte ihn wieder daran, warum das zwischen ihnen schief gegangen war. Warum es so aussah, als würde sich daran nichts ändern. Er wollte das Gefühl ausdrücken, aber ehe er seine Gedanken auch nur sammeln konnte, sprach sie.

»Wir haben so gut zusammen gepasst«, sagte sie. »Was ist passiert?«

Es erstaunte August, sie das sagen zu hören, gerade als er darüber nachdachte, wie wenig gut sie zusammen gepasst hatten. Er sagte nichts, konnte nichts sagen.

»Oh, das habe ich so nicht gemeint«, sagte sie. »Ich weiß, was passiert ist. Es liegt auf der Hand. Ich glaube, ich meine, sind wir uns sicher, dass das, was passiert ist, von Dauer sein muss?«

August öffnete den Mund, um etwas zu sagen, und fand sich sogleich in tieferem Wasser wieder. Weil er mit einem Mal ihre Idee ausprobierte. Was, wenn das, was ihrer Ehe zugestoßen war, weniger eine Sackgasse als vielmehr eine gigantische Bremsschwelle war?

Ein Teil von August stürmte mit der Idee voran, während ein anderer, wesentlich subtilerer, verborgenerer Teil von ihm ihn am Ärmel zupfte und ihn warnte, dass er etwas vergaß. Es gab einen Grund. Es gab eine Sackgasse. Und er wusste es. Aber im Augenblick wollte ihm einfach nicht einfallen, was es war.

»Oh«, sagte er, als er es schließlich fand. Das hatte er nicht laut aussprechen wollen.

»Oh was?«

»Du trinkst, aber ich nicht«, antwortete er.

»Und das ist ein K.o.-Kriterium?«

»Ich glaube schon.«

»Es gibt keine Paare, bei denen der eine trinkt und der andere nicht?«

»Die könnte es geben«, sagte er. »Aber ich halte es nicht für tragfähig. Als du auf dem Weg hierher zu mir warst, um mir zu sagen, dass wir noch mal darüber nachdenken sollten, ob wir nicht wieder zusammen sein wollen … und sei bitte ehrlich … hast du mit dem Gedanken gespielt, du könntest vielleicht mit dem Trinken aufhören? Oder dachtest du, ich würde damit wieder anfangen? Oder dachtest du, das wäre nicht wichtig?«

»Daran habe ich überhaupt nicht gedacht«, erwiderte sie. »Lass mich das noch mal zusammenfassen. Du willst nie wieder mit jemandem zusammen sein, der auch nur einen Tropfen Alkohol zu sich nimmt?«

August richtete sich auf und bemühte sich, seine Gedanken zu ordnen. Er fühlte sich ein wenig zu sehr in die Defensive gedrängt und entschied, sie zu verlassen, ehe er weitermachte. Es gelang ihm im Großen und Ganzen durchaus.

»Wenn ich eine Frau träfe, die ein Glas Champagner bei einer Feier trinkt oder sich ein Glas Wein zum Essen bestellt … das wäre für mich kein größeres Problem.«

»Interessant«, bemerkte sie. »Sieht ganz so aus, als hättest du dich zum Richter, Geschworenen und Henker darüber aufgeschwungen, wie viel genug und wie viel zu viel ist.«

»Nein, gar nicht«, antwortete August und hatte das Gefühl, allmählich wieder Boden unter die Füße zu bekommen.

»Also, wo ist die Grenze? Wenn es nicht willkürlich ist und nicht dein eigenes Urteil, wo ziehst du dann die Grenze?«

»Das ist einfach«, sagte er. »Das eine findet im Restaurant statt, das andere in meinem Haus. Leute können im Restaurant tun, was sie wollen. Das geht mich wirklich nichts an. Ich kann die Welt nicht vom Alkohol befreien, und das würde ich auch nie versuchen. Aber in meinem Zuhause entscheide ich. Und wenn ich ins Wohnzimmer oder in die Küche komme und eine offene Flasche Alkohol in meinem Heim finde, dann überschreitet das die Grenze. Es hat nichts damit zu tun, ein Urteil über irgendwen zu fällen. Ich weiß nur einfach, wie ich in meinem eigenen Haus leben möchte.«

Er wartete, aber sie schwieg. Sie hatte das kleine Holzpuzzle genommen und hielt es in der Hand, schüttelte es hin und her. Sah zu, wie die glatt geschliffenen Teile an ihren Platz rutschen. Wenn Phillip hier wäre, er hätte es ihr abgenommen und auf den Tisch zurückgestellt. Er hatte jegliche Art von nervösen Angewohnheiten gehasst, überflüssige Wiederholungen. Er sagte, es störte ihn beim Denken, und dass Denken schon anstrengend genug sei. August hatte mit einem Mal das Gefühl, dass er wieder Grund unter den Füßen hatte, sie aber nicht mehr.

Sie antwortete nicht.

»Also sag mir«, fuhr August fort, »könntest du in einem Haus ohne Alkohol leben?«

Zu seiner Überraschung spürte er eine Regung in der Brust, ein verzweifelt flatterndes Vögelchen freudiger Erwartung und Hoffnung. Er hatte nicht gewusst, dass in seiner Brust noch Hoffnung war. Er war so beschäftigt gewesen mit dem Verlust seines Sohnes, dass alle anderen Verluste weit in die Schatten abgedrängt waren. So tief, dass er sie fast vergessen hatte.

»Natürlich könnte ich das«, antwortete sie. »Ich kann nur nicht erkennen, warum ich das sollte.«

Das Vögelchen ließ das Flattern und zog sich in die Schatten zurück.

»Ich muss noch Unterricht vorbereiten«, erklärte er. »Und ich verstehe nicht ganz, warum du hergekommen bist, ohne erst zu fragen.«

»Du musst immer alles kontrollieren, nicht wahr?«

Aber das stimmte nicht. Und genau genommen, bemerkte er überrascht und zugleich erfreut, brauchte er sie auch gar nicht davon zu überzeugen, dass er das nicht musste.

»Ich bringe dich zur Tür«, sagte er.

* * *

August saß noch eine halbe Stunde am Esstisch, wartete darauf, dass der Computer klingelte. Er sehnte sich verzweifelt danach, die Unterhaltung mit den Jungs fortzuführen. Zu verzweifelt, und er wusste das. Als bräuchte er ihren Anruf, um sich selbst zu retten. Was, wie er wusste, nicht richtig war. Dennoch konnte er nicht erkennen, wie er das wieder abstellen sollte. Er konnte nicht an seinen Notizen arbeiten, weil er seinen Verstand nicht dazu bringen konnte, innezuhalten.

Er blickte auf seine Armbanduhr und sah, dass er bereits zwanzig Minuten zu spät für das regelmäßige Meeting war. Er wäre eine halbe Stunde zu spät, wenn er ankam. Aber es war das Einzige, was vernünftig erschien, daher warf er sich seine Jacke über, schnappte sich die Autoschlüssel und rannte los.

* * *

»Ich wollte mit den Jungs reden«, erzählte er Harvey beim Kaffee, »weil ich wollte, dass sie wissen, dass ich genau weiß, wie sie sich fühlen.«

Harvey kniff argwöhnisch die Augen zusammen. »Weil auch ihre Exfrauen versuchen, sie zurückzubekommen?«

»Weil ich ihr nicht wichtig genug war. Ich habe sie gefragt, ob sie mir vor dem Trinken den Vorzug geben würde. Und ihre Antwort lautete Nein.«

»Sie ist deine Ex, August. Es gibt nicht so was wie ein Ex-Elternteil. Sie brauchten es, dass ihre Eltern sie an die erste Stelle setzten. Und das genau ist die Aufgabe von Eltern, ihre Kinder an die erste Stelle zu setzen. Wie viele Leute kennst du, deren Ex ihr Wohlergehen vor alles andere gestellt haben?«

»Ich glaube, du übersiehst hier den springenden Punkt«, sagte August. »Ich war beinahe zwanzig Jahre mit ihr verheiratet. Wir haben gemeinsam einen Sohn großgezogen. Sie ist zu mir gekommen, um mir zu sagen, dass wir die Sachen,

269

die uns auseinandergebracht haben, überwinden könnten. Glaubst du allen Ernstes, dass ein Teil von mir nicht darauf angesprungen ist? Denkst du, es gibt keinen Teil mehr in mir, der das immer noch will?«

Ungünstigerweise kam in genau diesem Moment die Kellnerin, um Harveys Kaffeetasse aufzufüllen. Die beiden Männer schwiegen, bis sie fort war.

»Okay, ich verstehe, was du meinst«, erwiderte Harvey. »Ich wollte es nicht abtun. Aber lass mich eine andere Idee in den Ring werfen, damit du sie mal testest. Du wolltest mit den Jungs reden, um ihnen zu sagen, dass du weißt, wie sie sich fühlen. Gut. Vielleicht. Wir sind alle Menschen, und es gibt Sachen, die wir alle empfinden. Du weißt auch, wie sie sich fühlen, wenn sie einsam sind, aber du verspürst nicht notwendigerweise den Wunsch, sie dann anzurufen und es ihnen zu sagen. Ich glaube, du musstest mit ihnen reden, weil du ein emotionales Rettungsseil brauchtest. Und weil du sie zu deinem emotionalen Rettungsseil gemacht hast. Das ist ihnen gegenüber nicht fair. Sie sind Kinder. Von jemand anderem. Du solltest ihnen helfen, nicht anders herum.«

August runzelte die Stirn und stach mit seiner Gabel in den Pfannkuchenrest, den er nicht länger essen wollte. Er wusste, Harvey hatte recht, aber er wehrte sich gegen diese Wahrheit, weil es hieß, dass er die Verbindung kappen musste.

»Warum mache ich mir überhaupt die Mühe und rede mit dir, Harv?«

»Wenn du die Wahrheit nicht hören willst, steht es dir immer frei, wegzubleiben, bis du dazu bereit bist.«

August seufzte. »Also, was soll ich tun?«

»Das Gleiche wie bevor du sie getroffen hast. Geh zur Arbeit, komm zu den Meetings. Ruf deinen Sponsor an. Arbeite an den Schritten. Führ dein Leben weiter und lass die

Jungs ihres führen. Das ist wirklich das Einzige, was du tun kannst.«

* * *

In dieser Nacht träumte August von Phillip. Zum ersten Mal überhaupt. Na ja, das stimmte so nicht. Der erste, in dem Phillip wirklich auftauchte. In den Wochen nach dem Unfall hatte August beinahe jede Nacht einen Traum gehabt, in dem er einen Anruf bekam, dass Phillip im Krankenhaus wäre. Als wäre er verletzt, aber am Leben. Und beinahe jede Nacht raste er zum Krankenhaus, um seinem Sohn zu sagen, dass man ihm mitgeteilt hatte, er sei tot. Dass er das wirklich geglaubt hatte. Aber er wachte jedes Mal auf, ehe er dort ankam.

Dieser Traum war völlig anders.

August träumte, dass er an dem Esstisch saß und die verloren gegangene Plastikflasche Eistee zwischen den Händen rollte. Aber sie war nicht halb voll mit Tee. Sondern halb voll mit Asche, wie auf der Reise mit dem Wohnmobil. Als er schließlich aufschaute, war Phillip da und saß bei ihm am Tisch. Aber August war gar nicht überrascht. Sondern dankbar. Im Grunde genommen fühlte es sich an, als weitete sich sein Herz, dehnte sich immer weiter aus. Aber er war kein bisschen überrascht. Er versuchte zu sprechen, aber er konnte nicht. Es ging einfach nicht.

»Ich würde aber so was von in einem Fass die Niagarafälle hinabstürzen«, sagte Phillip.

»Wirklich?«, erwiderte August, hatte plötzlich seine Stimme wieder. »Ich dachte, du würdest vielleicht zu den Menschen gehören, die das nicht täten.«

»Ich war am Leben. Und das hätte mich unter Umständen umgebracht. Also damals nein. Aber jetzt würde ich es. Ohne zu zögern.«

August schaute wieder auf die Asche in der Flasche, dachte darüber nach, welchen Unterschied es für die Pläne, sie zu verstreuen, gemacht hätte. Als er hochsah, war Phillip weg.

August wachte auf, saß aufrecht im Bett. Die Uhr sagte, es sei zehn nach vier morgens. Aber er konnte nur daran denken, wie dringend er Henry und Seth anrufen wollte und ihnen von seinem Traum erzählen. Erst viel später fiel ihm auf, dass er das gar nicht tun konnte, selbst wenn sie gleich am nächsten Tag angerufen hätten, weil er ihnen gesagt hatte, Phillip wäre jemand gewesen, der den Nervenkitzel liebte. Das hier würde sein Geheimnis bleiben müssen.

Aber der Drang, mit ihnen in Verbindung zu treten, blieb bestehen. Was der Grund war, warum er erkannte, dass Harvey recht hatte. Er hatte die Jungs zu seinem Rettungsseil gemacht. Und das war nicht fair ihnen gegenüber. Es war sein Job gewesen, ihnen zu helfen. Und ganz bestimmt nicht anders herum.

* * *

Es brauchte noch zehn oder elf Tage, bis es sich gesetzt hatte, aber August akzeptierte es. Es war auch gut, dass er das tat. Weil Seth ihn erst Weihnachten wieder anrief.

Als er das tat, berichtete er, dass sein Vater sich an sein Wort hielt und jeden Abend nur zwei oder drei Drinks hatte. Allerdings wurden die Drinks immer größer,

Zu dem Zeitpunkt, als Seth anrief, war ein Drink – nach Definition ihres Vaters – ein Viertelliterwasserglas voll mit unverdünntem Scotch oder Wodka. Kein Wasser, kein Eis, nichts. Aber die Jungs waren okay, sagte Seth, weil er zu Hause blieb.

Am Ende des Gespräches dankte Seth August für das Angebot, immer zu ihm kommen und bei ihm bleiben zu dürfen, wenn es nötig wurde. Und er tat es auf eine Weise, die August klar machte, dass es ein wichtiger Beitrag dazu war, dass sie okay waren. In ihrer Welt war nichts garantiert, aber Seth und Henry lebten einigermaßen entspannt, weil sie immer August als Plan B hatten.

August erinnerte sich an Henrys Worte, und als er sich verabschiedete, ließ er schweigend los. Er wünschte, dass ihr Vater nicht wieder in Schwierigkeiten geriet, selbst wenn das hieß, dass er die Jungs nie wieder sehen würde. Weil man es so macht.

Man lässt los.

Teil 3

ENDE MAI,
ACHT JAHRE SPÄTER

Kapitel 19

Schwäche

August ging langsam durchs Wohnzimmer, wobei er sich Mühe gab, nicht über Woody zu stolpern, und setzte sich an den Computer. Er schloss die Augen und sprach im Geiste einen einfachen, stillen Wunsch.

Bitte lass Seth da sein.

Er hatte sich darauf vorbereitet, das hier zu tun, und es war nicht einfach gewesen. Wenn Seth nicht in seinem Zimmer im Studentenwohnheim war, würde ihn der Mut verlassen. Das konnte er spüren. Und er wusste nicht, wie lange er brauchen würde, um ihn ein weiteres Mal aufzubringen.

Er machte den Laptop an und öffnete Skype. Nach acht Jahren hatten sie immer noch nur über Skype Kontakt. Als er sah, dass Seth' Status auf »online« stand, klickte er erleichtert auf das Symbol, um ihn anzurufen.

August konnte Seth ohne Sorge anrufen, nun, da er studierte. Im letzten Jahr, Seth' ersten an der Uni, hatten sie oft miteinander gesprochen. Acht oder vielleicht sogar zehn Mal, was häufiger war als in all den Jahren davor zusammengenommen. Dieses Jahr schien Harveys Vorhersage, dass das Leben weiter ging, wieder zuzutreffen. Entweder das, oder August hatte versucht, die Unterhaltung, die er gleich führen würde, zu vermeiden.

»August«, sagte Seth, als er im Fenster auf dem Bildschirm erschien.

Er war groß, wie sein Vater. Fast zu groß, als ob das Leben ihn gestreckt hätte. Er trug eine kleine, runde Metallbrille, und sein Haar war lang, hing ihm auf – und über – den Kragen. Wie bei seinem Vater.

Er hatte sich einen Bart stehen lassen, einen kleinen, akkurat geschnittenen Goatee, den August bislang noch nicht gesehen hatte. Das letzte Mal, als er Seth angerufen hatte, war dieser rasiert gewesen.

»Hallo Seth. Der ist neu, was?«

August strich sich übers Kinn, damit Seth wusste, wovon er sprach.

»Oh, ja«, sagte Seth und wirkte leicht verlegen. »Ein Experiment. Vielleicht behalt ich ihn, vielleicht auch nicht. Hör zu, August. Tut mir leid, dass es so lange her ist. Monate. Ich hatte nur an der Uni so viel zu tun. Ich habe unglaublich viele Kurse dieses Semester. Ich hab keine Ahnung, was ich mir dabei gedacht habe, mich für all das einzuschreiben.«

»Das ist nicht deine Schuld«, erwiderte August. »Ich hätte anrufen können. Aber bei mir war auch so einiges los. Ich hatte gesundheitliche Probleme …«

»Ja, das hast du erwähnt, als wir das letzte Mal gesprochen haben, aber du hast mir nicht viel verraten. Und du hast toll ausgesehen. Tust du übrigens immer noch. Also … geht's dir gut?«

»Nein, ich habe immer noch Probleme …«

Seth' Gesichtsausdruck veränderte sich, als er Augusts Angst spürte.

Das hab ich nicht gut gemacht, dachte August. *Ich hätte es anders angehen, ihm nicht solche Sorgen machen sollen.*

»Oh, bitte, August, jetzt aber schnell raus damit. Wie schlimm ist es?«

»Es ist nicht lebensbedrohlich«, antwortete August rasch.

Seth setzte sich so schwer auf seinen Stuhl zurück, dass August den Plumps hören konnte. »Na, Gott sei Dank!«, sagte er. »Rede mit mir. Was ist los? Du siehst toll aus.«

»Das ist nicht die Art Sache, die man sieht, wenn ich am Computer sitze. Es ist nicht so eine Krankheit. Es ist nur … In den letzten paar Monaten … hatte ich Probleme mit den Beinen.«

Seth zog die Augenbrauen zusammen. Fast witzig, wenn dies nicht so ein ernster Moment gewesen wäre.

»Deine Beine?«

»Ja. Sie werden schwächer. Tatsächlich geht das schon viel länger als nur ein paar Monate, aber du weißt, wie man immer eine Million Erklärungen für alles findet. Und dann wird einem nach einiger Zeit bewusst, dass es etwas ist, was über das Normale hinausgeht. Ich bin jetzt schon seit einiger Zeit hinter einer Diagnose her. Ich glaube, darum habe ich auch so lange nicht angerufen. Ich wollte dir nicht sagen, dass da etwas ist, ich aber noch keine Diagnose habe.«

»Und jetzt hast du eine?«

»Ja. Seit heute. Es ist eine spezielle Art von Muskeldystrophie.«

August hielt inne. Er war sich nicht sicher, warum. Vielleicht falls Seth irgendetwas sagen wollte. Vielleicht weil es schwer war, weiterzusprechen.

»Du hast keine Ahnung, wie ich mir wünsche, mit dir reden und gleichzeitig etwas googlen zu können«, sagte Seth.

»Na ja, jag dir mit der Recherche nicht zu viel Angst ein. Denn es gibt ein paar ziemlich schlimme Formen, die ich aber nicht habe. Distale Muskeldystrophie nennen sie das hier. Es betrifft die Extremitäten. Hände und Arme, Unterschenkel, Füße. Meinen Händen geht es noch gut, doch das kann sich ändern. Aber es gibt viele Formen dieser Krankheit, und meine ist nicht die schlimmste. Sie ist fortschreitend, aber meist geht es langsam voran. Und sie ist nicht lebensbedrohlich. Ich werde vermutlich so lange leben, wie ich es auch sonst getan hätte.«

Seth blinzelte einige Male, nahm dann die Brille ab und rieb sich die Augen.

Seth' Zimmergenosse kam lärmend hinter ihm in den Raum gestürmt und sagte etwas, was August nicht genau verstehen konnte.

»Pete, das hier ist wichtig«, sagte Seth. »Also sei entweder still oder geh weg.«

»Meine Güte«, erwiderte Pete und starrte auf den Computerbildschirm und August. »Hier hat aber jemand schlechte Laune.«

Damit verschwand er wieder.

Seth atmete hörbar tief ein und fasste sich. »Das hört sich beängstigend an.«

Und August, der nicht in der Stimmung war, Spielchen zu spielen, sagte: »Das ist es.«

»Was bedeutet das alles? Wie wird sich dein Leben ändern?«

»Schwer vorherzusagen. Das kommt darauf an, wie schnell es fortschreitet. Aber ich habe schon jetzt leichte Probleme beim Gehen. Seit ein, zwei Monaten benutze ich einen Stock, und sehr bald schon werden es zwei sein. Vielleicht Beinschienen. Im schlimmsten Fall werde ich im Rollstuhl landen, vermute ich, aber so schlimm muss es nicht werden. Das hängt einfach davon ab, wie schnell die Krankheit fortschreitet.«

»Kannst du noch Auto fahren?«

August fragte sich, ob Seth zufällig genau auf seinen Grund, überhaupt anzurufen, gekommen war, und ob er genau wusste, worauf August hinauswollte.

»Bis vor Kurzem bin ich noch gefahren. Im Moment wird mein Auto auf Handbedienung umgebaut. Aber später werde ich auch Probleme bekommen, mit meinen Händen zu fahren … Vielleicht kann ich es dann gar nicht mehr. Was mich dazu bringt, warum ich mich eigentlich bei dir gemeldet habe. Ich meine, ich habe natürlich auch angerufen, um dir die Diagnose mitzuteilen. Aber ich muss eine Entscheidung treffen. Und vielleicht liege ich ganz falsch. Vielleicht bedeutet es dir gar nichts, aber …«

»Was, August?«

»Das Wohnmobil wird abgeschafft. Ich muss es verkaufen.«

Seth wurde still. August versuchte, in seinem Gesicht zu lesen, aber ohne großen Erfolg. Vielleicht hatte er sich zu große Hoffnung gemacht, dass den Jungs das Wohnmobil irgendwie wichtig war. Vielleicht erzählte nur er sich die Geschichte über ihren unvergesslichen Sommer und wie das Wohnmobil diese Zeit repräsentierte, machte es dadurch wichtig und verlieh ihm sentimentalen Wert. Vielleicht war es für sie nur ein Haufen Metall. Vielleicht sollte es auch für ihn nur genau das sein.

»Könntest du nicht auch im Wohnmobil eine Handsteuerung einbauen lassen?«, fragte Seth schließlich.

»Es ist mehr als das. Es geht auch um die schmalen Stufen hinten. Und darum die Schmutzwassertanks zu entleeren und Wasser und Strom anzuschließen. Man muss dabei stehen und die Hände frei haben. Das ist für mich einfach zu viel. Jetzt schon. Und es wird nicht besser werden.«

»Oh«, sagte Seth und wandte die Augen nach unten, weg vom Bildschirm.

»Ich wusste nicht, ob dir das irgendwie wichtig sein würde oder nicht. Ich weiß, dass da einige Erinnerungen für dich dran hängen ...«

»Das kannst du laut sagen«, murmelte Seth.

Es wärmte einen Platz in Augusts Brust. Er versuchte zu antworten, fand aber keine Worte.

»Wie viel willst du dafür haben?«

»Ich bin mir noch nicht sicher. Ich muss mal etwas recherchieren und herausfinden, wie viel es wert ist. Es ist alt und hat schon ziemlich viele Meilen auf dem Tacho.«

»Lass mich es kaufen, August.«

Das war etwas, was August nicht erwartet hatte, und er brauchte eine Minute, um seine Gedanken zu ordnen und sich neu aufzustellen.

»Bist du dir sicher, dass du es nur aus diesen sentimentalen Gründen kaufen willst?«

»Nein, nicht *nur* aus sentimentalen Gründen. Um Reisen damit zu unternehmen. Ich kann es benutzen, wenn ich klettern gehe. Ich würde dir allerdings jeden Monat ein bisschen abzahlen müssen. Also ich meine ... vermutlich *richtig* wenig. Wäre das in Ordnung?«

»Natürlich wäre es das. Aber bist du dir sicher? Wie ich schon gesagt habe, es ist alt und hat schon viele Meilen auf dem Buckel.«

»August. Ich bin in einer Autowerkstatt aufgewachsen. Ich kann fünfundsiebzig Prozent von dem, was an ihm kaputt geht, selbst reparieren, und die restlichen fünfundzwanzig macht mir mein Vater umsonst.«

»Nun, da hast du vermutlich recht.«

»Dann ist es abgemacht. Sobald die Uni für den Sommer vorbei ist, komme ich nach San Diego runter und hol es ab.«

Bei dem Gedanken, dass Seth zu Besuch kommen würde, regte sich etwas in Augusts Brust. Es war etwas, worauf er nie gekommen wäre, als er den Anruf gemacht hatte.

»Also, okay. Abgemacht. Wirst du Henry alles erzählen?«

»Nein.« Seth schüttelte heftig den Kopf. »Nein, das könnte ich nicht, August. Das ist eine große Sache. Das muss er von dir hören. Ich sag dir was: Ich sag ihm, er soll dich anrufen, wenn Dad das nächste Mal nicht zu Hause ist. Das wird nicht lange dauern. Er ist meistens wieder die ganze Nacht weg.«

»O nein. Ich hatte gedacht, dass er in dieser Beziehung sein Wort halten würde.«

»Das ist schon lange her, August. Seit ich an der Uni bin … Nun, ich vermute, er denkt, dass ich der Polizist bei diesem Plan war. Und weißt du … Henry ist fünfzehn. Nicht gerade ein Kind mehr.«

»Du hast es mir aber nicht gesagt.«

»Ich wollte nicht, dass du dir Sorgen machst.« Schweigen, während Seth Augusts Blick auswich. »Wie auch immer. Henry wird dich anrufen, und du kannst es ihm dann selbst erzählen, okay?«

»Okay«, sagte August. »Das ist gut.«

Die Vorstellung, dieses Gespräch noch einmal führen zu müssen, war ihm unangenehm. Aber Seth hatte recht. Henry musste es von ihm persönlich hören.

»Ich freu mich darauf, dich wiederzusehen«, sagte Seth und lächelte schüchtern. »Meine Güte, es ist nur schon Jahre her, was? Wie konnten wir eine so lange Zeit vergehen lassen, August? Wo wir uns doch geschworen hatten, das nicht zu tun.«

»Ich weiß es nicht«, erwiderte August. »Ich habe keine Ahnung, warum die Zeit das tut, was sie tut. Oder warum wir Menschen tun, was wir tun. Es ist mir ein Rätsel.«

* * *

Henry rief am selben Abend kurz vor zehn an und weckte August. August war zu frisch aufgewacht, um zu verstehen, dass es nicht mitten in der Nacht war und nahm daher an, dass etwas Schlimmes passiert sein müsste. Als ihm klar wurde, dass es Henry war, war August nicht so sehr verstört, dass er so spät angerufen wurde, sondern eher peinlich berührt, dass er so früh ins Bett gegangen war.

»Tut mir leid, August«, entschuldigte sich Henry. »Ich weiß, es ist nicht besonders höflich, um diese Zeit anzurufen, aber ich habe bis eben mit Seth telefoniert, und ich muss wissen, was los ist.«

»Henry?«, fragte August, der wusste, dass er es war, aber es irgendwie immer noch infrage stellte.

»Ja, ich bin es.«

»Meine Güte. Deine Stimme hat sich aber verändert. Du hörst dich wie ein erwachsener Mann an.«

»Ach, komm. Du hast schon mit uns geredet, seit meine Stimme sich verändert hat.«

»Ja, vielleicht. Aber da hat nur Seth gesprochen.«

August richtete sich auf einen Ellenbogen auf, und Woody kam rüber und drückte sich gegen ihn, als wollte er fragen, was die ganze Aufregung sollte.

»Was ist los, August? Seth hat erzählt, dass du das Wohnmobil verkaufen willst. Und er hat mir gesagt, dass wir es kaufen. Oder vielmehr, er kauft es. Na ja, in gewisser Weise schon wir. Er hat gesagt, er nimmt mich mit, wenn er klettern geht.«

»Kletterst du auch?«

»Nein! Ich? Machst du Witze? Er nimmt mich mit nach Yosemite und Joshua Tree, aber nicht mit die Wände hoch. Das würde ich nie machen, nicht einmal wenn er mit einer Mistgabel oder einem Bajonett hinter mir stehen würde. Nicht einmal mit beidem. Aber warum verkaufst du das Wohnmobil? Am Anfang habe ich mir nicht viel dabei gedacht, weil ich vermutet habe, du besorgst dir einfach ein neueres. Du weißt schon. Es muss unterdessen ganz schön alt sein. Aber er hat Nein gesagt. Keine Touren mehr den ganzen Sommer über. Aber du hast es geliebt, den ganzen Sommer über unterwegs zu sein. Die Nationalparks und das Wandern und die Fahrerei. Es ist fast, als wärst du ohne das nicht du. Und er wollte mir nicht verraten, warum. Er hat gesagt, ich soll dich anrufen und du würdest es mir erzählen. Also bin ich jetzt beunruhigt, und ich hätte sonst kein Auge zugetan. Also sag es mir. Bitte.«

Als er endlich aufhörte zu reden, überkam August fast das Bedürfnis, noch einmal »Henry?« zu fragen. Er hatte noch nie erlebt, dass Henry so viel am Stück geredet hatte. Hatte er sich in dieser Beziehung so sehr verändert? Oder kam das von der Sorge?

August brauchte ein, zwei Herzschläge, um anzufangen. Henrys Einschätzung hallte noch immer in ihm nach. Dass er ohne diese Sommer gar nicht mehr er selbst wäre. Diese Erkenntnis hatte seit der Diagnose am Rande seines Bewusstseins gelauert, aber er hatte es für sich nie so deutlich formuliert. Nun da Henry das getan hatte, war er etwas erschüttert und fragte sich, wer er von nun an denn sein würde. Er konnte dem Gefühl nicht ausweichen, dass es jemand nicht annähernd so Gutes sein würde.

»Ich habe einige gesundheitliche Probleme …«

»O Gott. Das habe ich befürchtet. Wenn du sagst, dass du stirbst, August, schwöre ich dir, dass ich mit dir sterbe. Gleich hier, gleich jetzt.«

»Ich sterbe nicht.«

»Oh, Gott sei Dank. Gott sei Dank, dass du nicht stirbst. Ich glaube, das hätte ich nicht ertragen. Also was ist es, das so schlimm ist, dass du nicht mehr mit dem Wohnmobil unterwegs sein kannst?«

»Distale Muskeldystrophie.«

Eine lange Pause.

»Moment«, sagte Henry in seiner immer noch überraschenden Männerstimme. »Ich schlage das nach.«

August wartete dankbar. Er war erleichtert, dass er das Ganze nicht noch einmal durchgehen musste.

»Oh«, sagte Henry nach einiger Zeit.

»Könnte schlimmer sein«, bemerkte August.

»Könnte aber auch besser sein«, erwiderte Henry, ohne zu zögern.

Eine weitere lange Pause. August wusste nicht, ob Henry las oder nur verarbeitete, was er bisher schon gelesen hatte.

»Das ist totaler Mist«, sagte Henry nach einiger Zeit. »Das Einzige, was daran nicht Mist ist, ist, dass wir dich bald sehen werden. Am zehnten, meinte Seth.«

»Wir? Ich wusste gar nicht, dass du auch kommst. Das ist klasse!«

»Scheiße«, sagte Henry. »Oh. Sorry. Tut mir leid, dass ich geflucht habe, August. Ich habe gerade was Dummes getan. Es sollte eine Überraschung sein. Verrate Seth nicht, dass ich es erzählt habe. Ich habe gesagt, dass ich mitkomme, um ihm fahren zu helfen.«

»Du fährst?«

»Ich habe einen Lernführerschein.«

»Und das reicht?«

»Ich darf nicht allein fahren. Aber mit einem Erwachsenen zusammen geht es.«

»Wie alt muss der Erwachsene sein? Achtzehn? Oder einundzwanzig? Denn Seth ist noch nicht einundzwanzig.«

»Oh. Daran hab ich nicht gedacht. Ich weiß es nicht. Aber … na ja. Selbst wenn ich nicht fahren kann, kann ich ihm helfen, wach zu bleiben, wenn *er* fährt.«

»Es sind nur sechs oder sieben Stunden, weißt du.« Henry

antwortete nicht. Es war, als hätte Augusts Kommentar ihn komplett überrumpelt. Und August wusste nicht, warum.

»Aber hör mal«, sagte er. »Was rede ich hier? Natürlich will ich, dass du kommst, egal aus welchem Grund. Ich vermisse dich sogar mehr, als ich Seth vermisse, weil ich mit ihm, jetzt da er auf dem College ist, mehr rede.«

Eine kurze Pause.

Dann fragte Henry: »Du vermisst uns?«

»Natürlich tu ich das.«

»Es tut mir leid, dass ich mich nicht so oft melde wie Seth. Du weißt, wie es ist. Er ist rebellischer, als ich es bin. War er schon immer.«

»Das verstehe ich nicht. Warum musst du rebellisch sein, um mit mir in Kontakt zu bleiben?«

»Argh!«, rief Henry, ein atemloser Schrei. »Dumm, dumm, dumm. Ich versau das hier gerade total, August. Ich sollte gar nichts sagen. Ich sollte wieder einfach zu meinem Schweigen zurückkehren, denn ich mache alles kaputt. Wir sehen uns in fünfzehn Tagen. Ich kann es kaum abwarten.«

Und damit legte er auf.

* * *

August blieb noch lange wach und sah fern, allerdings ohne wirklich etwas zu sehen oder zu hören. Er fragte sich, ob er sich das nur einbildete oder ob an diesem Gespräch tatsächlich etwas merkwürdig gewesen war.

* * *

Am nächsten Abend gegen halb acht fuhr Harvey in die Einfahrt und hupte, gerade als August merkte, dass er zu wenig geschlafen hatte. Woody sprang auf die Rückenlehne der

Couch und bellte laut genug, dass es August in den Ohren wehtat.

»Still«, befahl er dem Hund und strich ihm mit einer Hand über das drahtige Fell auf seinem Rücken. »Das ist nur meine Mitfahrgelegenheit. Das ist bloß Harvey.«

Als er Harveys Namen sagte, verstummte Woody und fing an zu wedeln.

August kam auf die Füße und griff nach seinen zwei Stöcken, die am Couchtisch lehnten. Er war enttäuscht, aber nicht wirklich überrascht, als Harvey vor ihm an der Tür war.

»Ja, ich komme schon, Harv«, sagte er. »Gib mir eine Sekunde.«

Die Tür zu öffnen war etwas kompliziert, weil sie nach innen aufging. Er wollte sich nicht zu weit vorlehnen. Er wollte nicht, dass die Tür aufflog und ihn oder einen der Stöcke traf. Also bewegte er sich langsam zur Tür, schloss sie auf und machte dann vorsichtig einige Schritte zurück.

»Komm rein«, sagte er.

Harvey trat ins Wohnzimmer, ging auf ein Knie und begrüßte den aufgeregten Hund.

»Der ändert sich nie, was? Benimmt sich noch immer wie ein Welpe. Bist du fertig?«

»Soweit das möglich ist. Woody, bleib hier und sei ein guter Hund. Ich muss nur zu meinem Treffen. Ich bin bald wieder zu Hause.«

Harvey hielt ihm die Tür auf, schloss dann hinter ihnen ab, während August vorsichtig über den Weg ging. Harvey lief zum Auto voraus und öffnete August die Beifahrertür. So wie es diese Tage jeder tat. Die Türen flogen für ihn in der Schule auf. Stühle zogen sich magisch zurück, in den Händen von Leuten, die er nicht einmal hatte kommen sehen, und wurden festgehalten, damit er sich setzen konnte. Vermeintlich körperlose Hände griffen ihn am Ellenbogen, wenn er aufstand. Nur zu Hause nicht, wo er allein war.

Ein Teil von ihm wollte den Leuten sagen, sie sollten damit aufhören. Dass er sich daran gewöhnen musste, selbst zurechtkommen musste. Aber jeder logistische Schritt durch seinen Tag war so anstrengend. Es war so viel leichter, jedes Mal den einfachen Weg zu nehmen.

Harvey nahm ihm die Stöcke ab und legte sie auf den Rücksitz, fasste August am Ellenbogen.

»Nein, geht schon«, sagte August. »Ich muss nur den Griff über der Tür richtig erwischen.«

Er setzte sich mit einem Seufzen. Woody stand am Fenster, wedelte leicht und schaute zu, wie sie wegfuhren. Eine Erinnerung huschte durch Augusts Gehirn. Wie er in Zion mit den Jungs unter dem Weeping Rock gestanden hatte. Als Seth gefragt hatte, ob es Woody traurig machte, dass er zurückbleiben musste. August hatte vorher nie drüber nachgedacht. Aber es musste wohl so sein.

Aber jeder von uns hat etwas, was ihn traurig macht, dachte August. *Und niemand kann uns vor dem allen retten.*

Harvey ließ sich auf den Fahrersitz fallen und startete den Motor.

»So. Jetzt also zwei Stöcke. Heißt das, dass es schneller voranschreitet, als du gedacht hattest?«

»Nein, das heißt, dass ich zu lange gewartet habe, um mit zwei Stöcken anzufangen. Ich bin ein paarmal hingefallen, und alles war viel schwieriger, als es hätte sein müssen. Ich wollte es einfach nicht wahrhaben. Nicht dass dir das in irgendeiner Form bekannt vorkommen würde.«

»Dann hoffen wir mal, dass es so jetzt einige Zeit bleibt.«

»Außer ich entwickele eine Schwäche in meinen Händen.

Dann muss ich mir diese metallenen Krücken anschaffen, die um meine Unterarme liegen.«

Sie schwiegen, während sie aus der Einfahrt fuhren.

Ein oder zwei Straßen weiter sagte Harvey: »Und trotzdem siehst du total glücklich aus. Was ist los? Wenn ich es nicht besser wüsste, würde ich sagen, dass du jemanden kennengelernt hast. Dass du dich verliebt hast. Aber ich bin dein Sponsor. Also hättest du mir das bestimmt erzählt, wenn es so wäre.«

»Ich habe niemanden kennengelernt.«

»Das hab ich mir schon gedacht. Es sind die Jungs. Richtig? Sie kommen zu Besuch.«

»Ich glaube schon, ja. Ich meine, ich hatte keine Ahnung, dass ich total glücklich aussehe. Aber wenn es so ist, dann liegt es daran.«

»Ich glaube, dein Leben ist zu klein geworden, wenn der Besuch von zwei Jungs dich aussehen lässt, als wärst du verliebt.«

»Ich finde es nicht besonders nett, das zu sagen. Du weißt, was mir die Jungs bedeuten.«

»Tut mir leid«, sagte Harvey. »Ich wollte nicht abschätzig klingen. Liebe ist Liebe. Ich würde mir nur wünschen, dass du offener wärst, was andere Arten von Beziehungen angeht.«

»Ich weiß, dass du das tust.«

Er sagte nichts mehr, denn sie hatten das schon häufiger diskutiert.

»Wann kriegst du dein Auto zurück?«

»Sie wollen sich da nicht festlegen. Aber hoffentlich nächste Woche. Ich will es wirklich gern rechtzeitig zurückhaben, damit ich die Jungs vom Busbahnhof abholen kann.«

»Ich dachte, sie fahren selbst.«

»Es gab eine Planänderung. Ich weiß nicht genau, warum.

Vielleicht wollen sie zusammen zurückfahren. Oder vielleicht brechen sie sofort zu einer Reise auf.«

»Du könntest die einfach fragen, weißt du.« August ignorierte das. »Also, wenn es nicht klappt, weißt du ja, dass ich dich hinbringe.«

»Danke.«

Sie schwiegen einige Blocks lang.

Dann sagte August: »Hab ich dir von der etwas merkwürdigen Unterhaltung erzählt, die ich neulich mit Henry hatte?«

»Du hast mir erzählt, dass du mit beiden gesprochen hast. Du hast nichts davon erwähnt, dass es irgendwie merkwürdig war.«

»Vielleicht bilde ich mir das auch nur ein.«

»Das glaube ich nicht. Wenn es sich merkwürdig angefühlt hat, dann war es vermutlich auch merkwürdig.«

»Er hat … er hat sich irgendwie so verhalten, als wenn es da etwas gäbe, das er nicht sagen wollte. Wie es sich herausstellte, sollte ich nicht wissen, dass er mitkommt. Es sollte eine Überraschung sein. Aber das hat er vermasselt, also hat er mir gesagt, ich solle es Seth nicht verraten. Und dann später wurde er ganz aufgeregt und tat so, als würde er lauter Fehler machen. Aber ich weiß nicht, was diese anderen Fehler waren.«

»Versuch, es optimistisch zu sehen. Das eine Geheimnis, das er verraten hat, war schön. Vielleicht gibt es noch mehr schöne Überraschungen.«

»Das wäre nett«, sagte August. Und dann, weil es zu schwer und zu offensichtlich war, um es nicht auszusprechen, fügte er hinzu: »So zur Abwechslung.«

Harvey runzelte die Stirn, kommentierte das aber nicht. Sie hatten in letzter Zeit ziemlich daran gearbeitet, dass August sich mit der Diagnose arrangierte. Nicht den Ernst der Lage zu trivialisieren, aber auch nicht ins andere Extrem zu verfallen. Selbstmitleid.

August fragte sich, ob das vielleicht der wahre Grund war, warum er sich in letzter Zeit immer so erschöpft fühlte. Es schien, dass es schwieriger war, die metaphorische, innere gerade Linie durchzuhalten, als die buchstäbliche, tatsächliche zu gehen.

»Und dann hat er am Ende der Unterhaltung noch etwas gesagt, was ich bis jetzt nicht verstanden habe. Er hat sich entschuldigt, dass Seth mehr den Kontakt mit mir hält als er ...«

»Es hilft, wenn man spricht«, warf Harvey ein.

»Nun, Henry hat gesprochen, als er mich angerufen hat. Also kann er es, wenn er möchte. Wie auch immer, er hat gesagt, es liegt daran, dass Seth rebellischer sei. Und das habe ich nicht verstanden.«

»Scheint ziemlich offensichtlich. Ihr Vater hat es ihnen verboten.«

»Aber das haben sie von Anfang an ignoriert und es hinter seinem Rücken getan. Das ist ganz klar. Ich weiß nicht. Vielleicht mache ich mehr daraus, als es ist.«

»Weißt du«, sagte Harvey in dem Ton, den er normalerweise anschlug, wenn er kurz davor stand, etwas zu sagen, für das August ihn am liebsten schlagen würde, »wenn du nicht verstehst, was jemand mit dem, was er sagt, meint, kannst du fragen. Das nennt man Kommunikation.«

»Lustig. Ich hab gefragt. Das war, als er so aufgeregt wurde und behauptete, alles, was er sagt, wäre ein Fehler. Und dann hat er ganz schnell aufgelegt, und das war's.«

»Nun. Sie werden bald hier sein. Und dann wird es sich vermutlich aufklären.«

Und dann fahren sie nach Yosemite, dachte August. *Und Joshua Tree. Sie werden wandern. Und campen. Seth wird klettern. Und sie werden abends Lagerfeuer machen. Und den gan-*

zen Tag auf dem Wanderweg oder der Straße verbringen.

Und ich nicht.

Und mit dem Gedanken fühlte August, wie er zum ersten Mal abrutschte. Ganz tief ins Selbstmitleid. Er machte sich nicht einmal die Mühe, es irgendwie abzufangen. Er sank einfach bis ganz zum Boden. Ließ sich von der Strömung mitreißen.

Kapitel 20

Erwachsen

August lehnte sich mit dem Rücken außen gegen die Wand des Busbahnhofs, dankbar dass er seine müden Arme entlasten konnte. Er wartete, dass der Bus vorfuhr, sodass er die Jungs abfangen konnte, bevor sie ins Gebäude gingen. Um seinen eigenen Weg zu minimieren. Es war das Ende des letzten Schultages, und er war extrem erschöpft.

Drei Busse fuhren vor, aber es stellte sich zu seiner Enttäuschung heraus, dass sie alle von woanders kamen. Als er endlich den sah, der sich als der richtige herausstellen würde, bedauerte August es zutiefst, dass es keinen Platz gab, wo er sich hinsetzen konnte.

Er entdeckte sie im Fenster, als sie an ihm vorbeifuhren – viel zu weit vorbei fuhren. Er würde doch wieder laufen müssen. Er sah, wie sie die Hände zum Gruß hoben, wie sich ihre Gesichter vor Gefühl und Erleichterung veränderten. Er empfand nicht, was er erwartet hatte zu empfinden.

In seiner Fantasie war es ein Moment gewesen, der sich durch eine Welle positiver Emotionen auszeichnete. Der die acht Jahre des Beinaheschweigens auflöste. Und es war einfach. Alles war gut. Einfach gut.

Wann werde ich es je lernen?, dachte er. *Nichts ist je so einfach. Nichts ist je einfach gut.*

Stattdessen fühlte er eine irgendwie klingende Leere, ein Gefühl tiefen Verlusts. Eine der Personen, denen er eben zugewinkt hatte, war ein Mann. Vielleicht ein junger Mann, aber ein Mann. Die andere war ein Teenager. Ein junger Erwachsener. Sie waren nicht die Kinder, als die er sie in Erinnerung gehabt hatte. Sie waren keine Kinder. Sie waren zu Menschen herangewachsen, über die er nur wenig wusste. Und sie hatten das ohne seine Hilfe oder seinen Einfluss getan, oder sogar – zumindest größtenteils – ohne sein Beisein. Es fühlte sich so an, als sei ihm etwas Kostbares genommen worden.

Er schüttelte das Gefühl ab und machte sich auf den – zumindest nach seinen neuen Maßstäben – langen Weg bis zu der Stelle, wo der Bus gehalten hatte. Er blickte nach unten, um sicher zu gehen, dass er nicht kurz davor war, seine Stöcke mit den Füßen der anderen Leute, die Richtung Bus unterwegs waren, zu verheddern. Als er hochblickte, kam Seth schnell in seine Richtung. Augenscheinlich hatte Seth vor, ihn stürmisch in eine Umarmung zu ziehen. Leider hatte Seth keine Ahnung, wie leicht man August jetzt umwerfen konnte.

»Vorsicht!«, rief er abrupt und ohne groß nachzudenken.

Seth erstarrte. Seine Miene wurde verschlossen. Er war jetzt glatt rasiert. August bemerkte am Rande, dass Menschen an ihnen vorbeiströmten.

»Ich bin leichter umzuwerfen, als man denkt. Gib mir eine feste Umarmung. Aber wenn ich meine Arme hebe, um sie zu erwidern, wirst du das Einzige sein, was mich aufrecht hält. Also lass mich nicht einfach wieder los.«

Seth' Gesichtsausdruck wurde weicher, zeigte aber nicht nur Erleichterung. Mehr eine Mischung aus Erleichterung und einem schnellen Schmerz oder vielleicht sogar Mitleid wegen Augusts Gesundheitszustand. Bevor August es sich versah, fand er sich in Seth' überraschend starken Armen wieder. Der Junge war immer noch dünn, aber das Klettern hatte ihn verändert. Wieder fiel August auf, dass Seth ein erwachsener Mann war.

Er hob seine Arme, mit Stöcken und allem, und erwiderte Seth' Umarmung. Über Seth' Schulter hinweg sah er Henry, der noch genauso schüchtern wie immer wirkte. August lächelte, und Henry wandte den Blick ab und erwiderte das Lächeln. Aber da galt es schon dem Betonboden des Gehwegs vor dem Busbahnhof.

August stützte sich vorsichtig wieder auf seine Stöcke. »Okay, alles klar.«

Seth ließ ihn los und machte einen Schritt zurück. Er fasste August kurz an den Schultern und lächelte ihm ins Gesicht, besorgt und ein bisschen traurig. Ob der Schultergriff als körperliche oder mentale Unterstützung gemeint war, wusste August nicht. Vielleicht beides.

Henry trat näher, um ihn ebenfalls zu umarmen.

»Vorsichtig«, mahnte Seth seinen Bruder. »Wirf ihn nicht um. Und sag ihm Bescheid, bevor du ihn loslässt.«

»Ja, ja«, erwiderte Henry. »Das hab ich alles auch gehört. Ich kann es genauso vorsichtig wie du.«

Henrys Umarmung war anders. Sanfter, und mit einem Gefühl, als würde er nicht nur August stützen, sondern im Gegenzug auch von ihm gestützt werden.

»Wir müssen noch unsere Taschen holen«, sagte Henry leise in Augusts Ohr. »Wir haben jede Menge Taschen.«

»Warum habt ihr so viel Zeug dabei? Fahrt ihr nicht direkt zurück nach Hause?«

August sah, wie die Jungs einen Blick wechselten.

»Nein«, sagte Seth. »Wir gehen klettern.«

»Direkt von hier? Das wusste ich nicht. Gut, dass ich so viel im Wohnmobil gelassen habe. Taschenlampen und

Schraubendreher und Töpfe und Teller und eine Million anderer Dinge, die ich rausgeräumt hätte, wenn ich es an einen Fremden verkauft hätte.«

Oder wenn ich irgendwie dazu in der Lage gewesen wäre, eine Million Dinge diese schmalen Stufen rauf- und runterzutragen, dachte er. Aber er sprach es nicht aus.

Für einen Augenblick spürte er eine zweite große Welle des Verlusts. Seth und Henry würden nach Yosemite und Joshua Tree fahren. Und er nicht. Er würde das vermutlich nie wieder tun.

* * *

»Wo ist Woody?«, fragte Seth, während sie quälend langsam über den Parkplatz gingen. »Wir hatten gedacht, du würdest ihn mitbringen.«

»Er wartet im Auto. Es fällt mir schwer, mit ihm an der Leine zu gehen, weil ich beide Hände zum Laufen brauche. Ich bezahle ein Mädchen aus der Nachbarschaft, damit sie mit ihm Gassi geht.«

August konnte fühlen, wie seine Müdigkeit dazu führte, dass seine Bewegungen unkoordiniert wurden. Langsamer. Er konnte spüren, wie schwierig es für die Jungs war, sich seiner Geschwindigkeit anzupassen. Wie sie sich immer wieder daran erinnern mussten. Sie hatten jeder zwei riesige grüne Reisetaschen, eine auf jeder Schulter. August fragte sich, ob sie ihm Hilfe angeboten hätten, wenn sie nicht so schwer beladen gewesen wären. Aber er musste selbst laufen können, auch am Ende eines besonders langen Tages.

»Na, mach dir mal keine Sorgen«, sagte Seth. »Wir werden viel und lange mit ihm Gassi gehen.«

»Ach? Ich dachte, ihr fahrt gleich morgen weiter.«

Er versuchte, seine Stimme ruhig und ausdruckslos klingen zu lassen. Es tat ihm ein bisschen weh – vielleicht mehr als nur ein bisschen –, dass sie nicht länger bei ihm bleiben wollten. Aber natürlich hatte er ihnen das nicht gesagt. Er sah, wie die beiden Jungs einen weiteren Blick wechselten.

»Stimmt«, bestätigte Seth. »Nun, dann werden wir schnell sein müssen.«

Da hätte August es fast gesagt. Bleibt ein bisschen länger. Warum habt ihr es so eilig? Wir haben uns seit acht Jahren nicht mehr gesehen. Yosemite und Joshua Tree werden auch in ein paar Tagen noch da sein.

Aber er merkte, dass er sich zu dicht an der Grenze zum Selbstmitleid befand. Also sagte er gar nichts.

* * *

»Er kann sich nicht an uns erinnern«, bemerkte Seth, und sein Tonfall verriet Überraschung und Enttäuschung.

Woody hatte die Vorderpfoten gegen das Beifahrerfenster gestützt und bellte die Jungs an. Und bellte und bellte. Und bellte.

»Ihr seht anders aus, wisst ihr?«, erklärte August. »Wartet mal ab, wenn er euch riechen kann. Vielleicht sieht es dann schon ganz anders aus.«

Wenigstens hoffte August das. Aber er wusste nicht wirklich, wie lange ein Hund sich zurückerinnern konnte.

Nur zwei der großen Reisetaschen passten in den Kofferraum des Autos. Also musste Henry die zwei anderen auf den Rücksitz quetschen, eine über die andere, und sich dann für sich selbst ein Plätzchen daneben suchen. Währenddessen hatte sich Seth auf dem Beifahrersitz eingerichtet, und Woody hatte sich auf die Fahrerseite zurückgezogen und schnüffelte von da aus an ihm. Der Hund legte den Kopf leicht zur Seite. Er reckte den Kopf herüber und schnüffelte noch einmal aus der Nähe an Seth' nacktem Arm. Plötzlich kam ein Laut aus der Kehle des Hundes, irgendetwas zwischen einem Bellen und einem Winseln. Er sprang Seth auf den Schoß und begann Seth' Hals zu beschnüffeln – und dann zu lecken –, während Seth den Kopf zurückfallen ließ und lachte.

»Siehst du?«, sagte August erleichtert.

Er begann mit der mühsamen Aufgabe, sich auf dem Fahrersitz niederzulassen.

»Brauchst du Hilfe?«, fragte Henry sofort.

»Oh. Nein. Danke, Henry, aber nein. Je häufiger ich das übe, desto besser.«

Woody zappelte noch immer aufgeregt auf Seth' Schoß herum, die Pfoten gegen die Brust des jungen Mannes gestützt, wobei er versuchte, mit seiner Zunge Seth' Gesicht zu erreichen. Seth hielt seinen Kopf weiter nach hinten. Und lachte. Und das Lachen füllte ein großes Loch, das in August Leben gewesen war und von dem er nicht einmal gewusst hatte, dass es da war. Er hatte es gar nicht bewusst wahrgenommen. Aber plötzlich musste er denken, dass er das hätte tun sollen.

Er ließ sich vorsichtig mit einem Seufzen auf den Sitz gleiten und verstaute seine Stöcke auf der Beifahrerseite bei Seth' Knien.

»Hey, Woody«, sagte Henry vom Rücksitz, der es offensichtlich leid war, länger zu warten. »Was ist mit mir?«

Und Woody flog. Es wirkte nicht einmal ansatzweise wie ein Sprung. August sah nicht, wie er sich abstieß. Er schien sich einfach wie eines dieser Militärflugzeuge, die senkrecht starten können, in die Luft zu erheben. August blickte über seine Schulter und beobachtete, wie der Hund auf Henrys Schoß landete.

299

Henry ließ seinen Kopf nicht zurückfallen. Er ließ es zu, dass der Hund ihn ungehindert stürmisch überall im Gesicht leckte.

Henry öffnete den Mund, um etwas in der Richtung: »Er erinnert sich an mich« zu sagen. Das hätte er besser nicht tun sollen. August konnte hören, wie er spuckte und prustete, und sah, wie er sich das Gesicht mit dem Ärmel abwischte und versuchte, sich von den Hundeküssen auf seinen offenen Mund zu erholen.

»Du musst den Mund geschlossen halten«, bemerkte er.

»Das sagst du mir jetzt«, erwiderte Henry, der Woody gerade lange genug auf Armeslänge von sich weghielt, um das zu sagen.

* * *

»Das ist so cool«, sagte Seth.

Er sah zu, wie August den Hebel zum Beschleunigen mit der Hand bediente. August hatte sich noch nicht wirklich an die neue Handbremse und -schaltung gewöhnt, und es fühlte sich seltsam an, sie zu benutzen, vor allem wenn jemand zusah. Aber Seth schien seine Unsicherheit nicht aufzufallen.

»Wie lange hast du das schon?«

»Ich habe den Wagen erst vorgestern zurückbekommen.«

»Du machst das gut.«

»Findest du? Es fühlt sich immer noch komisch an.«

»Es wirkt zumindest so, als ob du das gut kannst.«

»Bist du dir sicher, dass ihr nicht noch ein bisschen länger bleiben könnt?«

Da war es also. Er hatte es gesagt.

August fühlte dem stummen Nachhall der Worte nach. Er hatte nicht gewusst, dass er sie sagen würde. Ein Teil von ihm wünschte sich, er hätte es nicht getan. Ein anderer Teil wusste, dass er es früher oder später ohnehin getan hätte, und war froh, dass er es hinter sich gebracht hatte.

Ihm entging nicht, dass die Jungs einen weiteren Blick wechselten, bis Henry auffiel, dass August sie im Rückspiegel beobachtete, und bewusst wegsah, aus dem Fenster.

»Es ist nur … Wir haben uns so lange nicht gesehen.«

»Das kannst du laut sagen«, meinte Seth.

»Genau«, fügte Henry hinzu.

»Also warum reist ihr dann schon morgen früh ab?«

»Keine Sorge«, sagte Seth. »Der Besuch wird toll. Versprochen.«

»Also bleibt ihr noch ein, zwei Tage länger?«

»Der Besuch wird toll. Vertrau mir.«

»Ich kann nicht die ganze Nacht aufbleiben und mich unterhalten, wie ich das gekonnt hätte, als ich noch jünger war. Ich werde früh müde.«

Wieder sahen sich die Jungs an.

»August. Vertrau mir. Ich verspreche es dir. Der Besuch wird toll.«

August wusste nicht, wie er mehr Details aus ihnen rauskriegen sollte, und er mochte sich nicht besonders dafür, dass er es versucht hatte. Also ließ er das Thema für den Rest der Heimfahrt ruhen.

* * *

In der Minute, in der sie mit Essen fertig waren, stand Henry vom Tisch auf. Er wirkte leicht nervös. Er stieß mit den Oberschenkeln an die Tischkante und sah dann nervös und gleichzeitig peinlich berührt aus.

»Ich fang schon mal an, unsere Sachen ins Wohnmobil zu räumen. Seth, du machst die Sache mit August, okay?«

Er verschwand, ohne abzuwarten, ob es okay oder nicht war. August sah Seth an, der den Blick abwandte.

»Was für eine Sache mit August?«, fragte August.

»Oh. Nun. Ich erzähl es dir. Nein, ich zeig es dir. Welches ist dein Zimmer? Komm mit in dein Zimmer, und ich zeig dir, was die Sache ist.«

August versuchte aufzustehen, fiel aber auf seinen Stuhl zurück. Am Ende des Tages war es immer schwieriger. Alles erschöpfte ihn. Seth kam um den Tisch herum und half ihm hoch.

»Danke«, sagte August und griff nach seinen Stöcken.

»Vergiss die Stöcke«, sagte Seth. »Du hast mich. Komm. Wir machen das jetzt.«

»Und ›das‹ ist?«

»Du musst mit mir ins andere Zimmer kommen, und ich zeige es dir.«

August seufzte. Er war neugierig. Und Hilfe anzunehmen schien der schnellste Weg zu sein, dahin zu kommen, wo er sein wollte.

Er hielt sich an Seth' Schulter fest, und Seth schlang ihm einen Arm um die Mitte, und langsam gingen sie in Augusts Schlafzimmer. Es war unordentlich, weil er zu erschöpft gewesen war, um es aufzuräumen. Außerdem hatte er gehofft, niemand würde es sehen.

Es war leicht zu gehen, weil Seth viel von seinem Gewicht trug. Mit Seth' Hilfe ließ er sich vorsichtig am Fußende des Bettes nieder.

»Okay«, sagte er. »Jetzt sind wir hier. Was ist los?«

»Ich will, dass du auf alles zeigst, was du eingepackt hast, wenn du den Sommer über weggefahren bist.«

August seufzte wieder. Er hatte gehofft, dass es mehr als das war.

»Das wird nicht funktionieren«, erklärte er. »Das hättest du wissen müssen, bevor du von zu Hause losgefahren bist. Jetzt ist es zu spät.«

»Was?«

»Warum hast du mich nicht nach einer Liste gefragt, bevor du losgefahren bist? Ich habe eine spezielle Packliste für meine Fahrten mit dem Wohnmobil. Ich hätte dir eine Kopie schicken können.«

»Oh. Das ist gut. Wo ist sie?«

»Auf dem Computer.«

»Kannst du sie ausdrucken?«

»Seth, es ist zu spät. Was auch immer du vergessen hast mitzubringen, es ist zu spät. Du musst es unterwegs kaufen oder ohne es auskommen. Du hast die Gelegenheit verpasst, eure Sachen richtig zu organisieren.«

»*Unsere* Sachen?« Plötzlich grinste Seth übers ganze Gesicht. »Du verstehst es immer noch nicht, was? All die Fehler, die Henry gemacht hat. Und all die Hinweise, die wir haben fallen lassen. Und du weißt es immer noch nicht. August. Wir wollen keine Liste, was wir für *uns* einpacken müssen. Wir wollen eine Liste, was wir für *dich* einpacken sollen.«

Die Worte wirbelten durch Augusts Gehirn und ergaben keinen Sinn. Und das taten sie auch nach einer Weile noch nicht.

»Ich verstehe immer noch nicht …«

»Meine Güte, August. Was braucht es denn noch? Muss ich dir eine Karte zeichnen? Du fährst mit.«

»Ich fahre mit?«

»Du fährst mit. Wir nehmen dich mit uns. Warum, denkst du, sage ich die ganze Zeit, dass der Besuch toll wird? Auch wenn wir schon morgen losfahren?«

August antwortete nicht. Stattdessen saß er komplett still da und versuchte, das alles zu verstehen. Die Realität für sich anzupassen. Zu akzeptieren, was schon immer da gewesen war, außer in seinem Verstand. Oder wenigstens damit anzufangen.

303

»Ich kann nicht fahren.«

»Aber ich kann es.«

»Ich werde nicht gut mit den Stufen am Heck zurechtkommen.«

»Dann werden wir dir eben hoch und runter helfen.«

»Ich kann nicht …«

»August, hör auf. Es ist egal, was du nicht kannst. Du musst das nicht können. Wir werden alles machen. Genau wie du es für uns getan hast. Wir hatten in jenem Sommer nichts beizusteuern. Du hast uns trotzdem mitgenommen. Du hast einfach alles selbst gemacht.«

»Bist du dir sicher?«

»Ich war mir bei nichts in meinem Leben sicherer.«

Wieder kämpfte August mit sich. Er wollte irgendeine Form von Dankbarkeit ausdrücken, aber er war noch nicht soweit. Alles geschah so schnell. Außerdem ließ ihm Seth auch gar nicht die Zeit.

»Also, was soll ich einpacken, August? Kann ich die Liste ausdrucken?«

»Aber wir brauchen nicht so viel Zeug für den ganzen Sommer, wenn wir nur nach Joshua Tree und Yosemite fahren.«

»August. Du hast es immer noch nicht richtig verstanden. Hast du das ganze Zeug gesehen, was wir vom Bus hierher geschleppt haben? Wir fahren nicht nur nach Joshua Tree und Yosemite. Also zuerst dahin, aber sie sind nur der Vorgeschmack. Wir werden den ganzen Sommer über unterwegs sein.«

»Wohin?«

»Das darfst du noch nicht wissen. Also komm jetzt. Wir müssen morgen ganz früh los. Lass uns deine Sachen zusammensuchen. Du zeigst darauf, und ich packe es ein. Los geht's.«

»Es tut mir leid, dass ich das überhaupt anspreche«, sagte August mitten im Socken- und Unterwäschepacken. »Aber ich glaube, ich muss. Ich habe nicht wie sonst immer das Jahr über Geld für Benzin zurückgelegt. Es ist nicht genug da für eine längere Reise.«

»Da kümmern wir uns drum«, erklärte Seth.

»Habt ihr eine Bank ausgeraubt?«

»Nein. Eine Kreditkarte besorgt. Die werden einem als College-Student geradezu aufgedrängt. Reg dich nicht auf, und schimpf nicht mit mir. Ich weiß, dass es nicht umsonst ist. Ich weiß, dass ich es zurückzahlen muss. Aber das ist mir egal. Ich werde das ganze Jahr arbeiten, um es zurückzuzahlen. Keine Diskussion.«

* * *

»Eine Sache mehr musst du noch mitnehmen«, sagte Seth.

Er gab an der Schlafzimmertür einen Stapel gefaltete Wäsche an Henry weiter, der damit verschwand.

»Damit ist die Liste abgearbeitet.«

»Ich weiß. Aber es gibt noch eine Sache mehr.«

»Die Liste ist vollständig.«

»August …«

»Okay, in Ordnung. Was ist diese Sache?«

»Ein bisschen was von Phillips Asche. Muss nicht so viel sein wie beim letzten Mal. Nur ein wenig. Du hast den Rest nicht schon verstreut oder so, oder?«

»Nein. Er ist immer noch in der Urne auf dem Kaminsims. Alles, bis auf das, was wir in Yellowstone verstreut haben.«

»Vertraust du mir?«

»Natürlich.«

»Ich brauche eine kleine Plastiktüte.«

»In der oberen Küchenschublade neben dem Geschirr-spüler.«

»Bin gleich wieder da.«

August blieb auf dem Bett sitzen, immer noch leicht überwältigt. Immer noch nicht ganz angepasst an diese neue Entwicklung, die die Dinge genommen hatten. Jedes Mal, wenn er es in seinem Kopf ordnen wollte, lenkte ihn etwas außerhalb seines Kopfes ab.

»Seth«, rief er und lenkte sich damit diesmal selbst ab. »In der Urne ist eine Plastiktüte. Mit einem Drahtverschluss. Vielleicht machst du ihn lieber über der Spüle auf. Sie haftet an allem.«

»Ich weiß«, rief Seth zurück. »Ich hatte sie schon in der Hand. Vergessen?«

»Stimmt«, sagte August. Aber so leise, dass Seth es nicht hören konnte.

Drei oder vier Minuten später erschien Seth in der Tür. August hatte tatsächlich Zeit gehabt, ein wenig nachzudenken. Er war jetzt näher daran zu verstehen, dass er doch den gan-zen Sommer weg sein würde.

Mit den Jungs.

Seth lehnte sich mit einer Schulter gegen den Türrahmen, während August ihm in das offene Gesicht sah.

»Es tut mir immer noch leid, dass ich die Flasche habe fallen lassen«, gestand Seth.

»Ich dachte, darüber wärst du hinweggekommen.«

»Ach, August. Ich komme nie über irgendetwas hinweg. Das sage ich nur, damit mich die Leute in Ruhe lassen. In deinem Fall habe ich es gesagt, weil ich wusste, dass es dich geschmerzt hätte, wenn ich es nicht getan hätte.«

»Aber es war ein toller Ort für diese Asche.«

»Aber die Flasche. Du wolltest die Flasche behalten.«

»Ich hatte noch nicht wirklich darüber nachgedacht, was ich mit der Flasche tun würde.«

»Du hättest sie niemals weggeschmissen.«

»Ich hätte sie nicht in den Müll geschmissen. Weil sie kein Müll war. Aber ich weiß nicht, ob ich sie für immer aufbewahrt hätte.«

»Doch, weißt du.«

»Tue ich das?«

»Auf jeden Fall. Du hättest sie für immer behalten. Komm schon, August. Du hast mir die Geschichte erzählt. Wie die Flasche es real gemacht hat. *Ihn* so real gemacht hat. Als wenn er im nächsten Moment hereinkommen und diesen Tee austrinken könnte.«

August nickte gedankenverloren. Für einen Moment konnte er den Weg nach draußen nicht finden, um zu antworten. Als er es tat, sagte er: »Wird er aber nicht. Ich glaube, an dem Tag, an dem du die Flasche hast fallen lassen, war es höchste Zeit für mich, das endlich zu akzeptieren.«

Kapitel 21

Gnadenlose Ehrlichkeit

August wachte langsam auf, als wenn er durch einen Schleier aus durchscheinendem Wasser an die Oberfläche driftete. Obwohl seine Augen offen waren, hatte er noch immer das Gefühl zu schlafen und war durchaus zufrieden, in diesem Zustand zu bleiben. Zumindest teilweise.

Er schaute aus der insektenverschmierten Windschutzscheibe des Wohnmobils, wobei er sich immer noch an die veränderte Perspektive gewöhnen musste. Vom Beifahrersitz aus sah alles ganz anders aus. Vor heute Morgen hatte er noch nie auf der Beifahrerseite seines eigenen Wohnmobils gesessen. Maggie war keine gute Autofahrerin und nie bereit gewesen, sich ans Steuer eines Fahrzeugs zu setzen, das sie als zu groß gewordenes Monster bezeichnet hatte. Es dämmerte, war fast schon dunkel. Die flache Landschaft zeigte die tiefe, unbewohnte Dunkelheit der kalifornischen Wüste.

Als er sich endlich ein wenig aufraffen konnte, blickte er hinüber zu Seth auf dem Fahrersitz, der seinen Blick erwiderte und ihn anlächelte.

»Wo sind wir?«, fragte August, seine Stimme noch immer belegt vom Schlaf.

Er fühlte sich jung, zu jung. Wie ein Kind, das auf dem Rücksitz mitfahren muss. Ein Kind, das fragte: »Wann sind wir endlich da?« Es brachte ein seltsames Gefühl des Kontrollverlusts mit sich, nicht der Erwachsene zu sein. Alles Fahren, Planen und die ganzen anderen lästigen Details dem Erwachsenen zu überlassen. Er war nicht daran gewöhnt, um es mal vorsichtig auszudrücken. Dennoch stellte er fest, dass es ihm nichts ausmachte. Es hatte beinahe etwas Tröstliches, Beruhigendes, die Zügel aus der Hand zu geben.

»Hoffentlich nicht zu weit von Joshua Tree entfernt«, antwortete Seth.

August lachte auf.

»Was ist daran so lustig?«

»Ich glaube, wir haben einen neuen Weltrekord aufgestellt«, erklärte August. »Die kürzeste Strecke in der längsten Zeit. Wie lange hätte es gedauert, wenn du einfach durchgefahren wärst? Vielleicht zweieinhalb Stunden?«

»Ja, vermutlich. Aber warum sollte man durchfahren, wenn es so viele Orte gibt, an denen man anhalten und klettern kann?«

August drehte den Kopf, um Henry anzuschauen, der auf seinem gewohnten Platz auf der Couch saß. Wenn man denn nach acht Jahren noch einen »gewohnten« Platz haben konnte. Henry schlief tief und fest, das Kinn auf der schmalen Brust, eine überraschend große Hand auf Woodys Rücken.

»Na, dann müssen wir uns wohl einen Ort außerhalb des Parks suchen, wo wir heute Nacht bleiben können«, erklärte August.

»Nein.«

»Was hast du dir denn vorgestellt?«

»Wir haben eine Reservierung.«

»Ah. Schlau.«

»Ich weiß vielleicht nicht, wo wir den Rest der Tour jede Nacht verbringen werden, aber ich wusste, wo wir heute und die nächsten paar Abende sind. Und es wird so heiß sein, dass ich nur am ganz frühen Morgen klettern kann. Ich wollte nicht einen ganzen Tag verschwenden.«

August ließ die dämmerige Wüste für ein, zwei Momente vorbeiziehen und genoss das Gefühl, keine Verantwortung zu tragen, einfach nur mit dabei zu sein.

Dann fragte er: »Du verrätst mir immer noch nicht, wo es hingeht?«

»Nein. Ich werde dir nicht verraten, wo wir letztendlich hinfahren. Aber ich verrate dir, wo wir als Nächstes hinwollen.«

August lachte erneut. »Ich würde mal auf Joshua Tree tippen.«

»Und da würdest du danebenliegen. Als Nächstes gehen wir zu einem Meeting.«

»Du hast hier draußen ein Meeting gefunden?«

»Ja.«

»Hast du eine Liste für die ganze Reise?«

»Nein. Ich habe gerade den AA-Service von meinem Handy aus angerufen.«

»Gehen wir wegen mir zu dem Meeting? Oder für dich? Für uns beide?«

»Ja«, sagte Seth.

August lehnte sich wieder zurück und beobachtete, wie die Landschaft vorbeizog. Er sagte sich zum ersten Mal – und es würden noch Hunderte Mal folgen: *Präg es dir ein. Verpass keine Minute. Keine Aussicht, kein Geräusch, keinen Geruch. Koste diesen Sommer unterwegs voll aus. Denn es wird dein letzter sein.*

* * *

»Kommst du mit, oder bleibst du hier?«, fragte Seth seinen Bruder über die Schulter.

»Was?«

Offensichtlich fiel es Henry auch schwer, die Benommenheit des Schlafes abzuschütteln.

»Wir gehen zu einem Meeting. Kommst du mit, oder bleibst du hier?«

»Was für ein Meeting?«

»AA. Offen. Jeder kann kommen. Entscheide dich *jetzt*, Kumpel. Wach auf.«

»Ich bleib hier.«

»Okay.«

August öffnete die Beifahrertür und benutzte den Griff über der Tür, um sich das Aussteigen zu erleichtern. Seth sprang aus dem Wagen und eilte vorne um das Gefährt herum, um ihm zur Hand zu gehen, aber August winkte ihn weg.

»Das ist in Ordnung. Gib mir nur meine Stöcke, wenn ich bereit bin. Okay?«

Zusammen gingen sie in Richtung des kleinen Ladens, der inzwischen als Gemeindetreff einer Unitarian-Universalist-Gemeinde fungierte.

Es war jetzt fast ganz dunkel, bis auf den endlos scheinenden Wüstenhimmel, der am einen Rand leuchtete. August sah hinter einer Bergkette durch die Wolken Sterne und Streifen von orangefarbenem Licht schimmern. Die natürlichen Formen schienen fehl am Platz im Vergleich mit den Tankstellen und Einkaufszentren, die sich unter diesem atemberaubenden Himmel ausbreiteten.

Seth ging langsam, passte sich Augusts Schritten an.

Plötzlich hörte August: »Hey, wartet!«

Sie blieben stehen und drehten sich um, sahen Henry hinter ihnen herlaufen.

»Hab mich umentschieden«, erklärte er, als er zu ihnen aufgeschlossen hatte. »Ich will auch zu dem Meeting.«

Zu dritt gingen sie langsam weiter. Es waren nur wenige Schritte vom Wohnmobil bis zum Gemeindesaal, aber für August war der Weg dennoch mühsam. Früher oder später, sagte er sich, würde er sich an diese neue Realität gewöhnen müssen. Sie vollkommen akzeptieren müssen.

»Hast du dir Sorgen gemacht, allein zu bleiben?«, fragte Seth Henry im Gehen.

»Nein. Gar nicht. Woody war ja da.«

»Warum hast du dann deine Meinung geändert?«

Zuerst antwortete Henry nicht. Dann, schon an der Tür, wo August den Kaffee riechen und die Gruppenmitglieder sehen konnte, die Stühle hinstellten und Infomaterial auslegten, sagte Henry: »Ich hab mir nur gedacht … du weißt schon. Ich muss mit dem Kerl leben und so.«

* * *

Das erste Dreiviertel des Treffens über beobachtete August Henry aus dem Augenwinkel. Beobachtete, wie er die Informationen, die er hörte, aufnahm. Aber er fand nicht wirklich das, wonach er suchte. Henry konnte immer noch vollkommen präsent und gleichzeitig komplett still sein, nichts von sich preisgeben. August war sich sicher, dass Henry intensiv nachdachte, aber *was* er dachte, blieb ihm ein Rätsel.

Plötzlich wandte Henry den Kopf und erwiderte Augusts Blick. Er sah ihn weiter an. Es war etwas Entschlossenes an dem Austausch, aber August hatte keine Ahnung, was es bedeutete. Henry beugte sich herüber und flüsterte ihm etwas ins Ohr.

»Ich muss draußen mit dir sprechen«, erklärte er.

August kam vorsichtig auf die Füße. Henry reichte ihm seine Stöcke, die er genauso leicht hätte selbst aufheben können. Aber die Leute mochten es, ihm zu helfen, und es gab keinen Grund, sie das nicht tun zu lassen. Sie gingen durch die Tür, eine von Henrys Händen auf Augusts Oberarm.

Seth schaute ihnen mit leichtem Interesse zu, sagte aber nichts. Er kam ihnen auch nicht nach.

»Was ist los?«, fragte August und lehnte sich gegen die Fassade des Gebäudes.

»Ich muss dir etwas gestehen.«

»Okay.«

Augusts Magen zog sich leicht zusammen, obwohl er sich einredete, dass es nichts Wichtiges sein würde. Oder zumindest nichts *wirklich* Wichtiges.

»Ich hab bei diesem Treffen gesessen und zugehört. All diesen Menschen zugehört, die über rigorose Ehrlichkeit gesprochen haben. Und zuerst musste ich nur an meinen Dad denken. Ich hab gedacht, ja, er muss wirklich dringend zu diesen Treffen, denn das ist es, was ihm definitiv fehlt. Und dann wurde mir etwas klar. Ich muss selbst ein bisschen rigoros ehrlich sein.«

»Okay«, wiederholte August und wünschte sich, sie könnten schneller zum Punkt kommen.

»Ich hab meinen Dad nicht um Erlaubnis gefragt, auf diese Reise mitzukommen.«

August blieb für einen Moment ganz still und wartete, bis er diese Information verarbeitet hatte. Aber selbst als das geschehen war, war er sich nicht sicher, was es bedeutete. Was die Folgen sein würden. Wie schlimm es werden würde.

»Du bist einfach abgehauen, ohne es ihm zu sagen?«

»Ja und Nein. Ich hab ihm eine Nachricht dagelassen.«

»Aber er weiß nicht, wo du bist?«

»Ich hab ihm nur gesagt, dass ich den Sommer über mit Seth unterwegs bin.«

»Aber mich hast du nicht erwähnt.«

»Nein! Natürlich hab ich dich nicht erwähnt. Dann hätte er mich niemals gehen lassen.«

»Hättest du ihm nicht persönlich sagen können, dass du mit Seth wegfährst?«

»Er hätte Fragen gestellt. Er hätte es aus mir rausgekriegt. Nichts sollte mich davon abhalten, das hier zu tun, August. Nichts.«

August legte den Kopf in den Nacken und sah zu den Sternen hoch. Sie funkelten hell. Er war schockiert, wie viele es waren und wie klar sie aussahen. Er hatte kurz vergessen, dass er in der Wüste war. Das Licht, das diese kleine Stadt verströmte, war nicht sehr hell.

Bevor August die richtigen Worte finden konnte, fuhr Henry fort. »Okay, die Wahrheit ist, dass ich ein wirklich schlechter Lügner bin. Ich sag nicht gerne Sachen, die nicht wahr sind, also sage ich lieber gar nichts. Ich hätte ihm nicht ins Gesicht lügen können. Er hätte es sofort gewusst. Und dann hätte er mich nicht gehen lassen.«

»Was, wenn er die Polizei anruft?«

»Und ihnen was sagt? Was hab ich denn schon Falsches gemacht?«

»Er könnte dich als Ausreißer melden.«

»Ich glaube nicht, dass er das tut, wenn er denkt, dass ich nur mit Seth unterwegs bin.«

Als der Name Seth fiel, sah August plötzlich, dass der wie durch Magie neben ihnen in der kaum abgekühlten Abendluft stand.

»Was ist los, August? Alles klar mit dir?«

»Mir geht's gut.«

»Das Problem bin ich«, erklärte Henry. »Ich hab Dad nicht gesagt, dass ich wegfahre. Ich meine, ich hab ihm eine Nachricht dagelassen.«

»In der was stand?«, fragte Seth und klang besorgt.

»Dass ich den Sommer über mit dir unterwegs sein würde.«

Seth zog sein Handy aus der Tasche. Tippte ein paar Mal mit dem Daumen dagegen. Starrte es schweigend an.

»Ich frage mich, warum er mich noch nicht angerufen hat.«

»Dreimal darfst du raten«, erwiderte Henry.

»Oh«, sagte Seth. »Verstehe. Er ist noch nicht nach Hause gekommen.«

August dachte kurz nach und reimte sich einiges zusammen. Versuchte, zurückzurechnen, wann die Jungs zu Hause losgefahren waren. Offenbar war Wes seit fast zwei Tagen weg.

* * *

»Ich wünschte, du wärst nicht sauer auf mich«, erklärte Henry, während sie die Indian Cove Road zu ihrem Campingplatz entlangfuhren. Die Scheinwerfer des Wohnmobils glitten über zusammengewürfelt aussehende Haufen von Steinen auf beiden Seiten der Straße – Haufen, die sich zu Formationen auftürmten, die zehn oder zwölf Meter hoch waren. Es fiel August schwer, den Blick von ihnen abzuwenden.

»Ich bin nicht sauer auf dich«, sagte er.

»Er hat mit mir gesprochen«, stellte Seth klar.

»Ja«, bestätigte Henry. »Ich habe mit Seth gesprochen.«

»Ich will nicht, dass irgendwas das hier kaputtmacht«, erklärte Seth.

»Und wenn ich ihm mehr gesagt hätte … oder um Erlaubnis gefragt … das hätte das hier nicht kaputtgemacht?«

»Es ist einfach nur nicht so, wie ich das gehandhabt hätte.«

»Ach, lass mich in Ruhe, Seth. Bitte, ja? Du kannst nicht einfach mir die ganze Schuld zuschieben. Du hast mich kein einziges Mal gefragt. Nicht, wie ich seine Erlaubnis bekommen habe. Nicht, was ich ihm gesagt habe. Du wolltest es gar nicht wissen. Das ist die Wahrheit, und das weißt du auch.«

Sie fuhren schweigend auf den Indian Cove Camping-platz. Seth lenkte das Wohnmobil vorsichtig über die schmale unbefestigte Straße und suchte nach der Nummer des Stand-platzes, die zu der auf der ausgedruckten Reservierung passte, die auf seinem Schoß lag. Irgendwann fuhr er rechts ran und schaltete das Licht in der Fahrerkabine an. Checkte noch einmal die Nummer. Machte das Licht wieder aus und fuhr weiter.

Schließlich kam er neben einer Feuerstelle und einem Picknicktisch zum Stehen. Die Scheinwerfer beleuchteten eine solide Fläche staubigen rötlichen Steins. Seth parkte das Wohnmobil mit vielleicht dreißig Zentimetern Abstand zwi-schen dem Felsen und der vorderen Stoßstange.

Sein Handy begann zu klingeln. Er machte den Motor und das Licht aus. Alles um sie herum fühlte sich dunkel und still an, und August fragte sich, warum all die anderen Cam-per so leise und unsichtbar wirkten.

Ein weiteres Klingeln. Seth zog das Handy aus seiner Hemdtasche. Das LED-Licht des Displays warf einen matten Schein auf sein Gesicht.

»Dad?«, fragte Henry. Als wenn er das Wort einfach nicht länger in sich halten konnte.

»Dad«, bestätigte Seth ernst.

Ein weiteres Klingeln.

»Wirst du rangehen?«, fragte Henry.

»Ich denke noch nach. Was soll ich ihm sagen? Soll ich lügen?«

»Das wäre vermutlich besser.«

»Das gefällt mir nicht. Dann hab ich das Gefühl, ich bin nicht besser als er.«

Ein viertes Klingeln.

»Du kannst ihm nicht die Wahrheit sagen, dann hetzt er mir die Bullen auf den Hals oder so was.«

»Ich muss darüber nachdenken«, sagte Seth.

Das Handy hörte auf zu klingeln. August vermutete, dass die Mailbox rangegangen war.

»Er könnte denken, dass wir keinen Empfang haben«, sagte Henry.

»Ja«, erwiderte Seth. »Kann sein.«

August hörte einen Ton vom Handy, von dem er vermutete, dass er eine neue Nachricht auf der Mailbox ankündigte.

»Ich bin todmüde«, sagte Seth. »Um diesen ganzen Mist mach ich mir morgen Gedanken.«

Er klappte das Handschuhfach auf und warf sein Handy hinein. Es landete auf der Plastiktüte mit Phillips Asche.

Kapitel 22

Klettern

August schlug die Augen auf und war überrascht, die stoff-
bezogene Decke des Wohnmobils zu erblicken. Als wenn
er im Schlaf vergessen hätte, dass so etwas überhaupt noch
einmal möglich war. Er schaute aus dem Fenster und sah,
dass gerade die Sonne aufging. Sie strahlte durch eine Spalte
in einer sandfarbenen Felswand, die aus aufeinandergetürm-
ten runden Steinen bestand, jeder merkwürdig lang und
senkrecht. Das Licht wurde in alle Richtungen gebrochen,
schien August auf eine Art in die Augen, die er seltsam angenehm fand.

Er erinnerte sich selbst: *Sieh es dir genau an. Merk es dir.
Genieße es. Denn es ist dein letzter Sommer hier draußen in der
Welt.*

Er hörte ein Geräusch und sah Henry zur Küchenzeile laufen, wo er die Kaffeemaschine einstöpselte, die offensichtlich
schon vorbereitet war. Zwei rohe Eier lagen auf der Arbeitsfläche, und Henry schlug sie schnell in eine kleine Pfanne
auf dem zweiflammigen Propangasherd auf. Er drückte den
Hebel des Toasters herunter, und zwei dicke Scheiben Weiß-
brot verschwanden in den Schlitzen.

»Es sieht aus, als würdest du dich in der Küche auskennen«, sagte August.

»Ja. Na ja. Weißt du, wenn ich nicht gelernt hätte, mich selbst mit Essen zu versorgen, wäre ich verhungert.«

August wollte sich aufsetzen, aber Henry hielt ihn mit einer Handbewegung zurück.

»Nein. Bleib liegen. Du darfst nicht aufstehen. Außer du musst mal pinkeln. Dann darfst du das natürlich. Ansonsten bringe ich dir das Frühstück ans Bett.«

August erstarrte in der Bewegung, als Henry sprach und ließ sich dann wieder zurücksinken. Woody legte sich mit dem Rücken gegen Augusts Hüfte.

»Warum Frühstück im Bett?«

»Das hab ich Seth versprochen. Er will, dass du auf dieser Reise nur das Beste bekommst. Wir kümmern uns um alles. Genau wie du es letztes Mal für uns getan hast.«

August dachte kurz über die Aussage nach. Dann, ein wenig verlegen, weil er es direkt ansprach, fragte er: »Wo *ist* Seth?«

»Dreimal darfst du raten.«

»Klettern?«

»Klettern.«

August sah zu, wie die Sonne über der Felsformation aufging, die Finger in Woodys drahtigem weißem Fell. Er schwieg, bis Henry ihm eine Tasse Kaffee brachte.

»Danke«, sagte er dann. »Wann ist es denn mit deinem Vater wieder so schlimm geworden?«

Henry hielt inne. Rieb sich mit dem Handballen über die Stirn. »Äh. Ich denke, nachdem Seth aufs College ist … hat Dad sich einfach gehen lassen. Er hat immer gedacht, dass Seth derjenige ist, der ihn genau beobachtet, aber ich tue das auch. Nur Seth beobachtet ihn und kommentiert es auch. Ich sage nichts. Also denkt er, dass er einfach damit durchkommt.

Ich glaube, es ist ihm egal, was ich sehe oder was ich davon halte. Ich denke, er will einfach gar nichts darüber hören. Es ist, als wenn er glaubt, wenn er nichts darüber hören muss, ist es auch kein Problem.«

Das Handy klingelte wieder.

»Ist das Seth' Telefon?«, fragte August.

»Muss wohl. Außer du hast eins. Ich habe auf jeden Fall keins.«

»Ich hab eins mit«, erwiderte August. »Aber das ist es nicht.«

Ein weiteres Klingeln.

»Mist«, sagte Henry. »Ich werde das selbst machen. Dann muss Seth es nicht tun.«

Er holte das Handy aus dem Handschuhfach. »Hallo … Oh, ja. Hi, Dad. Tut mir leid. Ich hätte dich gefragt, aber das war so ein Ding auf die letzte Minute. Und du warst nicht zu Hause. Ich wollte nicht den ganzen Sommer verpassen, nur weil du nicht da warst.«

Eine Pause. August hätte alles darum gegeben, die andere Seite des Gesprächs mithören zu können.

»Nein, nur wir zwei«, sagte Henry.

Aber genau in diesem Moment gingen zwei andere Camper an ihrem Stellplatz vorbei, direkt an der Hecktür des Wohnmobils, und Woody bellte laut. August legte ihm eine Hand über die Schnauze. Aber da war es natürlich schon zu spät.

»Nein«, antwortete Henry. »Nur der Hund. Wir haben den Hund mitgenommen, weil er nicht mehr mit ihm Gassi gehen kann.« Eine Pause. »Nein, ich sage die Wahrheit. Hör zu, ich muss Schluss machen. Ich habe Frühstück auf dem Herd … Ja, ich versprech's. Tschüss.»

Henry legte auf und lief zum Herd, drehte die Flamme unter den Eiern runter.

»Oh, gut«, bemerkte er. »Sie sind perfekt.«

»Denkst du, er hat dir geglaubt?«

»Bin mir nicht sicher«, sagte Henry mit einem Stirnrunzeln. »Ich bin mir nicht sicher, ob *er selbst* weiß, ob er mir glaubt.«

* * *

August saß komplett angezogen auf der Couch und beobachtete Henry. Henry wusch die Teller vom Frühstück mit fast obsessiver Konzentration ab. August war sich nicht sicher, warum er die einfache, aber intensive Art des Jungen, mit den Tellern umzugehen, so faszinierend fand. Vielleicht weil sie Aufschluss darüber gab, wer er geworden war.

Plötzlich sah Henry hoch und begegnete Augusts Blick. Seine Hände erstarrten im Seifenwasser.

»Es tut mir leid, dass ich alles versaut habe«, sagte er.

August zuckte die Achseln. »Ich weiß nicht, was du sonst hättest tun sollen. Was du hättest tun *können*.«

»Was hättest du denn getan?«

»Ich weiß es nicht. Ich weiß es wirklich nicht.« August dachte lange genug über die Situation nach, dass Henrys Aufmerksamkeit sich wieder den Tellern zuwandte. »Vielleicht ihm zeigen, wie wichtig es für mich ist. Wie viel es mir bedeuten würde, mitzufahren. Versuchen, ihn zu überzeugen.«

Henry schüttelte abrupt den Kopf. »Je mehr ich ihn wissen lasse, wie wichtig es mir ist, das zu tun, desto weniger würde er mich mitfahren lassen. Das ist genau das Problem. Verstehst du das nicht?«

»Nein«, sagte August. »Ich glaube nicht.«

»Wenn du uns nicht so viel bedeuten würdest, wäre er nicht so eifersüchtig auf dich.«

»Oh«, sagte August.

Er fühlte sich plötzlich verlegen und wusste nicht, ob er zu Henrys Aussage noch etwas hinzufügen konnte. Es schien nicht zu ihren geringen Bemühungen, in Kontakt zu bleiben, zu passen, aber das zu sagen, könnte vielleicht böse enden. Also sah August einfach weiter zu, wie der Junge das Geschirr abtrocknete und zurück in den Schrank stellte.

Schließlich sagte er: »Ich wusste nicht, dass ich euch Jungs so viel bedeute.«

Er bedauerte die Worte in dem Moment, in dem er sie aussprach.

Henry stellte die Tasse und Schüssel ab, die er gerade gehalten hatte, und wandte sich August zu, Hände auf den Hüften, den Mund offen.

»Meinst du das ernst? Du bist unser Held, August. Du warst wie Superman. Der Typ, der uns gerettet hat. Wir haben dich angebetet. Wie kannst du das nicht wissen? Wie kann das sein?«

August schaute auf seine Hände runter, die auf Woodys Fell lagen. Er fühlte, wie er rot wurde. Er wollte nicht aussprechen, was er als Nächstes sagen musste, weil er wusste, dass es sich anhören würde, als wollte er sich beschweren. Aber es gab jetzt kein Zurück mehr.

»Na ja, ihr habt euch nicht gerade häufig gemeldet«, sagte er, den Blick noch immer nach unten gerichtet. »Ihr schient irgendwie einfach mit euren Leben weiterzumachen. Nicht dass daran etwas falsch wäre, aber ...«

Henry stand noch immer der Mund offen. »Willst du mir etwa sagen, du wolltest, dass wir dich weiter nerven?«

»Ihr habt mich nicht genervt. Ihr habt mich *nie* genervt. Ich hab mich immer gefreut, von euch zu hören. Ich wollte wissen, wie es euch ging. Ich hab ständig an euch gedacht.«

Henry blieb einen Moment still stehen und schloss dann den Mund. Er ließ sich neben August auf die Couch fallen, wobei er gegen seine Hüfte stieß. Er lehnte sich herüber, um Woody das Ohr zu streicheln, und sagte: »Verdammt. Warum haben wir ihm eigentlich immer geglaubt?«

Henry legte sein Gesicht in die Hände. August wartete, dass er weitersprechen würde, aber er schien es nicht zu wollen.

»Euer Vater?«

»Ja«, sagte Henry durch seine Hände.

»Was hat er euch gesagt?«

»Dass wir dich nicht bereuen lassen sollten, dass du je zugestimmt hast, uns mitzunehmen. Er hat gefragt, wie du dich wohl fühlen würdest. Du weißt schon. Wenn du zustimmen würdest, zwei fremde Kinder über den Sommer mitzunehmen, und dann am Ende des Sommers würde sich herausstellen, dass du uns für den Rest deines Lebens nicht mehr loswerden würdest. Wer würde das wollen?«

»Ich«, sagte August. »Da wart ihr doch schon keine Fremden mehr.«

Eine lange Pause.

Dann sagte Henry: »Es war eine der Sachen, die er uns erzählt hat, die tatsächlich Sinn ergeben haben.«

Er seufzte, stand auf und machte damit weiter, das Geschirr wegzustellen.

»Weißt du, wo Seth ist?«, fragte August. »Ich meine, wo genau er klettern wollte?«

»Ich könnte ihn vermutlich finden. Er hat gesagt, er würde eine Meile die Straße zurückgehen. Bis zum Anfang vom Boy Scout Trail. Warum?«

»Ich dachte nur gerade, dass ich ihm gerne beim Klettern zusehen würde. Gestern hat es sich nicht ergeben.«

»Nein, das würdest du nicht mögen«, sagte Henry.

»Nicht?«

»Nein.«

»Warum nicht?«

»Es würde dir Angst machen.«

»Ist er nicht vorsichtig? Ich kann mir nicht vorstellen, dass Seth nicht vorsichtig ist. Er ist bei allem so verantwortungsbewusst und methodisch.«

»Oh, klar, das ist er. Aber er klettert immer noch Free Solo.«

»Will ich überhaupt wissen, was das ist?«

»Vermutlich nicht. Aber wir können los und ihm zusehen, wenn das wirklich das ist, was du willst.«

»Ich glaube nicht, dass ich eine Meile die Straße hin und wieder zurück gehen kann.«

»Ich kann uns hinbringen. Ich habe meinen Lernführerschein. Ich muss nur einen Erwachsenen dabei haben. Das bist du.«

»Aber du hast das Wohnmobil noch nie gefahren.«

»Na und? Dad hat uns beiden das Fahren auf dem großen Abschlepper beigebracht. Du weißt schon, der, mit dem er das Wohnmobil in die Werkstatt gezogen hat. Er hat gesagt, wenn wir das Monster fahren können, können wir alles fahren.«

»Okay«, sagte August. »Dann probieren wir es. Ganz vorsichtig.«

* * *

Während er sich mühsam zum Beifahrersitz begab, verlegen wegen seiner Ungelenkheit, sagte August: »Ich denke, jetzt bin ich nicht mehr Superman.«

Henry ließ sich auf den Fahrersitz fallen und startete den Motor. Er starrte durch die Windschutzscheibe auf den nackten Fels, als wäre ihm das, was er jetzt sagen würde, peinlich. »Sag so was nicht, August. Deine Superkräfte hatten noch nie etwas mit deinen Beinen zu tun.«

* * *

»Ha!«, rief Henry, als er seinen Bruder entdeckte, und Woody sprang ihm hinter dem Lenkrad auf den Schoß, um zu sehen, warum der Junge so aufgeregt war.

»Oh, gut«, bemerkte August. »Er ist ziemlich nah an der Straße.«

Henry lenkte das Wohnmobil vorsichtig auf den schmalen sandigen Seitenstreifen. Er hatte es gut gemacht, solange er gefahren war, was nicht weit gewesen war. Er hatte es langsam angehen lassen, hatte genau auf die Abstände geachtet und hatte August nicht ein Mal ins Schwitzen gebracht.

Henry stellte den Motor aus. Einen Moment saßen sie still da. August fragte sich, ob alle anderen in diesem Teil des Parks noch schliefen oder wenigstens im Camp waren. Hier waren sie jedenfalls nicht.

»Und da drüben ist etwas Schatten«, sagte Henry und zeigte zu einer Stelle, wo einige Felsen etwas Schutz vor der Sonne boten.

August stieg vorsichtig aus, während Henry mit zwei der drei Klappstühle dorthin ging und sie aufstellte. Dann lief er zurück und führte August an einem Ellenbogen. August hätte ihm beinahe gesagt, dass das nicht nötig sei, überlegte es sich dann aber anders. Vielleicht war es nicht nötig, aber es war auf diesem felsigen, pflanzenbedeckten Boden angenehm. Es wäre sehr leicht, zu stürzen.

Als August sich auf seinem Klappstuhl im Schatten niedergelassen hatte, bemerkte Henry: »Ich hole Woody. Und ein paar Wasserflaschen.«

»Bringst du auch meine Kamera mit, Henry? Ich will ein paar Fotos von ihm machen. Sie ist in der Seitenablage in der Beifahrertür.«

Henry joggte los.

August starrte auf Seth' Rücken, während er kletterte. Er war nah genug, dass er eindeutig als Seth zu erkennen war, aber für August trotzdem zu weit weg. Er trug nur Shorts und ein kurzärmliges T-Shirt und ganz leichte Schuhe. Einen Helm, wie August erleichtert feststellte. Er freute sich schon auf den Zoom der Kamera, der ihm helfen würde, mehr zu erkennen. Seth schien nicht zu bemerken, dass er beobachtet wurde.

Woody sprang August auf den Schoß und leckte ihm das Gesicht ab, und über seiner linken Schulter erschien seine Kamera in Henrys Hand.

»Danke.«

»Ich stell die Wasserflasche gleich hier hin.«

Er zeigte auf den Flaschenhalter aus Netz, der an Augusts Stuhl befestigt war.

»Danke.«

August schaltete die Kamera ein und zoomte Seth ran, um sich ein paar Details genauer anzusehen. Er war sich sicher, dass er es mit bloßem Auge nicht richtig erkannt hatte. Er drehte den Kopf, um Henry anzusehen, der seinen Blick erwiderte.

»Was?«

»Warum sehe ich keine Seile?«, fragte August.

»Das wäre dann dieses Free-Solo-Ding, über das wir geredet haben. Nun, Seth würde sagen, es ist nur bouldern und dass das anders ist. Aber es ist immer noch Solo. Und free.»

»Also ich weiß, was Solo bedeutet. Aber … willst du mir sagen, dass free ohne Seil heißt? Ohne Karabiner? Haken? Gurte? All diese Dinge, die Kletterer benutzen, um sich nicht umzubringen? Das ist es, was in der Klettersprache ›free‹ heißt?«

»Er benutzt das ganze Zeug bei den großen Wänden. Du weißt schon, wenn es wirklich hoch hinauf geht. Wenn er zum Beispiel Angels Landing in Zion klettert. Natürlich.

Und Yosemite. Wenn er The Nose auf El Capitan hochklettert, benutzt er Kletterausrüstung. Er vergöttert die Kletterer, die die großen Wände ohne machen, aber er selbst tut es nicht. Aber das hier ist nur Kinderkram für ihn. Bouldern. Felsklettern. Das ist gerade mal zum Warmwerden.«

»Er ist, was … zwölf Meter hoch, wenn er oben angekommen ist?«

»Na, vielleicht neun. Vielleicht auch etwas mehr.«

»Er könnte sich das Rückgrat brechen, wenn er aus der Höhe runterfällt. Er könnte auf den Kopf fallen und sich umbringen.«

»Aber Seth fällt nicht.«

»Das heißt nicht, dass es nicht doch mal passieren könnte.«

»August«, sagte Henry, der Inbegriff von Geduld. »Zwei Dinge. Erstens fällt dir vielleicht auf, dass ich immer am Boden bin. Ich bin nicht derjenige, der in zehn Metern Höhe ist. Zweitens hab ich dir erklärt, dass dies etwas ist, das du nicht sehen willst. Du kannst also nicht behaupten, ich hätte dich nicht gewarnt.«

August seufzte und sah wieder durch die Kamera. Machte ein paar Fotos.

»Woran genau hält er sich fest? Das sieht aus wie glatter Felsen.«

»Winzige Risse, wenn er sie findet. Manchmal groß genug, dass man seine Finger reinhaken kann. Oder diese winzigen Vorsprünge im Fels, die man kaum erkennt, die aber groß genug sind, dass er sie greifen kann.«

»Das ist furchteinflößend.«

»Nicht für Seth. Nur um es noch mal zu wiederholen: Sag nicht, dass ich dich nicht gewarnt hätte.«

Einen Augenblick später war Seth oben auf dem Felsen angekommen. Er streckte sich und drehte sich ein Mal um sich selbst. Er entdeckte sie und winkte mit großer Geste über dem Kopf. August winkte zurück, allerdings etwas zurückhaltender.

»Gott sei Dank ist er gut oben angekommen.«

»Seth kommt immer gut oben an«, sagte Henry.

August war sehr gespannt darauf zu sehen, wie Seth wieder runterkommen würde. Aber ihm zuzusehen beantwortete keine seiner Fragen. Er verschwand einfach über dem Berggipfel. Einige Minuten später kam er um den Felsen herum nach vorne gegangen, die Füße wieder auf festem Boden.

August erwartete eigentlich, dass er auf direktem Weg zu dem Schattenplatz kommen würde, wo er und Henry saßen, also überlegte er verzweifelt, was er Positives über das Klettern sagen konnte. Ihm fiel absolut nichts ein. Aber das machte auch nichts. Denn Seth kam gar nicht zu ihnen. Er suchte sich einfach eine neue Felsformation und fing an, sie senkrecht hochzuklettern, wobei es aussah, als würde er sich an nichts festhalten.

»Oh«, sagte August, halb zu Henry und halb zu sich selbst. Er blickte kurz auf die Kamera runter, die in seinem Schoß lag. »Ich denke, ich sollte noch ein paar Fotos von ihm machen.«

»Das würde Seth gefallen. Er hat keine guten Bilder von sich selbst beim Klettern. Weil die Typen, mit denen er unterwegs ist, sich nicht mit einer Kamera belasten wollen. Einmal hat er mich mit nach Pinnacles genommen, und ich sollte vom Boden aus Fotos machen. Aber ich bin nicht so ein guter Fotograf wie Seth. Die Bilder waren nur okay. Nicht das, was er eigentlich wollte.«

August zoomte auf Seth, der jetzt fast halb die Wand hoch war. Aber das ermöglichte ihm zu sehen, wie wenig da war, an dem man sich festhalten konnte, und ihm brach der Schweiß aus. Ja, es wurde wärmer, aber das hier war eine andere Art

Schweiß. Er zwang sich trotzdem, ein paar gute Aufnahmen zu machen. Dann legte er die Kamera wieder hin, damit er den Aufstieg nicht in allen schrecklichen Einzelheiten sehen musste.

»Ich fühle mich, als würde ich gleich zuschauen müssen, wie er sich jeden Knochen im Leib bricht.«

»Daran gewöhnt man sich mit der Zeit«, sagte Henry und kraulte Woody hinter beiden Ohren.

Aber August hatte das deutliche Gefühl, dass er sich, im Gegensatz zu Henry, vielleicht nie daran gewöhnen würde.

* * *

Als Seth endlich zurück bei den Klappstühlen war, den Helm unter einem Arm und schweißüberströmt, war es fast halb elf. Die Schatten waren geschrumpft, was August und Henry zwang, sich dicht an den Felsen zu halten, und August wischte sich immer wieder mit dem Ärmel die Stirn.

»August ist fast verrückt geworden«, sagte Henry.

»Warum?«, fragte Seth. Als wenn August nicht direkt hier sitzen würde und es selbst sagen könnte.

»Wegen deines Kletterns.«

»Ich fand, dass es heute ziemlich gut gelaufen ist.«

»Er hatte gedacht, du würdest eine Kletterausrüstung benutzen.«

»Oh«, sagte Seth. »Na ja, das hier ist nur Kleinkram, August. Bouldern.«

»Aber … so ganz ohne Ausrüstung …«, begann August.

»Ich habe Ausrüstung.« Seth hielt stolz seinen Helm hoch. »Und …« Er zog seinen Gürtel herum, sodass eine kleine Tasche nach vorne kam, wo August sie sehen konnte. »Ich habe Kreide. Für meine Finger. Das reicht völlig aus für so was wie hier, wo ich nicht wirklich hoch klettere.«

Wieder antwortete Henry für August. »Er denkt, dass es hoch genug ist, um sich das Rückgrat oder so was zu brechen. Dad hat angerufen. Ich hab mit ihm geredet. Ich hab ihn angelogen, damit du das nicht machen musst. Aber er hat Woody bellen gehört. Also behalt das bitte im Hinterkopf, wenn du ihn anrufst. Woody ist mit uns unterwegs. August nicht.«

»Nun, Letzteres werde ich kaum vergessen«, erwiderte Seth. »Denkst du, er hat dir geglaubt?«

»Keine Ahnung.«

»Denkst du, er kann das irgendwie überprüfen?«

»Keine Ahnung.«

Seth sah zu August, und Henry tat es ihm nach.

»Denkst du, er wird uns Ärger machen, August?«

»Keine Ahnung«, sagte August.

* * *

Das Lagerfeuer knisterte und knackte, sein Rauch und sein Licht reichten bis in den kristallklaren nächtlichen Wüstenhimmel. August konnte die Menschen auf den benachbarten Stellplätzen hören, aber ihre Gegenwart schien gedämpft, als wenn eine weiche, unsichtbare Wand ihren eigenen Stellplatz umgab, die sie abschirmte und alles außerhalb ihrer eigenen kleinen Welt weniger wichtig, scheinen ließ.

Präge dir jedes Detail ein, sagte er sich. Der letzte Sommer mit Lagerfeuern.

Plötzlich hatte er eine deutliche Erinnerung an ein anderes Lagerfeuer, das, das er und die Jungs in ihrer ersten Nacht in Yellowstone gemacht hatten. Das Feuer, in das sie die erste Handvoll von Phillips Asche gestreut hatten. August fragte sich, warum sie nichts von der Asche verstreuten, die Seth unbedingt hatte mitnehmen wollen. Und wenn nicht hier, wo dann?

»Ich habe genug vom Sitzen«, sagte Henry. »Ich gehe ein Stück mit Woody. Jetzt wo es endlich nicht mehr so heiß ist.«

»Wie willst du sehen, wo du langgehst?«, fragte August.

»Ich nehme Seth' Stirnlampe.«

Henry stand auf und wischte sich den Sand vom Hosenboden.

»Pass auf die Kojoten auf«, mahnte Seth.

»Sehr witzig«, erwiderte Henry.

»Das war kein Witz.«

Henry schüttelte den Kopf und trat vom Feuer weg. Ließ Seth und August mit all den Worten allein, die so überdeutlich unausgesprochen seit dem Morgen zwischen ihnen hingen.

»Wie lange kletterst du schon so?«, fragte August.

»Im Prinzip seit du uns wieder zu Hause abgesetzt hattest. Du weißt schon. Damals im September. Als ich zwölf war. Ich habe an der Rückseite der Werkstatt eine Kletterwand gebaut. Ich hab da fünf Stunden am Tag verbracht. Nachdem ich den Führerschein hatte, habe ich dann ernsthaft losgelegt. Du weißt schon. Richtige Wände.«

»Du hast es nie erwähnt.«

»Ich wollte das vermeiden, was wir hier gerade machen.«

Sie starrten eine Weile schweigend ins Feuer. Es brannte jetzt sehr heiß, und August konnte die Hitze auf den Wangen spüren. In den Augen.

»Ich fühle mich verantwortlich«, sagte er.

»Warum das denn?«

»Weil ich dich nach Zion mitgenommen habe. Und dich in den Shuttle-Bus gesetzt habe, der dich dahin gebracht hat, von wo aus du die Kletterer bei Angels Landing sehen konntest.«

»Meine Güte, August. Ich dachte, ich bin der mit dem übertriebenen Verantwortungsgefühl. Denkst du, ich hätte früher oder später nicht irgendwas gesehen, was man hoch-klettern kann? Mit jemandem, der genau das tut?«

August beantwortete diese Frage nicht. Die Unterhaltung kam ins Stocken, und sie starrten wieder stumm ins Feuer.

»Es ist meine Lebensgrundlage, August.«

»Nein, ist es nicht.«

»Wie kannst du das sagen? Denkst du, ich kenne meine eigene Lebensgrundlage nicht?«

»Offensichtlich nicht. Deine Lebensgrundlage ist dein Job.«

»Ich habe im Moment aber keinen Job.«

»Du verstehst mich nicht, Seth. Du weißt nicht, was das Wort Lebensgrundlage bedeutet. Es bedeutet nicht, die Dinge, die dein Leben erfüllen. Es bedeutet, womit du dein Geld verdienst. Was dafür sorgt, dass du Essen kaufen kannst. Was dich am Leben erhält.«

»Aber das ist nicht das, was es heißen sollte.«

»Englisch ist eine merkwürdige Sprache.«

»Ja, vermutlich.«

»Es ist dein *Raison d'Être*.«

»Wow. Englisch ist wirklich eine merkwürdige Sprache.«

»Das ist Französisch.«

»Das weiß ich. Ich hab nur einen Scherz gemacht.«

»Oh. Weißt du auch, was es heißt?«

»Ich vermute mal, dass es das heißt, was ich dachte, was Lebensgrundlage ist.«

»Es bedeutet: der Zweck deines Daseins. Aber ich denke immer noch nicht, dass eine körperliche Betätigung der Zweck deines gesamten Daseins sein sollte.«

Wieder Schweigen.

Dann erwiderte Seth: »Alles, was ich weiß, ist, dass es mich ... du weißt schon ... zu mir macht. Wenn man arbeitet oder zur Schule geht, wiederholt man nur immer denselben Tag, weißt du? Zur Arbeit gehen, nach Hause kommen, essen. Wäsche waschen. Schlafen. Und dann merkt man, dass die Tage richtig schnell vergehen. Und dass sie alle irgendwie gleich sind. Und dann bekommt man dieses Gefühl: Das kann es nicht sein. Das kann nicht alles sein. Das kann nicht … du weißt schon … das ganze Leben sein. Da muss noch mehr sein. Das ist es, was das Klettern für mich ist. Es ist das Mehr. Es ist die Sache, die mich fühlen lässt, dass das Leben genug ist. Komm schon. Du weißt, was ich meine, August. Was ist es, was dafür sorgt, dass dein Leben sich ausgefüllt anfühlt?«

August seufzte tief und wünschte sich, er hätte eine schnelle, gute Antwort.

»Ich habe ein ziemlich ruhiges Leben gelebt«, sagte er.

»Aber du bist im Sommer gereist. Den ganzen Sommer. Das ist dein Mehr. Richtig?«

»Ich denke schon, ja.«

»Also weißt du, was ich meine.«

August seufzte wieder. »Ich kann mir nur nicht vorstellen, dass es wert ist, dein Leben dafür zu opfern.«

»Aber du weißt doch gar nicht, ob ich mein Leben dafür opfern werde.«

»Und du weißt nicht, ob es nicht so sein wird. Kletterer kommen ums Leben.«

»Autofahrer kommen ums Leben, August. Hast du irgendeine Vorstellung, was für ein Risiko du eingegangen bist? All diese Tausenden von Meilen auf der Autobahn jeden Sommer? Menschen sterben auf der Autobahn. Aber Autofahrer sehen sich an, was ich tue, und sagen: ›O mein Gott, du könntest ums Leben kommen.‹ Aber dann steigen sie in ihr Auto und fahren los und denken da überhaupt nicht drüber nach. Einige sind mit über hundertdreißig Stundenkilometern unterwegs. Einige schnallen sich nicht einmal an. Nicht weil es sicherer wäre. Aber es fühlt sich sicherer an. Weil sie

333

daran gewöhnt sind. Ich wette, wenn wir ein paar gute Statistiken suchen, finden wir heraus, dass es viel wahrscheinlicher ist, dass ich auf der Autobahn unterwegs nach Joshua Tree ums Leben komme, als wenn ich auf ein paar zehn oder zwölf Meter hohe Felsen klettere. Aber du würdest trotzdem nie zu mir sagen: ›Bitte, Seth, steig nicht in das Auto ein. Das ist zu gefährlich. Du könntest ums Leben kommen.‹«

»Nein, vermutlich nicht«, sagte August.

Aber das änderte nicht wirklich etwas daran, wie er sich fühlte.

»Also verstehst du es?«

Fast hätte er Nein gesagt. Einfach nur Nein. Aber er erwischte es gerade noch auf dem Weg nach draußen und änderte es in etwas marginal Positiveres.

»Ich arbeite daran, es zu verstehen«, sagte er.

Beinahe so, als würde er in dieser Richtung schon Fortschritte machen.

Tat er aber nicht.

Kapitel 23

Raison d'Être

August öffnete die Augen. Sah aus dem Fenster des Wohnmobils.

Da draußen war Zion.

Nicht dass er nicht auf einer gewissen Ebene gewusst hatte, dass es so sein würde. Er hatte es nur im Schlaf vergessen.

Er blickte hoch und entdeckte Henry in der Kochnische, wo er Frühstück machte. Seth war nicht da. Was genau das war, was er die letzten acht oder neun Tage gesehen hatte, wenn er morgens die Augen aufgemacht hatte. Fast seit dem ersten Tag der Reise. Henry kochte, Seth war weg.

»Das ist ein intensives Déjà-vu«, bemerkte August und zeigte auf die Aussicht vor dem Fenster.

»Stimmt«, antwortete Henry, als wäre er nur halb hier und halb woanders.

»Selbst wie die Pappelflocken herumfliegen. Genau wie vor acht Jahren. Jedes Detail.«

»Außer dass ich keine Angst habe.«

»Als wir nach Zion gekommen sind, hattest du immer noch Angst?«

»Ja, schon.« Woody machte Männchen und bettelte um den Toast, den Henry gerade mit Butter bestrich. Henry ignorierte ihn. »Ich würde gerne wissen, wie man das Zeug wirklich nennt. Das Pappelzeug. Du bist der Wissenschaftler, August. Ich hätte gedacht, du weißt so was.«

»Naturwissenschaftslehrer.«

»Gibt's da einen Unterschied?«

»Auf jeden Fall. Ich vermute, man nennt sie einfach Pappelsamen. Wo ist Seth?«

»Schon weg.«

»Er ist immer schon weg, wenn ich aufwache. Er ist nicht schon auf dieser großen Klettertour, oder?«

»Nein. Er guckt, ob er jemand anderen findet, der auch Solo klettert. Oder eine Gruppe, der er sich anschließen kann. Weil du ihm das Leben wegen des Solo-Kletterns so schwer gemacht hast.«

»Oh. Nun. Aber das ist doch gut, oder?«

Henry antwortete nicht.

»Manchmal bist du wirklich still«, sagte August, »und es ist so, als wenn das etwas bedeutet. Meistens, wenn es eine Frage ist, die du nicht beantworten willst.«

Henry drehte die zwei Spiegeleier in der Pfanne auf dem Herd um, wobei er sich Mühe gab, die Eigelbe nicht kaputt-zumachen. Er blieb weiter still.

»Bestätigen oder verneinen«, sagte August.

»Ich sag Leuten nicht gern, was sie tun sollen.«

»Und wenn sie darum bitten?«

»Mag ich es immer noch nicht.«

»Ist es nicht besser, wenn er nicht allein klettert?«

»Ich weiß nicht. Vielleicht. Aber ich glaube, darum ist er immer schon weg, bevor du aufwachst. Du hast ihm ganz schön zugesetzt wegen des Kletterns.«

»Weil ich mir Sorgen mache«, sagte August.

Henry antwortete nicht. August fragte sich, ob sein Schweigen das Übliche bedeutete.

Er starrte aus dem Fenster auf die hohen Felswände, seine Sicht zum Teil von Pappeln verdeckt. Roch das Frühstück. Hörte dem Fluss zu.

»Ich hoffe, er passt auf, wen er sich aussucht«, sagte August, mehr zu sich selbst. »Das könnte fast gefährlicher sein, als allein zu gehen. Mit der falschen Gruppe loszuziehen. Jemand, der zu schnell klettern will oder nicht aufmerksam genug sichert«, fuhr er fort und benutzte einen der wenigen Kletterbegriffe, die er bei Seth aufgeschnappt hatte. »Oder mit der Ausrüstung nicht sorgfältig ist. Oder wenn seine Sachen alt und nicht mehr zuverlässig sind. Ich hoffe, er weiß, wie wichtig das ist.«

August blickte zu Henry hinüber, der das Frühstück anrichtete. Der Junge biss sich auf die Lippe. Es schien August, als würde er sich im übertragenen Sinne auf die Zunge beißen.

»Du machst es schon wieder«, stellte er fest.

»Ich mag es nicht, Leuten zu sagen, was sie tun sollen, August.«

»Warum sagst du mir nicht einfach, was du denkst?«

August setzte sich auf, stopfte sich die Kissen hinter den Rücken, und Henry reichte ihm das Frühstück. August sah zu, wie der Junge sich mit seinem eigenen Teller auf die Couch setzte. Aber Henry aß nicht. Er starrte sein Essen nur an. Als wenn es den ersten Schritt machen müsste.

Woody wagte sich zu nah ran, aber Henry wies ihn nicht zurecht. August rief scharf Woodys Namen, und der Hund sprang beschämt herunter.

August dachte schon, Henry würde nie antworten. Nie sagen, was er dachte. Aber darin irrte August sich. Sogar sehr.

»Ich bin froh, dass er früh losgezogen ist, August. Das ist es, was ich denke. Ich bin froh, dass er nicht da war und nicht hören konnte, was du eben gesagt hast. Kannst du dir vorstellen, wie er sich dann gefühlt hätte? Seth klettert seit acht Jahren, August. Acht Jahre. Seit er zwölf ist. Du hast keine Ahnung, wie viel er darüber weiß. Du redest mit ihm, als wenn du die Risiken kennst und er nicht. Er weiß alles übers Klettern und dazu gehört auch, was alles schief gehen kann. Du hast keine Ahnung, wie viel Mühe er sich gibt, die Risiken möglichst gering zu halten. Er beschäftigt sich ganz intensiv damit. Aber du nimmst ihm das alles weg, wenn du solche Dinge sagst. Du siehst dir an, was er tut, und es sieht gefährlich aus, und du redest dann mit ihm, als ob er das überhaupt nicht wüsste. Wenn es jemand anderes wäre, würde er vermutlich nur den Kopf schütteln und weggehen. Aber er bewundert dich sehr. Es ist wirklich schwer für ihn. Es tut ihm weh, August.«

Dann hörte er auf zu sprechen, genauso abrupt. Drehte das Gesicht weg. Sah aus dem Fenster. Niemand sprach. Oder aß. August hatte plötzlich jeden Appetit verloren.

»Tut mir leid«, sagte Henry.

»Ich hatte gefragt.«

»Ich rede nicht gern so mit Leuten. Also, ich rede eigentlich überhaupt nicht gern mit Leuten. Nur mit dir. Mit dir rede ich gerne. Aber nicht so.«

* * *

Später am Vormittag machten August und Henry einen kurzen, langsamen Spaziergang mit Woody und legten am Besucherzentrum eine Pause ein. August saß mit Woody draußen auf der Bank, während Henry hineinging und sich umsah.

August beobachtete, wie Frauen und Männer in Wanderkleidung und mit Rucksäcken und Wanderstöcken in die Shuttlebusse stiegen, und seine Laune sank.

Irgendwann kam Henry zurück, und sie gingen auf einem Lehmpfad am Flussufer schweigend zurück zum Stellplatz.

Seth war wieder am Wohnmobil. Er hatte einen Freund dabei, einen jungen Mann, ein paar Jahre älter, mit wildem schwarzem Haar, der nur Shorts und Turnschuhe trug. Sein Körper war schlank und sehnig, seine Brust schmal, aber er war ganz offensichtlich gut in Form. Seine Haut war von den vielen Stunden in der Sonne tief gebräunt.

Er und Seth sortierten eine erstaunliche Menge an Kletterausrüstung, die sie sorgfältig auf dem Picknicktisch vor sich ausgebreitet hatten. Seile und Sicherungsgerät, Dutzende Karabiner, Nylonschlingen, Ausrüstungstaschen. Ein Dutzend anderer Gegenstände, die August noch nie gesehen hatte. Er hatte keine Ahnung, wie sie hießen, geschweige denn, wofür man sie brauchte. Sorgfältig nebeneinander ausgebreitet nahmen sie den ganzen Tisch ein.

Henry beugte sich vor und flüsterte August ins Ohr: »Ich wette, du hattest keine Ahnung, dass man das alles braucht.«

»August!«, rief Seth, der plötzlich den Kopf hob. Er hörte sich munter an, fast künstlich fröhlich. »Das ist Dwayne.«

August stützte sich vorsichtig auf seinen linken Stock, lehnte den anderen gegen sein rechtes Bein und schüttelte dem jungen Mann die Hand.

»Sein Kletterpartner ist krank geworden«, fuhr Seth fort.

»Vielleicht«, sagte Dwayne. »Oder vielleicht hat er auch nur einen ernsthaften Blick auf Moonlight Buttress geworfen.«

August fiel auf, dass Seth leicht das Gesicht verzog.

Dwayne fuhr fort, die Ausrüstung zu ordnen und zu zählen, während Seth August zur Seite nahm.

»Bitte sag vor Dwayne nichts Schlechtes übers Klettern«, bat er.

August fühlte sich überraschend stark getroffen. Er fragte sich, wie lange Henry sich vor diesem Morgen zurückgehalten hatte, gezögert hatte, für seinen Bruder zu sprechen, und ob die Dinge sogar noch schlechter standen, als er sie dargestellt hatte. Er fragte sich, ob Seth' Bemerkung nur die Spitze eines Eisberges war, den er geschaffen hatte.

»Das hätte ich ohnehin nicht«, sagte er.

»Okay, gut. Danke.«

Obwohl das vielleicht nicht wirklich stimmte, dachte August. Vielleicht hätte er es doch getan. Er war sich nicht mehr sicher.

»Moonlight Buttress?«, fragte er, als er sich wieder zu den anderen dazugesellte. »Ich dachte, ihr wolltet zu Angels Landing?«

»Ja. Mehr oder weniger«, sagte Dwayne. »Die sind direkt nebeneinander.«

»Wir können immer noch den Angels Landing Trail hiken«, fügte Seth hinzu.

»Wann geht's los?«

»Heute Abend mit dem letzten Shuttle.«

»Nicht morgen früh?«

»Nein, da fahren alle los – das erste Shuttle am Morgen. Wir fahren heute Abend. Klettern im Mondlicht mit Stirnlampen. Es ist sicher, was die Griffe angeht, aber wenn es zu schwierig wird, die Route zu finden, müssen wir vielleicht anhalten und biwakieren. Du musst mich hier einfach mal machen lassen, August. Unser Plan ist es, es in etwa vierundzwanzig Stunden non-stop zu durchklettern. Aber viele Dinge können dafür sorgen, dass wir den Plan ändern müssen. Wir könnten hinter einem Team steckenbleiben, an dem wir nicht vorbeikommen. Wir könnten im Dunkeln die Route verlieren. Du musst akzeptieren, dass wir zwei oder drei Tage weg sein werden … vielleicht auch länger … Aber das heißt nicht, dass bei uns nicht alles okay ist.«

August schluckte schwer und verlegen, sein Mund plötzlich trocken. Er dachte, dass sich das schwierig und angsteinflößend anhörte. Zwei, drei Tage im Wohnmobil zu sitzen und es einfach hinzunehmen. Voller Vertrauen.

»Okay«, sagte er und fand, dass sich das schwach anhörte. »Vielleicht nehmen wir morgen das Shuttle und schauen mal, ob wir euch sehen können.«

Seth zog Ausrüstungsteile auf einen Nylongurt, und August fragte sich, ob das der einzige Grund war, warum er seinen Blick nicht erwiderte.

»Äh …«, sagte er nach einiger Zeit. »Wir sind zu weit weg.«

»Ich habe meine Kamera mit dem Superzoom.«

Seth schloss den Gurt und warf ihn mit einem großen klirrenden Rasseln zurück auf den Picknicktisch. Dann nahm er August am Arm und führte ihn zur Hecktür des Wohnmobils.

Er sagte leise: »Versteh das jetzt nicht falsch, August, aber … bitte komm nicht, um uns zuzusehen. Bitte. Es sieht gefährlicher aus, als es ist. Vor allem wenn man nicht viel vom Klettern versteht. Ich habe das Gefühl … wenn ich denke, dass du zusiehst … dass ich dann … dass ich dann die nervöse Energie von dir mitbekomme. Nun … nicht genau nervös, aber … negativ. Als wenn es da eine Art negativer Energie gibt, die ich spüren kann. Ich meine, ich weiß, dass das nicht wirklich geht. Ich mache mir nur Sorgen, dass ich versuche, es in der Luft zu spüren, weil ich darüber nachdenke, ob ich es wohl fühlen kann. Ich werde mir Sorgen machen, ob du dir Sorgen machst. Jede Seillänge, jeder Griff, statt einfach nur darüber nachzudenken, was ich tue, würde ich darüber nachdenken, wie das, was ich tue, auf dich wirken wird. Und ich mach mir Sorgen, dass mich das ablenken wird. Bitte lass mich das tun, ohne zuschauen zu kommen. Okay?«

»Sicher. Ja. Natürlich, Seth. Das geht in Ordnung.«

Dann verbrachte August die nächsten ein, zwei Stunden damit, den jungen Kletterern zuzuhören, wie sie sich in etwas unterhielten, was sich wie eine fremde Sprache anhörte. Hier und da verbunden durch ein paar Wörter Englisch, aber sonst voller Fachjargon, der genauso gut Russisch oder Suaheli hätte sein können, so wenig verstand er davon.

Während er zuhörte, fragte sich August, ob er seine verletzten Gefühle so gut hatte verbergen können, wie er es hoffte.

* * *

»Ich wollte dich gerade suchen kommen«, sagte Henry, als August langsam zum Wohnmobil zurückkam. »Ich schwöre dir, ich war kurz davor, in den Shuttlebus zu steigen und jede Ecke des Parks nach dir abzusuchen.«

August wollte etwas dagegen sagen, aber er war zu müde. Es war anstrengend, auch nur zu laufen. Er bemerkte, dass der junge Mann, Dwayne, weg war, und fühlte sich aus Gründen, die er nicht genau benennen konnte, ein wenig erleichtert.

»Hilf mir bitte rein«, bat er.

Seth hörte das und kam raus, und sie stellten sich auf ihre Plätze, um August die drei hinteren Stufen hinaufzuhelfen. Jeder auf einer Seite, die Arme hochgestreckt, um August fest unter den Oberarmen zu fassen, bis er ganz oben war.

»Hier, nimm meine Tasche«, sagte er und gab sie Seth.

Seth stellte sie auf die Erde, und sie halfen ihm nach oben. Fast zu schnell. Es war kühl im Wohnmobil. Die Klimaanlage lief auf Hochtouren. August setzte sich mit einem Seufzer aufs Sofa. Henry reichte ihm sofort einen Becher Wasser. Als wenn dieser Ablauf auf höchste Effizienz getrimmt worden war.

»Ich war nicht im Park«, antwortete er Henry leicht verspätet. »Ich war in der Stadt. Springdale. Ich bin mit dem Shuttle nach Springdale gefahren.«

»Aber warum allein?«, fragte Seth. »Ich hab mir ziemliche Sorgen gemacht.«

»Ich kann allein losziehen.«

»Ich weiß. Aber warum? Warum wolltest du nicht, dass wir mitkommen?«

»Ich habe nach etwas gesucht und wollte mich allein umsehen. Ich habe dir etwas gekauft.«

Seth sah sich um, als wenn August mit Henry sprechen müsste.

»Wem? Mir?«

»Ja, dir. Wo ist die Tasche?«

»Ups. Hab ich draußen gelassen.«

Seth stürzte aus der Tür und kam mit der Tasche in den Händen zurück. Er wischte den roten Staub ab und hielt sie August hin.

»Gib sie nicht *mir*«, sagte August. »Ich hab dir doch gesagt, es ist für *dich*.«

»Oh. Genau.«

»Aber bevor du es aufmachst …« Alles schien innezuhalten. Und jeder. Selbst Woody bewegte sich nicht. August suchte nach Worten. Tatsächlich war er seltsam verlegen, was das Geschenk betraf, und sich seiner Sache überhaupt nicht sicher. Es war entweder ein wundervolles Geschenk oder ein schreckliches, das Beste oder das Schlimmste, was er hätte tun können. Aber angesichts dieser beiden Alternativen fragte er sich, ob er es nicht einfach ausprobieren müsste. Es herausfinden müsste. »… ich habe immer noch den Kassenbon. Ich will also, dass du mir wirklich sagst, wenn es etwas ist, was du nicht willst. Wenn du denkst, dass es dich irgendwie ablenken würde. Du wirst damit nicht meine Gefühle verletzen …«

Doch, wirst du, dachte August. *Ein wenig.* Aber er wollte trotzdem, dass Seth ihm die Wahrheit sagte.

Seth spähte in die Tasche.

»Oh, cool!«, sagte er. »Eine Helmkamera.«

»Du musst nicht sagen, dass sie dir gefällt, wenn es nicht so ist.«

»Nein, das ist toll, August. Die sind richtig cool. Ich habe einiges gesehen, was Kletterer mit so was gefilmt haben. Es ist super intensiv. Ganz nah dran, weißt du? Jedes Mal, wenn du runterguckst, um etwas von deinem Gurt abzuschnallen, kannst du bis ganz nach unten sehen. Du siehst diese Griffe, die man eigentlich nur ertastet hat. Aber, Mann, August. Diese Dinger sind teuer! Was denkst du, warum ich keine habe?«

»Ich habe auch Kreditkarten«, sagte August.

»Wow, Mann, danke, August.«

»Ich dachte nur … Ich will wirklich gerne sehen, was du machst, Seth. Aber du willst nicht, dass ich zusehe, was ich irgendwie verstehen kann, weil ich bei dieser Sache doch ziemlich nervös bin. Aber ich dachte, wenn du die hier anmachst, wenn du anfängst zu klettern, könnte ich mir das später ansehen. Wenn du wieder da bist. Und dann brauch ich auch nicht nervös sein, weil du ja wieder zurück bist. Aber wenn du denkst, dass sie zu schwer oder irgendwie störend ist … Also sie wiegt nur achtzig Gramm, aber …«

»August«, fiel Seth ihm ins Wort.

»Was?«

»Bitte hör auf, dich zu entschuldigen. Es ist ein tolles Geschenk.«

»Wirklich.«

»Ja, ist es.«

Er lehnte sich über die Couch, dahin, wo August saß, und umarmte ihn ungelenk, aber ehrlich. Es fühlte sich an wie die Umkehr einer magnetischen Polarität. Seth hatte sich die letzten Tage von ihm entfernt. August hatte gar nicht bemerkt wie sehr, bis Seth schließlich wieder zu ihm zurückgekehrt war.

* * *

»Wir sollten heute das Shuttle nach Zion Canyon nehmen«, sagte August.

Es war am Morgen. August war schon auf und geduscht. Angezogen. Henry wusch gerade das Geschirr vom Frühstück ab.

Seth war seit dem gestrigen Abend um neun Uhr weg. Klettern. Das war eine Tatsache, die August immer im Hinterkopf hatte, worüber er sonst auch immer nachdachte oder redete.

Als Henry nicht antwortete, sagte August: »Du weißt schon. Wie damals. Wie vor acht Jahren. Zum Weeping Rock wandern. Vielleicht sogar ein Stück den River Trail entlang. Wir müssen mal sehen, wie viel ich schaffe.«

Immer noch keine Antwort.

»Henry. Machst du es schon wieder?«

»Was, August?« Aber er sagte es, als wüsste er genau, was August meinte.

»Du weißt schon. Wo du nicht sprichst, weil du Leuten nicht gerne sagst, was sie tun sollen. Weil du nicht gerne mit Menschen so redest.«

»Ich rede überhaupt nicht gerne mit Menschen.«

»Aber ich bin es doch.«

»Ich habe mich gefragt, ob das dein Weg ist, dein Versprechen zu brechen, Seth nicht beim Klettern zuzusehen.«

»Nun, wir sehen vielleicht eine Ameisenspur die riesige Felswand hochklettern, aber wir werden nicht nah genug sein, um zu erkennen, wer davon Seth und Dwayne sind.«

»Du hast gesagt, du könntest deinen Superzoom verwenden.«

August seufzte. Es war nur die Wahrheit gewesen, als Henry behauptet hatte, er würde alles beobachten, sich alles merken, aber nicht sprechen. Aber August zwang ihn zu sprechen. Also sprach er.

»Ich sag dir was«, schlug August vor. »Nur Weitwinkelaufnahmen, und nicht von Moonlight Buttress. Du kannst mein Aufpasser sein.«

»Sag die Wahrheit, August. Warum willst du das machen?«

»Weil ich heute etwas nervös bin, und ich habe das Gefühl, ich warte nur darauf, dass Seth zurückkommt, und es wird ein viel zu langer Tag, wenn wir nur hier die ganze Zeit rumsitzen und nichts tun.«

»Okay, in Ordnung«, erwiderte Henry. »Das ist gut genug. Lass uns gehen.«

* * *

»Du schaust immer wieder da rüber«, stellte Henry fest, während das Shuttle die enge und gewundene Straße entlang und an Angels Landing und Moonlight Buttress vorbeifuhr.

»Ja, das tue ich wohl. Ist das schummeln?«

»Ich weiß nicht.«

»Es ist nur so eine hohe Wand. Und so … senkrecht.«

»Tatsächlich ist sie sogar mehr als senkrecht. An manchen Stellen hängt sie etwas über. Oder … warte mal. Vielleicht auch nicht. Vielleicht verwechsle ich es mit der Nose-Route am El Capitan. Aber eine der Wände, die er auf dieser Reise erklettern will, hängt über.«

»Oh. Nun, danke. Jetzt geht's mir besser.«

»Was du nicht vergessen darfst, August, ist, dass Seth viele Wände wie diese erklettert hat. Das ist nicht irgend so ein super spezielles tolles erstes Mal. Das ist nur das erste Mal, dass du weißt, dass er es macht.«

Sie fuhren einige Momente schweigend weiter, hörten dem Fahrer zu, der die Sehenswürdigkeiten und die Haltestellen ansagte.

»Und das soll mir helfen?«, fragte August schließlich.

»Ich dachte, es könnte zumindest nicht schaden«, erwiderte Henry.

* * *

Henry hielt auf dem kurzen, aber recht steilen Weg zum Weeping Rock einen von Augusts Stöcken, und August legte dem Jungen einen Arm um die Schultern. Henry trug vermutlich gut sein halbes Gewicht, aber es schien ihm nichts auszumachen.

»Das erinnert einen wirklich an früher«, sagte Henry. »Oder?«

»Hattest du immer noch Angst, als wir hier hochgegangen sind?«

»O ja.«

»Vor mir?«

»Ja, vor dir. Aber auch vor allem anderen.«

»Wann hast du aufgehört, Angst vor mir zu haben?«

»Als du mich auf dem Rücken nach Angels Landing hochgetragen hast.«

Sie gingen schweigend ein Stück weiter, standen dann unter dem Überhang und lehnten sich auf die Brüstung, schauten hinaus. Als wenn sie unter dem Dach einer trockenen Veranda stünden und durch den Regen in einen trüben Tag schauten. Henry steckte nicht den Kopf in das fallende Wasser.

»Willst du auch aufs College?«, fragte August.

»Ich bin mir noch nicht sicher.«

»Was sollte dich abhalten?«

»Ich bin nicht so gut in der Schule wie Seth. Niemand ist so gut in der Schule wie Seth. Ich würde vermutlich kein Vollstipendium bekommen.«

»Warum nicht auf ein Community College?«

»Bei uns gibt es keins. Das nächste wäre fast siebzig Kilometer entfernt. Ich weiß nicht, wo ich ein gutes Auto und das Geld fürs Benzin herkriegen soll. Und außerdem will ich ausziehen, wenn ich achtzehn bin. Ich will weg.«

August lehnte sich vor und starrte durch die Tropfen. Fragte sich kurz, ob Woody allein beim Wohnmobil traurig war. Es gehörte zur Tradition, sich das hier zu fragen.

Das einzige andere Paar, das mit ihnen unter dem Weeping Rock stand, machte sich auf den Rückweg, was August das Gefühl gab, ihm und Henry gehörte der Park, und sie könnten ihn ganz allein genießen.

»Na, dann zieh irgendwo hin, wo es ein College gibt.«

»Ja, aber … Essen. Miete. Auto. Benzin. Ich bin mir nicht sicher, ob ich es mir leisten könnte, weiter zur Schule zu gehen, wenn ich arbeite und alles selbst bezahlen muss. Vielleicht könnte ich es. Aber es hört sich angsteinflößend an. Das ist eine große Sache.«

August nickte. Widerstrebend machten sie sich zurück auf den Weg zur Shuttlehaltestelle, langsam und stockend, und August musste sich stark auf ihn stützen.

»Lehne ich mich zu sehr auf dich?«

»Nein. Gar nicht. Ist alles gut.«

»Ich wiege aber so viel mehr als du. Muss ganz schön anstrengend sein.«

»So wie ein Kind auf dem Rücken zum Scout Aussichtspunkt bei Angels Landing zu tragen? So anstrengend etwa? Du hast deinen Teil getan, August. Jetzt bin ich an der Reihe.«

* * *

Sie machten eine Pause und lehnten sich mit dem Rücken gegen die kühle, feuchte Felswand am River Trail. Sahen zu, wie das Wasser vorbeifloss. Ließen die Leute an sich vorbeigehen.

August wusste, dass er sich überanstrengte, aber er wollte es trotzdem tun. Er würde müde sein. Aber es würde ihn nicht umbringen. Und vielleicht würde ihm »müde« guttun.

»In San Diego, in der Nähe, wo ich wohne, gibt es ein Community College«, sagte er nach einiger Zeit. »Nun, nicht wirklich nah. Vielleicht fünfzehn Meilen entfernt. Aber es gibt öffentlichen Nahverkehr. Busse. Das ist ziemlich billig.«

Ein langes Schweigen.

Dann sagte Henry: »Lädst du mich ein, bei dir zu wohnen, während ich aufs College gehe?«

»Ja, ich glaube, das tu ich. Wenn du es willst.«

»Das ist ein ziemlich großzügiges Angebot, August. Bist du dir sicher, dass du da nicht noch mal drüber nachdenken willst?«

»Da muss ich nicht drüber nachdenken. Ich wäre sehr froh, wenn du zu mir ziehen würdest. Aber deinem Dad würde das nicht gefallen.«

»Wenn ich erst mal achtzehn bin«, erwiderte Henry, »ist es vollkommen egal, was ihm gefällt und was nicht.«

Kapitel 24

Von Kreide weiße Hände

Henry und August saßen in ihren bequemen Campingstühlen in der Abenddämmerung zusammen vor dem Lagerfeuer. Sie warteten. Es war etwa acht Uhr abends, eine oder zwei Stunden vor dem frühesten Zeitpunkt, an dem Seth zurückkommen konnte. August konnte vorgeben, viele Dinge zu tun. Sich entspannen zum Beispiel und reden. Natürlich konnte er nicht für Henry sprechen. Aber im Inneren wartete er. Wartete und bereitete sich auf mehrere Extra-Tage vor. Verstellte seine innere Uhr um mindestens achtundvierzig Stunden. Weil er es vorzog, das Schlimmste zu erwarten und dann angenehm überrascht zu werden.

Nun, nicht das Schlimmste. Das Schlimmste, was die Zeitplanung anging. Über das tatsächlich Schlimmste weigerte er sich nachzudenken.

Er ließ eine Hand bis fast an die Erde hängen und kraulte Woody zwischen den Schulterblättern.

Er war überrascht, als Henry sprach.

»Also ich frage dich dann noch mal am Ende der Reise. Falls du deine Meinung doch noch änderst.«

»Fragst mich was?«

»Ob du mich wirklich für vier Jahre bei dir wohnen haben willst.«

»Ich werde meine Meinung nicht ändern.«

»Ich werde dich trotzdem noch mal fragen.«

Woody begann, an der Leine zu zerren und zu jaulen. August nahm an, dass er irgendein kleines Tier gewittert hatte. Er machte sich nicht einmal die Mühe, aufzusehen.

»Hey!«, sagte Henry. »Seth ist ein wenig früher zurück als erwartet.«

August versucht, auf die Füße zu springen, aber es klappte nicht. Seine Erleichterung und das Glück, das ihn durchströmte, verdrängten jeden anderen Gedanken aus seinem Kopf. Und das schloss die Tatsache ein, dass er dieser Tage nicht mehr auf die Füße springen konnte.

Seth stolperte auf den Stellplatz zu, als wenn er die zwanzig Schritte, die er noch hinter sich bringen musste, vielleicht nicht mehr schaffen würde. Er trug kein Shirt. Das war um seine Taille geschlungen. Seine nackte Brust und die Beine sahen schmerzhaft sonnenverbrannt aus und waren mit Staub und Schweiß bedeckt. Das Haar klebte ihm am Kopf. Unter dem Helm hatte er geschwitzt, und jetzt war ihm das Haar so getrocknet. Seine Hände waren weiß von den Kreideresten, die er noch nicht abgewaschen hatte. Was nach zehn bis fünfzehn Pfund Ausrüstung aussah, hing sorgfältig aufgereiht an seinem Gürtel, seine Kletterseile hatte er ordentlich aufgerollt und über eine Schulter geschlungen. Unter dem anderen Arm trug er den Helm, an der noch immer mit Gummibändern die geschenkte Kamera befestigt war.

Er wirkte, als würde er dort, wo er stand, einschlafen oder kurz vor dem Stellplatz einfach zu Boden sinken. Aber als er August ansah, lächelte er auf eine Art, die unglaublich glücklich aussah.

Tatsächlich wirkte er glücklicher, als August ihn je zuvor gesehen hatte. Oder es selbst je gewesen war.

Henry sprang auf die Füße, um seinem Bruder seinen Platz anzubieten.

»Hier. Schmeiß dich hierhin, Seth. Ich hole mir den anderen Stuhl.«

Seth ließ seine ganze Ausrüstung einfach auf den sandigen Boden zu seinen Füßen fallen und nahm Henrys Aufforderung offensichtlich wörtlich. Er setzte sich nicht langsam. Er schmiss sich hin. August verzog das Gesicht und fragte sich, ob der Stuhl das aushalten würde.

Er tat es.

»Du bist früher zurück, als wir gedacht hätten.«

»Jap. Wir waren richtig gut. Wir sind hinter niemandem steckengeblieben, und wir sind auch nicht von der Route abgekommen. Etwa neunzehn, zwanzig Stunden hoch und ein paar runter. Ich weiß nicht genau. Ich hab beim Runterkommen irgendwann die Übersicht verloren.«

»Ist das irgendwie ein neuer Rekord?«

Seth schüttelte sich aus vor Lachen, offensichtlich waren seine Schutzschilde komplett unten. »Alex Honnold hat das in dreiundachtzig Minuten gemacht.«

»Wie ist das überhaupt möglich?«

»Er ist Alex Honnold. Außerdem hat er es free gemacht. Er hat keine Seile benutzt. Klettern mit Hilfsmitteln dauert einfach länger.«

August hatte keine Ahnung, wer Alex Honnold war, aber aus irgendeinem Grund hatte er das Gefühl, er hätte es wissen sollen, also fragte er nicht. Tatsächlich schossen ihm jede Menge Fragen durch den Kopf, die er nicht stellte.

Was er fragte, war: »Aber ich vermute, da ist auch Zeit zum Schlafen mit dabei?«

»Wir haben nicht geschlafen«, antwortete Seth, der vor Erschöpfung leicht undeutlich sprach. »Wir sind geklettert.«

Das sorgte nur für noch mehr Fragen in Augusts Kopf. Zum Beispiel was sie gemacht hätten, wenn sie hinter einem anderen Team steckengeblieben wären. Nach allem, was er gesehen hatte, hatten sie kein Portaledge, keine Schlafsäcke, kein zusätzliches Essen dabei gehabt. Offensichtlich hatten sie alles auf eine Karte gesetzt: Schnelligkeit. Aber August wusste nicht, wie er das Thema ansprechen sollte, und hatte zudem das deutliche Gefühl, dass es auch falsch wäre, das überhaupt zu tun.

Stattdessen fragte er: »Wie hat es mit der Kamera geklappt?«

»Ganz gut, denke ich. Sie hat nicht gestört. Ich habe ganz vergessen, dass sie überhaupt da war, außer wenn ich den Schatten auf dem Felsen gesehen habe. Ich denke, wir werden es beurteilen können, wenn wir uns das Video ansehen.«

»Hat die Speicherkarte gereicht?«

»Keine Ahnung. War zu müde, es zu checken. Aber ich habe den gesamten Aufstieg gefilmt. Nun, zumindest den Teil bei Tageslicht. Ich wollte nicht, dass sie im Dunkeln plötzlich voll ist, nur um dann festzustellen, dass auf dem unterbelichteten Video nichts zu erkennen ist. Ich glaube, es hat gereicht. Ich meine, vierundsechzig Gigabyte.«

»Es war die größte Karte, die ich finden konnte«, sagte August.

Henry kam mit dem dritten Campingstuhl wieder und stellte ihn auf.

Seth hielt seinem Bruder den Helm hin und wartete geduldig, bis Henry es bemerkte. »Tu mir einen Gefallen, Henry, okay? Nimm die Karte raus und fang an, das Video auf meinen Computer zu überspielen.«

»Willst du nicht erst mal schlafen?«, fragte August.

»Nein. Ich bin viel zu aufgedreht. Ich kann mich nicht mehr bewegen, aber ich kann auch nicht schlafen. Ich will sehen, was ich mit der Helmkamera aufgenommen habe.«

»Ich auch«, erwiderte August. »Jetzt, wo ich weiß, dass du in Sicherheit bist.«

»Also«, fragte Seth in dem Moment, in dem Henry verschwunden war. »Hören sich *deine* Nachrichten von meinem Dad genauso schlimm an wie *meine* Nachrichten von meinem Dad?«

In Augusts Magen breitete sich plötzlich Eiseskälte aus.

»Ich habe keine Nachrichten von deinem Dad bekommen.«

»Hmm. Das ist komisch. Er hat gesagt, er hat dich jeden Tag angerufen.«

»Ich hab hier vermutlich noch nicht mal Empfang.«

»Richtig. Das stimmt. Mein Handy hat die Nachrichten vermutlich erst abgerufen, als ich mit ihm hochgeklettert bin.«

»Was hat er also gesagt?«

»Dass er dich jeden Tag angerufen hat. Und dass er jedes Mal, wenn du nicht rangehst und ihn nicht zurückrufst, sicherer wird, dass du auf der Reise mit dabei bist.«

»Oh«, bemerkte August. »Ich frag mich, was wir da machen können.«

»Keine Ahnung«, sagte Seth.

* * *

Gegen neun war Seth immer noch erstaunlich wach. Sie saßen um den Esstisch im Wohnmobil und sahen sich das Video an. Henry stand hinter ihnen, hielt sich mit einer Hand an Augusts Schulter fest und beugte sich vor, um über ihre Köpfe hinwegzusehen.

Am Anfang ging alles gut.

Es waren gut fünfundzwanzig Minuten von Dwayne, der die Wand hochkletterte, von unten betrachtet. August fand es erschreckend, wie senkrecht die Wand nach oben ging und wie dicht über Seth' Kopf Dwayne kletterte. Er konnte nicht anders, als sich zu fragen, was passieren würde, wenn Dwayne abrutschte. Würde er auf seinem Weg nach unten nicht Seth mit aus der Wand reißen?

Aber das war vermutlich der Grund, warum Dwayne alle paar Dutzend Schritte Haken in der Wand platzierte und seine Leine hineinklipste. Um genau so einen Unfall zu vermeiden. August fragte sich, ob solche Ausrüstung bei einem Sturz auf jeden Fall halten würde. Oder nur normalerweise.

Er warf einen Blick zu Seth, der neben ihm saß, wie um sich daran zu erinnern, dass der Junge nicht mehr in der Wand war. Seth antwortete mit einem schwachen, erschöpften Lächeln. Vielleicht war es auch ein wenig verlegen.

»Aber er geht nicht immer vorne, oder?«, fragte Henry, der sich gelangweilt anhörte.

»Nein. Wir wechseln gleich die Plätze. Tatsächlich … Irgendwann jetzt habe ich die Kamera ausgemacht, damit ich auf jeden Fall noch etwas mit mir an der Spitze filmen konnte. Ziemlich genau …«

Einige Sekunden vergingen, und dann schnitt der Film plötzlich von dieser Szene zu einer anderen. Seth schaute zu seinem Gürtel hinunter und griff nach einem Ausrüstungsteil. August konnte nicht erkennen, nach welchem. Die Kamera blickte mit ihm nach unten, und August sah an Seth' nacktem Brustkorb vorbei, den Beinen und Füßen, die aus dieser Perspektive merkwürdig klein wirkten, als wenn man sich damit kaum am Fels festhalten könnte, gut hundertfünfzig, hundertsechzig Meter die absolut senkrechte Wand hinunter bis zum Talboden unter ihm.

»Ach du Scheiße!«, rief er, womit er beide Jungs erschreckte. »Oh. Tut mir leid. Darauf war ich nicht vorbereitet. Mein Magen ist nur gerade Achterbahn gefahren.«

»Ja, na ja. Dann pass bloß auf, August«, erklärte Seth. »Von jetzt an wird's noch haariger.«

August klammerte sich an die Tischkante und wandte den Blick zurück auf den Bildschirm.

Die Kamera richtete sich nach oben. Sah die Wand hinauf. Es wirkte tatsächlich sogar mehr als senkrecht. Leicht überhängend. Aber das war vielleicht nur die Perspektive. Diese merkwürdige Weitwinkelperspektive. Jedes Mal, wenn Seth nach oben griff, sah es aus, als wenn er über das obere Ende eines Überhangs griff. Dann, wenn er sich hochzog, merkte man, dass das nur eine Illusion gewesen war. Aber es war eine erschreckende Illusion.

August sah zu, wie sich Seth' Hand auf dem Bild wieder hob, bedeckt mit weißer Kreide. Sah, wie Seth auf die Hand blies. Sie flach gegen den Fels schlug, sodass eine Kreidewolke aufstäubte. Dann griff die Hand nach oben und fand tastend einen Spalt im Fels. Der Griff im Fels war bereits weiß von Kreide, bevor Seth ihn überhaupt nur berührte. Von anderen Kletterern, nahm August an.

Dann, mit nichts mehr als seinen Fingern, eingeklemmt in diesem winzigen Spalt, zog sich Seth nach oben.

Irgendwie hatte August das nicht erwartet. Er hatte eher damit gerechnet, dass Seth sich an einem Seil festhielt und sich daran nach oben zog. Aber das ganze Seil hing unter ihm. Es war nur dazu da, den Fall abzufangen, wenn er denn fallen sollte. Es hielt ihn nicht an der Wand. Nichts Äußeres hielt ihn an der Wand. Nur diese wenigen kreidebedeckten Finger hielten Seth, während er fast zweihundert Meter über dem Boden des Canyons kletterte.

August hatte plötzlich Schwierigkeiten zu atmen.

Die Kamera senkte sich wieder nach unten, an Seth' nacktem Oberkörper und Beinen vorbei, und August kniff die Augen zu. Als er sie wieder öffnete, platzierte Seth' Hand ein Stück Ausrüstung in einem Felsspalt. Es hatte eine Schlaufe und einen Clip, der daran herabhing, und Seth' kreidebedeckte Hand griff nach oben und klipste das Seil ein. Aber er hatte es nur locker in den Spalt gesetzt. August hatte erwartet, dass er es einschrauben oder fest hineinschieben würde. Stattdessen zog er nur heftig daran und kletterte weiter.

August atmete tief ein, als Seth sich mit seinem ganzen Gewicht daran hängte.

»Das wirkt nicht, als würde es dich halten!«

»Entspann dich, August. Es dehnt sich aus.«

»Oh.«

»Wenn es das nicht täte, wäre ich kaum hier, oder?«

»Oh. Stimmt.«

August sah mehrere Minuten schweigend zu. Entschlossen sein Luftschnappen und seine Bemerkungen für sich zu behalten.

Er konnte Seth' angestrengten Atem im Video hören, und es fiel ihm selbst immer schwerer zu atmen. Denn Seth schien an der Wand so wenig Möglichkeiten zu haben, und zuzusehen machte August panische Angst. Er konnte die Mühe in Seth' Atem hören, das Keuchen, wenn er sich hochzog. Er sah zu, wie die weiße Hand auf eine Art nach Griffen tastete, die erschöpft und verzweifelt wirkte. Oder vielleicht war das auch nur etwas, was er hineinlas.

Es schien so angsteinflößend anstrengend, so hart, aber was konnte Seth tun? *Du würdest so eine Wand nicht hinunterklettern wollen*, dachte er und benutzte den Fachjargon, den er in den letzten Wochen aufgeschnappt hatte. August fragte sich, ob Seth aufgeben und sich abseilen könnte, wenn er nicht mehr weitermachen wollte. Aber natürlich würde Seth so etwas nicht tun.

Plötzlich fühlte August sich, als würde gar keine Luft mehr in seine Lungen kommen. Er dachte außerdem, dass er sich vielleicht gleich übergeben müsste.

»Ich brauche Luft«, keuchte er. »Ich muss hier raus. Helft mir raus. Bitte.«

August konnte hören, wie das angestrengte Atmen auf dem Video verklang, als beide Jungs mit ihm die hinteren Stufen hinunterhasteten. In ihrer Eile verloren sie alle drei beinahe die Kontrolle über August. Er fiel nach vorn und erwartete schon, auf dem Gesicht im Dreck zu landen, aber die Jungs fingen ihn auf.

»Hol ihm etwas Wasser«, wies Seth seinen Bruder an.

Sie halfen August hinüber zu einem der Campingstühle, wo er vor der letzten Glut des Feuers sitzen konnte. August dachte immer noch, dass er sich vielleicht übergeben würde, und steckte den Kopf zwischen die Knie, wartete darauf, dass das Gefühl vorüberging.

Als er wieder hochsah, betrachtete Seth ihn mit einem Ausdruck leichter Unzufriedenheit auf dem Gesicht.

»Also dann willst du eher doch nicht sehen, was ich mache«, sagte er.

»Ich dachte, dass ich es wollte. Aber jetzt denke ich, dass ich eine Panikattacke habe.«

»August. Ich bin direkt hier. Du weißt, wie die Sache ausgeht.«

»Aber ich weiß auch, dass du weitermachen wirst. Musst du wirklich weitermachen, Seth? Es ist, als wenn man Selbstmord begeht. Ich fühle mich, als wenn ich dir dabei zusehe, wie du Selbstmord begehst.«

Und Seth, der immerhin an Schlafentzug litt und sehr erschöpft war, verlor die Beherrschung.

»Wie kannst du mich das fragen, August? Warum stellst du mir eine solche Frage? Und sagst solche Dinge zu mir! Es ist kein Selbstmord! Ich bin vorsichtig! Ich mache es richtig, und ich bin gut darin. Du hast kein Recht, es Selbstmord zu nennen! Du weißt, dass es mir die Welt bedeutet. Du willst nur nicht, dass es mir so wichtig ist! Du willst nicht glauben, dass irgendetwas, was körperliche Fitness erfordert, so wichtig für jemanden sein kann! Weil du Fitness-Sachen nicht mehr machen kannst!«

August schaute hilflos zu, wie Henry aus seinem Stuhl aufsprang und Seth mit seinem vollen Gewicht in die Brust traf. Seth' Stuhl umwarf. August sah, wie sein Plastikbecher herunterfiel und umkippte, das Wasser schnell in den Sand einzog.

»Rede *nie wieder* so mit August!«, schrie Henry. »Er ist August! Du redest nicht so mit ihm! Nie!«

Henry sagte diese Worte aus einer Position auf Seth und auf seinem Campingstuhl, und es schien, dass Seth nicht aufstehen konnte. Vielleicht war er zu müde oder zu überrascht oder vielleicht hatte Henry ihm den Atem genommen, und er konnte nicht mehr Luft holen.

Gott wusste, August konnte es selbst immer noch nicht.

»Könnt ihr da drüben mal still sein?«, hörte er einen Mann aus einem Zelt auf dem nächsten Platz rufen.

»Henry«, sagte August leise. So ruhig wie möglich. »Hör auf. Lass deinen Bruder in Ruhe. Lass ihn aufstehen.«

Henry ließ Seth nicht aufstehen.

»Du wirst dich bei August entschuldigen«, befahl Henry seinem Bruder mit beherrschterer Stimme.

»Nein. Lass ihn einfach aufstehen, Henry. Er muss sich nicht entschuldigen. Er hat recht.«

Henry kam stolpernd auf die Füße und warf August einen mörderischen Blick zu, als wenn er ihn verraten hätte.

»Nun, er hat zum Teil recht«, korrigierte August sich. »Es wäre wirklich schwierig für mich, jetzt gerade Klettern als ein gutes Beispiel für das wichtigste Streben im Leben zu nennen. Wenn ich kaum die halbe Meile nach Weeping Rock hochwandern kann.«

Seth stellte seinen Stuhl wieder auf und zog sich hoch, lehnte sich auf ihn, schnappte nach Luft. »Es tut mir leid, August«, sagte er. »Wirklich, das tut es. Ich bin so müde, dass ich nicht mehr weiß, was ich sage. Ich sollte gar nicht mehr sprechen.«

»Nein, entschuldige dich nicht«, erwiderte August. »Du hast recht. Ich verhalte mich wie ein Idiot.«

Einen langen unbehaglichen Moment herrschten Stille und Bewegungslosigkeit. Dann sagte Henry: »Ich hole dir noch ein Glas Wasser, August.«

»Nein, ist schon gut«, erklärte August. »Ich denke, das hat mir gerade geholfen. Ich habe nicht mehr das Gefühl, mich übergeben zu müssen.»

Henry schlurfte ohne ein weiteres Wort nach drinnen. Und kam auch nicht wieder raus.

* * *

»Was ist also das andere?«, fragte Seth und stocherte mit einem Stock in der Glut herum.

August war überrascht, dass der junge Mann noch wach war und redete. Er seufzte.

»Wie kann ich das erklären? Es ist, als wenn jeder jeden Tag in dem Wissen lebt, dass etwas Schreckliches passieren könnte. Dass dies der Tag ist, an dem sie ›den Anruf‹ kriegen könnten. Du weißt, welchen ich meine. Der schreckliche Anruf, der einen informiert, dass das Schlimmste passiert ist. Ich meine, wir denken nicht jeden Tag darüber nach. Aber wenn wir das tun würden, wüssten wir, dass es passieren kann. Aber es scheint diese merkwürdige Sache in der menschlichen Natur zu geben, dass wir immer glauben, dass es nie dazu kommen wird. Jemand anderes wird den Anruf bekommen. Jemand, aber nicht wir. Aber dann kommt der Anruf. Und es scheint so real, dass es wieder passieren könnte. Vielleicht sogar, dass es wieder passieren *wird*.«

»Wir haben das im letzten Semester im College durchgesprochen«, sagte Seth. »Wie unser Unterbewusstsein uns sagt, dass es, wenn es bisher nie passiert ist, auch weiterhin nicht passieren wird. Aber wenn es passiert ist, vor allem wenn es noch nicht lange her ist, sagt es uns, dass es wieder passieren wird. Wenn zum Beispiel jemand an einer bestimmten Stelle in einer Stadt überfallen wird, wird sein Herz jedes Mal, wenn er dort wieder vorbeikommt, schneller schlagen. Er wird anfangen zu schwitzen. Theoretisch weiß er, dass es nicht nur wegen des Orts wieder passieren wird. Aber dieser Reptilienteil des Gehirns sendet andere Signale.«

August saß einige Zeit im Dunkeln da, bevor er antwortete.

Woody bellte im Wohnmobil, und sie sahen hoch und bemerkten Dwayne, der am Rande ihres Stellplatzes stand.

»Dwayne-o«, sagte Seth. »Was gibt's?«

»Ich bin meine Ausrüstung durchgegangen, und ich hab ein paar von deinen Sachen gefunden. Ich habe dein Tube. Und diese Steigklemme.« Er hielt sie im Dunkeln hoch.

»Ich kann nicht fassen, dass du wirklich heute Abend noch den ganzen Weg hierhergekommen bist. Ich hätte gedacht, du würdest erst mal schlafen wollen.«

»Ja. Na ja. Wir brechen gleich morgen ganz früh auf. Und das ist eine nette Steigklemme. Die sind nicht billig.«

Seth stand immer noch nicht auf. August fragte sich, ob er es überhaupt konnte.

Es fühlte sich in Augusts Magen etwas kalt und unangenehm an, wenn er hörte, dass Seth' Vater ihm so teure Kletterausrüstung gekauft hatte. Also unterstützte Seth' Vater ihn in einer Weise, in der August das nicht konnte. Wes konnte doch etwas besser.

»Ich hab meine Sachen noch nicht mal sortiert, um zu sehen, ob ich aus Versehen was von deinem Zeug mitgenommen habe.«

»Das macht nichts«, sagte Dwayne. »Es fehlt nichts, was mir wichtig wäre. Vielleicht haben wir jeweils ein paar Karabiner vom anderen. Aber ich habe die richtige Anzahl und die richtige Anzahl von Schraubkarabinern. Und sie sind alle in gutem Zustand. Also was soll's.«

»Danke, dass du gekommen bist, Mann. Ich glaub nicht, dass ich die Energie aufgebracht hätte.«

»Ist schon in Ordnung. Schönes Leben noch. Kletter hoch.«

Und er legte das Tube und die Steigklemme auf den Picknicktisch und verschwand wieder in der Dunkelheit, aus der er gekommen war.

August wusste nicht, was er zu Seth sagen sollte. Also sagte er nur: »Du hörst dich so wach an. Geradezu aufmerksam.«

»Ich weiß. Ich wundere mich gerade über mich selbst. Also warum bekommst du nicht solche Panikattacken wegen des Fahrens? So ist es doch passiert, oder?«

Oh, dachte August. *Wir reden also immer noch darüber. Zu schade.*

»Ich weiß nicht. Ich denke, weil ich dem Alkohol die Schuld gegeben habe. Die Kombination aus Alkohol und Fahren. Aber ich weiß nicht einmal, ob ich da recht habe.«

»Vielleicht gehen wir genau, wenn es für uns an der Zeit ist, nicht früher und nicht später, und die Wahrscheinlichkeiten bedeuten gar nichts.«

»Ich unterrichte Naturwissenschaft, Seth.«

»Ja, stimmt. Ich denke, ich gehe besser ins Bett, August. Noch einmal: Es tut mir leid.«

»Ich wünschte, das würde es nicht. Ich denke, es war hauptsächlich meine Schuld.« Er sah zu, wie Seth wie ein erschöpfter alter Mann durch den Staub schlurfte und fragte: »Gibt es noch mehr hohe Wände auf dieser Reise?«

»Ja. Eine. Ganz am Ende des Sommers. Yosemite. El Cap. Ich treffe mich da mit ein paar Kletterkumpels. Ich werde nicht allein unterwegs sein. Oder mit Fremden.«

»Am Ende des Sommers. Gut. Das lässt mir ein bisschen Zeit. Ich werde mir Mühe geben, es dann besser hinzubekommen.«

Seth lächelte. Aber es war ein trauriges Lächeln. Wenigstens schien es August so.

Kapitel 25

... oder nichts

»Da ist es«, sagte Seth und fuhr vom Highway ab und auf den Parkplatz des Besucherzentrums.

»Das ist also Pikes Peak?«, fragte August.

»Ja, genau.«

»Woher weißt du das?«

»Ich habe viele Fotos davon gesehen.«

Sie stiegen aus dem Wohnmobil und gingen ein paar Schritte. Gaben Woody ein wenig Auslauf und die Möglichkeit zu pieseln.

August war überrascht, dass auf Pikes Peak – und den umliegenden Bergen – noch Schnee lag – im Juni. Aber vielleicht hätte er das nicht sein sollen. Es war schließlich ein Viertausender.

»Aber da kletterst du nicht hoch, oder?«, fragte er.

»Nein. Es gibt einen Wanderweg bis ganz nach oben. Es ist eine lange Wanderung.«

»Wie viel Höhenunterschied ist es?«

»Hmm. Ich erinnere mich nicht mehr genau. Es sind an die zwölf Meilen und über zweitausend Meter Höhenunterschied.«

»Das ist viel für einen Tag. Machst du es in einem Tag?«

»Wenn nichts Unvorhergesehenes passiert.«

»Das ist eine ganz schöne Wanderung. Aber … ich kann das trotzdem verstehen. Ich kann verstehen, wie man zwölf Meilen und zweitausend Meter in einem zermürbenden Tag schaffen möchte.«

Stille. Von beiden Jungs.

August fragte sich, ob es *diese* Stille war. Die, die bedeutete, dass sie etwas unausgesprochen ließen. Und warum es ihm so wichtig war, die eine Stille von der anderen zu unterscheiden.

»Tatsächlich wünschte ich mir, ich könnte es auch«, fügte er hinzu.

Aber er bekam keine Antwort.

* * *

Zwei Tage später war das Thema immer noch nicht wieder aufgekommen.

Henry und August verließen um zehn Uhr morgens den Campinglatz in Manitou Springs, und Henry war sehr gut darin, sie die steilen, engen, gewundenen Straßen bis zur Station der Pikes Peak Zahnradbahn hochzufahren. Sie befand sich mehr oder weniger an derselben Stelle wie der Ausgangspunkt für den Wanderweg zum Gipfel, und es wimmelte an diesem Junimorgen hier nur so vor Touristen. Autos waren in enge Parkplätze am Straßenrand gequetscht, was die Straße fast zu eng für das Wohnmobil machte, aber Henry blieb ganz ruhig. Er fuhr langsam, bat August manchmal, den Abstand auf der rechten Seite zu kontrollieren, und als einige Gruppen von Menschen sich an ihnen vorbeizwängten, blieb Henry einfach stehen und ließ sie durch, schien sich nicht wegen der Geduld der Fahrer in den Autos hinter sich zu sorgen.

Niemand hupte.

Als sie endlich an einem großen Parkplatz ankamen, wo ein Angestellter der Bahn sie zu einem weiteren für größere Fahrzeuge ein Stück den Berg hoch dirigierte, atmete Henry hörbar aus. Das war das erste Anzeichen für August, dass der Stress der schwierigen Fahrt dem Jungen irgendwie zu schaffen gemacht hatte.

»Du bleibst hier, Woody«, sagte Henry zu dem Hund, als er parkte und die Handbremse anzog. »Oh, nein. Sieh dir das an, August. Guck mal, wie seine Ohren immer nach außen und unten gehen, wenn ich das sage. Das ist so traurig.«

»Keine Hunde in der Zahnradbahn. So ist das nun mal.«

»Ja, vermutlich«, sagte Henry.

Er machte sich nicht die Mühe hinzuzufügen: »Aber ich hasse es, dass es ihn traurig macht.« Das war unterdessen schon klar.

* * *

August versuchte, Henry den Fensterplatz in der Bahn zu überlassen, aber der wollte davon nichts wissen.

Ein uniformierter Schaffner begann mit seinen Ausführungen, während der Zug langsam den Berg hinauffuhr. Aber August hörte nicht zu.

Henry lehnte sich leicht über August, um aus dem Fenster die Aussicht zu betrachten. Auch wenn es bis jetzt nur Bäume waren. August fühlte sich ihm nahe, in mehr als nur im wörtlichen Sinn.

»Ich glaube, wie wir die Sache mit deinem Dad handhaben, ist vielleicht ein großer Fehler«, sagte er.

»Ein großer Fehler? Warum?«

»Nun. Er ruft jeden Tag an. Und wird wütender und wütender.«

»Wie können wir einen Fehler machen? Wir tun doch gar nichts.«

»Genau«, sagte August. »Ich denke, genau das könnte der Fehler sein.»

Langes Schweigen. Sehr lang. Es dauerte, bis sie weit über der Baumgrenze waren.

Dann sagte Henry: »Was, denkst du, sollte ich tun?«

»Vielleicht ihn anrufen.«

»Und ihm was sagen?«

»Ich glaube, vielleicht am besten die Wahrheit. Da er sie ohnehin schon zu wissen scheint.«

»Das wird nicht schön.«

»Vielleicht nicht. Aber vielleicht ist es das so auch nicht.«

Henry seufzte. Kaute einen Moment auf der Lippe.

Dann sagte er: »Erst will ich in …«, er hielt abrupt inne, »äh, da, wo wir hinfahren, ankommen. Wenn ich da nicht mit euch hinfahren kann, schwöre ich … Ich kann nicht zulassen, dass er mich vorher aufhält, August. Es ist mir zu wichtig.«

August nickte. Sagte nichts.

»Ich meine, außer es war mehr ein … du weißt schon … eine Art Anweisung. Dass ich ihn anrufen soll. Nicht bloß ein Vorschlag.«

»Es war keine Anweisung«, sagte August. »Mehr eine Frage. Ich weiß wirklich nicht, was das Richtige ist. Ich hab nur immer mehr das Gefühl, dass es das hier nicht ist.«

* * *

»Wow«, sagte August, während sie in der Reihe der Fahrgäste warteten, die sich langsam aus dem Zug herausbewegten. »Man kann richtig fühlen, wie dünn die Luft ist.«

»Geht's dir gut, August?«

»Ich denke schon. Das macht nur alles noch schwerer.«

»Hier, leg deinen Arm um meine Schulter.«

August wollte schon widersprechen, beinahe automatisch. Dann schloss er den Mund und lehnte sich auf Henrys schmale, aber solide Schultern.

Sie stiegen am Gipfel aus, wo noch an ein paar Stellen Schnee lag. Und es war kalt.

»Mir war schon sehr lange nicht mehr kalt«, sagte Henry. »Also wo kommt der Wanderweg an? Wo ist der Endpunkt?«

»Keine Ahnung«, sagte August. »Wir müssen nach drinnen gehen und fragen.«

»Du bleibst einfach hier und schaust dir die Aussicht an. Ich gehe rein.«

August platzierte seine Stöcke vorsichtig und sah sich um. Der lange rote Zug nahm fast die Hälfte seines Sichtfelds ein. Die Bergspitze sah so felsig und verlassen aus wie der Mond. Ein Platz, an dem niemand lebte und an dem nichts wuchs. Und doch würde er, wenn er sich umdrehte, ein Restaurant und ein Souvenirgeschäft hinter sich entdecken. Also drehte er sich nicht um.

Er blickte zum Himmel hoch. Er war von einem unglaublichen Blau. Strahlend und gleichmäßig hellblau. Einige dünne Wolkenschleier sahen aus wie Zuckerwatte, die jemandem am Ärmel hängengeblieben war.

Er ließ den Blick in die Ferne schweifen über Berge und grüne Täler und Seen und vielleicht sogar Staaten jenseits von Colorado. Er hatte gehört, dass man an klaren Tagen von der Spitze von Pikes Peak aus mehrere Staaten sehen konnte. Die Wolken in der Ferne wirkten viel dunkler, ernsthafter, vielleicht der Beginn eines klassischen Nachmittagsgebirgsgewitters. Aber noch weit entfernt.

Seth war ein guter Hiker. Er würde es vorher schaffen.

August schloss die Augen und dachte: *Es ist ein guter Sommer. Voll. Mit vielen wunderbaren ersten Sachen. Was gut ist. Da es der letzte sein wird.*

* * *

Sie saßen auf einigen Felsbrocken, die eigentlich zu niedrig waren, um sich darauf zu setzen, so nah am Rand, wie sie sich nur trauten, und ließen den Zug, mit dem sie raufgekommen waren, ohne sie wieder abfahren.

Und warteten auf Seth.

»Man kann den Weg von hier aus nicht wirklich sehen«, bemerkte August.

»Nein, aber wir sollten ihn sehen, wenn er hier raufkommt. Sie haben gesagt, dass der Weg schwieriger wird, je weiter man nach oben kommt. Weniger wie ein Weg, mehr so, dass man eine gute Stelle finden muss, an der man hochklettern kann. Aber sie haben gesagt, dass die meisten Hiker genau hier rauskommen. Wir werden ihn sehen.

»Ich kriege langsam Hunger«, sagte August. »Aber ich will nicht ohne Seth essen.«

»Ich auch nicht.«

August schloss die Augen und zog seine Jacke enger um sich. Es waren kaum fünf Grad, und der Wind schien immer wieder direkt durch seine Kleidung wehen zu wollen.

»Ich hoffe, er schafft es vor dem Sturm«, sagte er.

Henry schirmte seine Augen mit einer Hand gegen die Sonne ab. »Oh, der ist noch ein gutes Stück weg«, erklärte er. »Seth weiß, dass er zu Mittag hier sein muss. Er ist auch klug genug, sich vor Blitzen zu fürchten. Warum, denkst du, ist er schon heute Nacht um drei losgewandert?«

Sie warteten schweigend einige Minuten. August versuchte sich mit um sich geschlungenen Armen zu wärmen.

»Heute bin ich neidisch auf Seth«, sagte er.

Das saß einfach so da mit ihnen am Rand der Bergkuppe. Henry antwortete nicht.

»Ich sehe da runter und denke: Mein Gott. Was für eine Aufgabe. Was für ein riesiges Unterfangen, um es vor sich zu haben. Das alles an einem Tag zu schaffen. So viele Stunden der Anstrengung. Und doch bin ich neidisch auf ihn. Weil ich weiß, wie er sich fühlen wird, wenn er da über das letzte Stück hochkommt. Ich verstehe eine Herausforderung wie diese. Ich wünschte, er würde mehr so etwas tun und weniger schiere Wände hochklettern. Ich frage mich immer wieder, warum diese Art von Abenteuer und Herausforderung nicht genug ist.«

Henry schwieg weiter.

»Ich würde zu gerne wissen, was du gerade denkst«, sagte August.

»Es sollte keinen Unterschied machen, ob du es verstehst oder nicht, August. Oder ob es für dich genug Herausforderung wäre oder nicht. Es ist Seth' Traum. Nicht deiner. Und ich hoffe wirklich, dass du, wenn er hier raufkommt, nicht etwas in der Richtung zu ihm sagst.«

»Oh«, sagte August. »Okay. Ich hab's gerade wieder gemacht, oder? Manchmal merke ich es nicht einmal. Die Gedanken sind einfach da. Und sie scheinen ganz natürlich und richtig, bis du mich darauf hinweist, dass sie es nicht sind.«

»Es tut mir wirklich leid, dass Phillip gestorben ist, August. Das weißt du. Aber das heißt nicht, dass Seth dasselbe passiert.«

Bevor August den Mund zu einer Antwort öffnen konnte, wurde er von einer Stimme hinter sich überrascht.

»Was macht ihr denn hier draußen?«

Vor Überraschung wäre er beinahe vom Felsen gefallen.

Er drehte sich um und sah Seth hinter sich stehen, den Rucksack über eine Schulter geschlungen. Er sah ganz entspannt aus. Nicht einmal außer Atem.

»Wo bist du hoch gekommen?«, fragte August und stemmte sich mühsam auf die Füße. Sowohl Seth als auch Henry eilten zu ihm, um ihm hochzuhelfen. »Man hat uns gesagt, dass du ziemlich genau irgendwo hier raufkommst.«

»Ich bin ziemlich genau irgendwo hier raufgekommen«, erwiderte Seth. »Aber vor über zwei Stunden. Ich habe im Restaurant gesessen und auf euch gewartet. Ich bin am Verhungern. Kommt. Lasst uns was essen.«

* * *

Bevor sie alle zusammen in den Zug einstiegen, der sie zurück nach Manitou Springs bringen würde, bat Seth einen anderen Touristen, ein Foto von ihnen vor dem Schild zu machen. Das Pikes-Peak-Gipfelschild, das verkündete, dass sie 14.110 Fuß über Normalnull standen.

Während August ohne seine Stöcke und unter dunklen Wolken für das Foto posierte, je einen Arm einem Jungen um die Schulter geschlungen, fragte er sich zwei Dinge wegen des fertigen Fotos.

Er fragte sich, wie anders es sich wohl anfühlen würde, wenn man es ansah, wie Seth das tun würde, nachdem er die 14.110 Fuß über Normalnull hochgeklettert war. Nicht auf einem Plastiksitz in der Bahn gesessen und hochgefahren worden war.

Und er fragte sich, ob er, wenn er das Foto in den kommenden Jahren betrachtete, wenn er den Sommer über zu Hause bleiben musste, sich besser oder schlechter fühlen würde.

Kapitel 26

Die Wahrheit

August schreckte aus dem Schlaf hoch und fand sich auf dem Beifahrersitz des Wohnmobils wieder. Es war dunkel, und Seth saß hinter dem Steuer. Er war den ganzen Tag gefahren, sie waren gut vorangekommen. Aber gut vorangekommen wohin? August wusste es immer noch nicht.

Er sah durch die Windschutzscheibe, während die Landschaft draußen vorbeizog. Wo auch immer sie waren, es war sehr flach hier. Es schien auch nicht besonders dicht besiedelt zu sein.

»Wo sind wir?«, fragte er.

»Kansas«, antwortete Seth.

»Wirklich? Kansas?«

»Bist du überrascht?«

»Ja, allerdings. In der ganzen Zeit, in der ich das Wohnmobil hatte, bin ich nie so weit gefahren. Ich habe den Südwesten, glaube ich, nie verlassen – außer für Yellowstone. Nein, das stimmt nicht. Ich bin einmal in den pazifischen Nordwesten gefahren.«

»Ja, also, jetzt bist du mit uns unterwegs.« Seth lächelte ein wenig, mehr für sich. Dann sagte er: »Hier ist, was ich mich frage: Es ist immer noch Juni. Wie in Gottes Namen hast du es geschafft, solch eine Reise so zu machen, dass sie den ganzen Sommer dauert? Ich schwöre, ich erinnere mich nicht mehr.«

Jetzt war es an August zu lächeln.

»Du bist viel zu sehr in Eile«, erklärte er. »Du hast ein paar Aktivitäten, einige wenige Punkte aufgereiht. Und du hetzt von einem zum anderen. Ich bin in anderer Geschwindigkeit gereist. Es ist eine völlig andere Geisteshaltung. Es geht mehr darum zu *sein*, als etwas zu *tun*. Wenn du einen Ort findest, der dir gefällt, bleibst du einfach da. Du musst nicht jeden Tag irgendwas Besonderes tun. Du musst nicht zum nächsten Campingplatz, nur weil du keine Pläne hast. Du campst, einfach nur um zu campen. Du sitzt am Lagerfeuer in einem Park und freust dich an der Tatsache, dass du da bist.«

»Wow«, sagte Seth. »Das hört sich überhaupt nicht nach mir an. Habe ich das vor acht Jahren gemacht?«

»Wenn du es nicht getan hast, hast du es dir zumindest nicht anmerken lassen.«

»Nun, wie auch immer. Ich verspreche, dass wir das ausprobieren werden. Später. Im Moment hetzen wir mit Absicht.«

»Warum?«

Henrys Stimme von hinten: »Weil er es mir versprochen hat.«

August war sich nicht sicher, warum er angenommen hatte, Henry würde schlafen.

Seth sagte: »Henry macht sich Sorgen, dass Dad ausflippt und ihn suchen kommt oder ihn vermisst meldet oder so was. Bevor wir … an diesem Ort ankommen. Den wir erreichen müssen, weil es wichtig ist. Wenn er diese Reise schon abbrechen muss, will er das erst, nachdem er an diesem besonderen Ort gewesen ist. Also hab Geduld mit uns, während wir ein paar Meilen runterreißen.«

August lehnte sich zurück, mehr als glücklich, Geduld mit ihnen zu haben, und die Lider fielen ihm langsam zu.

Als er sie wieder öffnete, sah er, dass es kurz vor Sonnenaufgang war.

Sie bewegten sich nicht. Rissen keine Meilen runter.

Der Highway erstreckte sich vor ihnen ins Nichts, schien immer weiter zu gehen, bevor er am Horizont zu einem Punkt wurde. Die Welt war flach. Sie befanden sich auf irgendeiner Ebene. Keine Häuser, soweit das Auge reichte, aber immer mal wieder fuhr ein anderes Auto vorbei und brachte das Wohnmobil zum Schaukeln.

August wandte den Kopf und sah nach hinten. Henry lag wach auf dem Rücken auf der Couch und streichelte Woody, der auf seiner Brust saß. Seth war entweder im Bad oder irgendwo draußen.

»Wo sind wir?«, fragte August.

»Nicht die geringste Ahnung«, erwiderte Henry.

»Immer noch in Kansas?«

»Ich weiß nicht mal das. Könnte auch schon Missouri sein. Keine Ahnung. Wir sind liegengeblieben.«

»Oh«, sagte August. Dann, nach einer Weile: »Wo ist Seth?«

»Ist per Anhalter gefahren, um Hilfe zu holen.«

»Oh. Kein Handyempfang hier draußen? Es ist so flach. Ich hätte gedacht, hier hat man guten Empfang.«

»Der Handyempfang ist gut hier. Er wollte nicht einen Abschleppwagen rufen, weil das so teuer ist. Er will versuchen, es billiger zu reparieren. Bist du wach? Willst du Kaffee? Frühstück?«

»Kaffee wäre schön. Ich bin aber in diesem Automobilclub. Für Wohnmobilbesitzer ...«

»Kostet trotzdem Geld, wenn man sich meilenweit abschleppen lassen muss. Und dann hat er Angst, dass wir in eine Werkstatt kommen, die uns ausnimmt. Er will jemanden finden, der ihm das Werkzeug leiht. Oder vermietet. Damit er es hier reparieren kann. Es ist nichts Kompliziertes. Nur die Wasserpumpe. Seth kann das im Schlaf machen. Er macht sich Sorgen, dass die Reparatur sonst zu viel von unserem Benzingeld verschlingt. Oder von unserer Benzinkreditkarte. Und wir es dann nicht zu unserem großen Ziel schaffen.«

Er schob Woody von sich runter und ging in die Küche, um Kaffee aufzusetzen.

August lachte.

»Was ist so lustig?«, fragte Henry.

»Eigentlich nichts. Ich meine, lustig ist nicht das richtige Wort. Ich erinnere mich nur allzu gut an dieses Dilemma. Wie, denkst du, habe ich euch kennengelernt?«

»Oh«, sagte Henry. »Stimmt.«

* * *

Sie saßen draußen auf den Campingstühlen im Staub, etwa fünfzehn Meter oder so vom Highway und dem Wohnmobil entfernt, sahen zu, wie in der Ferne die Sonne aufging, und tranken Kaffee. Der glühend rote Feuerball stand so dicht über dem Horizont, dass August mit seiner Sonnenbrille fast genau hineinsehen konnte. Aber er tat es trotzdem nicht, aus Prinzip.

Der Himmel hatte die Farbe von blau schimmerndem Stahl, mit einem flachen Muster aus dünnen Wolken, die schnell über sie hinwegzogen. Es kam August merkwürdig vor, denn der Morgen war unten auf Höhe eines Campingstuhls vollkommen windstill. Aber hoch über ihnen trieben die Wolken wie auf einem Förderband so breit wie die Welt.

»Es sieht fast wie ein Zeitraffer-Video aus«, bemerkte August.

»Das habe ich auch gerade gedacht! Ich habe hier gerade gesessen und mich gefragt, ob die Zeit schneller vergeht, als ich dachte. Denn es ist, als wenn wir hier eine Minute sitzen und sehen, was Wolken sonst in einer Stunde tun. Das muss es sein, was du meintest mit einfach ›sein‹.«

»Genau«, bestätigte August. »Das ist es, was ich gemeint habe.«

»Nur dass das hier ein Ort ist, an dem wir eigentlich gar nicht sein sollten.«

»Das ist egal«, erklärte August. »Jetzt sind wir eben hier.«

Sie betrachteten einige Minuten schweigend weiter den Himmel.

Dann bemerkte Henry: »Ich habe entschieden, dass du recht hast, was meinen Dad betrifft. Ich sollte zumindest versuchen, ehrlich mit ihm zu sein. Ich glaube, dass er sonst etwas Gemeines und Eifersüchtiges tut, aber wenn ich ihm sage, dass es gemein und eifersüchtig ist, sagt er Nein, es sei, weil ich ihn angelogen hätte. Er wird das benutzen, um mir den Schwarzen Peter zuzuschieben. Es zu meinem Fehler zu machen.«

August fragte sich, wie sehr diese neue Entscheidung davon beeinflusst war, dass sie nun nicht mehr zu ihrem Ziel hetzen konnten. Er wartete, falls Henry ihm noch mehr mitzuteilen hatte.

»Du sagst gar nichts, August.«

»Ich bin mir nicht so sicher, was ich darauf erwidern soll, weil ich denke, dass ich auch nicht weiß, was das Beste ist. Aber wenn du Probleme hast, eine Entscheidung zu treffen … Es ist schwierig, sich vorzustellen, dass du mit der Wahrheit einen Fehler machst. Und selbst wenn es scheint, dass es so ist … Es ist immer noch schwer, sich vorzustellen, dass, was auch immer geschieht, so ganz falsch ist.«

Henry stand ohne ein weiteres Wort auf und ging zum Wohnmobil zurück. Sprang die Stufen am Heck hoch und verschwand im Inneren. Einen Augenblick später steckte er den Kopf wieder raus, Woody schwanzwedelnd zu seinen Füßen.

»Seth hat sein Handy mitgenommen.«

»Meins ist im Handschuhfach.«

Henry verschwand wieder im Inneren.

August bedauerte es, nicht wenigstens diese Seite des Gesprächs hören zu können, aber er verstand, warum Henry lieber seine Privatsphäre wahren wollte.

Es schien nur ein oder zwei Minuten später, als Henry wieder herauskam und sich hinsetzte, diesmal mit Woody auf dem Arm, den er sich auf den Schoß legte.

»Hast ihn nicht erreicht?«

»Oh, ich habe ihn erreicht.«

»Wie war es?«

»Nicht gut.«

»Denkst du, es hat die Sache schlimmer oder besser gemacht?«

»Keine Ahnung«, erwiderte Henry. »Er hat aufgehängt, bevor ich das wirklich herausfinden konnte. Ich hoffe nur, dass du recht hast mit dem ›schwierig sich vorzustellen, dass du mit der Wahrheit einen Fehler machst‹.«

»Ja«, bestätigte August. »Das hoffe ich auch.«

* * *

Seth kam geschätzt etwa eine Stunde später wieder, nur dass August keine Uhr trug oder auch nur das Gefühl hatte, das zu müssen.

Seth sprang vom Beifahrersitz eines uralten armeegrünen Pick-ups. Er sah verstimmt aus. Er hievte einen ramponierten metallenen Werkzeugkasten von der Ladefläche des Wagens. Er war so schwer, dass er ihn mit beiden Händen nehmen musste. August sah zu, wie er ihn über den Highway trug zur vorderen Stoßstange des Wohnmobils und ihn mit einem klappernden Geräusch im Staub absetzte. Dann joggte Seth zurück zum Pick-up und nahm einen quadratischen Pappkarton, nickte dem Fahrer zu, der umdrehte und auf den Highway zurückfuhr. Der Wagen wurde immer kleiner, bis er schließlich in der Ferne verschwand.

August erwartete, dass Seth rüberkommen und Guten Morgen wünschen oder irgendeine Form von Zwischenbericht liefern würde. Stattdessen ließ er nur den Karton in den Staub fallen und öffnete die Motorhaube von innen.

August hörte Henry seufzen. »Denkst du, wir sollten rübergehen und herausfinden, warum er nicht glücklich ist? Oder sollen wir hier einfach weiter sitzen und einfach ›sein‹?«

»Hmm«, machte August.

Tatsächlich gefiel ihm das Gefühl, nicht zuständig zu sein. Er war vorher noch nie nicht zuständig gewesen. Früher wäre es immer August gewesen, der Hilfe geholt hätte. Sachen durch die Gegend geworfen hätte. Leise vor sich hingemurmelt hätte. Aber das schien ihm eine nicht sehr erwachsene oder hilfreiche Wahrheit zu sein.

»Wir sollten wenigstens nachsehen, ob wir ihm irgendwie helfen können«, stellte er fest.

»Ihm ist vermutlich heiß, und er hat Durst. Ich bringe ihm etwas von dem Eistee, den ich gemacht habe.«

»Tu mir einen Gefallen: Trag meinen Stuhl da rüber, während ich hingehe.«

Seth schien es nicht zu bemerken, als sich August neben der vorderen Stoßstange in den Stuhl setzte. Er lag auf dem Rücken im Staub, fast unter dem Motor. Machte irgendwas, August war sich nicht sicher, was. Er hatte noch kein Werkzeug aus der Kiste genommen. Hatte noch nicht die neue

Wasserpumpe aus dem Karton geholt. Vielleicht machte er einen Plan. Sah nach, wie er von unten heran kam.

Seth zog sich unter dem Wagen hervor und setzte sich auf, wirkte immer noch mürrisch und verärgert.

»Oh. Hallo, August.«

»Ist jetzt alles klar?«

»Ach, ich bin nur sauer auf den Typen. Er hat mich voll ausgenommen. Hundert Dollar, um das Werkzeug für einen Tag zu benutzen. Hundert Mäuse. Für was? Jedes einzelne Teil hier drin ist etwas, was er aus dem einen oder anderen Grund aus seiner Hauptkiste rausgenommen hat. Ich meine, ich kann damit arbeiten, aber … hundert Mäuse? Aber er wusste, dass ich keine Wahl hatte. Und als wäre das nicht schlimm genug, hat er meinen Führerschein und meine Kreditkarte behalten, als wenn ich mit dem Zeug abhauen würde, als wenn es so toll wäre, weißt du? So unfassbar wertvoll. Aber erst checkt er meine Karte, um zu sehen, ob sie für tausend Dollar gut ist, falls ich mit dem Zeug abhaue. Ich hab ihm fast ins Gesicht gelacht. Tausend Dollar! Aber bis zur nächsten Stadt wären es noch mal fünfzig Meilen gewesen. Irgendwohin, wo ich eine Auswahl gehabt hätte, wo ich fragen könnte. Also hat er mich ausgenommen. Ich mag das nicht. Das ärgert mich.«

»Ich kann mir die Hundert leisten.«

»Ich auch, August. Es ist nicht so eng mit dem Benzingeld, dass ich nicht einen Hunderter verlieren könnte. Aber es geht ums Prinzip.«

Er hockte sich in den Dreck und öffnete den Metallkasten, ging alles durch und fand ein paar Schraubenschlüssel in den Hauptgrößen und legte sie dann der Größe nach geordnet in den Staub.

Henry kam mit einem Plastikglas mit Eistee wieder, und der düstere Ausdruck auf Seth' Gesicht verflüchtigte sich zum ersten Mal.

»Danke«, sagte er. »Das kann ich jetzt brauchen.«

Er nahm das Glas entgegen und trank es in einem Zug leer. Sein Adamsapfel hüpfte, während er schluckte. Dann gab er Henry das Glas zurück. Es war mit fettigen Fingerabdrücken bedeckt, weil er die dreckigen Werkzeuge in der Hand gehabt hatte.

»Ich geh mal mit Woody Gassi«, verkündete Henry und verschwand.

August saß lange still da, aber er und Seth redeten nicht. Er hoffte, dass er einfach dadurch, dass er nahe dabei saß, Seth das Gefühl vermitteln würde, nicht allein zu sein. Schließlich mochte das niemand, vor allem wenn er weit von zu Hause liegenblieb. Zu einer solchen Zeit konnte jeder ein bisschen Unterstützung brauchen.

Nach einer Weile bekam August ein Gefühl dafür, einfach nur da zu sein, und es war nicht viel anders, als unter den dahinziehenden Wolken zu sitzen. Nicht im Herz der Dinge.

Er beobachtete, wie Seth von oben in die offene Motorhaube griff, einen Schraubenschlüssel in der Hand. Sah die Anstrengung in seinem Gesicht und in seinen Armmuskeln, als er eine Schraube dazu brachte, sich zu bewegen. Nach fünf oder sechs Schrauben zog er den Keilriemen raus und platzierte ihn neben sich auf der Erde.

Dann legte er sich wieder auf den Rücken und schob sich unter den Wagen. Keine Sekunde später kam er wieder hervor und schnappte sich einen anderen Schraubenschlüssel. Er zog sein Handy aus der Gesäßtasche seiner Jeans, wo es ihn offensichtlich störte, und legte es oben auf den offenen Werkzeugkasten. Dann war sein Oberkörper wieder verschwunden.

Es schreckte August auf, als er sprach. Seine Stimme driftete unter dem Motor des Wohnmobils hervor. Schon lange hatte keiner mehr gesprochen.

»Man kann über meinen Dad sagen, was man will. Aber er hat noch nie jemanden, der bei uns liegengeblieben ist, über den Tisch gezogen.«

»Ja, das stimmt. Das hat er nicht. Ich war in einer verzweifelten Lage, als ich bei euch ankam, und seine Preise waren fair.«

»In der Beziehung war er immer ehrlich.« Eine lange Stille. Dann sagte Seths körperlose Stimme: »Ich vermute, das hört sich seltsam an.«

»Nein. Warum denn?«

»Nun, weil er lügt. Wie kann man gleichzeitig ehrlich und unehrlich sein?«

»Ich glaube, Menschen sind im Großen und Ganzen immer eine Mischung aus beidem. Dein Dad lügt nicht aus Profitgier. Er lügt nicht, um Leuten absichtlich wehzutun. Er hat ein Problem, und er lügt, um das Problem zu verbergen und es zu schützen, weil er nicht weiß, wie er damit aufhören soll. Das bedeutet nicht, dass er um jeden Preis eine Notlage ausnutzen will. Es bedeutet nicht, dass er je jemandem wehtun wollte. Ich hoffe, du hast nicht das Gefühl, dass ich deinen Dad für in jeder Beziehung schlecht halte.«

»Nein. Das hast du nie gesagt. Ich bin da kritischer als du.«

»Ich musste auch nie mit ihm zusammenleben.«

»Aber er tut Leuten weh.«

»Ich weiß.«

»Also kann man Leuten wehtun, obwohl man es gar nicht vorhat, sogar so sehr, wie er es tut?«

»O ja.«

»Es ist irgendwie, als wäre er zur selben Zeit ein guter und ein schlechter Mensch. Was, vermute ich, … nicht möglich ist.«

»Seth. Das ist nicht nur möglich, das beschreibt so ziemlich jeden einzelnen Menschen auf dem Planeten. Jeder ist zur selben Zeit ein guter und ein schlechter Mensch. Der einzige wirkliche Unterschied ist die Balance. Wie viel gut zu wie viel schlecht. Wenn eine Person eine größere gute Seite hat, nennen wir ihn einen guten Menschen. Aber es ist nie absolut.«

Seth fasste die Stoßstange und zog sich raus. Kam auf die Füße und griff in den Motorraum. Entfernte das Lüfterrad. Legte es vorsichtig mit den Lamellen nach oben auf die Erde.

»Ich weiß nicht«, sagte er. »Es ist so viel leichter, einfach wütend auf ihn zu sein. Als wenn es eben doch absolut wäre. Wenn ich an die Dinge denke, die gut an ihm sind, wie Leute nicht über den Tisch zu ziehen, obwohl es so einfach wäre, das zu tun, ist es schwieriger. Es ist verwirrend. Es wäre leichter, wenn die Leute einfach gut oder schlecht wären, und damit hätte es sich.«

Er nahm wieder einen anderen Schraubenschlüssel, und sein Arm verschwand bis zur Schulter im Motorraum.

»Ich weiß«, sagte August. »Ich denke, darum behandeln viele Menschen die Welt auch, als *wäre* sie schwarz und weiß. Es ist einfacher. Als du weg warst, hat Henry ihn angerufen und ihm die Wahrheit gesagt.«

»Oh. Und wie ist es gelaufen?«

»Offenbar nicht so toll.«

»Wird er versuchen, ihn an der Weiterreise zu hindern? Kann er das überhaupt?«

»Das wissen wir nicht so genau.«

»Hat er gesagt, er würde es versuchen?«

»Er hat aufgelegt, bevor es überhaupt so ins Detail ging.«

»Ja.« Seth schüttelte den Kopf. »Das hört sich genau nach ihm an.«

August sah einige Minuten schweigend zu, wie Seth arbeitete. Seth drehte Schrauben raus und legte sie vorsichtig auf dem Metallrahmen des Motorraums ab. Dann hörte August ein lautes Platschen und sah, wie sich unter dem Gefährt eine

Lache von grünlicher Kühlflüssigkeit bildete. Unter Seth'
Füße lief. Seth stand aufrecht und zog die alte Wasserpumpe
raus, hielt sie hoch über seinen Kopf wie eine Art Trophäe.

»Gut gemacht«, sagte August.

»Sieht so aus, als ob wir wirklich heute noch weiterfahren
könnten. Vielleicht fast eine Chance haben, ihm wegzufahren.«
Er zog die neue Wasserpumpe aus dem Karton und beugte
sich damit in den Motorraum. »Manchmal denke ich darüber
nach, dass du auch Alkoholiker warst.«

»Ich *bin* Alkoholiker.«

»Dass du auch ein praktizierender Alkoholiker warst.
Und jetzt bist du das hier.«

»Ich war immer das hier. Darunter.«

»Genau. Das ist es, worüber ich nachdenke. Ich frage
mich, wie mein Dad darunter ist. Wer er sein könnte. Ob
ich je die Chance bekomme, das herauszufinden. O Scheiße.
O nein. Das gibt's doch nicht. Nein. Nein, das kann nicht
sein. Bitte. Bitte sag mir, dass ich mich irre.«

»Was?«

»Ich glaube, der Typ hat mir die falsche Wasserpumpe
verkauft.«

»O nein. Bist du sicher?«

Seth zog die neue Pumpe wieder raus und platzierte sie
neben der alten. August betrachtete sie, wie sie so nebeneinander da lagen.

»Sie sehen genau gleich aus.«

»Sie sind sich sehr ähnlich. Aber die Schraublöcher passen
nicht.«

Er legte die beiden Pumpen mit den flachen Unterseiten
aneinander und hielt sie hoch, damit August es sehen konnte.
Die Schraublöcher passten nicht aufeinander.

»Scheiße«, sagte Seth und ließ sie beide in den Dreck
fallen.

Er legte sich auf den Rücken, ein Arm über dem Gesicht, und blieb lange Zeit still. August sagte auch nichts, weil er sich nicht sicher war, ob er das sollte. Ob irgendetwas, was er sagen könnte, helfen würde.

Schließlich erklärte Seth: »Sorry, dass ich geflucht habe, August.«

»Schimpfwörter haben mich nie gestört. Wusste nie, warum man sich darüber aufregen sollte. Das war mehr eine Regel, die du selbst für dich aufgestellt hast. Mir war das immer egal.«

Seth lag noch eine Weile länger reglos da. Drei, vier Minuten schätzte August. Dann seufzte er und setzte sich auf. Wischte die neue Wasserpumpe mit einem Lappen aus dem Werkzeugkasten ab und packte sie zurück in den Karton.

»Nun, dann mache ich mich mal wieder auf«, sagte er.

»Tut mir leid.«

»Ist ja nicht so, dass du mich nicht gewarnt hättest, dass einiges an Wartung notwendig wäre.«

»Tut mir trotzdem leid.«

»Es tut mir nicht leid, dass das alte Wohnmobil immer mal wieder eine Reparatur braucht. Es tut mir leid, dass dieser Idiot mir hundert Dollar abgenommen hat, um sein Mist-Werkzeug zu benutzen, *und* mir das falsche Teil verkauft hat. Aber egal, wie lange ich hier sitze und darüber nachgrübele, ich muss doch wieder per Anhalter zu seinem Geschäft fahren.«

* * *

Henry kam fast eine Stunde später wieder. Woody hing die Zunge seitlich aus dem Mund, und er schien zufrieden zu grinsen.

»Wo ist Seth?«

»Er musste noch mal zurück und das Ersatzteil umtauschen.«

»Oh. Das ist ärgerlich. Scheiße. Gerade, wo er es so eilig hatte. Oh. Tut mir leid wegen des Fluchens.«

»Fluchen war mir schon immer egal«, sagte August.

* * *

August und Henry saßen den ganzen Tag mit Woody draußen und übten, einfach nur zu sein.

Henry sagte: »Wenn wir zu einer solchen Zeit hier sitzen und einfach sein können, stell dir mal vor, wie einfach es werden wird, wenn wir in einem richtig coolen Nationalpark sind und alles super läuft.«

August fragte: »Da fahren wir also hin? In einen Nationalpark?«

Henry lächelte nur und erwiderte: »Du weißt, dass ich dir das nicht verraten kann, August. Es ist eine Überraschung.«

* * *

Die Sonne ging unter, und Seth war immer noch nicht zurück.

Henry sagte: »Vielleicht hat er niemanden gefunden, der ihn mitnimmt.«

August sagte: »Vielleicht hatte der Typ nicht das richtige Ersatzteil vorrätig.«

Sie beschlossen, sich deswegen nicht den Kopf zu zerbrechen, und zogen sich ins Wohnmobil zurück, weil es zu kalt wurde.

* * *

Als Seth gegen zehn immer noch nicht zurück war, beschlossen sie, dass sie ins Bett gehen und sich keine Sorgen darüber machen würden.

Nach einer Stunde, in der er wach gelegen und sich Sorgen gemacht hatte, sagte August: »Henry. Bist du wach?«

»Ja. Warum?«

»Ich dachte nur gerade … Könntest du das Werkzeug reinholen? Wenn jemand heute Nacht kommt und es stiehlt, berechnet der Typ Seth tausend Dollar.«

»Tausend Dollar? Ach du Scheiße. Ist es so viel wert?«

»Nein. Auf keinen Fall. Aber das ist es, was es ihn kosten wird, wenn er es verliert, und das ist das Problem.«

Henry setzte sich auf, zog sich Schuhe an und schlüpfte aus der Fahrertür. Eine Minute später schob er die schwere Werkzeugkiste in den Fußraum auf der Fahrerseite. Im Licht der Kabine starrte er die Kiste einen Augenblick lang an.

»Ich glaube, ich habe gerade herausgefunden, warum er nicht angerufen hat.«

»Warum?«

»Sein Handy liegt hier direkt vor mir.«

»Oh«, sagte August. »Das würde das dann wohl erklären.«

Kapitel 27

Blinkendes Rot

August schreckte nach etwa einer Dreiviertelstunde aus dem Schlaf hoch, weil er das statische Rauschen eines Funkgeräts hörte. Er öffnete die Augen und sah das grelle Rot eines Blinklichts, das rhythmisch den Innenraum des Wohnmobils erhellte.

Woody befreite sich aus der Decke, sprang vom Bett und bellte in keine bestimmte Richtung.

August setzte sich auf und blickte zu Henry hinüber, der sich ebenfalls aufrichtete. Auch aussah, als sei er gerade erst aufgewacht.

»Abschleppdienst?«, fragte Henry.

»Warum sollte er mit einem Abschleppwagen zurückkommen, wenn wir nur eine neue Wasserpumpe brauchen?«

Henry zuckte die Achseln.

Aber ein anderer Gedanke drängte sich in Augusts Kopf. Wenn Seth mit einem Abschleppwagen zurückgekommen war, so seltsam das auch scheinen mochte, hieß das, dass Seth zurück war und heil und gesund.

Plötzlich klopfte es energisch an der Hecktür, und Woody fing erneut an, wie wild zu bellen.

»Ich werde nachsehen«, sagte Henry. »Ich bin schneller.«

Er lief die vier Schritte nach hinten, nur mit Boxershorts und T-Shirt bekleidet, und machte die Tür auf. August blinzelte in das blinkende Rotlicht, das von einem Polizeiauto kam. Zwei uniformierte Beamte standen wenige Fuß von den Heckstufen entfernt, die Hände beunruhigend dicht an ihren Waffen.

August kam mühsam auf die Beine. Seine Stöcke lehnten an der Badezimmertür, aber im Wohnmobil brauchte er sie auch nicht, denn der Mittelgang war schmal und er konnte sich immer irgendwo festhalten. Er ging unsicher zur Hecktür, um Henry zu helfen, der wie gelähmt schien, wie ein kleiner Vogel, der plötzlich in einer Kinderhand gefangen ist.

»Officers«, sagte er. »Ich weiß, dass es aussieht, als würden wir hier illegal campen, aber wir sind liegengeblieben. Einer von uns ist losgezogen, um Ersatzteile zu kaufen, um uns wieder fahrbereit zu machen.«

»Sir, bitte kommen Sie aus dem Fahrzeug«, sagte der ältere der beiden Beamten.

Er war vielleicht vierzig, bullig, mit kurzem blondem Haar, und sein Partner war ein ängstlich aussehender Neuling, der kaum älter als Seth sein konnte.

»Ich weiß, dass es illegal ist, hier zu parken, aber es ist ein Notfall.«

»Sir, ich möchte Sie nicht noch einmal bitten müssen. Kommen Sie aus dem Fahrzeug.«

Sein Tonfall erzeugte ein unangenehmes Gefühl in Augusts Magengrube, wie ein saures und unverdautes Essen.

Henry trat hinaus, schweigend und still in seiner Unterwäsche und barfuß, die Hände in der Luft, als ob er geschnappt worden wäre, als er eine Bank ausraubte.

»Okay, Officer. Ich habe die Aufforderung gehört, und ich will ihr auch Folge leisten. Mein Ziel ist es, Folge zu leisten.

Aber ich bin gehbehindert, und es ist für mich sehr schwer, ohne Hilfe die Heckstufen runterzukommen. Ich könnte nach vorne gehen und aus der Beifahrertür steigen. Da gibt es einen Handgriff, an dem ich mich festhalten kann.«

»Nein«, sagte der Beamte, eine Hand noch immer direkt an der Waffe. »Ich will Sie die ganze Zeit sehen können.«

»Das geht nicht. Ich werde fallen.«

Der Blick des Polizisten verließ ihn für eine winzige Sekunde. Fiel auf Henry. »Kannst du ihm runterhelfen?«

»Ich denke schon«, sagte Henry. Seine Stimme hörte sich piepsig an. Sie erinnerte August an die Zeichentrickmausstimme, die er vor so langer Zeit als Siebenjähriger gehabt hatte.

»Keine schnellen Bewegungen. Und so, dass ich immer deine Hände sehen kann.«

Immer noch verängstigt, aber in dem Glauben, dass das wirklich auf dumme Weise des Guten zu viel sei, sagte August: »Officer, bei allem Respekt, wir tragen Unterwäsche und Pyjama. Die Vorstellung, dass wir eine verborgene Waffe tragen könnten, ist wirklich unangemessen.«

»Sir«, sagte der Beamte. »Kommen Sie aus dem Wagen.«

»Woody, bleib«, befahl August, und der Hund sank in eine unbequem aussehende Position und drehte den Kopf weg.

August klammerte sich mit einer Hand an die Außenleiter des Wohnmobils, obwohl es schwieriger wurde, sich festzuhalten, während er weiter nach unten kam, und Henry stütze ihn mit seinem ganzen Körper, unter seiner anderen Schulter, einen Arm fest um Augusts Brustkorb geschlungen.

Dann versuchte Henry, die Stufen raufzueilen, um Augusts Stöcke zu holen.

»Bleib, wo du bist«, sagte der Polizist.

»Er kann ohne seine Stöcke nicht stehen.«

»Er steht«, erwiderte der Beamte.

Mit einer Bewegung des Kopfes deutete er auf August, der mit dem Rücken an die hintere Wand des Wohnmobils gepresst stand, beide Hände an der Leiter, um sich festzuhalten.

»Bleiben Sie einfach da stehen, und lassen Sie die Hände, wo ich sie sehen kann.«

Es erschien August wie eine unnötige Wiederholung, vor allem weil er seine Hände nicht bewegen konnte, ohne einen Sturz zu riskieren.

»Ich muss nur die Fliegengittertür schließen«, erklärte Henry. »Damit der Hund nicht rauskommt.«

Keine Antwort. Also tat er es. Langsam.

Es war unmittelbar vor Sonnenaufgang, der stahlblaue Himmel vollkommen wolkenlos. Keine Autos rasten vorüber und brachten das Wohnmobil zum Schwanken. Sie hätten sich genauso gut auf einem weit entfernten, unbewohnten Planeten befinden können.

»Worum geht es überhaupt?«, fragte August. »Geht es wirklich nur darum, dass wir auf dem Seitenstreifen des Highways parken?«

Die Beamten ignorierten ihn total und sprachen Henry an. »Henry Reedy?«

August konnte sehen, wie Henrys Adamsapfel hüpfte, als er schluckte. Henry nickte so leicht, dass die Bewegung im matten Licht kaum wahrzunehmen war.

»Wir werden dich in Verwahrung nehmen müssen, Junge.«

»Was habe ich getan?«, fragte die dünne Zeichentrickmausstimme.

»Du bist als minderjähriger Ausreißer gemeldet worden. Also nehmen wir dich mit. Wir lassen dich frei, wenn dein Vater kommt, um dich nach Kalifornien mitzunehmen.«

Henry schloss die Augen. Ließ sie lange zu. August sah ihn im blinkenden Licht. Fragte sich, was er fühlte. Fragte sich, was er selbst fühlte. Wartete, dass Henry die Augen wieder öffnete. Oder etwas anderes tat. Irgendetwas anderes. Er wartete, dass etwas geschah. Während er wartete, fragte er sich nicht nur, was als Nächstes geschehen würde, er fragte sich, warum er es nicht in der Minute, in der er das blinkende Licht gesehen hatte, gewusst hatte. Warum hatte er es nicht gewusst?

Dann, als ein völlig unverbundener Gedanke, erinnerte er sich daran, dass Seth verschwunden war. Es erfüllte ihn mit einem überwältigenden Gefühl, dass alles verloren war. Was würde er tun, wenn sie Henry mitnahmen und er zurückblieb, allein und mit kaputtem Wagen?

»Er ist nur eifersüchtig und gemein.« Henrys Stimme hörte sich etwas tiefer an. »Er wusste, dass ich den Sommer über weg sein würde. Es war ihm egal, solange ich mit Seth wegfuhr. Er mag nur August nicht, weil er eifersüchtig auf ihn ist.«

»Junge«, sagte der Beamte. »Ich habe eine Meldung über einen Ausreißer. Du bist gemeldet worden. Wir regeln diese Dinge nicht vor Ort. Ich bin kein Familiengericht. Dein Vater hat dich vermisst gemeldet. Er will dich zurück. Wir geben dich zurück. Das ist alles.«

Der Beamte trat vor und nahm Henry am Ellenbogen.

Henry zog reflexhaft den Arm zurück.

»Sei ganz vorsichtig, was du von jetzt an tust, Junge«, sagte der Polizist zu ihm, seine Stimme eine unnachgiebige Warnung. »Du wurdest aufgefordert, der angemessenen Forderung eines Polizeibeamten nachzukommen. Da willst du keine Spielchen spielen.«

August sah, wie Henry den Kopf einzog. In sich zusammensackte, plötzlich kleiner und weicher aussah. Besiegt. Der Beamte griff wieder nach seinem Arm, und Henry ließ es zu, weggeführt

391

zu werden. August sah ihm nach, und hatte das sichere Gefühl, ihn zu verlieren. Das Versprechen ihres Sommers zusammen entfernte sich, einen Schritt nach dem anderen.

»Darf er nicht einmal reingehen und sich etwas Kleidung holen?«, fragte er.

Der Polizist, der Henry am Arm gefasst hatte, blieb stehen. Sah den Jungen an, als sei es das erste Mal. Dann blickte er zu seinem jungen Partner hinüber.

»Bring ihn rein, und lass ihn sich anziehen. Sie bleiben genau hier«, fügte er an August gewandt hinzu.

»Ich hasse ihn«, murmelte Henry, als er an August vorbeiging, der sich immer noch an der Leiter festhielt.

»Nein«, erwiderte August. »Lass nicht zu, dass er dich dazu bringt, zu hassen. Lass nicht zu, dass dich irgendjemand dazu bringt, zu hassen.«

Er fragte sich, wie viel Zeit vergehen würde, bis er wieder mit Henry sprechen konnte.

Einige Augenblicke später trat der Junge wieder auf die Heckstufen, jetzt bekleidet mit Jeans, einem T-Shirt und Flip-Flops. Er stand hoch aufgerichtet oben in der Tür und sagte: »Lassen Sie mich ihn wenigstens anrufen.«

»Ich bin mir nicht sicher, was du dir davon versprichst«, sagte der Polizist.

»Vielleicht kann ich ihn dazu bringen, dass er seine Meinung ändert.«

»Er müsste die Meldung offiziell zurückziehen.«

»Vielleicht kann ich ihn dazu bringen.«

Die zwei Polizisten, von denen der jüngere noch immer hinter Henry im Wohnmobil stand, wechselten einen Blick.

»Ich denke mal, es kann nicht schaden.«

Henry drehte sich um, um wieder im Wohnmobil zu verschwinden, aber der junge Beamte hielt ihn auf, indem er ihm eine Hand auf die Brust legte.

»Wir kontaktieren ihn aus dem Streifenwagen«, sagte der ältere Polizist. »Wir müssen ihn über die Zentrale anrufen, und dann kannst du mit ihm verbunden werden.«

Der junge Polizist ging mit Henry zum Auto und setzte ihn in den Fond, genau wie man es immer im Fernsehen sah. Eine Hand drückte ihm den Kopf nach unten, sodass er ihn sich nicht am Autodach stoßen konnte. Dann schlug er die Tür zu, schloss den Jungen ein. Er ging um das Auto herum zur Tür auf der Fahrerseite und setzte sich hinein, wobei seine langen Beine draußen blieben, und sprach ins Funkgerät. August konnte nicht hören, was gesagt wurde.

Er sah den älteren Polizisten an, der immer noch an derselben Stelle stand.

»Darf ich mich auf die Stufen setzen? Meine Arme halten das nicht mehr lange aus.«

»Klar«, sagte der Polizist, und es war das erste Mal, seit August ihn getroffen hatte, dass er vollkommen menschlich klang. Er kam herüber und lehnte sich mit dem Rücken gegen das Wohnmobil. »Tut mir leid, dass Sie hier in Ihrem Schlafanzug und ohne Stöcke stehen mussten. Tut mir leid, dass wir die Hände an den Waffen hatten. Aber diese Sachen können unschön werden. Man weiß nie, worauf man sich einlässt. In neunundneunzig Prozent der Fälle ist es okay, aber dann geht es eben doch mal schief. Und wenn es passiert, dann passiert es schnell, und wenn man nicht vorbereitet ist, ist es zu spät.«

»Ich verstehe das«, sagte August. Und zu seiner eigenen Überraschung stimmte das sogar.

»Ich weiß, dass Familiensachen schwierig sind. Und wir mögen das alles nicht mehr als Sie. Aber wenn die Meldung erst einmal gemacht ist, können wir nichts anderes tun, als unsere Pflicht erfüllen.«

August nickte langsam.

Stille.

»Sein Vater ist Alkoholiker«, sagte August. Leise. »Ich glaube wirklich nicht, dass er ein schlechter Kerl ist. Aber er ist schwierig. Er trifft viele schlechte Entscheidungen. Er mag mich nicht, weil ich trocken bin. Ich bin nur einer dieser vielen Spiegel, in die er nicht sehen will. Es war die Idee der Jungs, das hier für mich zu tun. Es ist ihnen wirklich wichtig, diese Reise mit mir zu machen. Und es ist genau die Tatsache, dass es ihnen so wichtig ist, die ihn stört. Denn es zeigt, dass ich ihnen etwas bedeute.«

»Ja. Na ja. Wie ich schon sagte. Familiensachen sind schwierig. Ich weiß das. Ich habe Familie.«

Sie saßen und lehnten schweigend einige Zeit, und dann drang Henrys Stimme durch die kühle Morgenluft. Sie war kräftig und tief. Sie war so laut, dass August sie hören konnte. Den ganzen Weg vom Rücksitz des Streifenwagens.

Henry schrie seinen Vater an.

»Das ist das Schlimmste, was du mir jemals angetan hast! Wie konntest du das tun? Du hast das nur gemacht, weil du August hasst, weil du denkst, dass er ein besserer Mann ist als du. Hör gut zu, Dad: Er *ist* ein besserer Mann als du. Denn er würde so etwas niemals tun. Du machst diese gemeinen, eifersüchtigen Sachen, und dann erwartest du, dass ich dich respektiere. Wie kann ich dich respektieren, wenn du solche Dinge tust? Wenn du denkst, dass ich zu August mehr aufsehe als zu dir, dann liegt das vielleicht genau an diesen Dingen. Vielleicht solltest du dich mal wie ein guter Mensch benehmen, und dann könnte ich auch zu dir aufsehen. Warum versuchst du das nicht mal, Dad? Warum versuchst du nicht, mir mal was zu zeigen, was es verdient, respektiert zu werden, und dann kann ich das vielleicht auch tun!«

Stille. Vielleicht sagte sein Dad etwas. Vielleicht hatte Henry auch nur die Stimme gesenkt. August konnte von da, wo er saß, nicht genug sehen, um es zu beurteilen.

»Wow«, sagte der Polizist. »So habe *ich* nie mit meinem Dad geredet.« Er hörte sich nicht an, als wollte er das kritisieren. Er hörte sich eher fast bewundernd an.

»Henry bisher auch noch nicht.«

Sie saßen wieder eine Weile schweigend da. Zwei Minuten. Vielleicht drei.

»Er ist diese kleine Maus von Kind«, sagte August, »der kaum mit irgendjemandem spricht. Jahrelang hat er mit niemandem geredet außer seinem Bruder. Jetzt redet er mit seinem Bruder und mit mir. Wenn ich ihn nach seiner Meinung frage, schweigt er. Sagt, dass er Leuten nicht gerne vorschreibt, was sie tun sollen.«

»Nun, irgendetwas hat den Löwen in dieser Maus geweckt.«

Sie blickten hoch und sahen, dass der junge Beamte auf sie zukam.

»Er sagt, dass er die Meldung zurückzieht.« Es war das erste Mal, dass August die Stimme des jungen Mannes hörte. Er hörte sich sogar noch jünger an, als er aussah. »Aber ich glaube, wir müssen hier warten, bis er das auch tatsächlich tut.«

»Korrekt«, sagte der ältere Polizist.

Sein jüngerer Partner ging zurück zum Auto, um neben dem Funkgerät zu warten.

»Sehen Sie, genau das hasse ich. Das macht mich einfach wütend«, sagte der Polizist zu August.

Es überraschte ihn. Das Gespräch, das er mit dem Mann gehabt hatte, hatte so menschlich gewirkt.

»Dass er die Meldung zurückzieht?«

»Mehr, dass er sie überhaupt gemacht hat. Da hat er einfach mit dem Gesetz gespielt. Wenn er wirklich denken würde, dass der Junge hier bei Ihnen in Gefahr ist, würde er die Meldung nicht zurückziehen. Also hätte er sie überhaupt nie machen sollen. Wir nehmen unseren Job ernst. Ich mag es nicht, wenn uns Leute für ihre Spielchen benutzen.«

»Ja«, antwortete August. »Leider gehört er zu den Menschen, die genau das tun.«

Sie saßen schweigend da. August sah zu, wie die Sonne über dem Horizont aufging, ihm auf eine Art in die Augen schien, die merkwürdig angenehm war.

Dann sagte er: »Wir haben tatsächlich noch ein weiteres großes Problem, aber ich denke, Sie können verstehen, dass es mir bei den Ereignissen der letzten paar Minuten entfallen war. Sein älterer Bruder Seth ist gestern Morgen losgezogen, um eine neue Wasserpumpe zu besorgen. Und er ist immer noch nicht zurück. Langsam fang ich an, mir Sorgen zu machen.«

»In welche Richtung ist er denn los?«

»Osten. Da war ein Typ mit einem Geschäft östlich von hier, der ihm ein paar Werkzeuge geliehen hat. Aber er hat ihm die falsche Wasserpumpe verkauft. Also musste er zurück, um sie umzutauschen. Vielleicht war die richtige einfach nicht vorrätig oder so. Aber ich bin mir sicher, Sie verstehen, warum ich mir Sorgen um ihn mache. Per Anhalter ganz allein mitten im Nichts losziehen und dann die ganze Nacht wegbleiben.«

Der Polizist seufzte. »Ich wünschte, Leute würden uns einfach anrufen, wenn sie liegenbleiben. Immerhin ist es unser Job, ihnen zu helfen.«

»Oh. Wir wussten gar nicht, dass wir das tun könnten.«

»Offenbar weiß das niemand. Wenn wir die Situation hier geregelt haben, fahren wir mal in die Richtung und schauen, ob wir herausfinden können, wo er hin ist. War es ›Reds Autowerkstatt‹? Das ist die nächste östlich von hier.«

»Ich weiß es nicht. Das hat er nicht gesagt. Ich habe mitbekommen, wie der Typ ihn hier abgesetzt hat, aber ich konnte ihn nicht wirklich gut sehen. Er hat einen großen alten armeegrünen Pick-up gefahren.«

»Ja, das hört sich nach Red an. Wir sehen mal, was wir tun können.«

Sie blickten hoch und sahen, wie der junge Polizist aus dem Fahrersitz aufstand und ihnen den Daumen hoch zeigte. Er öffnete die Fondtür und bedeutete Henry auszusteigen. Henry stand ein paar Augenblicke in der morgendlichen Kühle, als wenn er seine Freiheit kaum begreifen konnte. Als wenn er jahrelang eingesperrt gewesen wäre und während der ganzen Zeit nie die Sonne gesehen hätte.

Dann schüttelte er es ab und kam zu August zurück.

Der ältere Beamte gab ihm einen freundlichen Klaps auf den Arm, und dann stiegen beide Polizisten in ihr Auto und fuhren weg, schalteten das blinkende rote Licht ab, von dem August überraschenderweise schon ganz vergessen hatte, dass es da war. Es schien ihm unterdessen fast natürlich.

Henry stand lange still neben ihm, offensichtlich unter Schock.

Dann sagte August: »Du warst toll. Du warst unglaublich gut.«

Stille, dann lächelte Henry plötzlich.

»Das war ich tatsächlich, oder?«, erwiderte er.

* * *

Eine halbe Stunde später, gerade als sie ihre erste Tasse Kaffee getrunken hatten – sie waren immer noch zu aufgeregt, um etwas zu essen –, kam der Streifenwagen zurück. Er fuhr auf der gegenüberliegenden Seite an den Straßenrand, und Seth stieg mit einem vertrauten Karton unter dem Arm aus.

Er winkte den Polizisten, die wegfuhren.

August atmete tief ein, und ihm wurde klar, dass jeder Atemzug, den er getan hatte, seit Seth verschwunden war, flach und voller Angst gewesen war.

Seth öffnete die Fahrertür und steckte seinen Kopf ins Wohnmobil.

»Tut mir leid, August. Ich weiß, dass du dir schreckliche Sorgen gemacht haben musst. Ich erzähl dir später, warum ich nicht anrufen konnte. Es ist irgendwie eine lange Geschichte. Ich will nur die Pumpe einbauen und endlich weiterfahren. Oh«, fuhr er fort, als er nach unten sah, »du hast die Werkzeuge reingeholt. Das war schlau. Danke.«

Er sah zu Henry, der auf der Couch saß und auf eine »Ich weiß was, was du nicht weißt«-Art lächelte.

»Was ist los?«, fragte Seth. »Was ist so lustig?«

»Sorry. Ich dachte nur gerade, dass es nett ist, dass diesmal nicht ich derjenige bin, der von der Polizei zum Wohnmobil zurückgebracht wird.«

Seth schüttelte in gespielter Entrüstung den Kopf. Er hob die schwere Kiste hoch und verschwand, knallte die Tür hinter sich zu.

August hievte sich langsam aus dem Beifahrersitz, dann aus der Tür, griff nach einem Stock. Er stand vorne am Motorraum, lehnte sich mit einer Hand darauf, stützte sich mit der anderen auf den Stock. Er sah zu, wie Seth die beiden Abschlusssockel der Pumpen untersuchte. Seth blickte hoch, sah, dass August ihn beobachtete, und hielt die beiden Pumpen hoch, sodass er sie sehen konnte.

»Die Bohrlöcher passen genau«, sagte August.

»Endlich. Endlich hat was geklappt.« Seth begann wieder, die Werkzeuge zurechtzulegen. »Ich hatte die schlimmste Nacht überhaupt. August. Gott. Was auch immer ihr hier durchgemacht habt, weil ihr euch Sorgen um mich gemacht habt, es kann nicht schlimmer gewesen sein als das, was ich erlebt habe. Ich komm dahin zurück, und sie haben die Pumpe, die ich brauche, nicht vorrätig. Sie müssen sie bestellen. Also wusste ich gleich, dass ich bis zum nächsten Morgen würde warten müssen. Der Besitzer, der verdammte Dieb, war nicht da. Und er hatte meine Kreditkarte. Und der Typ, der da war, dieser andere Mechaniker, war entweder einfach ein völliger Idiot oder er wusste, dass sein Boss ein totaler Erbsenzähler ist und er sich später vor ihm würde verantworten müssen. Ich hatte mein Handy vergessen. Und er wollte mich nicht ihr Telefon benutzen lassen. Es wäre teuer gewesen, weil deine Handynummer aus Kalifornien ist. Und ich hatte nicht genug Bargeld, um ein Münztelefon zu benutzen. Und ich konnte mir kein Zimmer nehmen, weil ich meine Kreditkarte nicht hatte. Der Idiot hat mich nicht mal in der Werkstatt schlafen lassen. Ich vermute, er dachte, ich würde etwas stehlen. Ich musste in einem alten Auto übernachten, das bei ihnen auf dem Hof stand und nicht verschlossen war. Ich würde den Kerl gerne erwürgen, der meinen Führerschein und meine Kreditkarte genommen hat und dann einfach nach Hause gegangen ist. Was, wenn ich gekommen wäre, um das Werkzeug zurückzubringen? Weißt du? Bereit, weiterzufahren. Er wäre einfach nicht da gewesen. Und dafür nimmt er mir auch noch Hundert Dollar ab. Gott. Warum läuft plötzlich einfach alles schief?«

»Nicht alles. Du bist heil wieder zurückgekommen. Und du hast das richtige Teil bekommen.«

»Stimmt, und die Bullen waren nett. Sie haben mich mitgenommen, als ich getrampt bin. Niemand sonst wollte mich mitnehmen. Es ist tatsächlich ein Vergehen, auf diesem Highway per Anhalter zu fahren, aber sie haben mir nur eine Warnung verpasst, unter der Voraussetzung, dass ich nächstes Mal, wenn ich liegenbleibe, die Polizei rufe. Ich wusste gar nicht, dass man das kann. Du?«

»Anscheinend weiß das niemand. Sie haben dir nicht erzählt, warum sie vorbeigekommen sind? Warum sie wussten, dass wir hier draußen gestrandet sind?«

»Nein. Ich dachte, sie waren einfach zufällig vorbeigekommen und hätten mich gesehen.«

»Sie sind bei uns vorbeigekommen, um Henry in Gewahrsam zu nehmen, denn dein Dad hatte ihn als Ausreißer gemeldet.«

Seth sprang auf die Füße, ließ das Werkzeug fallen und trat aus Versehen ein paar andere weg.

»Sie haben Henry mitgenommen? Warum hast du mir das nicht gesagt? Wo haben sie ihn hingebracht?«

»Dummkopf«, rief Henry aus dem Inneren des Wohnmobils. »Ich bin doch hier. Du hast gerade den Kopf über mich geschüttelt. Weißt du nicht mehr?«

»Oh. Stimmt«, sagte Seth und sank gegen die Stoßstange. »Mann, ich bin so müde. Ich hab nicht viel geschlafen. Ich kann nicht richtig denken. Was ist denn passiert?«

»Er hat deinen Dad angebrüllt und dafür gesorgt, dass er die Meldung zurückzieht.«

»Oh, nett. Siehst du, ich hab doch gesagt, die waren nett.«

»Nein. Nicht die Polizisten, Seth. Henry.«

»*Henry* hat unseren Dad angebrüllt?«

»Hat ihn dazu gebracht, nachzugeben.«

»Dieser Henry? Der da drinnen?«

»Hey!«, rief Henry.

»Wow. Und ich hab's verpasst.« Seth suchte das Werkzeug zusammen, das er beiseitegetreten hatte, und ordnete es wieder.

»Willst du nicht erst was essen, Seth? Bist du nicht halb am Verhungern?«

Seth hielt inne, als wenn er darüber erst einmal in Ruhe nachdenken müsste. »Ich hab schon ziemlich Hunger. Auch wenn ich ein bisschen Geld hatte und mir etwas aus einem

Automaten kaufen konnte. Aber im Moment ist gerade nichts wichtiger, als das Wohnmobil zu reparieren und zurück auf die Straße zu kommen.«

* * *

Kurz nach zwölf Uhr mittags fuhren sie bei »Reds Autowerkstatt« vor und parkten.

Seth sagte: »Wenn er immer noch mit meinem Führerschein und meiner Kreditkarte weg ist, werde ich jemanden schlagen wollen.«

Dann ging er um das Wohnmobil herum nach hinten und zog den Werkzeugkasten hinter der Tür hervor. Schleppte ihn ins Geschäft.

August nahm seine Stöcke, stieg vorsichtig aus und folgte ihm.

»Gehst du rein, August?«, fragte Seth. »Du musst nicht reingehen.«

»Ich will ein paar Worte mit diesem Typen reden«, erwiderte August.

Red war ein grauhaariger Mann mit heller, vernarbter Haut, der, wie August vermutete, in seiner Jugend rothaarig gewesen war. Zwischen seinen gespitzten Lippen steckte eine unangezündete Zigarette. Er sah Seth mit einer Art automatischer Verachtung an.

»Sie haben mir die falsche Pumpe verkauft«, sagte Seth. »Hat mich einen Tag gekostet.«

Der Mann antwortete nicht. Stattdessen kam er um den Tresen herum, hockte sich neben den alten Werkzeugkasten, öffnete ihn und begann ihn zu durchwühlen.

»Es ist alles da«, erklärte Seth.

»Inklusive ein, zwei Dinge, die mir nie gehört haben«, erwiderte Red und reichte Seth sein Handy.

Dann ging er hinter den Tresen zurück und drückte eine Taste auf der Kasse. Sie öffnete sich mit einem Klingellaut. Er griff hinein und zog Seth' Führerschein und Kreditkarte heraus. Schob sie über den Tresen.

Seth steckte sie sich in die Tasche, vor Wut kochend, aber schweigend. Er machte sich auf den Weg zur Tür. August blieb stehen.

Red sah August an, und August erwiderte den Blick.

»Kann ich sonst noch was für Sie tun?«

»Ich habe ein Hühnchen mit Ihnen zu rupfen. Sie haben meinem Freund hundert Dollar berechnet, damit er dieses alte, rostige, dreckige Werkzeug benutzen kann. Dann haben Sie ihm das falsche Ersatzteil verkauft. Also musste er per Anhalter den ganzen Weg zu Ihrem Laden zurückkommen, um das richtige zu besorgen. Was Sie nicht vorrätig hatten. Also musste er über Nacht hier bleiben. Aber Sie hatten seine Kreditkarte. Er konnte sich kein vernünftiges Essen kaufen und auch kein Zimmer mieten. Ihr Angestellter hatte nicht mal so viel Anstand, ihn hier drinnen schlafen zu lassen. Er durfte auch nicht Ihr Telefon benutzen, um uns mitzuteilen, dass alles in Ordnung mit ihm war.«

Red schaute ihn ausdruckslos an. Völlig unbewegt.

»Die Karte war in der Kasse.«

»Was der einzige Angestellte hier nicht wusste. Also hatten wir alle nur wegen Ihrer Gedankenlosigkeit einen eineinhalbtägigen Albtraum. Und im Gegenzug zu diesem Albtraum, den Sie hätten verhindern können, wollen Sie ihm Hundert Dollar abnehmen für nichts.«

Red starrte ihn einen langen Moment an, die Hände in den Hüften, Zigarette wippend zwischen den angespannten Lippen.

»Das war, was wir abgemacht hatten.«

»Finden Sie nicht, dass ein unausgesprochener Teil der Abmachung war, dass Sie ihm das richtige Teil verkaufen und dass seine Karte für ihn zugänglich wäre, wenn er kommen und sie brauchen würde?«

»Ich muss arbeiten, Mister. Ihr Junge sollte für sich selbst sprechen können.«

»Ich vermute, dass er Angst hat, das zu tun, weil er so wütend ist. Er hat Angst, dass er nicht höflich bleiben könnte. Ich denke, wir bleiben einfach hier, während Sie über Ihre Rolle bei dem Ganzen nachdenken.«

Red seufzte. Zeigte auf ein Schild an der Wand hinter dem Tresen. Darauf stand, dass er sich das Recht vorbehalte, jedem den Service zu verweigern.

»Ich kann Sie bitten zu gehen.«

»Okay. Wir gehen. Gute Idee. Wir parken einfach eine Weile vor Ihrem Geschäft auf der Straße. Mit einem großen Schild am Wohnmobil, das Vorüberfahrende darüber aufklärt, was wir von ›Reds Autowerkstatt‹ halten.«

Red rieb sich das Gesicht. Dann sah er August mit seinem ausdruckslosen Blick an. »Ich wusste in der Minute, in der ich Sie gesehen habe, dass Sie mir nur Ärger machen würden.«

Er öffnete die Kasse mit einem weiteren Klingeln, zählte fünf Zwanziger ab und warf sie über den Tresen, wo sie einzeln auf den Linoleumboden flatterten.

Dann machte er sich auf den Weg zur Tür in die Werkstatt. Blieb stehen. Sagte: »Ich hab ihn den ganzen Weg dahin gefahren, wo Sie liegengeblieben waren.«

»Das stimmt«, bestätigte August.

Er hob einen der Zwanziger auf und legte ihn zurück auf den Tresen.

Red schüttelte den Kopf und verschwand in die Werkstatt.

Seth sah August an. Sein Gesicht wurde weicher und veränderte sich. Um einen Mundwinkel zuckte es. Dann beugte er sich vor und hob den Rest des Geldes auf.

Sie gingen zurück zum Wohnmobil, und August kletterte hinein, bereit weiterzufahren. Das waren sie alle.

Seth stieg auf den Fahrersitz und lächelte zum ersten Mal seit Tagen breit. »Das war echt cool, August.«

»Was hat er gemacht?«, fragte Henry.

»Hat mir fast mein ganzes Geld zurückgeholt. Und das war nicht leicht. Er hat den Typen echt zusammengestaucht. Aber richtig.«

»Das hab ich von Henry gelernt«, erklärte August.

Seth ließ den Motor an und fuhr zurück auf den Highway. Zurück auf der Straße. Endlich. »Ich kann immer noch nicht glauben, dass Henry es unserem Dad gegeben hat«, sagte er.

»Hey!«, meldete sich Henry. »Sprich nicht von mir, als ob ich nie etwas Gutes tun würde.«

»Nein, so hab ich das nicht gemeint. Überhaupt nicht. Du tust jede Menge gute Sachen. Nur … normalerweise nicht … Du weißt schon. Laut.«

Kapitel 28

Fallen

August wachte von einem Nickerchen auf der Couch auf und stellte fest, dass das Wohnmobil angehalten hatte. Was es schon lange nicht mehr getan hatte. Er hatte sich hingelegt, um ohne den Sitzgurt etwas zu schlafen, weil die Jungs nicht einmal für eine kleine Pause anhalten wollten.

Er setzte sich auf und blinzelte. Ihm fiel auf, dass der Trennvorhang zwischen ihm und den Jungs in der Fahrerkabine zugezogen war. Und die Rollos waren heruntergelassen. August vermutete, dass sie das getan hatten, damit er schlafen konnte.

Henry duckte sich unter dem Vorhang durch, gerade als August die Rollos hochziehen wollte, um zu sehen, wo sie waren.

»O nein. Lass das bitte«, sagte Henry und beugte sich über ihn, um sie wieder runterzulassen.

»Ich darf nicht rausgucken?«

»Nicht für noch etwa zwölf Stunden. Tu einfach so, als würden wir dich da mit verbundenen Augen hinbringen. Nur dass wir dachten, so wäre es angenehmer für dich.«

Seth duckte sich unter dem Vorhang durch und setzte sich an den Tisch.

Henry begann, im Kühlschrank zu kramen und stellte Essen auf die kleine Arbeitsfläche.

August rieb sich die Augen.

»Wo sind wir?«, fragte er.

Seth lachte. »Himmel, August. Wenn wir wollten, dass du das weißt, würden wir dich aus dem Fenster sehen lassen.«

»Das war nicht, was ich gemeint habe. Ich meinte, ist dies ein Campingplatz? Bleiben wir die Nacht über hier?«

»Nein. Wir reißen Kilometer runter. Wir fahren durch. Wir wollen ankommen, bevor noch etwas anderes schief gehen kann. Dies ist nur ein Autobahnrastplatz. Wir halten, um etwas zu essen, und dann geht es weiter.«

* * *

Als August das nächste Mal aufwachte, lag er in seinem Bett. Henry hatte es für ihn vorbereitet, damit er normal schlafen konnte, während die Jungs sich beim Fahren durch die Nacht abwechselten.

Er setzte sich auf, als das Wohnmobil anhielt, und sah auf die Uhr. Es war noch nicht einmal fünf Uhr morgens.

Er konnte etwas hören, aber es war etwas, das er nicht identifizieren konnte. Ein tiefes Dröhnen, wie von großen Maschinen, aber irgendwie anders. Wie ein Flugzeug, das in der Nähe landete, aber nicht ganz genau so. Er saß und lauschte, aber es veränderte sich nicht. Kam nicht näher oder entfernte sich.

Die Jungs duckten sich unter dem Vorhang hindurch, einer nach dem anderen.

»Zieh dich an«, sagte Henry. Seine Stimme verriet nur allzu deutlich seine mühsam unterdrückte Aufregung. »Wir sind da.«

»Was ist das für ein Geräusch?«

»Zieh dich an, und du wirst es sehen.«

August kam langsam auf die Füße und wühlte in den Oberschränken. Er zog eine Jeans und eine Fleecejacke direkt über seinen Schlafanzug. Henry reichte ihm seine Schaffellstiefel, und er setzte sich hin, um sie anzuziehen.

»Du musst die Augen schließen«, erklärte Seth.

»Ernsthaft?«

»Mach bitte mit, August.«

Also schloss er die Augen. Die Hecktür öffnete sich und ließ eine unmittelbarere Version des Dröhnens herein. Es lag so viel Kraft in dem Geräusch. Es ängstigte August beinahe, sich ihm mit geschlossenen Augen zu nähern. Aber er hatte die Jungs dabei. Er vertraute ihnen.

Er ging zur offenen Tür, stützte sich an Wänden und Arbeitsfläche ab und spürte die kühle, frische Morgenluft vor Sonnenaufgang. Überraschend feucht.

Sie halfen ihm die Heckstufen hinunter. Dann fühlte August je einen Stock unter den Händen.

»Nicht gucken«, sagte Seth. Dann zu Henry: »Hol die …«

»Ich weiß«, erwiderte Henry. »Geh einfach.«

Seth führte August mit beiden Händen am linken Arm. Sie gingen zusammen auf das Geräusch zu.

»Ich fühle Feuchtigkeit auf meinem Gesicht«, ließ August ihn wissen. »Also denke ich an Wasser. Irgendwie ist das Geräusch Wasser. Ich vermute ein Wasserfall, aber ich habe noch keinen Wasserfall gehört, der so klingt.«

»Vielleicht sind wir an den Victoriafällen in Afrika. Oder den Iguazú-Wasserfällen in Südamerika.«

»Oder an den Niagarafällen«, sagte August und fühlte als Reaktion eine fast schmerzhafte Enge in der Brust. *Natürlich*, dachte er. *Warum habe ich mir das nicht früher gedacht?* Aber wie hätte er sich je vorstellen sollen, dass diese zwei verrückten Jungs für ihn quer durch die gesamten USA fahren würden? Und für seinen toten Sohn. Wie hätte er das ahnen können?

»Also warum solltest du Niagarafälle denken und nicht Victoria oder Iguazú?«

»Weil ich denke, dass ich bemerkt hätte, wenn wir den Panamakanal überquert hätten. Selbst mit zugezogenen Vorhängen. Dasselbe gilt für den Atlantik.«

Henry holte sie ein und legte eine stützende Hand auf Augusts anderen Arm. Und sie gingen weiter, leicht zitternd in der kühlen Gischt.

»Okay«, sagte Henry. »Mach die Augen auf.«

August machte die Augen auf.

Vor ihm befand sich ein Metallgeländer mit vier Sprossen, die eine geschwungene Ecke formten am Rande dessen, was die amerikanische Seite der Fälle war, wie August annehmen musste. Da keiner von ihnen einen Pass dabei hatte. Direkt hinter dem Geländer stürzte der Niagarafluss in der Dämmerung vor Sonnenaufgang in die Tiefe, begleitet von lautem Getöse und aufgewühlter Gischt. Licht glitzerte auf dem Wasser, aber August konnte nicht sagen, ob es mit Absicht darauf gerichtet war oder ob es von den Geschäften und Türmen und Hotels stammte, die er in der Ferne auf der anderen Seite des Flusses sehen konnte. Es waren keine bunten Lichter wie die, von denen er gehört hatte, mit denen die Wasserfälle nachts beleuchtet wurden, und er war froh darüber. Die Fälle schienen einfach zu glühen. Er sah zum Himmel, um zu beurteilen, wie hell es schon war.

Er war überrascht, dass nicht mehr Menschen hier waren, selbst zu dieser Stunde. Vor allem an diesem perfekten Platz, wo man am Geländer direkt an der Fallkante eines Teils des Flusses stehen konnte. Dem Wasser zusehen konnte, wie es direkt unter einem abrupt in die Tiefe stürzte.

Er sah mehrere Pärchen und eine kleine Gruppe, aber nur als Punkte in der Ferne. Er sah viele parkende Autos und eins, das gerade auf einen Parkplatz fuhr, aber ebenfalls nicht sehr nah. So verwunderlich es August auch schien, denn es war schließlich Sommer, waren sie praktisch allein.

»Ihr Jungs seid verrückt, wisst ihr das? Ich hoffe, ihr wisst, dass ich das auf die bestmögliche Weise meine, aber … das ist von da aus, wo wir losgefahren sind, am anderen Ende des Landes.«

»Und?«, fragte Henry. »Wenn es dir gefällt, war es das wert.«

»Es gefällt mir. Es gefällt mir sogar sehr.«

»Hier. Walte deines Amtes, August.«

August sah nach unten und erkannte, dass Henry etwas in den Händen hielt, was in der Dämmerung des Morgens wie ein Miniaturfass aussah. Ein Holzfass, aber keine dreißig Zentimeter lang. Mit Metallreifen wie bei einem richtigen Fass.

»Wo um alles in der Welt habt ihr so ein kleines Fass hergekriegt?«

»Seth hat es online gekauft. Wir haben es die ganze Zeit dabei gehabt. Aber es war versteckt. Hier.«

Henry fasste um einen Metallgriff, zog kräftig und nahm den Deckel ab. Dann holte Seth den Plastikbeutel mit Phillips Asche aus der Tasche und reichte sie August.

August stellte fest, dass seine Hände zitterten, aber er konnte nicht sagen, was genau in dem aktuellen Wirrwarr der Gedanken und Gefühle in seinem Kopf das ausgelöst hatte.

Dennoch gelang es ihm, den Zippverschluss der Tüte zu öffnen und die Asche ins Fass zu schütten. Henry nahm es zurück und klemmte den Deckel vorsichtig wieder an seinen Platz.

»Willst du, dass wir es alle zusammen machen?«, fragte Seth. »Willst du, dass wir es irgendwie alle zusammen festhalten und … du weißt schon … eins, zwei, drei … und los?«

»Ich finde, wir sollten weiter den Fluss raufgehen«, erklärte Henry. »Dann hat er eine längere Reise. Ich meine, es geht nicht nur darum, die Fälle runterzurauschen, oder? Es geht darum, den Fluss entlangzurasen und zu wissen, dass man gleich in die Tiefe stürzen wird. Das ist der abenteuerliche Teil.«

»Ich würde zu gerne sehen, wie es tatsächlich über die Fallkante geht«, sagte August.

Auch wenn er wusste, dass das vielleicht nicht klappen würde. Es könnte zu dunkel sein. Das Fass könnte von der starken Strömung runtergezogen und unten gehalten werden, und das wäre es dann gewesen. Wenn sie das Fass erst mal losgelassen hatten, würden sie es vielleicht nie wieder sehen. Sie müssten vielleicht einfach glauben, dass es tatsächlich den Wasserfall runtergestürzt war.

Was nicht schwer sein sollte, dachte August. *Wenn etwas erst mal in diesem Fluss ist, wo sollte es sonst hin als über die Kante? Dinge – und selbst Schiffe und Menschen – viel größer als dieses Holzspielzeug.*

»Ich sag euch was«, meinte er. »Wenn es okay für euch ist, dass wir uns aufteilen, könntet ihr ein paar Meter den Fluss hochgehen und es hineinwerfen. Und ich stehe hier oben und schaue, ob ich sehen kann, wie es in die Tiefe stürzt.«

»Vielleicht sollten wir warten, bis es heller ist«, warf Seth ein.

»Ich weiß nicht. Es ist schön, dass niemand außer uns hier ist. Ich weiß nicht, wie wir so viel Glück haben konnten, aber ich denke nicht, dass es noch lange anhalten wird.«

Die Jungs sahen einander an und nickten.

August beobachtete, wie sie eine Stelle fanden, vielleicht fünfzig Meter weiter. Es war nicht mehr vollkommen dunkel, fiel ihm auf. Der Himmel wurde heller. Es war schwer zu sagen, was davon die anbrechende Dämmerung war und was das Umgebungslicht der Zivilisation. Oder auf das Wasser gerichtetes Licht. Aber es war hell genug, damit er sehen konnte, was er sehen musste.

Er beobachtete, wie sie sich mit den Oberkörpern über die Brüstung lehnten, und sie hielten beide das Fass. Jeder hatte eine Hand daran. Sie arbeiteten zusammen.

Dann sah August es durch die Luft fliegen, ein winziger Punkt über dem Wasser. Es stieg in einem kleinen Bogen und schien langsamer zu werden. Beinahe dort zu hängen. Für eine winzige Sekunde. Dann fiel es.

Die Jungs liefen los. August sah, wie sie in seine Richtung rannten, immer schneller wurden. Sprinteten. Über die Brüstung spähten, während sie liefen.

»Ich kann es nicht sehen!«, schrie Henry. »Es ist zu dunkel.«

»Da ist es!«, rief Seth. »Glaub ich zumindest.«

Aber eine oder zwei Sekunden später ließ das Fass sie hinter sich. August erkannte es an der Richtung ihrer Blicke. Vor ihnen. Das Fass war immer weiter vor ihnen.

Eine Sekunde später entdeckte August es. Die Strömung hatte es nicht nach unten gezogen. Offenbar war es dazu nicht schwer genug. Hatte zu viel Auftrieb.

August sah, wie es an ihm vorbeisauste.

Es schoss über die Fallkante, flog weiter hinaus als das Wasser und hing dort für einen Augenblick ganz allein in der Luft. Wie der Zeichentrick-Kojote, der in der Luft hängt, dann die Situation begreift, die Unausweichlichkeit der Schwerkraft versteht und fällt. Oder vielleicht spielte Augusts Gehirn ihm auch nur einen Streich, oder die Zeit spielte Augusts Gehirn einen Streich. Vielleicht war in dieser winzigen Sekunde etwas ein klein bisschen anders als vorher oder auch jemals hinterher.

Siehst du?, sagte er Phillip in der Stille seiner Gedanken. *Wir haben dich nicht vergessen.*

Das Fass fiel, verschwand schnell in der Dunkelheit und der Gischt.

Als es das tat, kamen die Jungs an, völlig außer Atem.

August ließ seine Stöcke fallen, die auf den Betonfußweg klapperten. Er fiel vorwärts auf die Jungs zu, und sie fingen ihn auf. Er hielt sie einen Augenblick, und sie hielten ihn, ohne dass einer von ihnen genau wusste, wie es zu diesem Moment gekommen war oder was er bedeutete.

»Geht es dir gut, August?«, fragte Seth.

August wollte antworten, aber die Worte steckten in seiner Brust fest. Dann in seiner Kehle. Er versuchte sie zu lösen, auch wenn er nicht genau wusste, welche Worte es schließlich sein würden.

»Ihr Jungs bedeutet mir so verdammt viel«, sagte er.

Und sie standen noch einen Augenblick länger eng umschlungen da.

Dann wurde es August plötzlich peinlich, und er richtete sich auf und griff nach seinen Stöcken, die Henry aufhob und ihm hinhielt.

»Das reicht«, erklärte August. »Tut mir leid, dass ich so gefühlsduselig geworden bin.«

»Ist schon in Ordnung, August«, sagte Seth.

»Uns macht das nichts aus«, fügte Henry hinzu. »Wir mögen es, wenn du gefühlsduselig wirst.«

Sie standen lange ans Geländer gelehnt, hörten dem Dröhnen des Wasserfalls zu, beobachteten, wie es heller wurde, beobachteten, wie Millionen Liter Wasser in die Tiefe stürzten.

»Wir haben nicht gesehen, wie es über die Fallkante geschossen ist«, bemerkte Henry.

»Ich habe es gesehen«, erwiderte August.

»Nun, das ist gut«, erklärte Seth. »Das ist das Wichtigste.«

»Wie sah es aus?«, fragte Henry.

»Es ist schwer zu beschreiben. Aber es war etwas ganz Besonderes. Es war den Eintrittspreis wert.«

»Wert, quer durchs ganze Land zu fahren?«

»Da ihr Jungs willens wart, das zu tun, dann … ja, verdammt noch mal.»

Sie starrten noch eine Weile schweigend ins Wasser. August hörte, wie einige weitere Autos hinter ihnen vorbeifuhren. Wusste, dass dieser geschäftige Touristenort erwachte. Sich für das Morgengeschäft bereitmachte. Er fragte sich, ob die Jungs ihre Ankunft hier so eingerichtet hatten, dass sie die größte Chance hatten, allein am Geländer stehen zu können. Oder ob es einfach ein glücklicher Zufall gewesen war.

»Es tut mir leid, dass ich so emotional geworden bin«, sagte er noch einmal.

»August, bitte«, erwiderte Seth. »Hör auf damit.«

»Ja«, fügte Henry hinzu. »Entschuldige dich noch dafür, dass du Gefühle hast.«

Ein weiterer Moment der Stille, beendet durch die Ankunft des ersten Reisebusses des Morgens, der hinter ihnen parkte und die Passagiere auslud. August drehte sich nicht um. Nahm nie die Augen vom hypnotisierenden Wasser.

»Also, jetzt haben wir das große Ziel erreicht. Und nun?«, fragte Seth. »Nun üben wir dieses ›Sein‹. Denn wir haben noch viel Sommer übrig. Nun fahren wir viel langsamer zurück, als wir hergekommen sind.«

»Aber wir bleiben noch etwas an den Fällen, oder? Nun da wir den ganzen weiten Weg zurückgelegt haben?«

»So lange, wie du willst, August. Wenn du genug von den Niagarafällen hast, sagst du einfach Bescheid.«

»Schwer, sich vorzustellen, dass man davon je genug kriegen könnte.«

»Nun«, erklärte Seth. »Ich glaube, es ist wie das, was du über die Hoodoos in Bryce Canyon gesagt hast. ›Bis du sie so in und auswendig kennst, dass du sie im Geiste siehst, wenn du die Augen schließt.«

»Gutes Gedächtnis.«

»Wenn du so viel Niagarafälle in deinem Kopf hast, August, sag Bescheid. Und dann fahren wir zurück nach Yosemite. Und danach nach Hause.«

Epilog

AUGUST IM SPÄTEN AUGUST

Yosemite

August öffnete die Augen, zog dann die Rollos über seinem Bett hoch. Er setzte sich auf und starrte aus dem Fenster durch die Bäume auf Yosemites hohe Granitwände.

Es war der erste ganze Tag, an dem Seth zum Klettern weg war. Klettern mit seinen Freunden, dachte August und korrigierte sich dann. Drei seiner Freunde von zu Hause waren aufgetaucht. Zwei von ihnen hatten sich die Nose-Route am El Capitan angesehen und beschlossen, stattdessen eine gemütliche Tour hoch durch die Tuolumne Meadows zu machen.

Einige Tage lang hatte August es absichtlich hinausgezögert, loszugehen oder den Shuttlebus zu nehmen oder Henry zu bitten, ihn zu fahren, damit er sich die Kletterroute am El Capitan ansehen konnte.

Dies war die zweite der Klettertouren, die fünf Tage klettern oder mehr für Seth bedeuten könnte. Oder es konnte auch noch länger dauern.

Er sah zu, wie Henry in der Küche herumwerkelte, Frühstück machte. Es war ein so vertrauter Anblick. Nun da der Sommer fast vorbei war, fürchtete August den Moment, in dem er ihn gehen lassen musste.

»Ich glaube, heute ist der Tag«, sagte August.

»Was für ein Tag denn, August?«, fragte Henry.

»Der Tag, an dem wir, so weit wir können, auf diese Wiese gehen und in unseren Campingstühlen sitzen und durch unsere Ferngläser sehen und mein Zoom-Objektiv und diese kleinen Ameisen die Wand hochklettern sehen.«

»Hmm«, meinte Henry. »Bist du dir sicher, dass du bereit dafür bist? Das ist nicht Moonlight Buttress. Der war klein verglichen mit diesem. Moonlight Buttress ist etwa dreihundert Meter hoch. Oder vielleicht mehr. Ich vergess das immer.

Aber unter vierhundertfünfzig. El Cap ist über tausend hoch. Bist du dir sicher, dass du damit umgehen kannst?«

»Ich denke, ich muss mir das ansehen. Das ist eine große Sache für ihn, und ich kann da nicht einfach wegsehen. Ich denke, ich muss damit umgehen, ob ich es kann oder nicht.«

* * *

Henry zog los und stellte zwei Campingstühle für sie auf, während August beim Wohnmobil wartete, das auf einem Stellplatz an der Seite der Hauptstraße geparkt war. Ein Stellplatz, auf den sie lange Zeit gewartet hatten.

Er trug auch Wasser und Hüte und Sonnencreme hin und nahm Woody mit.

Dann kam er zurück und holte August, und sie suchten sich zusammen vorsichtig einen Weg durch das Gras der Wiese.

August blieb bei den Stühlen stehen, setzte sich aber nicht.

»Ich denke, wir sollten näher ran. Findest du nicht?«

»Ich wollte nicht, dass du einen so langen Weg hast.«

»Ich schaff das schon. Ich will wenigstens eine kleine Chance haben, erkennen zu können, wer er ist.«

»Ich denke nicht, dass wir so nah rankönnen.«

»Nun, lass uns trotzdem so nah ran, wie es geht.«

Also gingen sie ein gutes Stück weiter, wobei Henry beide Stühle trug, die er sich aber glücklicherweise über die Schulter hängen konnte, und das Wasser und die Kamera und die Ferngläser und Woodys Leine. Er beschwerte sich nicht und machte auch nicht den Eindruck, als wollte er das tun.

Tatsächlich war es August, dem es zu weit wurde.

Aber er ging trotzdem weiter.

Schließlich schien es, als ob, wenn sie noch viel näher an die Bäume herangingen, die zwischen ihnen und dem Granit-Monolithen standen, die Baumspitzen ihre Sicht behindern würden. Also machten sie es sich in der Sonne bequem.

August konnte Autotüren knallen hören, Eltern, die ihre Kinder riefen und umgekehrt. Wenige Parks waren im Sommer so viel besucht wie Yosemite. Aber der Lärm schien weit entfernt, hatte nichts mit ihm zu tun. Ein Paar spazierte Hand in Hand über die Wiese, aber alles in allem fühlte es sich nicht überfüllt an.

Einer der wenigen nicht überfüllten Plätze.

August sah zur Kletterroute hoch.

»Ich verstehe, warum sie es ›The Nose‹ nennen«, sagte er.

Der Felsen hatte einen senkrecht vorstehenden Bereich, von dem August annahm, dass er zur Route gehörte. Er hielt sich das Fernglas an die Augen, stellte scharf und konnte nur gerade noch so Kletterer als winzige Punkte ausmachen. Ameisen an der Wand.

»Du hast recht«, bemerkte er. »Es ist unmöglich zu erkennen, wer er ist.«

»Ja«, sagte Henry. »Ich weiß. Aber er ist einer von ihnen. Das wissen wir. Ist es besser oder schlimmer, als du dachtest?«

»Ein bisschen von beidem«, erklärte August. »Es ist eine beängstigende Wand. Aber es ist nicht so schrecklich, von hier zuzusehen, wie sich den Film von der Helmkamera anzuschauen. Ich denke, die Entfernung verbirgt viele Dinge, die ich gar nicht wissen will.«

»Ich glaube, du kannst mit der Sache unterdessen einfach besser umgehen.«

»Wirklich? Freut mich, das zu hören. Ich hatte nicht wirklich das Gefühl, dass dem so ist.«

Sie sahen einige Zeit schweigend zu, auch wenn es nicht wirklich etwas zum Zusehen gab. August konnte ohne Fernglas beziehungsweise ohne den vollen Zoom seiner Kamera die Kletterer kaum erkennen. Selbst mit Hilfsmittel schienen sich die Ameisen auf diese Entfernung kaum fortzubewegen.

»Es ist wirklich schwer, sich vorzustellen, da oben zu schlafen«, sagte August.

»Ich weiß. Finde ich auch.«

»Für fünf Tage brauchen sie so viel Zeug. Wie kriegen sie das alles mit da rauf?«

»Nachziehsack«, erklärte Henry.

Aber er erklärte nicht, wie ein Nachziehsack funktionierte, und August hatte auch nicht das Gefühl, er müsste das wissen.

»Ich vermute, ich sollte froh sein, dass er nicht Siebentausender im Himalaya besteigt«, sagte er.

»Oh, das kommt als Nächstes. Sobald er es sich leisten kann.«

»O mein Gott. Bitte sag mir, dass das nicht dein Ernst ist. Er will nicht wirklich den Mount Everest besteigen.«

»Nein. Will er nicht. Das findet er zu kommerziell. Zu sehr Müllhalde, weißt du? Nach all den Expeditionen. Mit all diesen reichen Typen, die Sherpas bezahlen, sie praktisch hochzuziehen. Er will auf den Dhaulagiri oder Cho Oyu.«

»Von denen habe ich noch nie gehört.«

»Das ist genau der Punkt.«

»Ich bin den ganzen Sommer mit ihm herumgereist und wusste das nicht.«

»Er spricht noch immer nicht gern übers Klettern, wenn du dabei bist.«

»Das ist schade. So sollte es nicht sein. Ich muss mir etwas überlegen, dass sich das ändert.«

»Er will nicht, dass du dich aufregst, August.«

»Nein, das meinte ich nicht. Ich muss etwas bei mir ändern. Irgendwie dafür sorgen, dass der Teil von mir, der stolz auf ihn ist, genauso groß wird wie der Teil, der panische

Angst hat. Und vielleicht den ersten Teil mehr hervorheben und mit dem zweiten allein und im Stillen umgehen.«

»Das wäre wirklich schön für ihn, wenn du das hinkriegen könntest.«

Sie schauten lange schweigend zu. Vielleicht fast eine Stunde. Auch wenn es eigentlich mehr ein Fall von Sein als von Zusehen war.

»Ich hasse es, das zuzugeben«, erklärte August schließlich, »aber das ist in etwa so interessant, wie Farbe beim Trocknen zuzusehen.«

»Na ja, das ist, was *ich* dachte. Aber du wolltest es ja unbedingt machen. Wir können jetzt zurück, wenn du willst.«

»Noch einen Augenblick«, erwiderte August. »Es ist schön hier draußen.«

Sie verbrachten noch ein paar Minuten damit, einfach zu sein.

Dann sagte Henry: »Ich hab dir gesagt, ich würde noch einmal fragen. Richtig? Ich hab dich gewarnt. Also frage ich dich. Du hattest den ganzen Sommer Zeit, darüber nachzudenken.«

»Worüber nachzudenken?«

»Du weißt schon.«

»Oh. Wegen des College? Da habe ich nicht drüber nachgedacht. Ich hab dir doch gesagt, ich muss da nicht drüber nachdenken. Das Angebot steht. Es ist beschlossene Sache, außer du änderst aus irgendeinem Grund deine Meinung. An dem Tag, an dem du deinen Highschool-Abschluss machst, setzt du dich in den Bus oder den Zug, und ich habe dein Zimmer fertig. Wenn du kein Geld für Bus oder Zug hast, schick ich es dir.«

»Denkst du, ich komm für fünfzig Dollar mit dem Bus nach San Diego?«

August schätzte die Entfernung im Kopf ab.

»Das wage ich zu bezweifeln. Warum? Warum sind fünfzig Dollar die magische Zahl?«

»Weil ich noch immer das Notgeld habe, das du uns gegeben hast.«

»Das ist ein Scherz.«

»Darüber würde ich keine Scherze machen. Als Seth zum College gegangen ist, hat er es mir gegeben und gesagt: ›Hier. Hier ist dein Notgeld von August.‹«

»Derselbe Fünfzig-Dollar-Schein.«

»Genau der.«

Stille, während August das verdaute. Acht Jahre denselben Fünfzig-Dollar-Schein aufzuheben. Ihn vor seinem Vater zu verstecken. Niemals der Versuchung nachzugeben, ihn für etwas anderes auszugeben.

»Das ist eine lange Zeit, Geld zu haben und es nicht auszugeben.«

»Es war von August.« Eine kurze Stille. Henry beendete sie. »Das war der Grund, warum die Dinge so gut liefen, nachdem du uns wieder abgeliefert hattest. Das weißt du, oder?«

»Ich glaube nicht, dass ein Fünfzig-Dollar-Schein all das kann.«

»Nicht das Geld, August. Du. Du warst der Grund, warum die Dinge danach ganz okay waren. Ich weiß, du denkst, wir hätten einfach mit unserem Leben weitergemacht, und es tut mir leid, dass wir nicht wussten, dass du gerne gewollt hättest, dass wir Kontakt halten. Jetzt wünschte ich, wir hätten es getan. Aber trotzdem. Es hat alles geändert. Es hat *uns* geändert. Ob wir mit dir geredet haben oder nicht. Bevor wir dich getroffen haben, hatten wir immer Angst, dass unser Dad uns im nächsten Moment enttäuschen würde. Aber nach dem Sommer wussten wir, dass du uns auffangen würdest, wenn er uns fallen ließe. Du hast keine Ahnung, was für einen Unterschied das gemacht hat.«

August sah zu Henry, aber der Junge weigerte sich, den Blick zu erwidern. Vermutlich war er verlegen.

»Tschuldigung, August«, sagte er. »Ich wollte nicht so gefühlsduselig werden.«

»Entschuldige dich noch dafür, dass du Gefühle hast«, erwiderte August.

Sie saßen schweigend noch ein, zwei Minuten da. August bekam das Gefühl, dass es jetzt reichte, Ameisen an einer Granitwand zu beobachten. Es war eins dieser Dinge, bei denen es einen riesigen Unterschied macht, ob man sie tat oder nur zuschaute.

Er dachte wieder über das ungeheure Ausmaß der Herausforderungen nach, denen Seth sich stellte. Wie untrennbar sie mit seinem Charakter verbunden waren. Mit ihm.

»Ich frage mich …«, fing er an, brachte den Gedanken aber nicht laut zu Ende.

»Was fragst du dich, August?«

Aber er wollte es Henry nicht sagen. Oder sonst irgendjemandem.

Er fragte sich, wer er am Ende des Sommers sein würde, wenn der eine Teil seines Lebens, der so einzigartig »er« gewesen war, zu Ende gehen würde. Würde etwas anderes kommen und diesen Platz einnehmen? Und selbst wenn das so war, wie konnte es je dasselbe sein? War nicht, zu denken, dass irgendetwas diese Sommer ersetzen könnte, so, wie wenn man einem Freund, der gerade seine Frau verloren hatte, sagte, er würde eine andere Frau finden und sie würde genauso gut sein?

Oder einen Sohn.

Nicht alles ließ sich einfach ersetzen.

»Nichts«, sagte er. »Wir sollten wahrscheinlich zurückgehen.«

»Nein, wirklich, August. Was wolltest du sagen?«

»Egal«, sagte er. »Ich will lieber über schönere Dinge nachdenken.«

* * *

Drei Tage später, nach Einbruch der Dunkelheit, kam Seth zum Stellplatz zurückgestolpert. Henry und August rösteten gerade Marshmallows über dem Lagerfeuer. Sie hatten den dritten Stuhl schon hingestellt und bereit, ein Vertrauensbeweis, dass dies die Nacht sein würde, in der Seth heil zurückkehren würde.

August sah zu, wie er Seile und Ausrüstung und einen schwer aussehenden Nachziehsack im Dunkeln auf den Picknicktisch legte. Woody jaulte und zerrte, um zu ihm zu kommen, und Henry ließ die Leine fallen, damit er rüberlaufen und Hallo sagen konnte.

»Hallo, alter Bursche«, sagte Seth. »Ja, ich hab dich auch vermisst. Ja, ich liebe dich auch. Ich liebe dich nur von hier oben. Du bist ganz da unten, und das ist im Moment einfach zu weit. Ich will mich nicht mal vorbeugen.«

Er schleppte sich hinüber zum leeren Campingstuhl und setzte sich vorsichtig hinein. Woody sprang ihm auf den Schoß.

»Au! Woody. Verdammt! Beinmuskeln. Beinmuskeln.« Er tätschelte und kraulte den Hund einige Male, hob ihn dann hoch und reichte ihn an Henry weiter. »Au«, sagte er, als seine Arme das Gewicht des Hundes trugen.

»Marshmallow?«, fragte August und hielt ihm den hin, den er gerade für sich selbst geröstet hatte.

»Ooh«, erwiderte Seth. »Der ist perfekt.« Er nahm den Stock von August entgegen. Blies auf den goldbraunen Marshmallow, um ihn abzukühlen. »Ich bin gefriergetrocknetes Essen so leid. Und ich habe seit Tagen kaum geschlafen. Ich glaube, ich will jetzt ein Jahr lang schlafen.«

»Das geht in Ordnung«, erwiderte August. Dann fiel ihm noch etwas ein, was er sagen könnte. Hielt es zurück. Betrachtete es noch einmal genauer. Fragte sich, ob er es sagen sollte. Zwang sich schließlich, es einfach auszusprechen. »Weißt du, ich bin stolz auf dich, dass du so eine große Sache tun kannst. Richtig?«

Stille breitete sich aus. August konnte Seth' Gesicht in der Dunkelheit nicht gut erkennen. Aber er sah zu, wie Seth einen vorsichtigen Biss von seinem Marshmallow nahm und ihn offensichtlich zu heiß fand.

»Ich wusste das tatsächlich nicht.« Mehr Stille. »Was ist damit, dass du zu Tode geängstigt bist dadurch?«

»Oh, das ist immer noch so. Ich erzähle dir nur das Gute.«

»Oh«, erwiderte Seth. »Das ist nett. Danke.«

Sie saßen einige Zeit schweigend da.

Dann sagte Henry: »Ich geh ins Bett. Für jemanden, der gesagt hat, er wolle für ein Jahr schlafen, bist du ganz schön wach.«

»Ja«, stimmte Seth zu. »Ich bin noch nicht wieder runtergekommen. Also ich bin unten, aber noch nicht runter. Du weißt, wie das ist.«

»Nun, ich seh euch beide dann morgen.«

»*Mich* siehst du morgen nicht«, erwiderte Seth. »Ich schlafe ein Jahr lang. Nun, vielleicht siehst du mich, aber ich werde dich nicht sehen.«

Henry schüttelte den Kopf, übergab August den Hund und verschwand.

»Du willst wahrscheinlich noch mehr essen«, sagte August zu Seth.

»Ich denke darüber nach. Aber im Moment komm ich nicht weiter als bis zum Denken.«

»Wo ist dein Freund? Dein Kletterpartner?«

»Er wollte keinen Schritt weiter als bis zu seinem eigenen Zelt mehr machen, und ich kann ihm daraus keinen Vorwurf machen. Würdest du mir bitte noch einen Marshmallow rösten, August? Ich kann noch nicht aufstehen.« Dann, während August den Marshmallow auf den Stock spießte, sagte Seth: »Es war nett, was du gesagt hast.«

»Nein. Es war falsch von mir, es nicht früher zu tun.«

»Sag das nicht. Das stimmt nicht. Das bist nur du. So bist du eben. Ich hatte diese große Erkenntnis, als ich geklettert bin. Ich habe darüber nachgedacht, dass diese Angst eben du bist, genau wie das Klettern ich bin. Und ich sollte nicht versuchen, dir die Angst auszureden, genauso wenig wie du mir das Klettern ausreden solltest.«

»Nun, da gibt es nur einen großen Unterschied, Seth. Angst ist nicht etwas, nach dem man streben sollte. Sie ist nichts, was ich wirklich haben will.«

»Das heißt aber nicht, dass ich nicht Geduld haben kann. Also, was willst du als Nächstes machen? Wir haben noch sechs Tage. Willst du sie hier im Park verbringen? Oder hattest du genug Sommer? Möchtest du lieber nach Hause und etwas Zeit haben, dich auf die Schule vorzubereiten?«

Hier ist es also, dachte August. *Das Ende. Der Sommer ist vorbei.* Er fragte sich, ob er es wohl noch mehr hätte genießen können, solange es dauerte. Aber in der Beziehung ist vermutlich immer noch Platz nach oben.

»Ganz wie du willst«, sagte er.

»Nein. Ich möchte, dass du das entscheidest. Dies ist dein Sommer.«

»Er war gut. Das muss ich schon sagen. Es tut mir leid, dass er vorbei ist, aber … wir haben ganz schön was geschafft.«

»Ja. Das kann man wohl sagen.«

»Will ich überhaupt wissen, was das Benzin insgesamt gekostet hat?«

»Nein, das willst du ganz bestimmt nicht wissen. Das ist etwas, was wir nächsten Sommer anders handhaben müssen,

August. Wenn die Schule anfängt, musst du wieder Geld für Benzin zur Seite legen, wie du das früher gemacht hast. Denn wenn wir nächsten Sommer wieder losziehen, kann ich dir jetzt schon garantieren, dass ich das Benzin von diesem Sommer noch nicht abbezahlt habe. Gar nicht zu sprechen von den Raten für das Wohnmobil.«

August saß ganz still mit diesen Sätzen in seinem Kopf und versuchte zu ergründen, ob sie etwas anderes bedeuten könnten als das, was sie zu meinen schienen. Bevor er es noch einmal laut wiederholte, musste er sicher sein, dass er sich nicht irrte. Aber das Nachdenken verwirrte ihn nur.

»Nächsten Sommer?«

»Ja. Nächsten Sommer bezahlst du wieder das Benzin.«

»Wir fahren nächsten Sommer wieder los?«

»Natürlich. Wusstest du das nicht?«

»Das hast du nie gesagt.«

»Ich dachte, das wäre klar. Das bist du, August. Das ist, was du tust. Was dich ausmacht. Wie nennen das noch mal die Franzosen? Dein …«

»*Raison d'être.*«

»Genau. Der Sommer, in dem wir nicht mehr kommen, um dich abzuholen und mit dir loszufahren, ist der Sommer, in dem wir nach San Diego zu deiner Beerdigung kommen. Sorry. Ich wollte nicht makaber sein. Nimm's mir nicht übel.«

»Gar nicht. Irgendwann müssen wir alle gehen. Ich wusste nicht, dass wir das weitermachen. Ich dachte, dies ist mein letzter Sommer.«

»Oh, komm schon, August. Das würden wir dir nicht antun.«

»Er könnte schwieriger werden, weißt du. Vielleicht brauche ich irgendwann einen Rollstuhl.«

»Na und? Wir schnallen den hinten an der Leiter auf einen Fahrradträger. Wenn wir dich die Stufen hochtragen müssen, dann machen wir das eben. Klettermuskeln«, fügte er hinzu und spannte für August im Dunkeln die Bizepse.

Sie saßen eine Weile da, und August gewöhnte sich an diese neue Information. Baute im Kopf seine ganze Zukunft um.

»Dann zahlst du mir aber nichts für das Wohnmobil.«

»Doch, das muss ich.«

»Darfst du nicht. Ich werde es nicht zulassen. Mal ernsthaft, Seth. So nützt es mir genauso viel wie früher. Ich bin froh, dass ich euch nichts fürs Chauffeur spielen zahlen muss.«

»Nun, so habe ich das noch gar nicht betrachtet. Aber ich muss jetzt ins Bett. Ich bin fertig. Also wann willst du nach Hause?«

August wandte seine Gedanken nach innen und bemerkte, dass die Vorstellung, nach Hause zu fahren, vollkommen neutral geworden war. Es war nicht länger schmerzhaft, darüber nachzudenken. Denn es war nur vorübergehend. Es war egal, wann sie nach Hause fuhren. Denn sie fuhren nur *diesen* Sommer nach Hause.

»Ist mir egal«, sagte er. »Ich bin bereit, wenn du es bist. Schlaf ein Jahr lang, und wenn du soweit bist, fahre ich gerne los.«

Doch Seth blieb in seinem Stuhl sitzen und ging nicht ins Bett, wie er eigentlich gesagt hatte, dass er es müsste.

Stattdessen sahen sie gemeinsam ins Feuer, bis die letzte Glut erloschen und ausgegangen war.

* * *

Als August am nächsten Morgen aufwachte, war Seth schon wach und saß auf seinem Bett auf der ausgezogenen Couch, wirkte erschöpft, aber glücklich und sah Henry beim Frühstückmachen zu.

»Hallo«, sagte August. »Ich dachte, du wolltest ein Jahr lang schlafen.«

»Ja, da hab ich mich leicht geirrt. Jetzt will ich ein Jahr lang essen. Henry macht Rührei und Würstchen und Pfannkuchen, so wie er das immer macht, wenn ich klettern war.«

»Hört sich gut an«, erklärte August.

»Wie viele Eier willst du, August?«, fragte Henry über die Schulter.

»Zwei.«

»Seth? Vermutlich drei, oder?«

»Lieber vier.«

»Vier?«

»Hey. Stell dich mal an den Fuß von The Nose am El Cap, bevor du über mich urteilst.«

»Okay«, sagte Henry. »Meinetwegen.«

August zog die Rollos hoch, um Yosemite besser sehen zu können. Um sich zu verabschieden.

»Henry«, sagte er. »Warum hast du mir nicht gesagt, dass wir nächsten Sommer wieder losfahren? Und danach überhaupt jeden Sommer?«

»Ich dachte, das müsste man nicht extra erwähnen, August. Was hast du denn gedacht, was wir machen? Dass wir losfahren und dich zu Hause lassen und allein unseren Spaß haben?«

»Ja, so ziemlich genau das. Ich dachte, das ist mein letzter Sommer hier draußen.«

Das hing eine Weile zwischen ihnen, während Henry die Eier in einer Schale schaumig schlug. August konnte schon die Würstchen riechen. Hören, wie sie in der Pfanne brutzelten.

»Hat es das anders gemacht?«, fragte Henry nach einiger Zeit. »Dass du dachtest, dies sei der letzte Sommer. Wie hat es die Reise für dich verändert? Warst du traurig?«

August dachte einen Moment nach. Widerstand der Versuchung, das sofort und spontan zu beantworten.

»Manchmal. Aber vor allem habe ich mich immer wieder dazu ermahnt, mir jeden Augenblick tief und fest einzuprägen. Ich habe versucht, immer ganz da zu sein. Damit ich nichts verpasste. Ich hab mir immer wieder gesagt: Genieße es. Lass keinen Moment einfach so vergehen. Genieße es. Erinnere dich. Schätze es.«

»Dann bin ich froh, dass du es nicht wusstest«, sagte Henry. »Denn genau so sollte man einen Sommer sowieso machen.«

»Du hast recht«, stimmte August ihm zu und ließ die Idee, dass er wünschte, er hätte es gewusst, los. Sah, wie sie davonschwebte. Fühlte sich leichter und reiner ohne sie. »Ich denke, so werde ich das jetzt jeden Sommer machen.«

»So sollten wir es jetzt alle jeden Sommer machen«, erklärte Henry.

»Ich bin dabei«, sagte Seth.

Es war Versprechen genug, um August durch das ganze lange Jahr zu bringen, das vor ihm lag, und das wusste er auch.

FSC
www.fsc.org
MIX
Papier | Fördert
gute Waldnutzung
FSC® C083411

Zeitfracht Medien GmbH
Ferdinand-Jühlke-Straße 7
99095 Erfurt, Deutschland
produktsicherheit@kolibri360.de

Druck:
CPI Druckdienstleistungen GmbH
im Auftrag der
Zeitfracht Medien GmbH
Ein Unternehmen der Zeitfracht - Gruppe
Ferdinand-Jühlke-Str. 7
99095 Erfurt